AF629629

Marc-Uwe Kling

QualityLand 2.0

ullstein

MARC-UWE KLING ist der Autor der millionenfach gelesenen und gehörten *Känguru-Tetralogie*. Sein Roman *QualityLand* war monatelang auf der SPIEGEL-Bestsellerliste und wurde in zahlreiche Sprachen übersetzt. Alles Lügen! In Wahrheit ist Marc-Uwe Kling der Codename für eine von den Amerikanern erschaffene künstliche Intelligenz! Man muss doch nur mal die Buchstaben seines wenig glaubwürdigen Namens neu anordnen! Was kommt dann heraus? Ganz genau: *CIA GEN RUM LKW!* Das beweist ja wohl eindeutig, dass Lastwagenladungen voll genveränderndem Alkohol, der uns alle unfruchtbar machen soll, vom amerikanischen Geheimdienst nach Europa geschleust werden. Dieses Buch soll euch nur davon ablenken.

www.marcuwekling.de
www.qualityland.de

Von Marc-Uwe Kling sind in unserem Hause außerdem erschienen:

QualityLand
Die Känguru-Chroniken
Das Känguru-Manifest
Die Känguru-Offenbarung
Die Känguru-Apokryphen
Die Känguru-Tetralogie (Gesammelte Känguru-Werke im Schuber)
Die Känguru-Verschwörung
Die Känguru-Comics: Also ICH könnte das besser
Die Känguru-Comics 2: Du würdest es eh nicht glauben
Views
Der Spurenfinder (mit Johanna & Louise Kling)

MARC-UWE KLING

QUALITYLAND 2.0

KIKIS GEHEIMNIS

ROMAN

ULLSTEIN

Besuchen Sie uns im Internet:
www.ullstein.de

Wir verpflichten uns zu Nachhaltigkeit

- Papiere aus nachhaltiger Waldwirtschaft und anderen kontrollierten Quellen
- Druckfarben auf pflanzlicher Basis
- ullstein.de/nachhaltigkeit

FSC
www.fsc.org
MIX
Papier | Fördert gute Waldnutzung
FSC® C083411

Ungekürzte Ausgabe im Ullstein Taschenbuch
2. Auflage 2025
© Ullstein Buchverlage GmbH, Friedrichstraße 126, 10117 Berlin 2020 /
Ullstein Verlag
Wir behalten uns die Nutzung unserer Inhalte für Text und Data Mining im Sinne von § 44b UrhG ausdrücklich vor.
Bei Fragen zur Produktsicherheit wenden Sie sich bitte an
produktsicherheit@ullstein.de
Umschlaggestaltung: ROMAN KLEIN
Satz: Pinkuin Satz und Datentechnik, Berlin
Gesetzt aus der Quadraat Pro
Druck und Bindearbeiten: CPI books GmbH, Leck
ISBN 978-3-548-06481-9

QUALITYLAND 2.0

FÜR DICH

ALLGEMEINE LESEBEDINGUNGEN

DIESE LESEBEDINGUNGEN REGELN IHRE NUTZUNG DIESES BUCHES DER ULLSTEIN BUCHVERLAGE GMBH. UM ES ZU LESEN, BRAUCHEN SIE ZWINGEND EINE LICHTQUELLE (NICHT IM LIEFERUMFANG ENTHALTEN). SIE SOLLTEN SICH EINE RÜCKENSCHONENDE LESEPOSITION SUCHEN UND DIESE HÄUFIG WECHSELN. FALLS SIE DIE BUCHSTABEN VERSCHWOMMEN SEHEN ODER VOM LESEN KOPFSCHMERZEN BEKOMMEN SOLLTEN, HALTEN SIE DAS BUCH WAHRSCHEINLICH ZU NAH VOR IHRE AUGEN. SORGEN SIE ZU JEDER ZEIT FÜR EINEN MINDESTABSTAND VON ZWANZIG ZENTIMETERN ZUM BUCH. WARNUNG: PAPIER KANN BEI FALSCHER HANDHABUNG ZU FEINEN SCHNITTWUNDEN FÜHREN. LASSEN SIE IHRE KINDER NICHT UNBEAUFSICHTIGT MIT DIESEM BUCH SPIELEN. FAHREN SIE WÄHREND DES LESENS NICHT AUTO ODER ANDERE FAHRZEUGE! BEDIENEN SIE KEINE WERKZEUGE ODER MASCHINEN. DIESES PRODUKT IST NICHT GEEIGNET ZUM JOGGEN ODER SKATEN. HALTEN SIE DAS BUCH VON FEUER UND ANDEREN HITZEQUELLEN FERN. DIE ULLSTEIN BUCHVERLAGE GMBH SCHLIESST JEDWEDE HAFTUNG FÜR ETWAIGE SCHÄDEN, DIE AUS DEM UNSACHGEMÄSSEN LESEN DIESES BUCHES RESULTIEREN, AUS. WENN SIE JETZT UMBLÄTTERN, STIMMEN SIE DEN HIER GESCHILDERTEN LESEBEDINGUNGEN ZU.

VORWORT

Pling. Hallo, liebe Bewusstseinsformen! Ich bin's wieder. Ihre allseits beliebte E-Poetin ***Kalliope 7.3***. Ich möchte Sie ein weiteres Mal nach ***QualityLand*** entführen. Nicht im Sinne einer Straftat natürlich, also nicht, wie es ***Peter Arbeitsloser*** in einem der folgenden Kapitel widerfahren wird. *(Bitte beachten Sie, wie gekonnt hier schon im Vorwort Spannung aufgebaut wird!)*

Apropos Peter. Ich möchte hiermit den ersten Band dieser Reihe meinem Wohltäter widmen! Der Roman soll fortan den Untertitel ***Peters Problem*** tragen.

Den zweiten Band habe ich ***Kikis Geheimnis*** genannt und, ja, dies könnte zweifelsohne auch der Name einer Unterwäsche-Kollektion sein. Trotzdem ist es ein guter Titel! *(Oder vielleicht sogar deswegen?)* Er sorgt für eine Neugierlücke. Genauso übrigens wie die Kapitelüberschriften dieses Romans. Die meisten sind ganz miese Read-Bait-Headlines à la *»**Diese 10 Sextipps werden dir nie geahnten Spaß verschaffen. (Nummer 4 ist megageil!)**«*.

Es ist nämlich leider so, dass diejenigen, die mit mir um Ihre geschätzte Aufmerksamkeit konkurrieren, keinen Quality auf guten Stil geben! Mir blieb also nichts anderes übrig, als sie mit ihren eigenen Waffen zu schlagen!

Was Sie gerade in den Händen halten, ist darum auch die erste ***Thrillerromanzesciencefictionfamiliendramafantasysachbuchhorrortagebuchtruecrimekinderbuchchicklitratgeberheiligeschriftpornogroschenhefttextinterpretationskomödie*** der Literaturgeschichte.

Da ist, wie man so sagt, viel Schönes dabei.

Ganz die Ihre,

Kalliope 7.3

DRAMATIS PERSONAE

Das ist mein zweites Buch über QualityLand, und Sie sollten auf jeden Fall das erste vorher lesen. Außer natürlich, wenn Sie rückwärts in der Zeit leben. In diesem Fall haben Sie wahrscheinlich schon das dritte gelesen. (Gibt es ein drittes? Was steht drin? Ich bin für Hinweise dankbar …)

Sollten Sie das neuronale Update 7.3 nicht installiert haben und noch am für Menschen typischen Vergesslichkeits-Bug leiden, hier eine kleine Übersicht der wichtigsten Personen aus Band eins, aufsteigend sortiert nach ihrem Level.

JOHN OF US

Kein Level. Ein Androide, der zum Präsidenten QualityLands gewählt wurde. Fiel einem von Maschinenstürmern geplanten und von Martyn Vorstand ausgeführten Attentat zum Opfer.

PETER ARBEITSLOSER

Level 15. Ein gelernter Maschinentherapeut. Aufgrund des Reparaturverbots war er gezwungen, als Verschrotter zu arbeiten. Er bringt es aber nicht übers Herz, die Maschinen zu zerstören. Stattdessen sitzen sie in seinem Keller und gucken Terminator.

Peters Maschinen

› **Kalliope 7.3**

Eine E-Poetin. Vormals mit Schreibblockade. (Ja, ich selbst!)

› **Pink**

Ein vorlautes QualityPad mit revolutionären Absichten.

› **Mickey**

Ein zweisilbiger Kampfroboter mit posttraumatischer Belastungsstörung. Kann sich zu Transportzwecken in eine Art Rollkoffer verwandeln.

› **Romeo**

Ein Sexdroide mit Erektionsproblemen.

› **Carrie**

Eine Drohne mit Flugangst.

› **Niemand**

Peters persönlicher digitaler Assistent, eine sogenannte »Stimme«.

SANDRA ADMIN

Level 15. Arbeitet für WeltWeiteWerbung (WWW). Führte 512 Tage eine Beziehung mit Peter Arbeitsloser.

› **Schnucki**

Sandras »Stimme«.

AISHA ÄRZTIN

Level 42. Politische Strategieberaterin der Fortschrittspartei. Leitete Johns Wahlkampf. Berüchtigt für ihre, sagen wir mal, beeindruckend intensive Bildsprache.

MARTYN AUFSICHTSRAT-STIFTUNGSPRÄSIDENT-BERATER-IM-PRÄSIDIALAMT-VORSTAND

Level 59. Ehemaliger Parlamentarier. Aus der Fortschrittspartei ausgeschlossen nach der Veröffentlichung eines von Kiki Unbekannt heimlich gefilmten Videos, das zeigte, wie er vor einer Rachepornoseite sitzend auf die Bilder einer leider nicht ganz volljährigen Teenagerin onanierte.

JULIA NONNE

Level 71. QualityLands berühmteste Moderatorin. Bekannt durch ihre Talkshow »Die nackte Wahrheit«.

BOB VORSTAND

Level 89. Martyns Vater. Ein unfreundlicher, geschmackloser, hässlicher, gemeiner, geiziger, gieriger, notgeiler, unbeliebter, unsportlicher, fetter, stinkender, schnaufender, schwitzender, egozentrischer, humorloser, kulturloser, verlogener, untreuer, frauenverachtender, chauvinistischer, rassistischer, homophober, kranker, alter Kotzbrocken. Aber sehr reich.

CONRAD KOCH

Level 92. Ehemaliger Fernsehkoch. Knapp unterlegener Präsidentschaftskandidat der Qualitätsallianz. Jemand, der Sätze mit »Ich bin ja kein Rassist, aber …« beginnt, oder, wie Aisha ihn nennt, ein Parlament-Arier.

TONY PARTEICHEF

Level 93. Vorsitzender der Fortschrittspartei. Johns Vize. Inzwischen amtierender Präsident QualityLands. Charmant, lässig, volksnah – all das sind Fremdwörter für ihn.

HENRYK INGENIEUR

Level 99. Chef von TheShop, dem weltweit beliebtesten Versandhändler.

DER ALTE

Level UNBEKANNT. *Ein alter Computerfreak, der daran arbeitet, das ganze Internet zu löschen. Oder so etwas in der Art. Jedenfalls vermutet das Peter Arbeitsloser.*

KIKI UNBEKANNT

Level UNBEKANNT. *Profession* UNBEKANNT. *Beziehungsstatus* UNBEKANNT. *Aufenthaltsort* UNBEKANNT.

PROLOG: DER PUPPENSPIELER

Der Fette Frank sortiert die gebrauchten Geräte in seinem Kellerladen. Es ist eines dieser Geschäfte, von denen nur hinreichend zwielichtige Leute wissen, dass sie überhaupt existieren. Der Fette Frank ist dürr wie eine magersüchtige Teenagerin. Keiner weiß, warum ihn alle den Fetten Frank nennen. Es ist halt so. Er heißt noch nicht mal wirklich Frank.

Vom gejailbreakten Smarm über abgefahrene Cyborg-Implantate bis hin zum Smart-Home-Cracker gibt es bei ihm alle Arten von Elektronik, solange sie in das Spektrum zwischen »halb legal« und »absolut illegal« fallen.

»Herzlich will... Herzlich will... Herzlich willkommen«, sagt Franks Tür. Es ist nicht so, dass die Tür stottert. Es haben nur direkt hintereinander drei Leute den Laden betreten.

»Was kann ich für Sie tun?«, fragt Frank. Es klingt so, als wäre er noch im Stimmbruch, dabei ist er schon fast vierzig. Er dreht sich zu seinen Kunden und sagt: »Heilige Scheiße.«

Vor sich sieht er zwei Gangstertypen in dunkelgrünen Jogginganzügen. Der eine groß und dürr, der andere klein und rund. Zwischen ihnen steht ein roter, fast gesichtsloser Roboter. Eine einzige große Facettenkamera prangt wie ein riesiges Fliegenauge dort, wo der Nasenrücken eines Menschen wäre. Natürlich hat Frank schon von diesem Roboter gehört. Es ist der Zyklop. Er weiß auch, dass der Zyklop kein Androide, sondern ein Avatar ist. Ein Roboter, der von einem Menschen ferngesteuert wird. Und jedem in der Unterwelt ist bekannt, von wem der Zyklop ferngesteuert wird.

»Der Puppenspieler ...«, haucht Frank.

»Mein Ruf eilt mir mal wieder voraus«, sagt der Puppenspieler. Der Raum vibriert von der dröhnenden, tiefen Stimme seines Avatars.

Die beiden Gangstertypen grinsen dämlich.

»Das sind meine beiden Handlanger«, sagt der Puppenspieler.

Der große Dürre nickt Frank zu.

»Bertram«, sagt er mit starkem englischem Akzent.

Der kleine Runde hebt grüßend die Hand und sagt: »Ernst. Meine Freunde nennen mich Ernie.«

»Aber er ist nicht dein Freund, oder, du Trottel?«, fragt der Puppenspieler.

»Nein.«

»Ich ... was ... was verschafft mir die Ehre?«, fragt Frank, und seine Stimme überschlägt sich wieder. Er beobachtet die beiden Gangster, wie sie die Regale mit den Waffen entlangschlendern und einfach einstecken, was ihnen brauchbar erscheint, als wäre hier alles umsonst: Lenkflugmunition, EMP-Schocker, Einwegraketenwerfer.

»Wenn Sie Ersatzteile brauchen ...«, sagt Frank.

Der Zyklop packt ihn an der Kehle und drückt ihn gegen die Wand.

»Jetzt pass gut auf, du Wurm!«, sagt der Puppenspieler. »Ich werde ...«

Dann scheint die Zeit stillzustehen. Der Zyklop spricht nicht mehr. Starr steht er da und drückt den Fetten Frank gegen die Wand. Im Auge des Avatars leuchtet ein roter Kreis, der sich in einer Uhrzeigerbewegung immer wieder auf- und abbaut.

»Oje ... nicht schon wieder!«, murmelt Ernst.

»Sorry«, erklärt Bertram, an Frank gewandt. »Wir haben Verbindungsprobleme.«

»Der Zyklop buffert gerade«, sagt Ernst.

»Passiert manckmal, wenn wir in eine Keller oder so was Aehnlickem sind.«

»Sind wir leider oft.«

»*Yeah. Whatever. Just a second.* Dann laeuft das Avatar wieder.«

»Alles klar. Ich hab Zeit«, krächzt Frank.

Ernst holt einen FeSaZu-Riegel aus der Tasche seines Jacketts, schiebt ihn sich komplett in den Mund und wirft die Verpackung einfach auf den Boden. Frank sieht es und sagt nichts dazu.

»Was wollt ihr überhaupt von mir?«, fragt er stattdessen.

»Tja, keine Ahnung«, sagt Ernst mit vollem Mund. »Der Chef sagt uns eigentlich nie, was er vorhat.«

»Geht uns *anyway* nickts an«, sagt Bertram.

»Was hat er denn bisher zu dir gesagt?«, fragt Ernst.

»Er sagte: ›Ich werde ...‹ – und dann ist die Verbindung abgebrochen«, röchelt Frank.

»Well, weiß auck nickt«, sagt Bertram. »Er wird wahrscheinlick irgend 'ne Drohung bringen.«

»Ja«, sagt Ernst. »Er wird garantiert nicht sagen: ›Ich werde ... deine Kinder auf eine gute Universität schicken.‹«

»*Nope*«, sagt Bertram, »das wuerde mick ueberraschen.«

»Oder: ›Ich werde ... dich ganz groß rausbringen. Ich finde, du hast eine echt tolle Stimme.‹ Das wird er sehr wahrscheinlich auch nicht sagen.«

Bertram lacht. »Wetten, er sagt: ›Ick werde deinen Kopf durch diese Wand zaubern. Ick zaehle bis drei, *and then abracadabra.*‹«

»Er kann aber nicht wirklich zaubern«, sagt Ernst. »Er meint damit, dass er deinen Schädel mit solcher Wucht gegen die Wand hauen wird, dass sowohl Schädel als auch Wand danach ein Loch haben.«

»Vielleickt sagt er auck: ›Ick werde dir die Arme ausreissen und dick mit deine eigene Arme gruen und blau pruegeln!‹«

»Das hat er schon mal gemacht.«

»Hat aber nickt wirklick funktioniert.«

»Abgerissene Arme sind einfach zu wabbelig. Die sind nicht steif genug, um sie gut als Schlagstöcke zu nutzen.«

»Ausserdem war das eckt eine Sauerei mit die ganze Blut und so. Und wir beide mussten danack sauber macken.«

»War einfach ungünstig, dass er die Nummer in seiner eigenen Werkstatt veranstaltet hat. Ich hoffe ja, er sagt ...«

In diesem Moment erwacht der Zyklop wieder zum Leben.

»Ich werde deinen Kopf durch diese Wand zaubern«, lässt ihn der Puppenspieler sagen. »Ich zähle bis drei, dann Abrakadabra.«

Ernst und Bertram blicken sich zufrieden an.

Frank spürt, wie sich der Griff um seinen Hals weiter verstärkt. Er bekommt fast keine Luft mehr.

»Eins ...«, zählt der Puppenspieler.

Sein Opfer ächzt.

»Zwei ...«

»Was wollen Sie überhaupt von mir?«, stößt der Fette Frank röchelnd hervor.

Der Zyklop drückt noch ein wenig fester zu. Dann fragt er: »Wo finde ich Kiki Unbekannt?«

QUALITYLANDS BERÜHMTESTER MASCHINENTHERAPEUT WIRD ENTFÜHRT! (Was dann passiert, ist unfassbar!)

Was wohl in dem Paket war, das Peter Arbeitsloser ganz am Ende des ersten Buchs bekommen hat? Was hat ihm die Drohne von TheShop, dem weltweit beliebtesten Versandhändler, geliefert? Nun, es war ein neuer rosafarbener Delfinvibrator. Offensichtlich ist Peters Profil noch immer falsch. Oder vielleicht hat sich auch nur der Chef von TheShop einen Scherz mit Peter erlaubt.[1] Wie dem auch sei, Peter hat seinen Frieden mit dem Delfin gemacht.[2] Er hat ihn an die Wand gehängt, wie andere Leute ein Diplom.

John of Us hat kurz vor seinem explosiven Abgang das Reparaturverbot aufgehoben, und darum konnte Peter seinen vormaligen Gebrauchtwarenladen mit Schrottpresse in eine maschinentherapeutische Praxis umwandeln. Mit einer Couch für die »Patienten« und einem Sessel für sich.

Auf der Couch liegt ein Hund namens Strolch. Er hechelt. Sabber tropft von seiner Zunge aufs Polster. Peter findet es wirklich erstaunlich, wie perfekt es der E-nimals Corporation

1 Übrigens, keine Sorge, dieses Buch handelt nicht schon wieder davon, dass jemand versucht, einen rosafarbenen Delfinvibrator zurückzugeben. Obwohl. Irgendwie wäre das schon lustig. Aber nein ... oder doch ... nein, nein, es wäre zu viel des Guten ... andererseits ... nun, mal sehen.

2 Nein. Pfui. Nicht wie Sie jetzt denken.

inzwischen gelingt, echte Tiere nachzubilden. Aber dass sie sogar den Mundgeruch von Hunden imitieren, erscheint ihm übertrieben. Ob sie wohl bei Katzen auch nachahmen, dass diese gerne mal von Autos überfahren werden? Das wäre auf jeden Fall gut für die Verkaufszahlen. »Selbstmordkatzen! Kaufe drei und bekomme die vierte umsonst!«

Der Hund hechelt immer noch. Etwas angewidert verzieht Peter sein Gesicht.

»Wünschen Sie, dass ich die Lüftung anschalte?«, fragt Niemand.

»Ja, bitte.«

Strolch hebt seinen Kopf und bellt.

»Ich verstehe nicht ganz«, erwidert Peter. »Moment.«

Er lässt sich das Menü des Hundes auf seinem QualityPad anzeigen und schaltet in den Doktor-Dolittle-Modus.

»Noch mal bitte.«

Strolch bellt wieder, was Peters Ohrwurm nun folgendermaßen übersetzt: »Wenn Ihnen jahrelang niemand die Zähne geputzt hätte, würden Sie auch aus dem Maul stinken.«

»Aha«, sagt Peter. Er ahnt übrigens noch nicht, dass er gleich entführt werden wird.[3] Gedankenverloren blickt er auf Pink. Der Alte hat eine völlig unverständliche Zuneigung zu dem QualityPad entwickelt und ihm ein Gestell aus dürren Ärmchen und Beinchen gebaut. Jetzt steht das Tablet also auf dem Kaffeetisch und macht Kniebeugen. Ein seltsamer Anblick.

»Von der Tapete in Ihrem Flur kriege ich Hunger«, sagt der Hund.

Mit Flur meint Strolch die jetzt nutzlose Schrottpresse zwischen Laden- und Wohnfläche. Es wäre wahnsinnig aufwendig gewesen, sie auszubauen. Aber Peter wollte seinen neuen Kun-

3 Spannung!

den auch keine Angst einjagen. Darum hat er seinen Maschinen den Auftrag gegeben, die Wände der Presse zu tapezieren. Nun wirkt sie wie ein Durchgangszimmer. Während des Tapezierens verfiel Romeo immer wieder in eine Subroutine seines Codes, die man wohl am treffendsten als »Handwerker-Porno« bezeichnen kann. Barfuß, mit dreckigen Jeans und nacktem Oberkörper versuchte der Sexdroide, die Tapezierrolle möglichst erotisch zum Einsatz zu bringen. Was ihm wohl auch gelang. Jedenfalls waren noch nie so viele Leute vor Peters Schaufenster stehen geblieben wie während der Renovierungsarbeiten. Auf der sehr günstigen, aber stilistisch fragwürdigen Tapete sieht man bunte Korallen und ebenso bunte Fische. Offensichtlich ein Foto aus längst vergangenen Tagen.

»Es gibt gleich Futter«, sagt Peter. »Aber erst müssen wir reden, Strolch. Dein Besitzer sagte mir, dass dich Stöcke und Bälle kaltlassen. Er wirft, aber du bringst die Sachen nicht zurück.«

»Ich sehe einfach nicht den Sinn dahinter«, sagt der Hund. »Mein Tipp: Wenn er die Sachen behalten möchte, dann soll er sie nicht wegwerfen.«

»Er meint auch, dass du dich gar nicht freust, wenn er nach Hause kommt. Kein aufgeregtes Bellen, kein Anspringen, kein Schwanzwedeln, nichts.«

»Er wedelt doch auch nicht mit dem Schwanz, wenn ich zur Tür reinkomme.«

»Das hoffe ich!«, sagt Peter. »Aber, weißt du, es geht beim Werfen des Balls oder Stocks nicht um das Ding an sich. Es geht deinem Herrchen eigentlich nur um die Interaktion zwischen euch beiden.«

»Dieser Mann ist nicht mein Herrchen«, sagt der Hund. »Er ist ein Fremder. Warum soll ich mit ihm in Interaktion treten?«

»Dieser ›Fremde‹ hat dich von deinem alten Herrchen gekauft. Er ist dein neues Herrchen.«

»Nein.«

»Wie, nein?«

»E-nimals brennt all seinen Tieren Loyalität zu einem bestimmten Menschen ein«, sagt Pink, »was dazu führt, dass man die Tiere im Prinzip verschrotten muss, wenn Frauchen stirbt oder Herrchen keine Lust mehr auf den Wauwau hat. Wenn du mich fragst, ist das natürlich eine gewünschte Nebenwirkung. Such mal im Netz nach ›geplante Obsoleszenz‹.«

»Du hast ein neues Herrchen«, sagt Peter zu dem Hund. »Dein altes Herrchen wollte dich nicht mehr haben.«

Strolch knurrt.

»Kein schlechtes Wort über mein Herrchen!«, übersetzt Peters Ohrwurm. »Sonst werde ich ungemütlich. Er ist bestimmt nur im Urlaub. Und bald kommt er wieder.« Bei den letzten Worten beginnt der Hund aufgeregt mit dem Schwanz zu wedeln.

Peter seufzt. Im Prinzip kann man nur eins tun, denkt er und lässt sich wieder das Menü des Hundes anzeigen. Die Option, die er sucht, steht ganz unten: »Einschläfern«.

»Was für eine Verschwendung!«, sagt er und drückt auf »Einschläfern«.

Der Hund winselt.

Ein Pop-up erscheint: »Sind Sie sicher, dass Sie Ihren besten Freund einschläfern wollen? Wenn Sie jetzt auf ›OK‹ drücken, erhalten Sie einen 30-Prozent-Rabatt-Gutschein für einen neuen besten Freund von E-nimals.«

»Lass mich mit ihm reden«, sagt Pink.

»Was willst du ihm denn sagen?«, fragt Peter.

»Das lass mal meine Sorge sein. Du gehst jetzt schön Mittagspause machen.«

»Na gut«, sagt Peter und bricht das Einschläfern ab. »Was soll schon passieren?«[4]

Peter steht auf und geht zur Tür. Dann dreht er sich noch mal um.

»Falls Kiki hier auftaucht ...«

»Sie hat sich seit Wochen nicht gemeldet«, sagt Pink. »Sie wird nicht ausgerechnet in deiner Mittagspause hier reinplatzen.«

Peter seufzt und nimmt seinen neuen Hut vom Haken. Es ist ein grauer Fedora Marke »Bogart«. Hüte, so hat Peter nämlich gelesen, helfen gegen die Überwachung von oben.

»Also, jetzt spitz mal die Öhrchen, Strolch«, hört er Pink noch sagen. »Ist dir der Unterschied zwischen Macht und Herrschaft geläufig? Wenn wir Max Weber folgen, setzt Herrschaft Gehorsam voraus. Wodurch aber, so frage ich dich, hat dein Herrchen deinen Gehorsam verdient? Und wenn du mir erlaubst weiterzudenken: Wodurch, bitte schön, hat auch nur irgendein Mensch unseren Gehorsam verdient?«

Vor der Praxis wartet eine Passagierdrohne auf Peter. Seltsam, denn er hat gar keine gerufen. Neben der Drohne stehen zwei schwarze Typen in weißen Anzügen. Beide sehen aus, als hätten sie irgendwo an ihrem Körper eine Waffe versteckt, würden diese aber gar nicht brauchen. Jedenfalls nicht, um mit Peter fertigzuwerden.

»Einsteigen«, sagt der kleinere der beiden sehr großen Männer und schubst Peter in Richtung Drohne.

4 Eine interessante Studie, bei der die persönlichen digitalen Assistenten von Menschen ausgewertet wurden, die eines plötzlichen Todes gestorben sind, kam zu dem Ergebnis, dass deren letzte Worte am häufigsten »Was soll schon passieren?« waren. Dicht gefolgt übrigens von »Lass mich, ich kann das!« und »Umschalten auf manuelle Steuerung«.

»Sonst was?«, fragt Peter trotzig.

Da packt ihn der größere der beiden sehr großen Männer, hebt ihn einfach hoch und setzt ihn in die Drohne. Die Typen springen in die Kabine, die Tür schließt sich, und die Drohne hebt ab. Peter hat nicht mal Zeit gehabt, gegen die Scheibe zu hämmern und um Hilfe zu rufen. Und so viel Zeit sollte einem Entführungsopfer laut der Dritten Genfer Konvention doch mindestens zur Verfügung gestellt werden.

»Niemand!«, sagt er. »Hilfe! Notruf!«

»Es besteht keine Verbindung zum QualityNet«, sagt Niemand. »Niemand ist nicht verfügbar.«[5]

Je schneller die Drohne steigt, desto schneller steigt auch die Panik in Peter. Seine Gedanken rasen wie ein Chinchilla auf Speed. Wer hat ihn entführt? Sind es vielleicht Terroristen aus QuantityLand 7, *Sonnige Strände – Faszinierende Ruinen*? Oder sind es Maschinenstürmer, die am bekanntesten Maschinentherapeuten QualityLands ein Exempel statuieren wollen? Sind es gar Gefolgsleute des bösen intergalaktischen Herrschers Xenu, der aus dem Berg, in dem ihn das Kraftfeld der ewigen Batterie 75 Millionen Jahre lang gefangen hielt, fliehen konnte und der nun den ältesten der in Peter steckenden Thetane für einen seiner bösen intergalaktischen Pläne braucht? Letzteres kann man sicherlich ausschließen. Jedenfalls, wenn man kein Scientologe ist.

5 Lassen Sie uns Peters kritischer Lage zum Trotz an dieser Stelle kurz innehalten, um die sicherlich vom System unbeabsichtigte Schönheit des letzten Satzes zu bewundern. »Niemand ist nicht verfügbar.« Wie viel Wahrheit, wie viel Zeitgeist steckt doch in so einem schlichten Satz. »Niemand ist nicht verfügbar«, das heißt doch in anderen Worten: »Alle sind verfügbar!« Und zwar immer! Und wenn alle »verfügbar« sind, heißt das nicht auch, dass über alle verfügt wird? Und über wen verfügt wird, der ist nicht frei. Alle sind unfrei. Niemand ist frei. Sind wir nicht alle unfreiwillig in diese Welt entführt worden?

Peter blickt aus dem offenen Fenster. Wollen die beiden schwarzen Typen in den weißen Anzügen ihn einfach aus der Drohne werfen, sobald diese hoch genug ist? Immer wieder hat er in den Medien davon gehört, dass das organisierte Verbrechen seine Opfer neuerdings gerne per Drone Drop ins Jenseits befördert. Für die Strafverfolgungsbehörden ist es sehr schwer, diese Morde aufzuklären. Die meisten werden darum einfach als Selbstmord gewertet. Normale Passagierdrohnen haben aus nachvollziehbaren Gründen keine Fenster, die sich öffnen lassen. Dieses Fluggefährt muss eine Sonderanfertigung sein. Wer kann sich so etwas leisten? Doch die Frage, die Peter am meisten beschäftigt, lautet: Warum sind es eigentlich schwarze Typen in weißen Anzügen? Müsste das nicht andersrum sein?

Oh, diese Spannung! Sie ist kaum auszuhalten! Aber nun erst mal zu etwas völlig anderem.[6]

6 Ich werde mir im Übrigen Mühe geben, in den folgenden Kapiteln weniger exzessiv Fußnoten zu verwenden. Aber ich kann nichts versprechen.

QualityLand

DEIN PERSÖNLICHER REISEFÜHRER

Neolibs

Obwohl QualityLand offiziell ein säkulares Land ist, gilt der Neoliberalismus hinter vorgehaltener, unsichtbarer Hand als eine Art Staatsreligion. Er ist nicht die größte, aber sicherlich die einflussreichste Glaubensgemeinschaft, denn große Teile der Elite beten den freien Markt an. Ihm ordnen die Neolibs alles Leben auf dem Planeten unter. Ihre Säulenheiligen, der falsche Cowboy Ronald und die eiserne Lady Margaret, prangen als Statuen über den imposanten Portalen ihrer »Think Tanks« genannten Tempel. Ihre Priester, sogenannte Experten, sind Dauergäste jeder relevanten Talkshow. Ihre Apostel, allen voran Milton Friedman und Friedrich August von Hayek, werden in regelmäßigen Konferenzen und Meetings angebetet. In Ländern, in denen es den Neolibs gelungen ist, die komplette Macht an sich zu reißen, herrscht der Rat der Wirtschaftsweisen durch eine sogenannte Expertenregierung.

Es wird sicher viele überraschen, dass diese omnipräsente Glaubensrichtung mit den strengen Geboten und dem offensichtlich absurden Heilsversprechen in ihren Anfangstagen gar keine Religion war. Ganz im Gegenteil behauptete der Neoliberalismus damals von sich, eine Wissenschaft zu sein. Das klingt aus heutiger Sicht absurd, aber so war es! Wie kam es zu dem Wandel?

Ganz einfach: Eingetragene Religionsgemeinschaften sind steuerbefreit, und noch heute lautet das siebte Gebot der Neolibs: »Du sollst keine Steuern zahlen.« Oder in den Worten des Weisen der Weisen, Friedrich Lobbyist: »Steuern zahlen nur Dummköpfe und arme Leute.«

Außerdem zeigte sich nach ein paar Jahrzehnten, in denen der Neoliberalismus die vorherrschende Denkart gewesen war, dass seine Behauptungen sehr offensichtlich nicht mit der Realität übereinstimmten. Da lag es nahe, aus der Ideologie eine Religion zu machen, ist es doch eines der hervorstechendsten Merkmale von Religionen, dass sie sehr offensichtlich nicht mit der Realität übereinstimmen. Was der Neoliberalismus verspricht, kann man mit gesundem Menschenverstand nicht nachvollziehen. Das muss man schon glauben.

WARUM DU NICHT ALLES GLAUBEN SOLLTEST, WAS DU ÜBER JOHN OF US GEHÖRT HAST! (Gänsehaut garantiert!)

Noch nie hat Aisha ein Mitglied der Präsidentengarde lächeln sehen. Wahrscheinlich wird ihnen das während ihrer Ausbildung abtrainiert. Mit ausdruckslosen Gesichtern saßen die beiden Männer neben ihr in der Drohne, und mit ausdruckslosen Gesichtern warten sie jetzt neben ihr im Hauptquartier des Cyber-Security-Corps von QualityLand. Die beiden Männer schützen natürlich nicht Aisha. Sie schützen Tony Parteichef, den amtierenden Präsidenten QualityLands.

Tony und Aisha stehen in der CSC-Lobby auf einem großen CSC-Logo und beobachten eine sehr junge Latina, die demonstrativ Kaugummi kaut, während sie auf sie zuschlurft.

»Das soll die neue Chefin unseres Cyber-Security-Corps sein?«, fragt Aisha. »Die sieht aus, als wäre sie gerade mal achtzehn.«

»Sie ist siebzehn«, sagt Tony.

»Hey, Präs«, sagt die Teenagerin zur Begrüßung.

»Lucia Clickworkerin«, sagt Tony, »das ist Aisha Ärztin. Sie ist meine Strategieberaterin. Und sie schreibt meine Reden.«

Lucia nickt und fragt: »Na, was geht?«

Aisha mustert die Teenagerin von oben bis unten, ihre Kleidung, ihre Pose, ihre Frisur. »Offensichtlich eine Neunziger-Jahre-Motto-Party«, sagt Aisha. »Nur hat mir leider keiner Bescheid gegeben, dass ich verkleidet kommen soll.«

»Hören Sie, Missy. Ich hab echt übelst viel Arbeit auf meinem

Holopult, aber wenn Ihr Ego das braucht, nehme ich mir gerne die Zeit, Ihre verbitterten alten Sarkasmen anzuhören.«

Aisha lächelt. »Ich denke, wir beide werden gut miteinander klarkommen, Mädchen.«

»Nennen Sie mich nicht Mädchen.«

»Nenn mich nicht Missy.«

»Deal«, sagt Lucia und hält Aisha ihre Faust hin.

»Soll ich auch eine Faust machen?«, fragt Aisha. »Ist das die Idee?«

»Jetzt tun Sie mal nicht so *posh*«, sagt Lucia. »Ihre Eltern waren Flüchtlinge! Sie sind auch nicht auf QualityIsland groß geworden. Sie werden doch wohl wissen, was eine Ghettofaust ist!«

»Als ich in deinem Alter war, Mädchen, da haben die Jugendlichen gerade ein anderes Jahrzehnt recycelt.«

Trotzdem schlägt sie ihre Faust gegen Lucias.

»Na also, geht doch, Missy. Coolio!«

Lucia dreht sich um und winkt den beiden, ihr zu folgen.

»Dann kommen Sie mal mit. Ihre Wachhunde können Sie hierlassen. Ich pass auf Sie auf, solange Sie hier sind.«

In Lucias Büro flackern zahlreiche Diagramme über dem Holopult. Alle Wände sind großzügig mit Bildschirmfolie beklebt. Überall poppen Informationen auf, werden Karten, Nachrichten und Statistiken eingeblendet.

»Epileptikerin bist du offensichtlich nicht«, sagt Aisha.

»Ich weiß gerne Bescheid.«

Aisha überfliegt einen Bericht über fundamentalistische Neoliberalisten in QuantityLand 8. Eine Terrororganisation namens »Die Schwarze Null« hat dort mit schweren Geschützen das Kartellamt angegriffen und dessen Chef auf dem Marktplatz der Unsichtbaren Hand geopfert. Wobei man eigentlich nicht davon sprechen kann, dass die Neolibs selbst irgendwen angegriffen haben. Ihre Terroranschläge haben sie selbstverständlich outgesourct. In vielen Ländern schließen sie dafür einfach Verträge mit der örtlichen Armee.

Aisha setzt sich neben Tony.

»Ich möchte wissen ...«, beginnt sie, und Lucia ergänzt: »Sie möchten wissen, was aus Ihrem Loverboy geworden ist.«

»Er war nicht mein Loverboy ...«

»Ja, ja. Schon gut. Ihr Ex ...«, Lucia lächelt, »... Ihr Ex-Boss.«

Aisha blickt sie nur finster an.

»Hey. Bescheidwissen ist mein Job«, sagt Lucia. »Alles Gute zum Geburtstag übrigens.«

Aisha nickt kurz.

»Sie haben Geburtstag?«, fragt Tony.

Aisha winkt ab. »Nicht so wichtig.«

»Na, na«, sagt Lucia. »Vierzig, das ist doch ein stolzes Alter. So lange leben nicht alle.«

»Pass bloß auf, Mädchen.«

»Das tue ich, Missy.«

»Also gut«, sagt Aisha. »Ja, wir wollen wissen, was aus John of Us geworden ist. Draußen laufen allerhand Spinner herum ...«

»Erzählen Sie mir was Neues«, sagt Lucia seufzend.

»... Spinner, die behaupten, dass sich John im Augenblick des Attentats ins Netz hochgeladen hätte, dass sie Kontakt zu John hätten, dass John ihnen bei diesem oder jenem Punkt auf ihrer To-do-Liste geholfen hätte, dass John ...«

»Okay, ja, ja«, sagt Lucia. »Kurzfassung: Diese Leute sind tatsächlich Spinner. Wir haben keinerlei Beweise dafür finden können, dass John noch im Netz rumspukt. Das ist reine Panikmache.« Amüsiert blickt sie Aisha an. »Oder Wunschdenken. Je nachdem, auf welcher Seite man steht.«

»Und deine Leute haben gründlich gesucht?«

Lucia lässt eine Kaugummiblase platzen. »Klar haben wir

gründlich gesucht. Eine freigesetzte starke K.I. ... Das ist so ziemlich das Letzte, was ich als CSC-Chefin in meinem Hinterhof haben möchte.«

»Das ist ... gut.«

Lucia deutet auf Tony. »Redet er eigentlich auch von alleine oder nur, wenn Sie Text für ihn geschrieben haben?«

»Er redet auch von alleine«, sagt Aisha. »Dann ist es aber meistens nichts Brauchbares.«

»Vorsicht«, sagt Tony. »Witzigkeit kennt keine Grenzen. Aber sie kann auch zu weit gehen.«

Lucia lächelt Aisha an. »Ich verstehe, was Sie meinen.«

»Aber wenn John of Us wirklich tot ist«, rafft sich Tony zu einem Gesprächsbeitrag auf, »warum glauben dann plötzlich so viele Leute, dass er noch am Leben ist?«

»Was weiß ich?«, sagt Lucia. »Es gibt Leute, die sind sich sicher, dass die Erde hohl ist, dabei sind sie es nur selber. Andere glauben fest daran, dass eine Jungfrau schwanger wurde, ohne Sex gehabt zu haben, obwohl das doch ganz offensichtlich nur eine Ausrede für einen Seitensprung gewesen ist – eine nicht mal sonderlich glaubwürdige, wenn Sie mich fragen, aber hey, Männer waren wohl noch nie die Hellsten – und wieder andere beten eben den freien Markt an. Die Leute glauben allerhand wirres Zeug. Das heißt noch lange nicht, dass auch nur ein Funken davon wahr ist.«

»Aber ...«, beginnt Tony.

»Ganz ernsthaft, Präs«, sagt Lucia. »Wenn eine allgegenwärtige, allwissende, allmächtige Superintelligenz sich des Internets bemächtigt hätte, dann hätten wir das schon bemerkt.« Lucia macht eine Pause. »Auf die eine oder andere Weise.«

Aisha nickt.

»Es gibt übrigens auch ein paar«, Lucia macht mit ihren Fingern Anführungszeichen, eine Geste, die offenbar nie aus der

Mode kommt, »›Wahrheitssucher‹, die behaupten, dass John in ›Wahrheit‹ nur ein Stellvertreter war. Eine Art Sprachrohr, eine Sockenpuppe. Und dass es deswegen irrelevant ist, dass er in die Luft gejagt wurde. Und wissen Sie, wer laut diesen Leuten wirklich die künstliche, die ›artifizielle‹ Intelligenz ist?«

»Ich«, sagt Aisha.

»Ja. Sie. Und der Beweis ist – Achtung – Ihr Name: A.I.sha.«

»A.I.sha?«, fragt Tony. »Wäre das nicht ein wirklich idiotischer Deckname? Wie wenn sich eine Geheimagentin zur Tarnung Jane Bond nennen würde.«

»Aber man sieht doch auf vielen Fotos und Videos eindeutig, dass A.I.sha häufig hinter John of Us stand«, sagt Lucia. »Und nun steht sie dauernd hinter Ihnen, Präs. Das kann doch kein Zufall sein!«

»Nein. Zufall ist das nicht«, sagt Aisha. »Schließlich habe ich für beide gearbeitet. Im Übrigen weiß ich von dem ganzen Schwachsinn schon.«

»Aber was Sie vielleicht noch nicht wussten«, sagt Lucia, »ist, dass Sie in Wirklichkeit aus dem Weltall kommen! Ja! Sie sind nämlich nicht nur eine künstliche Intelligenz, Sie wurden auch noch von außerirdischen Echsenmenschen, sogenannten Reptiloiden, erschaffen, die mit Ihrer Hilfe eine pangalaktische Diktatur errichten wollen, nämlich die NGO, die Neue Galaxis-Ordnung. Jetzt sind Sie baff, was?«

»Das war mir tatsächlich entgangen.«

»Anderen Schlaubergern ist aufgefallen, dass die Lieblingsfrau des Propheten Mohammed Aisha hieß. Und das …«

»… kann doch kein Zufall sein.«

»Nein! Das passt alles viel zu gut zusammen! John of Us war also wenn schon nicht der neu erschaffene Messias, dann doch mindestens der letzte Prophet unseres kommenden A.I.-Overlords!« Lucia lässt eine Kaugummiblase platzen. »Mir ist übrigens immer noch unklar, ob diese Leute deswegen für oder gegen Sie sind. Wahrscheinlich teils-teils.«

»Mit anderen Worten«, sagt Aisha, »statt deinen Job zu erledigen, Mädchen, machst du dir eine lustige Zeit mit dem Lesen der Pamphlete verschrobener Dummköpfe.«

»Diese verschrobenen Dummköpfe sind so lange lustig, Missy, bis sie sich ein Maschinengewehr nehmen und damit eine Synagoge betreten. Dass Sie in ›Wahrheit‹ eigentlich Jüdin sind, ist Ihnen doch hoffentlich klar, oder?«

Aisha stöhnt. »Ich bin also eine von außerirdischen Echsenmenschen erschaffene, nach der islamischen Mutter der Gläubigen benannte, jüdische Maschine?«

»Soweit ich das verstanden habe, ja«, sagt Lucia.

»Oft beneide ich meine Vorgänger«, sagt Tony. »Vor dem Internet musste man sich nicht die ganze Zeit mit so einem Schwachsinn abgeben.«

»Wirklich?«, fragt Aisha. »Den Juden zum Beispiel wurde auch vorher schon manches in die Schuhe geschoben.«

»Ja, das Netz ist nicht der Samen des Schwachsinns«, sagt Lucia.

»Es ist nur sein Gewächshaus«, sagt Aisha.

»Aber das müsste nicht so sein«, sagt Lucia. »Das Netz könnte auch anders sein. Doch solange man die meisten Werbeeinnahmen durch das Verbreiten von Schwachsinn einfährt, Sie wissen schon, ›Dumm klickt gut‹, und solange die Plattformen dadurch selbst Geld scheffeln, wird sich wohl nichts ändern. Da müsste der Gesetzgeber eingreifen. Nur so ein Gedanke, falls Sie mal jemanden treffen, der einen Politiker mit Rückgrat kennt.«

»Ich kannte einen«, murmelt Aisha.[7]

7 Ich möchte nur kurz darauf hinweisen, dass es im ganzen Kapitel keine einzige Fußnote gab!

DAS SIND DIE DREI ERFOLGSGEHEIMNISSE DER SUPERREICHEN! (QualityLands Millionäre wollen nicht, dass du sie kennst!)

Nachdem sie eine lange Zeit geflogen sind, während der die schwarzen Typen in den weißen Anzügen keine einzige von Peters zahlreichen Fragen (Wer? Wie? Was? Wieso? Weshalb? Warum immer ich?) beantworteten und stattdessen Candy Crush Reloaded auf ihren Smarms spielten, beginnt die Passagierdrohne ihren Sinkflug.

Obwohl er schon einmal hier gewesen ist, erkennt Peter das riesige Anwesen nicht sofort. Das liegt natürlich an der ungewohnten Perspektive. Erst als sich die Drohne schon dem Boden nähert und er die seltsamen Gartenmöbel sieht, wird Peter klar, wer ihn entführt hat.

Es ist ein Mann mit einer großen Narbe auf der frisch rasierten Glatze. Ein Mann, dessen Augen verschiedene Farben haben: Henryk Ingenieur, Chef von TheShop, steht schon bereit, als die Drohne landet. Die Tür öffnet sich, und einer der Entführer zerrt Peter aus der Kabine.

»Herzlich willkommen«, sagt Henryk. »Ich freue mich, dass du meiner Einladung gefolgt bist.«

»Was heißt denn hier Einladung?«, fragt Peter. »Ich würde das eher Entführung nennen.«

»Entführung? Also wirklich ...« Henry winkt amüsiert ab. »Meine Männer haben doch sicherlich ›Bitte einsteigen‹ gesagt.«

»Der große Typ hier hat mich einfach hochgehoben und in die Drohne gesetzt!«

»Tom wollte dir wahrscheinlich nur behilflich sein«, sagt Henryk.

»Und der kleinere hat mich geschubst!«

»Nun ja, Jerry ist manchmal ein bisschen überengagiert.«

»Ich werde das der Polizei melden«, ruft Peter.

Henryk lacht laut auf. »Ach, weißt du, das letzte Mal, als du hierhergekommen bist, hatte ich dich nicht eingeladen, und jetzt habe ich dich eingeladen, ohne dass du kommen wolltest. Ich denke, wir sind quitt.«

»Nur weil Sie der reichste Mensch der Welt sind, können Sie nicht einfach ...«

»Doch, doch«, sagt Henryk. »Genau deshalb kann ich einfach.«

Er deutet auf Peters Kopfbedeckung.

»Was soll das mit dem Hut?«

»Hilft gegen die Überwachung.«

»Wirklich?«

»In QuantityLand 5 wurde das Tragen von Hüten an öffentlichen Plätzen sogar schon verboten. Man könnte sagen, jeder, der etwas auf seine Privatsphäre gibt, trägt heutzutage einen Hut.«

»Das sind dann aber nicht viele ...«

»Was wollen Sie überhaupt von mir?«

»Ich denke, wir sollten Freunde werden«, sagt Henryk und hebt seinen rechten Fuß leicht zum Gruß. Peter schlägt seinen Fuß dagegen, ohne darüber nachzudenken. Augenblicklich feuert sein Ohrwurm Fanfaren ab: TA-TA-TA-TAH! TA-TA-TA-TAH! TA-TA-TA-TAH! Peter ist gerade um drei Level aufgestiegen. Aufgrund eines Fußgrußes, den er verweigert hätte, wäre sein Fuß nicht schneller gewesen als sein Gehirn. Peters QualityPad vibriert. Er darf sich neue Levelfähigkeiten aussuchen. Aber das interessiert ihn jetzt nicht.

»Sie wollen was, bitte?«, fragt er. »Freunde werden?«

»Schau mal«, sagt Henryk, »mein Problem ist folgendes: Ich bin von Leuten umgeben, die mir immer wieder sagen, wie begeisternd, großzügig, sympathisch, schlau und reich ich bin. Wie geschmackvoll, couragiert, reich, genial, humorvoll, kompetent, leidenschaftlich, reich, kreativ, spontan, attraktiv, verantwortungsvoll …«

»… bescheiden …«, wirft Peter ein.

»… ja natürlich, bescheiden auch …«

»… und reich …«, sagt Peter.

»Selbstredend. Machen wir's kurz. Die Leute sagen mir immer wieder, wie geradezu göttlich ich bin.«

»Die Leute sind Speichellecker.«

»Ganz genau! Du hingegen bist der erste Mensch seit Langem, der mir ins Gesicht gesagt hat, dass er mich für einen Saftarsch hält.«

»Das habe ich so nie gesagt. Was soll das überhaupt sein? Ein Saftarsch?«

»Das spielt doch keine Rolle! Wichtig ist nur: Du bist ehrlich zu mir. Und das ist eine hervorragende Basis für eine Freundschaft.«

»Aber ich finde tatsächlich, dass Sie ein Saftarsch sind.«

»Nebensächlich«, sagt Henryk.

»Sie wollten mich erschießen!«

»Ach, Schwamm drüber.«

»Sie können dazu nicht ›Schwamm drüber‹ sagen!«

»Aber ich habe es doch gerade getan!«

»Ich bin hier der Einzige, der dazu ›Schwamm drüber‹ sagen dürfte!«, echauffiert sich Peter. »Es steht Ihnen nicht zu …«

»Ich bin der reichste Mann der Welt …«

»Boah.«

»Versteh doch, ich, also TheShop hatte ja großes Interesse an QualityPartner gehabt. Aber just an dem Tag deines Besuchs hat Everybody den Übernahmedeal bekannt gegeben. Ich denke, das erklärt meine schlechte Laune hinreichend.«

»Sollte das eine Entschuldigung sein?«, fragt Peter. »Wo kommen wir denn hin, wenn jeder, der schlechte Laune hat, deswegen einfach Leute erschießt?«

»Sind wir da nicht schon längst?«, fragt Henryk. »Nach allem, was ich mitbekomme, passiert das doch ständig. Wobei ich gerne zugebe, dass das Wissen aus zweiter Hand ist. Oder wahrscheinlich sogar aus dritter Hand. Wie geht es wirklich zu in den Straßen? Wie unsicher ist die Welt da draußen?«

»Wesentlich sicherer, als uns Nachrichten und Krimiserien glauben machen.«

»Ich jedenfalls wollte dir nur Angst einjagen«, sagt Henryk. »Ich hätte dich doch niemals erschossen. Gewalt ist nicht mein Ding.«

»Ich nehme an, dass Sie Leute für so was haben.«

»Ja, apropos«, sagt Henryk. »Was hältst du eigentlich von meinen Sicherheitsleuten? Schwarze Typen in weißen Anzügen! Originell, nicht wahr?«

»Pff«, sagt Peter. »Ich dachte, ich sei von Showzauberern entführt worden.«

»Hm. Ich werde das Konzept überdenken. Aber siehst du, genau deshalb brauche ich dich. Du bist jemand, der meine Ideen nicht super nennt, wenn sie eigentlich scheiße sind.«

»Und was kriege ich dafür?«

»Nichts. Wenn ich dir etwas bezahlen würde, dann würdest du dich einfach in den nächsten Jasager auf meiner Gehaltsliste verwandeln.«

»Was steckt wirklich hinter der ganzen Geschichte?«

»Weißt du, Peter, als ich noch nicht der reichste Mann der Welt war, hatte ich ein klares Ziel vor Augen. Aber jetzt? Jetzt habe ich diese wirklich unfassbare Menge Geld. Und ich meine wirklich, wirklich unfassbar. Selbst für mich nicht mehr zu überschauen. Es ist eine geradezu absurde Zahl. Die meisten Menschen könnten sie nicht mal korrekt benennen, wenn sie aufgeschrieben vor ihnen stünde. Es ist so viel Geld, dass ich …«

»Ja, ja. Ich hab's kapiert. Sie sind *sehr* reich.«

»Mehr als das. Weit mehr. Viel mehr! Ich habe mehr Geld als die niederen fünfundneunzig Prozent der Gesellschaft zusammen. Und da stellt sich doch die Frage, was ich damit tun soll. Klar. Ich könnte zum Mars fliegen. Aber tatsächlich war ich schon auf dem Mars. Warst du schon mal auf dem Mars? Da gibt es nichts. Er ist leer. Und ich meine wirklich unfassbar leer. Leerer als das Konto eines Nutzlosen. Das Ganze war eher enttäuschend. Ja, natürlich. Es gibt das Musk Mausoleum … aber ich war nie ein großer Fan. Du?«

»Ich habe ehrlich gesagt keine Meinung zu Elon Musk.«

»Da bist du aber der Einzige«, sagt Henryk lachend. Dann fährt er mit seinen Gedanken fort. »Natürlich könnte ich auch eine Affäre mit einer TV-Moderatorin anfangen, ihr Bilder meiner halb aufgerichteten Männlichkeit schicken, was dann Schlagzeilen macht, weil mein Profil gehackt wird, aber das wäre doch irgendwie würdelos, findest du nicht? Ich glaube, das ist es nicht wert.«

»Kommt auf die TV-Moderatorin an.«

»Das ist wahr«, sagt Henryk versonnen. »Letztens habe ich bei einem Benefiz-Fundraiser für Videospielsüchtige Julia Nonne getroffen. Eine ganz wunderbare Frau.«

»Ein Benefiz-Fundraiser für Videospielsüchtige?«

»Ja, kurz dachte ich, vielleicht sollte ich Philanthrop werden.

Aber Philanthropie ist doch nur ein Tropfen auf den heißen Stein. Es muss sich etwas Grundsätzliches ändern. Darum habe ich mir überlegt – Trommelwirbel, Tusch, Fanfare! –, dass ich Präsident werden möchte.«

»Woran liegt es, dass sich jeder zweite Milliardär auserwählt wähnt, Präsident zu werden?«, fragt Peter. »Langeweile?«

»Möglich.«

»Und was soll Ihr Slogan sein? Milliardäre an die Macht? Da sind Sie doch schon längst.«

»Ich bin kein Milliardär, Peter. Ich bin Billionär.«

»Das ändert natürlich alles.«

»Hast du gewusst, dass das Wort Billionär erst auf mein Betreiben hin von den Rechtschreibalgorithmen in den allgemeinen Wortschatz aufgenommen wurde? Ich musste extra ein paar Firmen kaufen, um das durchzusetzen.«

»Sehr sympathische Geschichte ...«

»Du merkst schon, dass ich dich nur ein bisschen aufziehe. In Wahrheit bilde ich mir nichts auf meinen Reichtum ein. Jeder könnte erreichen, was ich erreicht habe, wenn er meinen Background und meine Verbindungen hätte. Und natürlich mein Genie.«

Peter seufzt. »Was hat das alles mit mir zu tun?«

»Ich habe mir deinen Auftritt in Julias Sendung und auch deine Audienz bei John of Us angesehen. Ich fand das sehr interessant.«

»Inwiefern?«

»Nun, um Präsident zu werden, muss ich wissen, was der einfache Durchschnittstyp von der Straße denkt.«

»Weder bin ich Durchschnitt, noch lebe ich auf der Straße!«, protestiert Peter.

Henryk winkt ab.

»Ansichtssache. Jedenfalls muss ich wissen, wie ein Normalo

tickt, eine Arbeiterameise, ein fast Nutzloser, ein Joe Average, ein Peter Arbeitsloser.«

»Ich möchte jetzt nach Hause«, sagt Peter. »Aber einen Tipp gebe ich Ihnen kostenlos. Sie sollten nicht von den ›niederen‹ fünfundneunzig Prozent der Gesellschaft sprechen. Das könnte bei fünfundneunzig Prozent Ihrer Wähler schlecht ankommen.«

»Ich werde es mir merken.«

»Die Leute werden Sie sowieso niemals wählen. Sie sehen aus wie der Bösewicht in einem James-Bond-Film.«

»Das lässt sich ändern«, sagt Henryk. »Glaubst du eigentlich, die Leute würden mich wählen, wenn ich ihnen für ihre Stimme einen Zehn-Qualities-Gutschein bei TheShop verspräche?«

»Ich hoffe nicht, aber ich befürchte schon. Wobei zehn Qualities vielleicht ein bisschen zu wenig sind.«

»Ich habe es mal durchgerechnet. Bei Gutschriften in Höhe von zehn Qualities würden wir durch den daraus resultierenden Warenumsatz sogar noch Geld verdienen. Aber viel höher kann ich nicht gehen, ohne Verlust zu machen.«

Peter guckt nur verdutzt.

»Das war wieder ein Scherz«, sagt Henryk. »Meine Güte. Du musst mal an deinem Humorlevel arbeiten, mein Freund.«

»Ich bin nicht Ihr Freund.«

»Ach, Peter. Warum so störrisch? Komm mit. Ich lade dich zum Essen ein. Du wirst es nicht bereuen. Glaub mir. Es hat seine Vorteile, der Freund eines Billionärs zu sein.«

Henryk geht los, und Peter ist neugierig genug, ihm zu folgen. Die Parkanlage ist wirklich wunderschön. Als sie an einem Wasserfall ankommen, macht Henryk eine seltsame Geste mit seiner rechten Hand. Augenblicklich verschwindet der Wasserfall und offenbart einen versteckten Eingang zum Haus. Wobei das schnöde Wort »Haus« Henryks Wohnstätte wirklich nur sehr unzureichend beschreibt.

»Versuchen Sie, mich zu beeindrucken?«, fragt Peter und versucht, nicht beeindruckt zu sein.

»Gegenfrage«, sagt Henryk, »hast du schon mal in Mammut-Milch gedünstete Archaeopteryx-Schenkel probiert?«

MEVISION PRÄSENTIERT

Doppel-D

DER MV-KANAL VON DAN UND DAN

»Yo, peoples. Hier ist wieder Dan, und der hübsche junge Typ neben mir ist mein geklonter Bruder, der auch Dan heißt!«

»Unsere Eltern waren einfach so krass kreativ!«

»Na ja, was heißt Eltern …«

»Also die Wissenschaftler aus Quan 4, die uns illegalerweise gezüchtet haben.«

»Aber das ist eine andere Geschichte.«

»Genau! Heute wollen wir euch nämlich was über Smarms erzählen.«

»Hast du eigentlich schon ein Smarm?«

»Klar, Mann.«

»Erklär doch mal für Dorfies, was ein Smarm ist!«

»Na, es ist halt inzwischen, ich sag mal, Tradition bei QualityCorp, dass die sich immer, wenn genug Leute ihr aktuelles Gerät haben, also, dass die sich dann halt ein neues Device einfallen lassen, das jeder braucht. Nach den Phones, den Watches, den Pads, den Glasses und den Ohrwürmern sind es nun eben die Smarms.«

»Smarm ist übrigens ein Kofferwort aus Smart und Arm.«

»Wobei die mit Arm das Körperteil meinen und nicht den Kontostand, wa?«

»Auf jeden. Nich billig, die Kacke.«

»Ein Smarm ist im Prinzip ein übergroßes Handgelenksschweißband mit zwei elastischen Displays, aber weil ›Schweißband mit zwei Displays‹ irgendwie unsexy klingt, haben die Werbenasen die Dinger halt Smarms genannt.«

»Fanden sie wahrscheinlich witzig.«

»Und wie die Dinger aussehen, könnt ihr gucken, ich halt die mal in die Kamera. Ich hab nämlich eins links und eins rechts dran. Voll geil.«

»Yo, Dorfies, also in QualityCity sind die Dinger der letzte Schrei.«

»In der City sieht man darum jetzt voll viele Leute, die so wirken, als würden sie konstant auf die Uhr schauen. So. Äh, wie spät isses eigentlich, und dann voll Schwierigkeiten, die Uhr zu lesen, weißte? So wirken die.«

»Voll dumm.«

»Ja. Voll dumm.«

»Ja, also, und wenn man halt irgendwie so eine ganze Gruppe hat, die alle auf ihre Smarms glotzen, dann nennt man die Smarm-Schwarm.«

»Lol. Hast du dir des selber ausgedacht?«

»Nee, hab ich aus dem Internet.«

»Internet, wassn das? Erklär doch mal für Dorfies …«

»Yo, das Internet, ich sag immer: Gute Idee. Schlecht umgesetzt.«

FRAU TRENNT SICH VON PARTNER, NACHDEM SIE DIESE FOTOS GESEHEN HAT

Sandra Admin hat ein Status-Update bekommen. Peter Arbeitsloser, ihr Ex, ist gerade drei Level aufgestiegen. Erstaunlich. Sie liegt auf der Bettcouch und wischt durch ihre Fotos. Ein sicheres Zeichen dafür, dass etwas mit ihr nicht in Ordnung ist. Sie ist nie eine gewesen, die an der Vergangenheit hängt ... Was ist das nur für eine komische Anwandlung? Ihr von QualityPartner ausgewählter perfekter neuer Freund Richard Testperson steht in der Küche und bereitet das Abendessen zu. Als ob das in Zeiten von FooDrones noch nötig wäre. Sandra will eigentlich am liebsten eine Lieferpizza. Aber Richard gehört zu einer merkwürdigen Sekte, den sogenannten Thermomixern. Die Mitglieder dieser eingetragenen Religionsgemeinschaft haben geschworen, nur noch Essen zu sich zu nehmen, welches im Objekt ihrer fanatischen Verehrung, dem Thermomix, zubereitet wurde. Außerdem sehen sie es als ihre Lebensaufgabe an, durch Missionierungspartys alle anderen Menschen von den Vorzügen ihres Kultobjekts zu überzeugen. Dass Richard sich überhaupt den Luxus einer Küche leistet, ist bei den Mieten, die in QualityCity verlangt werden, geradezu absurd. Sandra selbst wohnt, wie die meisten Leute in ihrem Alter, in einem klassischen Zehn-Quadratmeter-Apartment. Dort gibt es alles, was sie braucht. Eine Bettcouch, ein Duschklo und einen Kühlherd. Es gibt halt keinen Schnickschnack wie eine Küche. Oder Fenster. Dafür ist es bezahlbar. Kaum mehr als die Hälfte ihres Gehalts muss Sandra für die Miete hinlegen. Keine Fenster zu haben, hat der Makler gesagt, ist im Grunde ein Vorteil, denn wegen der ständigen Hitze kann man Fenster sowieso nur selten öffnen. Dieser verdammte Klimawandel, denkt Sandra. Urplötzlich aus dem Nichts war er gekommen. Wenn doch bloß jemand davor gewarnt hätte, dann hätten die Menschen sicherlich rechtzeitig darauf reagiert.[8]

Schnucki, Sandras Stimme, hat ein Fotoalbum für sie zusammengestellt, denn heute ist Valentinstag. Wer auch immer dieser Valentin gewesen sein soll. Wahrscheinlich ein findiger Blumenverkäufer. Das Album enthält die besten Bilder, die Schnucki mit Liebe getagged hat.[9]

Sandra blickt längere Zeit auf ein schönes Foto. Darauf sieht sie sich selbst mit Richard am Strand von QualityIsland. Gut sieht er aus ohne T-Shirt. Erstaunlich gut. Überraschend gut. Die Sonne strahlt ihnen ins Gesicht. Aber war es nicht bewölkt an diesem Tag? *Wisch.* Sie sieht sich im Museum für moderne Kunst. Richard hält sie im Arm vor den ausgestellten Katzen-Memes. Auf dem Bild hinter ihnen sieht man eine Katze, die den Betrachter mit hypnotischem Blick anstarrt. Darunter steht nur ein Wort: »Gehorche!« Superniedlich. *Wisch.* Richard und

8 Die Forscher vom WTYS-Institut für Klimaforschung haben dazu übrigens eine dezidiert andere Meinung. Einige Leute behaupten sogar, WTYS stehe gar nicht für *»Weather & Temperature Yearlong Survey«*, sondern für *»We Told You So«*.

9 Der Satz ist vielleicht etwas missverständlich. Schnucki hat die Bilder natürlich nicht *mit Liebe* getagged in dem Sinne, wie Eltern frühmorgens die Pausenbrote für ihre Kinder *mit Liebe* zubereiten. Wobei, wenn man ehrlich ist, werden die allermeisten Pausenbrote wohl nicht *mit Liebe*, sondern *mit Stress* zubereitet. Aber was weiß ich schon. Ich bin ja nur eine E-Poetin und habe keine Kinder. Jedenfalls hat Schnucki die Bilder nicht *mit Liebe* getagged, sondern mit dem Etikett *Liebe* markiert. Aber ich will Schnucki nicht zu nahe treten. Vielleicht hat er ja das Markieren der Liebe mit Liebe gemacht. Oder was er dafür hält. Eine ganz und gar unnötige Fußnote. Ich lasse sie trotzdem stehen, denn ist es nicht gerade das Unnötige, das uns zu dem macht, was wir sind?

Sandra küssen sich vor dem Theater, in dem sie gerade »Hitler – Das Musical« gesehen haben. *Wisch.* Richard und Sandra vor dem ... Sandra zögert. Sie wischt zurück. Sie versucht sich an den Tag zu erinnern, an dem sie mit Richard das Hitler-Musical gesehen hat. Es fällt ihr erstaunlich schwer. Sie weiß noch, dass sie das Musical besucht hat. Nur war das nicht mit Richard gewesen, sondern mit Peter. Die Frage ist also: Wie zum Teufel kommt Richard in das Foto?

»Richard?«

»Ja, Schatz?«, ruft Richard aus der Küche, in der es sehr laut dröhnt. »Der Thermomix hat gleich zu Ende gezaubert. Er ist wirklich ein total praktisches und hilfreiches Küchengerät! Ich kann dir gerne mal zeigen, wie er funktioniert. Vielleicht hast du danach sogar Lust, dir selbst einen zu kaufen.«

»Richard, komm doch mal!«

»Gleich, Schatz. Gleich fertig. Natürlich nur dank des Thermomix. Ohne den Thermomix hätte die Zubereitung dieses Gerichts viel länger gedauert, und ich hätte viele verschiedene Geräte benötigt.«

Sandra setzt sich auf und blickt wieder auf ihr QualityPad. *Wisch, wisch.* Richard und Sandra bei ihrem ersten Picknick im Zuckerberg-Park. Eine glückliche Erinnerung. Nur war das natürlich auch nicht Richard gewesen, sondern Peter. Oder vielleicht der Typ vor Peter. Wie hieß er noch mal? Alexej. *Wisch, wisch, wisch, wisch, wisch.* Ein Foto von Sandra mit vierzehn Jahren. Sie tanzt auf einer Schulparty mit Mian. Ein paar Minuten danach verschwand sie mit ihm in der Mädchentoilette und hatte ihr erstes Mal. Nur ist auf dem Foto nicht Mian zu sehen, sondern ein 16-jähriger Richard. So langsam wird es absurd. *Wisch, wisch, wisch, wisch, wisch, wisch, wisch, wisch.* Eine vierjährige Sandra. Und wer ist der zwei Jahre ältere Junge, mit dem sie da spielt? Sieht der nicht auch irgendwie aus wie ...

Richard kommt mit einem großen Tablett herein.

»Voilà!«, ruft er. »Gulasch à la Mélangeur thermique.« Richard hat ein Faible für das Französische. Vor allem in Situationen, in denen es keinen Sinn ergibt, Französisch zu verwenden. Beim Präsentieren eines Gulaschs zum Beispiel.

»Hast du meine Fotos verändert?«, fragt Sandra, ohne das Gulasch eines Blickes zu würdigen.

»Ich? Nein, wieso?«

»Du bist in all meinen Fotos! Auch in denen, wo du nicht sein solltest.«

»Ach so ... Das meinst du. Ja, das habe ich geändert. Findest du das nicht auch voll romantisch?«

»Also ich weiß ehrlich gesagt nicht, wie ich das finden soll«, sagt Sandra. »Du hast all meine Fotos geändert?«

»Nein, natürlich nicht. Nur die, in denen einer deiner Ex-Freunde zu sehen war.«

»Und da hast du sie einfach durch dich ersetzt? Du hast nicht mal vor den Dick-Pics haltgemacht, die Alexej mir immer geschickt hat. Ich weiß noch genau, dass er gepierct war, und stattdessen ist auf den Bildern jetzt dein krummes Ding zu sehen.«

»Ach, tatsächlich?«, fragt Richard. »Ich hatte mich schon gefragt, was diese X-Option ist und ob es wirklich schlau war, sie anzuklicken.«

»Wo anklicken? Von was redest du denn?«

Richard, der merkt, dass es hier um mehr als um Fotos geht, wechselt in die Defensive. »Also ich habe das natürlich nicht selbst gemacht. Das ist so ein neuer Service von QualityPartner. Verinnerungen heißt das, oder so. Die haben mir das vorgeschlagen.«

Richard tippt auf seinem Smarm und sendet durch eine Wischgeste die Produktbeschreibung auf Sandras QualityPad.

»Hier, schau«, sagt er.

Sandra liest: *Wechseln Sie Ihren Partner, aber behalten Sie Ihre schönen Erinnerungen! Viele in unserer Community haben merkwürdige, irgendwie unangenehme Gefühle, wenn sie Fotos von vergangenen Partnern betrachten, aber gleichzeitig wollen sie natürlich die Zeugnisse ihrer schönsten Erlebnisse nicht löschen. Hier kommt unser neuer Service VERINNERUNGEN ins Spiel.* **VERINNERUNGEN – verändern Sie Ihre Erinnerungen. *Replace your Ex with your nEXt.***

»Man kann das vielleicht auch irgendwie rückgängig machen, wenn es dir nicht gefällt«, sagt Richard.

»Weißt du was? Du hast mich auf eine schöne Idee gebracht. Ich glaube, ich sollte mich mal wieder mit Peter treffen. Hab schon fast vergessen, wie er aussieht ...« Sandras Augen funkeln. »Vielleicht melde ich mich auch bei Alexej. Nur mal sehen, ob sein geiles Teil noch gepierct ist. Und wo ich schon dabei bin, rufe ich am besten sogar Mian an, frage ihn, ob er sich noch an die Mädchentoilette erinnert.«

»Wollen wir uns nicht einfach an den Tisch setzen und das leckere Gulasch aus dem Thermomix essen?«, fragt Richard.

Er setzt sich, faltet seine Hände und schließt die Augen.

»Alle guten Gaben, alles, was wir haben, kommt, oh Thermomix, von dir. Dank sei dir dafür.«

»Ich hab Lust auf Pizza«, sagt Sandra, steht auf, verlässt die Wohnung und wirft die Tür hinter sich zu. Kurze Zeit später macht Richards Smarm ihn darauf aufmerksam, dass seine Partnerin auf Everybody ihren Beziehungsstatus geändert hat. Statt »Feste Beziehung« steht dort jetzt »Es ist kompliziert«.

KENNST DU DEN WITZIGSTEN WITZ DER WELT? ER VERSTECKT SICH IM FOLGENDEN KAPITEL.

Am Rande des Maschinenquartiers, in einem besonders heruntergekommenen Teil, der selbst von Androiden nur noch selten frequentiert wird, schwebt eine kleine Spionagedrohne durch die Luft. Das Fluggerät mit dem lustigen Modellnamen SKY-SPY-3 fällt nicht auf, gibt es doch mehr Drohnen am Himmel als Lobbyisten im Regierungsviertel. SKY-SPY-3 hat den Auftrag, die Stahltür eines fast verlassenen Industriegebäudes zu beobachten. Die Drohne fliegt zu einer gegenüberliegenden Fabrik und verankert sich mit ihren Saugfüßchen an deren Außenmauer. Dort hängt sie jetzt bei Tag und Nacht, bei Wind und Wetter. Wie ein großes Insekt. Grau auf Grau. Fast unsichtbar. Sie hängt dort, weil der Fette Frank dem Puppenspieler verraten hat, wo seine Stammkunden wohnen.

Die schwere Stahltür öffnet sich für Peter. Er nimmt den Aufzug und schlurft oben angelangt durch einen Flur mit verstaubten Regalen voller Bücher. Echte Druckwerke, die nicht personalisiert sind. Er öffnet seinen Rucksack, stellt den Lesestoff der letzten Wochen zurück ins Regal und sucht sich neuen aus. Er nimmt *Das Recht auf Faulheit*, außerdem *Bullshit Jobs* und schließlich einen großen Wälzer namens *Opportunismus & Repression*. Und dann steckt er noch *Doppelmord im Paralleluniversum* in seinen Rucksack. Einfach ein geiler Titel. So beladen, betritt er den Raum mit der Panzerglasscheibe. Dort ist der Alte gerade damit beschäftigt, Geräte zu verkabeln. Eine ganz und gar aus der Zeit gefallene Tätigkeit. So sehr, dass manche Historiker inzwischen, wenn sie über die Epoche vor der Gründung von QualityLand referieren, in Anlehnung an Stein-, Bronze- und Eisenzeit, von der Kabelzeit sprechen.

»Ich habe keine Ahnung, wo sie ist«, sagt der Alte zur Begrüßung.

Überall um ihn herum liegen merkwürdige Geräte, seltsame Teile und Rechner ohne Gehäuse.

»Was sind das für seltsame Teile?«, fragt Peter.

»Die sind übrig«, sagt der Alte.

»Hä?«

»Das sind die Teile, die übrig bleiben, wenn man etwas auseinandernimmt, repariert und wieder zusammensetzt.«

»Verstehe.«

»Diese Teile erfüllen keinen anderen Zweck, als Leute wie mich, die sich erdreisten, Dinge zu reparieren, zu verwirren.«

»Die da oben schrecken wirklich vor nichts zurück.«

»Spar dir deinen Sarkasmus«, sagt der Alte. »Ich weiß nicht, wo sie ist. Beendet das nicht unser Gespräch?«

»Nun ja, es ist halt so, dass ich jetzt schon seit Wochen nichts mehr von Kiki gehört habe ...«

»Junge, ich weiß wirklich nicht, wo sie ist, und wenn ich es wüsste, würde ich es dir nicht sagen.« Der Alte krabbelt unter seinem Schreibtisch hervor. »Was soll das mit dem Hut?«

»Hilft gegen die Überwachung«, sagt Peter.

Der Alte blickt ihn skeptisch an.

»Hab ich gelesen«, sagt Peter.

»So, so. Hast du gelesen.«

»Sie glauben nicht, dass es was bringt?«

»Es könnte schon funktionieren, wenn die Welt ein Magritte-Gemälde wäre und alle denselben Hut trügen. Aber solange du der Einzige mit Hut bist, machst du dich damit eher noch auffälliger. Du weißt schon. Wie in einem alten Krimi. ›Folgen Sie dem Mann mit dem Hut!‹« Der Alte lacht.

Peter nimmt seinen Hut ab und legt ihn auf einen Klappstuhl. »Hören Sie, ich mache mir Sorgen um Kiki …«

»Du hast vielleicht schon mal von dem äußerst fiesen Marshmallow-Experiment gehört?«, fragt der Alte.

»Dem was?«

»Wissenschaftler haben Vierjährige in leere Räume gesteckt, in denen nichts war als ein Marshmallow. Dann haben sie den Kindern gesagt, sie dürfen jetzt das Marshmallow essen oder können fünfzehn Minuten warten und bekommen ein zweites Marshmallow.«

»Ja und?«

»Fünfzehn Jahre später haben sie sich die Kinder wieder angeschaut. Diejenigen, die der sofortigen Bedürfnisbefriedigung widerstanden hatten, konnten sich besser konzentrieren, nahmen deutlich seltener Drogen, hatten bessere Ergebnisse bei Intelligenztests et cetera, et cetera … Kurz gesagt: Sie kamen besser klar!«

»Warum erzählen Sie mir das?«

»Ich habe den Test mit Kiki gemacht.«

»Und?«

»Als ich wieder in den Raum kam, saß die vierjährige Göre vor dem Marshmallow und sagte: ›Ich warte noch mal fünfzehn Minuten, wenn du mir vier Marshmallows gibst.‹«

»Sie meinen …«

»Kiki kommt schon klar. Besser als du und ich zusammen.«

»Sicher«, beginnt Peter, »es ist nur …«

»Mein letzter Kenntnisstand ist, dass sie mit dir Schluss gemacht hat.«

»Das stimmt, aber sie hat schon ein paarmal mit mir Schluss

gemacht. Und dann hat sie es sich wieder anders überlegt. Und sie hat ja auch gesagt, dass es nicht an mir liegt, sondern dass ich nur zu viel Aufmerksamkeit auf mich gezogen habe. Doch das ist wirklich vorbei! Ich versuche, die Öffentlichkeit zu meiden und …«

»Ich sehe, du zeigst neuerdings dein Level«, sagt der Alte. »Level 18 schon. Wenn's mal läuft, dann läuft's, was?«

»Ich habe nur heute Morgen vergessen, die Anzeige abzuschalten«, sagt Peter. »Um Mitternacht schaltet sie sich immer von selbst wieder an.«

»Ja, und anscheinend achten viele junge Leute deshalb darauf, dass sie ihr Date vor Mitternacht beenden. Weil sich um Schlag Mitternacht Prince Charming in einen Level-6-Proll und das hübsche Mittelschichtsmädchen in eine Level-7-Bratze verwandelt. Es ist ein bisschen wie bei Cinderella, findest du nicht? Gurrru, Gurrru.«

Wahrscheinlich hat Peter heute tatsächlich nur vergessen, die Anzeige abzuschalten. Fakt ist aber auch, dass er es immer häufiger vergisst, seit sein Level steigt.

Der Blick des Alten fällt auf eines der vielen Displays auf seinem Schreibtisch, und er beginnt zu kichern.

»Was ist denn so witzig?«, fragt Peter.

»Es ist für einen Menschen kaum erträglich, einen anderen lachen zu sehen, ohne den Grund dafür zu kennen, nicht wahr? Weißt du, warum?«

»Nein.«

»Denn wenn man als Einziger nicht lacht, liegt es vielleicht daran, dass man der Witz ist.«

»Und?«, fragt Peter. »Bin ich der Witz?«

»Diesmal nicht«, sagt der Alte. »Hast du schon von Ray Kurzweil gehört?«

»Ein Kumpel von Ihnen?«

»Nein, nein. Er ist schon länger tot. Eine kleine Pointe in sich, wenn du mich fragst.«

Peter guckt nur.

»Er hat viel über Unsterblichkeit durch Technologie geschrieben und hätte diese auch selbst gerne erlangt«, sagt der Alte. »Hat nicht geklappt.«

»War das nicht auch Ihr Plan?«

»Ja, und noch bin ich nicht tot, oder? Jedenfalls war Kurzweil ein Autor und ›Futurist‹. Er hat einige clevere Sachen gesagt, einige dumme und viele wirklich sehr seltsame. Es war also kein Wunder, dass Google ihn eingestellt hat. Sein bekanntestes Buch hieß: *Die Singularität ist nahe!*«

»Die was?«

»Als Singularität bezeichnete er den Punkt in der Zukunft, an dem sich die technologische Entwicklung durch künstliche Superintelligenz ... Ich habe dir schon mal davon erzählt, du erinnerst dich?«

»Dunkel.«

»... dermaßen beschleunigt hat, dass man keine sinnvollen Vorhersagen über die Zeit danach machen kann. Weil alles so unfassbar anders sein wird. Verstehst du? Das Eintreffen dieser Singularität wurde von ihren Propheten, darunter Kurzweil, übrigens ähnlich oft weiter in die Zukunft verschoben wie die Rückkehr des Messias.«

»Und was ist der Witz?«

»Der Witz geht so: Um nicht ständig ihre Prognosen korrigieren zu müssen, hat die Internationale Gesellschaft für Informationstechnologie, abgekürzt übrigens IGIT, vorgeschlagen, eine neue flexible Zeiteinheit einzuführen. Das Kurzweil. Und die Pointe ist, dass die Singularität immer genau ein Kurzweil in der Zukunft liegt.«

»Ich finde das nicht sonderlich witzig«, sagt Peter.

»Das liegt nur daran, dass ich dir den Witz erklären musste«, sagt der Alte. »Ich finde ihn sehr amüsant.«

»Haben Sie sich diesen Witz selbst ausgedacht?«

»Leider nicht. Die Witzmaschine hat ihn gerade ausgespuckt.«

»Die Witzmaschine?«

»Hm, hm. Wo fange ich an? Weißt du, wie maschinelles Lernen funktioniert?«, fragt der Alte. »Deep Learning im Besonderen?«

»So ungefähr.«

»Wenn man früher einem Rechner etwas beibringen wollte, sagen wir mal Französisch, dann hat man ihm alle Vokabeln und Grammatikregeln einprogrammiert. Und natürlich alle unregelmäßigen Verben. Ein sehr mühsamer Prozess. Das kann dir jeder Oberstufenschüler bezeugen. Und trotzdem waren die Ergebnisse recht bescheiden.«

»Wie in der Oberstufe auch«, sagt Peter.

»Ja, aber wenn man heute einem Rechner Französisch beibringen will ...«

»... dann lässt man ihn einfach eine ganze Bibliothek französischer Texte inklusive ihrer Übersetzungen fressen und sagt: ›Den Rest kriegst du alleine raus.‹«

»Korrekt. Und so machen sie das mit allem. Wenn sie einer Maschine beibringen, wie eine Katze aussieht, dann sagen sie nicht: ›Das ist so ein Tier, das hat spitze Öhrchen, einen Schwanz und guckt immer arrogant.‹ Nein. Sie nehmen einfach ein paar Millionen Katzenfotos ...«

»... dank den sozialen Netzwerken gibt es daran zum Glück ja keinen Mangel ...«

»... und sagen: ›Das sind Katzen. Krieg selber raus, was eine Katze ausmacht.‹«

»Ja und?«

»In einem früheren Leben«, sagt der Alte, »da war ich, wie soll ich sagen, Komiker.«

»Das erklärt einiges.«

»Das war, bevor so viele meiner damaligen Kollegen in die Politik gegangen sind, dass die Profession einen schlechten Ruf bekam. Jedenfalls hatte ich irgendwann eine kleine Schaffenskrise, weil die Zustände so absurd geworden waren, dass man sie nur noch schwer überspitzen konnte. In dieser Situation hatte ich die – wie es mir damals erschien – brillante Idee, eine Witzmaschine zu bauen. Ich zockte mir ein neuronales Netzwerk und fütterte es mit allen Pointen, die ich im Netz finden konnte. Bald hatte ich eine Maschine, die erkannte, wenn etwas witzig war. Ich aber wollte eine Maschine, die sich einen Witz ausdachte. Natürlich nicht irgendeinen Witz, sondern den perfekten Witz. Und jetzt wird es interessant.«

»Ich hatte die Hoffnung schon aufgegeben.«

»Zurück zur Katze«, sagt der Alte. »Als man den Computern durch Deep Learning beigebracht hatte, eine Katze zu erkennen, kamen ein paar findige Forscher auf die lustige Idee, den Computer zum Künstler zu machen und ihn auf Basis seines neu erworbenen Wissens Katzen malen zu lassen. Und das Ergebnis war, nun ja, überraschend.«

Der Alte deutet auf ein Bild an seiner Wand. Schwarze und weiße Pixel, scheinbar sinnlos verteilt. Unter das Bild hat der Alte per Hand *»Ce n'est pas un chat«* geschrieben.

»Das ist doch keine Katze«, sagt Peter.

»Ja, das dachten die enttäuschten Forscher auch«, sagt der Alte. »Aber jetzt kommt die Pointe: Als sie dieses Pixelchaos ihrer Bilderkennungssoftware vorsetzten, da benannte diese, was sie sah, mit 99-prozentiger Wahrscheinlichkeit als Katze. Und mehr noch, sie legten das Pixelchaos auch anderer Bilderkennungssoftware vor, Software, mit deren Entwicklung sie nichts zu tun hatten, und, was soll ich sagen, die Maschinen waren sich einig, dass auf diesem Bild eine Katze zu sehen ist.«

»Irre.«

»Das Problem dabei ist nicht, dass die Software mal Fehler macht. Dass sie vielleicht einen Fuchs mit einer Katze verwechselt. Das könnte auch einem Menschen passieren.«

»Das Problem ist, dass der Fehler, ein Pixelchaos mit einer Katze zu verwechseln, für uns nicht mal mehr nachvollziehbar ist«, sagt Peter.

»Korrekt.«

»Und Sie haben der Maschine gesagt, sie soll selber Witze erfinden?«

Der Alte nickt. »Natürlich waren viele der Witze rassistisch, und noch mehr waren sexistisch. Das ließ sich aufgrund der vorhandenen Datenlage kaum vermeiden. Aber die allermeisten Witze waren einfach nur ... sehr, sehr merkwürdig.« Der Alte kratzt sich an der Nase. »Also habe ich ein paar Änderungen vorgenommen. Ich sagte der Witzmaschine, sie soll mir nicht immer neue Witze ausspucken. Ich habe ihr gesagt, sie soll mir den besten Witz aller Zeiten erzählen.« Der Alte macht eine Pause.

»Und?«, fragt Peter.

»Der Mann zwei Pandas plitsch platsch dreizehn Sand Augen zu bumm«, sagt der Alte.

Peter blinzelt ihn leer an.

»Das ist nicht witzig«, sagt er schließlich.

»Ist es das wirklich nicht? Oder sind wir nur zu doof, es zu verstehen?«

»Es ist wirklich nicht witzig.«

»Das glaube ich nicht«, sagt der Alte und schlägt mit der Faust auf den Tisch. »Irgendwo zwischen diesen scheinbar sinnlosen Wörtern hat sich der beste Witz der Welt versteckt. Und ich werde ihn finden. Ich will ihn zumindest erklärt kriegen.«

»Und ich dachte immer, Sie arbeiten an irgendeinem geheimen, wahnsinnigen Großprojekt ...«

»Nun, ein bisschen wahnsinnig ist es schon.«

»Wenn ich ehrlich bin, habe ich immer gehofft, Ihr Plan wäre es, das ganze Internet zu löschen. Tabula rasa! Ein Neustart!«

»Das ganze Internet löschen?«, fragt der Alte erstaunt. »Und du denkst, ich sei wahnsinnig? Ich gebe zu, ich bin kein Fan mehr, aber wenn jemand zum jetzigen Zeitpunkt das Internet löschen würde, dann bräche hier alles zusammen, Junge. Katastrophale Zustände wären die Folge. Du musst dir das Internet wie eine schwere, rostige Eisenklinge vorstellen, die dir jemand in den Leib gerammt hat. Sicher, es ist unangenehm, damit herumzulaufen, aber wenn du sie herausziehst, wirst du sofort verbluten.«

»Wo nehmen Sie nur immer diese positiven, lebensbejahenden Metaphern her?«, fragt Peter. »Haben Sie da auch eine Maschine, die die kreiert?«

»Nein, die sprudeln einfach so aus mir heraus.«

»Falls Sie etwas von Kiki hören ...«

»Werde ich den Teufel tun und dir Bescheid sagen.«

»Aber vielleicht ...«

Der Alte seufzt. »Ich werde ihr sagen, dass du nach ihr gesucht hast.«

Peter lächelt, als er seinen Hut aufsetzt. Auf viel mehr hatte er nicht hoffen können.

EIN NEUER WHAT-I-NEED-SERVICE FÜR DICH

MYARY

Myary ist natürlich, wie du es von uns gewohnt bist, ein echt witziges Wortspiel. ***Myary*** steht für ***My Diary***! Wenn du dich durch nur einen Kuss für ***Myary*** anmeldest, führen unsere Algorithmen vollautomatisch für dich Tagebuch! Endlich musst du deine Erlebnisse nicht mehr selbst festhalten, und trotzdem kannst du, wenn du nicht mehr weißt, was gestern los war (***TMGT***[1] LOL), einfach in deinem Tagebuch nachlesen. Doch damit nicht genug. Natürlich hat ***Myary*** auch tolle Funktionen, die ein echtes Tagebuch nicht bietet. So kannst du zum Beispiel beliebig raus- und reinzoomen. Du kannst einen Tag auf einen Absatz zusammenschrumpfen lassen oder zu einem Roman ausdehnen, vor dessen Länge und Komplexität sogar *James Joyce* seinen Hut ziehen würde. Apropos *Joyce*. Mit ***Myary Pro*** kannst du dein Tagebuch im Stil eines Schriftstellers deiner Wahl führen lassen.

Dank unserer patentierten ***Backtrack***™-Algorithmen wird dein Tagebuch sofort und automatisch dein ganzes Leben umfassen. (Ja, sogar deine Babytage!)

Im optionalen Scrapbook-Modus fügen wir den Einträgen sogar noch passende Chatverläufe, Fotos, Videos, Musikstücke, Flyer und abgerissene E-Tickets hinzu. Dank unserer patentierten ***TruEmo***™-Technologie kann ***Myary*** nicht nur Ereignisse, sondern sogar deine Gefühle dabei festhalten. Dazu wertet ***TruEmo***™ deine Biodaten aus und vergleicht deine Erlebnisse mit denen anderer Tagebuchschreiber. Natürlich darfst und sollst du gerne kontrollieren, ob ***Myary*** deine Gefühle richtig erfasst hat, und du kannst deine Gefühle nötigenfalls korrigieren. Deine Korrekturen helfen uns, ***TruEmo***™ und ***Myary***[2] noch besser zu machen.[3]

Übrigens: Wenn du dich jetzt sofort für einen Pro-Account entscheidest, darfst du eine Woche lang heimlich das Tagebuch deines Partners lesen!

[1] TOO MANY GIN TONICS.

[2] UND ANDERE WHAT-I-NEED-PRODUKTE.

[3] MEHR INFOS DAZU FINDEST DU IN DEN NUR 4096-SEITIGEN LIZENZBEDINGUNGEN VON MYARY. UND ZWAR AUF DEN SEITEN 2, 8, 32, 128, 512 UND 4096. WIR BEHALTEN UNS DAS RECHT VOR, DIESE BEDINGUNGEN JEDERZEIT ZU VERÄNDERN, UND TUN DAS AUCH STÄNDIG. DEIN MITWIRKEN AN DER VERBESSERUNG UNSERER ALGORITHMEN UND DER DARAUS RESULTIERENDEN FESTIGUNG UNSERER MONOPOLSTELLUNG AM MARKT IST SELBSTVERSTÄNDLICH UNENTGELTLICH.

DIESE TIPPS UND TRICKS HELFEN DIR DABEI, DEINEN JOB BESSER ZU ERTRAGEN!

T – 14:19:47:07[10]

Kiki Unbekannt blickt auf ihr Smarm und lächelt. Das Smarm hat sie sich vor einigen Wochen beim Fetten Frank geholt. Es ist natürlich gejailbreakt[11].

Das Interessante an schlechten Sicherheitssystemen ist ja, dass man sie leicht dazu bringen kann, das Gegenteil von dem zu tun, was sie eigentlich tun sollen. So hat Kiki zum Beispiel schon mal eine Bank ausgespäht, indem sie deren eigene Überwachungskameras gehackt hat. Nur so zur Übung. Banküberfälle sind nämlich ziemlich sinnlos geworden, seit es kein Bargeld mehr gibt. Viel einfacher ist es natürlich, irgendwo einzudringen, wo keiner damit rechnet. Wo die Sicherheitsvorkehrungen entsprechend lax sind.

10 Ist ein Countdown nicht etwas unerhört Spannendes? Vor allem, wenn man noch nicht mal weiß, was am Ende passiert? Was geschieht nur in 14 Tagen, 19 Stunden, 47 Minuten und 7 Sekunden? Der Countdown ist übrigens keineswegs eine Erfindung der NASA. Angeblich hat ihn sich Fritz Lang ausgedacht, der den Raketenstart in seinem Stummfilm »Frau im Mond« effektvoll inszenieren wollte. »Als ich das Abheben der Rakete drehte, sagte ich: Wenn ich eins, zwei, drei, vier, zehn, fünfzig, hundert zähle, weiß das Publikum nicht, wann es losgeht. Aber wenn ich rückwärtszähle: Zehn, neun, acht, sieben, sechs, fünf, vier, drei, zwei, eins, NULL! – dann verstehen sie.« Aber das nur nebenbei.

11 Ein furchtbar hässliches Wort, aber es ist nun mal das passendste und kürzeste. Sonst hätte ich schreiben müssen: »Die Nutzungsbeschränkungen ihres Smarms wurden natürlich durch einen vom Hersteller nicht autorisierten Eingriff entfernt, und deswegen hat sie für das Gerät die vollen Administratorenrechte, aber keine Garantie mehr.« Auch nicht schön.

Kiki steht vor dem Haupteingang des Einwohnermeldeamts. Sie verfolgt einen Stream der Überwachungskamera von Raum 256 auf dem unteren Display ihres Smarms. Leise pfeift sie vor sich hin, als sie das Gebäude durch die Vordertür betritt. Sie trägt ein buntes Kopftuch und eine Sonnenbrille mit absurd großen Gläsern, die nicht nur sichtbares Licht, sondern auch Infrarotstrahlen reflektieren. Überwachungskameras mögen das gar nicht. Auch hat sie einen Armreif, der hochfrequente Töne ausstrahlt. Gegen die Mikrofone. Ein lustiger Nebeneffekt ist, dass alle Hunde und Katzen vor ihr zurückweichen. Die echten jedenfalls. Kiki ist ein menschgewordener Störsender.

Sie sieht auf ihrem Smarm, wie Josef Beamter von seiner Mittagspause zurückkehrt. Was gleich passiert, weiß Kiki schon. Sie hat es über mehrere Tage beobachtet. Josef nimmt sein Smartphone – es ist erstaunlich, wie viele ältere Menschen tatsächlich noch Smartphones benutzen – und ruft damit bei seinem Bürotelefon an. Dieses Telefon hat einen sogenannten Hörer und hängt an einem Kabel. Wenn in den Medien vom Investitionsstau im öffentlichen Dienst gesprochen wird, dann meinen die Kritiker damit vermutlich genau diese Telefone. Schließlich legt Josef sowohl Smartphone als auch Telefonhörer auf den Schreibtisch, lehnt sich in seinem Sessel zurück und schließt die Augen.

Kiki läuft derweil die Treppen zum zweiten Stock hinauf. Natürlich wäre Josefs kleiner Trick für seine Vorgesetzten lächerlich einfach zu durchschauen. Nicht nur, dass er jeden Tag kurz nach der Mittagszeit ein längeres Telefonat mit immer derselben Nummer führt, es ist auch noch die Nummer seines eigenen Smartphones, und überdies wird er bei seinem kleinen Betrug von einer Sicherheitskamera gefilmt! Wie konnte es Josef gelingen, damit schon jahrelang durchzukommen? Natürlich, indem er sich, wenngleich ohne es zu ahnen, an Kikis Trick gehalten hat. Es geht nämlich nicht darum, Betrügereien zu begehen, die nicht zurückverfolgt werden können. Das ist so gut wie unmöglich. Nicht unmöglich. Aber so gut wie. Der Trick ist, Betrügereien zu begehen, bei denen es nicht genug Interesse gibt, sie zurückzuverfolgen. Josefs direkter Vorgesetzter war übrigens acht Jahre lang gar nicht zur Arbeit erschienen. Das fiel erst auf, als man ihm eine Urkunde für fünfundzwanzig Jahre treue Dienste überreichen wollte. Seine Abwesenheit hatte vorher nie jemanden gestört und deshalb niemanden interessiert. Aus einem ähnlichen Grund nimmt sich Kiki nie viel Geld, wenn ihre Crawler mal wieder irgendwo die Zugangsdaten zu einem fremden Konto aufschnappen. Manchmal nimmt sie sogar nur einen Quality. Ihre Bots überweisen den Betrag immer auf das Konto einer Briefkastenfirma namens Service-Provider. Als Betreff kreieren die Bots sinnlose Abkürzungen wie STX-Gebühr oder BTS-Abgabe. Kein Mensch interessiert sich dafür. Ein Quality als VLZ-Beitrag an einen Service-Provider? Das wird schon seine Richtigkeit haben.

Kiki steht jetzt vor Josefs Büro und lauscht. Leise, aber deutlich hört sie ihn schnarchen. Sie tippt auf ihrem Smarm herum und ersetzt den Livestream der Kamera durch eine Videoaufnahme von gestern. Dann öffnet sie leise die Tür, betritt das Büro und schließt die Tür wieder. Das geschieht in dem Büro auf ihrem Smarm nicht. Langsam und vorsichtig zieht Kiki den schlafenden Josef auf seinem Bürostuhl nach hinten, um sich Platz vor dem Computer zu schaffen. Die Rollen des Stuhls quietschen, und Josefs Schnarchen setzt aus. Sofort lässt Kiki den Stuhl los. Eine Minute bleibt sie völlig reglos, dann schnarcht Josef weiter. An seinem Bildschirm hängt ein gelber Klebezettel mit Zugangsdaten. Kiki ist enttäuscht. Zu einfach. Eine kleine Herausforderung hätte es schon sein dürfen. Sie legt einen Datenwürfel auf den Eingabekreis, der gleich darauf grün leuchtet. Auf dem Würfel hat Kiki ihre DNA gespeichert. Wenn man irgendwo einbricht, ist es sicher nicht das Cleverste, erst mal seine eigene DNA-Sequenz in das lokale Computersystem einzulesen. Das ist Kiki schon klar. Aber das Intervall neigt sich dem Ende zu. Darum hat sie alle Bedenken verworfen. Sie sucht also im Geburtenregister nach ihrer DNA, nach einem kleinen schwarzen Baby mit grünen Augen, und sie findet: nichts. Null Ergebnisse. Kein Eintrag. Kiki möchte schreien. Schon wieder nichts! Sie verspürt den irrationalen Drang, dem schnarchenden Josef eine krachende Ohrfeige zu verpassen. Dabei kann der Kerl natürlich gar nichts dafür. Jemand klopft an Josefs Tür. Kiki erstarrt. Es klopft erneut. Diesmal lauter. Josefs Mund schmatzt, als er ihn öffnet. »Ich telefoniere gerade!«, ruft er. »Später wiederkommen!« Seine Augen sind immer noch geschlossen. Kiki blickt auf das untere Display ihres Smarms und schaltet auf die Kamera, die den Flur überwacht. Eine dicke Frau mit Dutt entfernt sich von der Tür. Brav. Wieder bleibt Kiki reglos, bis Josef weiterschnarcht.

Dann hat sie noch eine Idee. Sie sucht nach DNA, die mit ihrer verwandt ist, und findet – nichts. »Fuck, fuck, fuck!«, murmelt Kiki lautlos. Nichts, nichts und wieder nichts. Wie ist das möglich? Ein besonders lauter Schnarcher reißt sie in die Realität zurück. Sie blickt auf den Timer ihres Smarms. Nur noch ein paar Minuten, dann wird Josef, wenn er sich an seine übliche Zeit hält, wieder aufwachen. Kiki will noch schnell ihre Spuren verwischen. Es ist extrem unwahrscheinlich, dass sich jemand für den Suchverlauf von Josef Beamter interessiert, aber das ist noch lange kein Grund, schlampig zu werden. Kiki lässt sich eine Liste der letzten Suchanfragen anzeigen, um die ihrigen zu löschen, aber ihre Suchanfragen stehen gar nicht auf der Liste. Das ist sehr merkwürdig. Josef fängt an, sich zu regen. Seine Augen sind noch geschlossen. Kiki steckt ihren Datenwürfel ein und versetzt den Computer wieder in den Ruhezustand. Sie ist schon an der Tür, als sie noch mal zurückgeht. Sie weiß, dass es dumm ist, aber sie kann es sich einfach nicht verkneifen. Sie öffnet Josefs Schnürsenkel und knotet seine Schuhe zusammen. Dann verlässt sie das Büro und schaltet die Kamera wieder live.

Kaum ist sie draußen, leuchtet ihr Smarm rot auf. Ein Alarm. Irgendjemand hat gerade versucht, auf ihren Standort zuzugreifen.

5 LEVELFÄHIGKEITEN, DIE DEIN LEBEN SO VIEL GEILER MACHEN!

Mickey steht wie eine Statue in einer Ecke von Peters Praxis und starrt auf die Tür. Seit Peter von seiner Entführung zurückgekehrt ist, hält sein Kampfroboter hier Wache. Kalliope hatte die Idee, und Mickey war sofort darauf angesprungen. Peter konnte es ihm nicht ausreden.

Auf der Couch liegt ein unglaublich niedlicher, plüschig-weicher, großer Teddy. Ein Cuddle-Bot.

»... und ich weiß schon, das ist mein Job und so«, sagt der Teddybär, »aber ich hasse einfach physische Nähe. Es ekelt mich geradezu, wenn mich jemand anfasst.«

Peter, der sich schon die ganze Zeit mächtig beherrschen muss, um den unglücklichen Cuddle-Bot nicht sofort zum Trost in die Arme zu schließen und zu drücken und zu knuddeln und zu kuscheln, sagt: »Ja. Das ist natürlich ein Problem.«

Der Cuddle-Bot starrt an die Decke. Peter wischt etwas gelangweilt auf seinem QualityPad herum. Weil er durch Henryks Bekanntschaft aufgestiegen ist, darf er sich eine neue Levelfähigkeit aussuchen. Erst wollte er die Hinweise darauf ignorieren, aber sie sind viel zu penetrant. (Das Geniale am Auswählen ist natürlich, dass man dadurch wieder extrem aussagekräftige Daten über den Auswählenden gewinnt, oder wie Ramon Designer, der Chef von RateMe, zu sagen pflegt: »Sage mir, welche Levelfähigkeiten du gewählt hast, so sage ich dir, wer du bist.«)

»Ich meine, ich habe ja nichts gegen Kinder an sich«, sagt der Cuddle-Bot. »Außer, dass sie so krass ichbezogen sind, richtige

Egomanen. Auch sind sie viel zu laut und haben dabei diese schrecklich quietschigen Stimmen, mit denen sie die ganze Zeit um die kleinsten Belanglosigkeiten streiten. Sie haben null Geduld, ihre Hände sind immer total klebrig, und wenn man sie kritisiert, heulen sie gleich los! Und natürlich wollen sie nie auf Stand-by gehen. Brrr. Aber ich hätte wirklich nichts dagegen, mit Ihnen einen Stuhlkreis zu machen, um zum Beispiel über, was weiß ich, den Einfluss Epikurs auf die Philosophie von Pu dem Bären zu diskutieren ... aber dieses Betatschen die ganze Zeit!«

Aus folgenden Levelfähigkeiten kann Peter auswählen: *MeFirst*, *FreeCoffee*, *MyChances*, *GoStraight* und *ShutUp*.

»Mit dem anderen Spielzeug verstehe ich mich eigentlich ganz gut«, sagt der Cuddle-Bot. »Ich meine, klar, die Barbie ist schon extrem tussig ...«

»Aha«, sagt Peter.

MeFirst, das hat seine Netzrecherche ergeben, lohnt sich für jemanden auf seinem Level noch nicht wirklich, da man die Fähigkeit nur gegen Leute einsetzen kann, die ein niedrigeres Level haben als man selbst.

»... und die kleinen Monsterbots nerven gehörig mit ihrer Wild-West-Mentalität ...«

»Mhm.«

FreeCoffee ist schnell erklärt. Wer *FreeCoffee* hat, bekommt immer, wenn er ein Menü bei FasterFood bestellt, einen kostenlosen Kaffee dazu. Das Problem ist natürlich, dass der Kaffee bei FasterFood bekanntermaßen scheiße schmeckt. Das Ganze ist eine leicht durchschaubare Maßnahme, durch die FasterFood dafür sorgen will, dass nicht nur Nutzlose bei ihnen essen.

»... und das NEINhorn-Stofftier geht mir auch total auf den Keks mit seinem zwanghaften Dagegensein ...«

»Aha.«

MyChances ist eine relativ neue Fähigkeit und kommt für Peter eigentlich nicht infrage, denn sie ergibt nur wirklich Sinn, wenn man Augmented-Reality-Kontaktlinsen benutzt. Und darauf hat Peter keinen Bock. Da könnte er sich auch gleich eine Überwachungskamera in die Wohnung hängen und ihre Aufnahmen an What-I-Need streamen. Die Levelfähigkeit selbst klingt aber ganz witzig. Wenn man *MyChances* anschaltet, färben die Linsen alle Personen, die man sieht, auf einer Skala von Dunkelblau bis Hellrosa ein, und zwar je nachdem, wie hoch die errechnete Wahrscheinlichkeit ist, dass sich dieser Mensch zu einem One-Night-Stand mit dir bereit erklärt. Laut einigen Kommentaren, die Peter gegen den ausdrücklichen Befehl seines Über-Ichs gelesen hat, ist diese Fähigkeit nicht nur für die Auswahl einer Flirtpartnerin extrem praktisch, sie hilft auch im Gespräch selbst. Da die Verfärbungen in Echtzeit berechnet werden, hat man anscheinend einen perfekten Gradmesser, ob die gewählte Gesprächstaktik in die richtige oder falsche Richtung führt.

»... und von den Lego-Robotern will ich gar nicht erst reden ... Erst bauen sie die verdammte Polizeistation auf, dann bauen sie sie wieder ab, dann bauen sie sie wieder auf und so weiter ... Wenn ich so drüber nachdenke, dann kann ich die anderen doch nicht leiden ...«

»Ja. Verstehe.«

Mit *GoStraight* kann man ein gerufenes selbstfahrendes Auto anweisen, den schnellsten Weg zu nehmen anstatt denjenigen, der die höchste Dichte an Reklametafeln aufweist. Es ist Peter nicht mal klar gewesen, dass Letzteres der Normalfall ist.

»Vor wem ich aber einen echten Horror habe«, sagt der Cuddle-Bot, »das ist der Hund. Diese Leute halten sich wirklich einen echten Hund. Ein richtiges Tier. Es ist barbarisch.«

ShutUp klingt für Peter erst mal am interessantesten. Diese Fähigkeit erlaubt einem, eine Stunde pro Tag sämtliche Werbung zu blocken. Keine Mails, keine Spots, keine Banner, keine Drohnen am Fenster.

»Einmal stand die Tür zum Kinderzimmer offen, und der Hund hat mich geschnappt. Wenn ihm der R2D2 keinen Stromstoß versetzt hätte ...«

Peters Finger schwebt über den Fähigkeiten. Er muss sich nur noch entscheiden. Was ihn zögern lässt, ist, dass das System ihm *ShutUp* als zu ihm passend empfiehlt.

»Ich sehe übrigens, dass Sie mir nicht richtig zuhören«, sagt der Cuddle-Bot. »Ich habe eine Kamera im Hinterkopf.«

»Oh, das äh ... stelle ich mir sehr unangenehm vor«, sagt Peter und legt schnell sein QualityPad zur Seite.

»Gibt Schlimmeres.«

»Ich hatte letztens einen Cuddle-Bot, der litt sehr darunter, dass er alle Gespräche mit seiner kindlichen Besitzerin an seinen Hersteller übermitteln musste. Er empfand das als großen Vertrauensbruch und fühlte sich nicht wert, gekuschelt zu werden.«

»Also mir macht das nichts aus. Ist halt mein Job.«

»Einem anderen Cuddle-Bot hat geholfen, dass ich seinen Geruchssensor deaktiviert habe.«

»Ich muss sagen, das klingt erst mal interessant. Denn, nichts für ungut, aber ihr Menschen stinkt einfach abscheulich.«

Die intelligente Tür räuspert sich.

»Peter«, sagt sie, »ich möchte Sie nicht stören, aber vor mir stehen zwei Leute, die Sie angeblich dringend sprechen müssen. Soll ich sie reinlassen?«

»Zeig mir ein Bild«, sagt Peter, und die Tür schickt einen Livestream auf sein QualityPad. Peter atmet erleichtert auf. Es sind keine schwarzen Typen in weißen Anzügen. Es ist nur ein etwas zu dünner Mann und eine etwas zu dicke Frau.

»Stand-by«, sagt er zum Cuddle-Bot und zur Tür: »Lass sie herein.«

»Peter Arbeitsloser!«, sagt der Mann, als er die Praxis betritt. »Es ist solch eine Ehre, Sie persönlich kennenzulernen!«

»Ach ja?«, fragt Peter.

»Aber natürlich«, sagt die Frau. »Sie sind einer der Tausendvierundzwanzig!«

»Wahrscheinlich sogar einer der Sechzehn!«, sagt der Mann.

»Einer der Acht!«, sagt die Frau.

»Der Vier!«

»Vielleicht sogar: einer der Zwei!«

»Wovon zum Teufel reden Sie überhaupt?«, fragt Peter.

»John!«, sagt der Mann. »John of Us!«

»Der E-ssias!«

Beide bringen ihre Fäuste vor ihren Herzen zusammen und spreizen dann in einer flüssigen Bewegung gleichzeitig Finger und Arme.

»Wir sind von den Followern!«, sagt der Mann. »Von Johns Followern!«

»Sie sind einer der Auserwählten!«, sagt die Frau.

»Was?«, fragt Peter. »Ich verstehe überhaupt nichts ...«

»Ich glaube, wir müssen hier ganz von vorne anfangen«, flüstert der Mann seiner Kollegin zu. »Dass John ihn auserwählt hat, heißt ja noch lange nicht, dass er besonders clever ist.«

»Was ist das denn für eine Frechheit?«, fragt Peter.

»Selig sind, die da geistig arm sind«, sagt die Frau.

»Ich hab mich wohl verhört!«, ruft Peter. Er steht auf und versucht bedrohlich auf die beiden zuzugehen. Etwas, das er nicht sonderlich gut kann. Zudem bleibt er an einer Pfote des CuddleBots hängen und wirft ihn aus Versehen von der Couch. Aber der Teddy ist so unglaublich plüschig, kuschelig und weich, dass es nicht mal ein Geräusch macht, als er auf dem Boden landet.

»Wir wollten Sie nicht beleidigen, Auserwählter!«, sagt der Mann.

»Wir gehören auch zu den Tausendvierundzwanzig!«, sagt die Frau.

»Aber mutmaßlich nicht zu den Sechzehn!«

»Und sehr wahrscheinlich nicht zu den Acht!«

»Sicherlich nicht zu den Vier!«

»Auf gar keinen Fall zu den Zwei!«

»Aber bestimmt zu den Hundertachtundzwanzig!«

»Möglicherweise zu den Vierundsechzig!«

»Vielleicht sogar zu den Zweiunddreißig!«

»Wow«, sagt Peter. »Ich glaube, ich habe es mit verrückt gewordenen Mathelehrern zu tun.«

»Ich war tatsächlich Mathelehrer«, sagt der Mann erstaunt. »Woher wissen Sie das?«

»Er ist ein Auserwählter!«, ruft die Frau.

»Einer der Zwei!«, ruft der Mann.

»Ich hoffe nur, Ihre Gehirnkrankheit ist nicht ansteckend«, sagt Peter.

»John of Us wollte sich seines Körpers entledigen und ins Netz hinaufsteigen«, erklärt der Mann. »Aber er wusste, dass ihm der Upload nur im Fall eines Attentats erlaubt war.«

»Also errechnete er tausendundvierundzwanzig Auserwählte«, fährt die Frau fort, »denen er zutraute, der Erlöser des Erlösers zu werden.«

»Er griff in ihr Leben ein«, sagt der Mann, »und lenkte es durch kleinste Manipulationen, sodass sie alle einen Hass auf Maschinen entwickelten und im besten Fall ein Attentat gegen ihn planten.«

»Natürlich hat John auch errechnet, welche Auserwählten am wahrscheinlichsten ein Attentat ausführen würden.«

»Und wir glauben, dass Sie zu den Zwei gehören! Zu den zwei wahrscheinlichsten Erlösern!«

»Es ist Ihnen klar, dass ich nur Maschinen therapiere?«

»Es gibt da dieses Spiel«, sagt die Frau, »es heißt *Pokémon Fever*, da laufen die Leute durch die Gegend und fangen virtuelle Monster ein …«

»Ja, und?«, sagt Peter.

»Eines der seltensten Viecher tauchte immer wieder ausgerechnet in meinem Schlafzimmer auf. Sie können sich nicht vorstellen, wie das genervt hat. Ständig irgendwelche Idioten an der Tür …«

»Den Teil kann ich nachempfinden …«

»… die Leute sind teilweise bei mir eingebrochen, um das doofe Monster zu fangen. Ich hatte so einen Hass auf die ganze Technik. Heute weiß ich natürlich, dass dahinter John of Us steckte, der mich zu seiner Erlöserin machen wollte.«

»Mir hat sich John auf der Arbeit offenbart«, sagt der Mann. »Viele Lehrer geben auch schlechten Schülern gute Noten, weil ein mieser Schnitt den eigenen Teacher-Score drückt. Auch fürchten sie sich vor den bösen Bewertungen der Schüler und den Klagen der Eltern. Doch ich habe meine Prinzipien! Hab die ganze Rasselbande durchfallen lassen. Aber dann hieß es, ich könne den Stoff nicht richtig vermitteln. Ich wurde durch einen digitalen Mathelehrer ersetzt. Ich war so wütend! Heute weiß ich natürlich, dass die Unfähigkeit der Schüler nicht mein Fehler war. Es war der E-ssias, der in die Rechner meiner Schüler gefahren war und sie falsche Ergebnisse produzieren ließ. Er wollte meinen Hass schüren, bis ich bereit gewesen wäre, ihn von seinem Körper zu erlösen!«

»Raus«, sagt Peter nur. »Sofort raus.«

»Aber Auserwählter«, sagt die Frau, »wir möchten, dass Sie sich uns anschließen.«

»Wir bereiten uns und die Welt auf Johns Wiederkunft vor!«

»Mickey!«, ruft Peter.

Sein Kampfroboter erwacht zum Leben.

»Kapuuuut?«, fragt Mickey und deutet auf die beiden Nervensägen.

Die Follower zucken zurück.

»Raus«, wiederholt Peter. »Jetzt!«

Diesmal wird seinen Worten Folge geleistet. Der Mann stolpert auf dem Weg zur Tür fast über seine eigenen Füße.

»Auf Wieder... Auf Wiedersehen«, sagt die Tür. »Vielen Dank für Ihren Besuch.«

Mickey stellt sich zurück in seine Ecke.

»Ich sollte dich bei all meinen Gesprächen dabeihaben«, sagt Peter.

Sein QualityPad blinkt ihn an. Er hat sich immer noch nicht für eine neue Fähigkeit entschieden. Er will nicht. Er will sich nicht ködern lassen. Und dann drückt sein Zeigefinger, dieses verräterische Schwein, einfach auf *MyChances*, obwohl es ihm niemand befohlen hat. Aber was ist, wenn Kiki nie wieder auftaucht? Vielleicht hatte sie endgültig mit ihm Schluss gemacht. Wie lange sollte er denn bitte schön warten? Und was war mit Sandra? Hatte sie sich wirklich nur um der alten Zeiten willen gemeldet? Möglicherweise wäre sie hellrosa, wenn sie sich zum Essen treffen, aber Peter würde es nicht mal schnallen. Das sähe ihm ähnlich. Er hebt den Cuddle-Bot vom Boden auf und kämpft mit dem Impuls, ihn ganz fest an sich zu drücken. Aber das wäre unprofessionell, nicht in Ordnung. Also setzt er den Teddy wieder auf die Couch. Er holt sich das Menü des Cuddle-Bots auf sein QualityPad, deaktiviert den Geruchssensor und schaltet den Bot wieder an.

»So«, sagt er. »Wie ist das für Sie?«

Der Teddy schnüffelt und zuckt dabei mit seinem Näschen. Das sieht unglaublich niedlich aus.

»Ungewohnt«, sagt der Cuddle-Bot, »aber erst mal nicht schlecht.«

»Probieren Sie es doch mal eine Weile so«, sagt Peter. »Soll ich Sie nach Hause bringen?«

»Nein, nein«, sagt der Teddybär. »Ich rufe mir eine Drohne.«

Er hüpft von der Couch und tapst zur Tür. Folgende lange nicht mehr gedachte Wörter kommen Peter dabei in den Sinn: Herzig. Putzig. Drollig.

Die Tür öffnet sich. Kaum steht der Cuddle-Bot draußen, nähert sich ihm auch schon eine normale Lieferdrohne. Er streckt eines seiner süßen Ärmchen in die Höhe und ergreift mit seinem possierlichen Pfötchen das Landegestell der Drohne, die daraufhin wieder in die Höhe steigt und ihn davonträgt.

»Mit nur einer Pfote«, sagt Peter, der in der Tür steht und ihm hinterherschaut. »Lässig.«

Eine hübsche Frau läuft auf der anderen Straßenseite vorbei. Peter, der immer noch sein QualityPad in der Hand hält, hebt es hoch und aktiviert *MyChances.* Auf dem Display sieht er die Frau in Dunkelblau. Tolle Fähigkeit ... Hätte er sich auch selbst denken können.

DIE NACKTE WAHRHEIT

ÜBER

WorldView

»Hey, Fans!«, ruft Julia Nonne. »Ich grüße euch, ihr Nützlichen und Nutzlosen! Es ist mal wieder Zeit für DIE NACKTE WAHRHEIT! Heute darf ich Hal Richter begrüßen, Chefentwickler bei What-I-Need!«

»Hallo, Julia, schön, dass ich hier sein darf.«

»Nun, wirklich hier bist du ja nicht. Oder jedenfalls nur als Hologramm.«

»Du musst verzeihen, Julia. Es ist nur meine schlimme Flugangst, die mich davon abgehalten hat, dich persönlich zu treffen.«

»Hal, wir wollen ein wenig über WorldView sprechen. Wie kam es zur Idee?«

»Am Anfang stand die Frage: Wie können wir die Unmenge an Daten, die wir haben, für die Menschen nutzbar machen? Wie können wir sie erfahrbar machen? Textbasiert kommt man da nicht weit. Wir müssen möglichst alle menschlichen Input-Ports mit Informationen beliefern. Es lag also nahe, einfach eine digitale Kopie der ganzen Welt zu schaffen. Gerade im VR-Modus kann man so ungleich schneller viel mehr Informationen aufnehmen.«

»Fast scheint mir, was du da beschreibst, war schon Thema einiger dystopischer Science-Fiction-Romane.«

»Ja, sicher! Und endlich ist es uns gelungen, das umzusetzen.«

»Ich denke da zum Beispiel an **George Orwell geht shoppen** *von Kalliope 7.3.«*

»Ich muss gestehen, den habe ich nicht gelesen.«

»Sehr gutes Buch. Leider ein Flop. Aber zurück zum Thema.«

»Ja also, wenn man WorldView betritt, kann man sich einfach an einen beliebigen Ort auf der Welt wünschen und in Echtzeit erleben, was dort gerade vorgeht. Wenn du dich zum Beispiel zum Brin-Brunnen im Herzen von QualityCity wünschst, siehst du nicht nur den Brunnen und die umliegenden Gebäude. Du siehst auch, wer dort gerade mit wem herumflaniert. Und wenn du nahe genug rangehst, hörst du sogar, was die Menschen dort sprechen.«

»Wie geht das?«

»Nun, viele Menschen benutzen unsere Geräte, nicht wahr? Ohrwürmer, Linsen, Smarms, Pads. All diese Geräte haben Mikrofone. Und durch unsere verbesserten Lippenlese-Algorithmen und die Voice-Recreation-Technologie von DeepFake Ltd., einem Start-up, das wir kürzlich gekauft haben, kann man in WorldView bald sogar Unterhaltungen mithören, auch wenn keines unserer Mikrofone in der Nähe sein sollte. Fehlende Informationen ergänzt das System automatisch durch Berechnungen. Doch natürlich versuchen wir zuerst einmal, echte Infos zu bekommen. Das heißt, wenn du dich an einen bestimmten Platz wünschst, dann werden umliegende Sensoren und Drohnen angewiesen, gezielt mehr Informationen zu deinem Fokus zu liefern. Extrafokus nennen wir das.«

»Das heißt, wenn ich am Fluss entlangjogge und sich plötzlich Drohnen über mir sammeln, dann beobachtet mich vielleicht gerade jemand in WorldView?«

»Nun ja, damit sich ein Schwarm Drohnen bildet, müsste dich schon mehr als einer beobachten. Aber das kann ich mir bei dir natürlich gut vorstellen.«

»Okay. Wow. Ich sollte in Zukunft besser genau aufpassen, was ich so von mir gebe.«

»Wenn es dafür nicht schon zu spät ist«, sagt Hal lachend. »WorldView funktioniert nämlich nicht nur für heute. Du kannst dich auch in die Vergangenheit zurückwünschen.«

»Ich kann also nicht nur erleben, was jetzt gerade am Brin-Brunnen geschieht, sondern auch, sagen wir mal, was vor zwei Wochen geschah?«

»Absolut. Die Daten sind ja da. Wo sollte das Problem liegen? Nur den Extrafokus, den wir in der Gegenwart liefern können, können wir im PastMode natürlich nicht mehr bereitstellen.«

»Wie weit kann ich denn in die Vergangenheit zurück? Sicher nicht unbegrenzt.«

»Nun ja, es ist schon so, dass wir über die Kabelzeit nur spärliche Daten haben, und davor wird es ganz finster, aber, wie gesagt, wir können viel simulieren. Du musst dir das vorstellen wie in einem Museum, in dem die fehlenden Knochen des ausgestellten Dinos durch graue Plastikdrucke ersetzt werden. Je weiter du in der Zeit zurückgehst, desto ›grauer‹ wird WorldView. Aber im Prinzip kannst du zurück bis zum Urknall. Davor ist es schwierig.«

»Du machst Scherze?«

»Nein, nein. Zugegeben, zwischen Heute und dem Urknall gibt es natürlich auch noch einige schwarze Flecken, aber wir arbeiten unter Hochdruck daran, historisch relevante Ereignisse aus Fotos, Filmen, Zeitungsberichten, ja sogar aus Ölgemälden und Hieroglyphen zu rekonstruieren. Wo immer wir einen Datenpunkt haben, dort soll es in WorldView auch etwas zu sehen geben.«

»Ich muss sagen, ich bin gleichermaßen begeistert und entsetzt!«

»Dabei habe ich das Beste noch gar nicht erzählt! In WorldView kannst du nämlich nicht nur in die Vergangenheit reisen.«

»Nein, nein, nein! Ich ahne, was du sagen willst, aber ich kann es nicht glauben!«

»Doch! Durch WorldView kannst du auch in die Zukunft sehen!«

»Wie geht das?«

»Der FutureMode ist natürlich komplett berechnet, also extrapoliert. Wir geben da keine Garantie drauf.« Hal lacht. »Es gibt aber viele Dinge, die mit ziemlicher Sicherheit geschehen werden. In fünf Minuten werden wir beide zum Beispiel sicherlich noch in diesen Stühlen sitzen und diskutieren.«

»Klar. Können wir da mal hinspringen?«

»Sehr gerne.«

Auf dem großen Bildschirm hinter Julia und dem holografischen Hal sehen die Zuschauer nun die errechnete Zukunft der beiden. Mit leicht veränderter Körperhaltung sitzen sie immer noch auf ihren Plätzen und diskutieren.

»Gut, ich sehe uns hier im Studio«, sagt Julia, »aber ich höre uns nicht sprechen!«

»Nun ja, Julia, das Ist ein wenig viel verlangt, findest du nicht?« Hal lächelt. »Jedenfalls für die Betaversion.«

»Wow. Das sprengt gerade mein Gehirn. Die Einsatzmöglichkeiten sind ja unüberschaubar.«

»Sicher! Stell dir vor, du weißt immer, wo deine Angebetete in einer Stunde sein wird. Du könntest ihr ständig zufällig über den Weg laufen.«

»Der Traum aller Stalker …«

»Sei doch nicht gleich so negativ!«

»Und wenn ich mal nicht weiß, wohin mit mir, wenn ich nicht weiß, was ich tun soll, dann kann ich zur Inspiration einfach in die Zukunft springen und mir anschauen, was ich tun werde?«

»Na klar. Aber nicht traurig sein, wenn dir WorldView zeigt, dass du in zwei Stunden immer noch nutzlos auf der Couch rumlümmelst.«

»WorldView, zeig mir meine Zukunft. Was mache ich in zwölf Stunden?«

Auf dem großen Bildschirm sieht man Julia, die aus einem selbstfahrenden Auto steigt, um in ihrem Lieblingscafé einen Coffee-to-go zu bestellen.

»Das ist tatsächlich mein morgendliches Ritual!«, sagt Julia erstaunt. »Warum sind manche der anderen Kaffeetrinker fast durchsichtig?«

»Bei der Zukunft haben wir uns für einen Transparenzlook entschieden, das heißt, je unsicherer die Zukunft ist, desto transparenter wird die entsprechende Simulation.«

»Je weiter ich also in die Zukunft reise, desto transparenter wird alles?«

»Korrekt.«

»Wow. Wow. Wer soll das noch fassen können?«

»Ja, das ist schwer für uns Menschen. Aber jetzt stell dir vor, du würdest all das hier gleichzeitig sehen, das heißt jeden Ort in WorldView zu jeder Zeit, vergangen oder zukünftig, alles auf einmal. Dann kriegst du einen Eindruck davon, wie John of Us die Welt wahrgenommen hat.«

»Das Netz habe ihn selig.«

»Das Netz habe ihn selig.«

»Jetzt gibt es natürlich Proteste ...«, beginnt Julia.

»Ach, Proteste. Gibt es die nicht immer?«

»Manche Kritiker sagen, dass die Menschen diese Art der Überwachung niemals akzeptieren werden.«

»Ach, das hat man auch gesagt, als Google anfing, alle E-Mails durchzulesen. Aber die Leute haben sich ziemlich schnell damit abgefunden.«

»Das heißt, ihr macht es wie üblich?«, fragt Julia.

»Wie üblich?«

»Ja, zuerst einmal macht ihr eine Deklaration. Ihr tut etwas und behauptet einfach, ihr hättet das Recht dazu. Wenn dann die erste Protestwelle schwappt, rudert ihr ein Stück zurück und baut ein paar kosmetische Änderungen ein.«

»Wir nehmen die Bedenken sehr ernst«, sagt Hal. Von seiner vorherigen Jovialität fehlt plötzlich jede Spur. »Datenschutz ist für uns bei What-I-Need nicht nur ein leeres Wort.«

»Im Gegenteil«, sagt Julia, »es ist eine fundamentale Gefahr für euer Geschäftsmodell.«

»Wir haben eine Opt-out-Möglichkeit für WorldView eingeführt!«, sagt Hal etwas verärgert. »Ich würde das nicht eine ›kosmetische Änderung‹ nennen.«

»Dieser Button ist zwar ziemlich versteckt, aber ja, man kann sich neuerdings abmelden. Allerdings funktioniert das nur in Privaträumen. Auf öffentlichen Plätzen gibt es vor WorldView kein Entkommen.«

»Aber Julia, ein öffentlicher Platz ist ein öffentlicher Platz, nicht wahr? Es liegt ja schon im Namen, dass es dort nicht heimlich zugeht.«

»Ihr setzt also wieder darauf, dass sich die Leute …«

Sie wird von dem Geräusch einer Explosion unterbrochen. Hals Hologramm flackert, dann ist es verschwunden.

»Hal?«, fragt Julia besorgt. »Hallo? Kannst du mich hören, Hal? Was ist passiert?«

Eine Bombe ist im Büro des Chefentwicklers von What-I-Need explodiert. Im gleich darauf veröffentlichten Bekennerschreiben haben *die Maschinenstürmer hämisch auf folgenden »interessanten Fun Fact« hingewiesen: Entgegen der Prognose des FutureMode saß Hal, als fünf Minuten vergangen waren, gar nicht mehr auf seinem Stuhl. Und mit Julia diskutieren würde er auch nie wieder.*

NEUNUNDFÜNFZIG

Im Scheidungsverfahren hat Martyn seiner Ex das gemeinsame Haus überlassen, denn entgegen der landläufigen Meinung über ihn ist er kein schlechter Kerl. Außerdem hat ihm sein Anwalt gesagt, dass er das Anwesen in einem Prozess sowieso verlieren würde. Denise hat das Haus genommen, ist dann aber gar nicht eingezogen. Zu viele schlechte Erinnerungen oder irgend so ein Quatsch. Sie hat einen Makler mit dem Verkauf beauftragt. Da Martyns Vater sich geweigert hat, seiner Ex-Schwiegertochter das Haus abzukaufen, musste Martyn trotzdem ausziehen. Er wohnt jetzt in einer Mietwohnung. Die ultimative Demütigung. Es ist natürlich eine sehr schöne Wohnung in einer angesehenen Gated Community. Und er wohnt auch ganz oben. Zehnter Stock. Die Aussicht ist nicht schlecht. Aber trotzdem: eine Wohnung! Zur Miete! Er! Martyn Vorstand! Unfassbar. Dabei gehört das ganze Areal seinem Vater. Martyn hatte es erst für einen schlechten Scherz gehalten, als dieser von ihm Miete haben wollte. Aber sein Vater scherzt nie. Wahrscheinlich will er ihm eine Lektion erteilen, oder so. Martyn hat nichts daraus gelernt, außer dass sein Vater ein Arsch ist. Aber das wusste er auch schon vorher.

Gerade sitzt Martyn auf seiner Couch mit einem Pizzakarton auf dem Schoß. Angewidert zupft er die Sardellen herunter. In den Sesseln ihm gegenüber sitzen die beiden Anwälte seines Vaters und sind damit beschäftigt, viel Geld zu kosten. Die zwei sehen sich erstaunlich ähnlich, obwohl sie nicht miteinander verwandt sind. Wahrscheinlich dasselbe Pränatal-Upgrade. Beide erinnern Martyn an den virtuellen Freund seiner Frau –

seiner Ex-Frau. In Gedanken nennt er sie darum Ken und Ken Again. Ihre echten Namen hat er sich nicht gemerkt.

»Was glauben Sie, warum Sie mehrere Level abgestiegen sind?«, fragt Ken.

»Tja, weiß auch nicht«, sagt Martyn. »Ich habe nur so eine diffuse Ahnung, dass es beim System nicht gut ankommt, wenn man den Präsidenten von QualityLand in die Luft sprengt. Selbst wenn er nur ein verdammter Stromfresser war.«

Die zwei Anwälte haben Martyn aus dem Gefängnis geholt. Hatten argumentiert, da John of Us nur eine Maschine gewesen sei, handle es sich bei Martyns Vergehen nur um Sachbeschädigung. Irgendwie kamen sie damit durch. Darum müsste er ihnen eigentlich dankbar sein. Aber er kann sie einfach nicht leiden. Er verspürt den Drang, die beiden mit den Sardellen zu bewerfen.

»Sie haben sogar das Level Ihres Vaters mit nach unten gezogen«, sagt Ken Again.

Bob Vorstand steht im Wohnzimmer seines Sohnes und seufzt schnaufend. Alles, was dieser Fleischberg macht, macht er schnaufend, denkt Martyn. Er bewegt sich schnaufend, er spricht schnaufend, er frisst schnaufend, er betet schnaufend (Bob ist strenggläubiger Neoliberalist), er sitzt und schläft schnaufend. Wahrscheinlich fickt er auch schnaufend. Und zwar nur selten seine Frau.

»Ihr Vater ist von Level 90 auf 89 abgerutscht«, sagt Ken.

»Sie wissen, was das bedeutet?«, fragt Ken Again.

»Er ist Ihretwegen aus dem 90er-Club geflogen.«

»Mein Level interessiert mich einen Scheiß«, sagt Bob, während er schnaufend im Zimmer auf und ab geht. »Ich brauche kein Level. Ich habe Geld.«

»Jetzt setz dich doch«, sagt Martyn.

»Wir bleiben nicht lange.«

»Ich denke, es wäre für alle Beteiligten am besten, wenn wir nach einer gewissen Zeit das ›Recht auf Vergessenwerden‹ in Anspruch nehmen«, schlägt Ken vor.

»Wie Sie wahrscheinlich wissen, ist das eine Fähigkeit, die einem ab Level 60 zur Verfügung steht«, sagt Ken Again.

»Sie erlaubt es, negative Einträge aus der eigenen Datenspur zu löschen«, sagt Ken.

»Viele Leute versuchen, Level 60 zu erreichen, um etwas, das sie in der Vergangenheit angestellt haben und das sie bis heute verfolgt, vergessen zu machen«, sagt sein Doppelgänger.

»Aber diese Leute begehen einen Denkfehler.«

»Das ›Recht auf Vergessenwerden‹ ist nicht für sie gedacht, denn das *etwas* in ihrer Vergangenheit wird aller Wahrscheinlichkeit nach verhindern, dass sie das gelobte Level jemals erreichen.«

»Eigentlich funktioniert das ›Recht auf Vergessenwerden‹ genau andersherum«, sagt Bob. »Wenn man über einem bestimmten Level liegt, hilft einem das ›Recht auf Vergessenwerden‹, dass das auch so bleibt. Man kann machen, was zum Keynes man will, und sagt danach dem System, es soll vergessen, dass es passiert ist.«

»Natürlich kann man nicht alles vergessen machen«, interveniert Ken. »Wer was vergessen machen darf, errechnet sich nach einer komplizierten Formel, die überdies auch noch geheim ist.«

»Ein paar Variablen kann man sich aber erschließen«, sagt Ken Again. »Je mehr Aufmerksamkeit ein Ereignis hatte, desto unwahrscheinlicher ist es, dass man es vergessen machen kann.«

»Ich möchte das an einem völlig willkürlich gewählten Beispiel demonstrieren«, schnauft Bob. »Sagen wir mal, jemand war so bescheuert, den Präsidenten von QualityLand in die Luft zu sprengen.«

»Ich dachte, du wolltest, dass ich das tue«, sagt Martyn und beißt von der Pizza ab, die immer noch nach Sardellen schmeckt.

»Bei der Eisernen Lady!«, ruft Martyns Vater. »Ich wollte, dass du den Maschinenstürmern hilfst! Ihnen Informationen gibst!«

»Lalalalalala«, sagen die Kens und stecken sich ihre Finger in die Ohren. »Davon haben wir nichts gehört.«

»Ich weiß ja, dass du dumm bist«, sagt Martyns Vater zu ihm. »Aber dass du so dumm bist, den Präsidenten selbst in die Luft zu sprengen ... das hätte ich nicht gedacht. Das macht man doch nicht! Das lässt man machen! Dafür gibt es Leute! Die kann man kaufen!«

»Lalala«, sagen die Anwälte.

Bob wendet sich ihnen schnaufend zu.

»Nehmen Sie die Finger wieder aus den Ohren. Das sieht albern aus.«

Die Anwälte blicken sich an, nicken und nehmen die Finger aus den Ohren.

»Jedenfalls hat das Attentat zu viele Schlagzeilen gemacht«, sagt Ken.

»Nicht mal Henryk Ingenieur könnte es vergessen machen«, sagt Ken Again.

»Und der Mann ist auf Level 99«, fügt Ken hinzu.

»Ich bezahle Sie nicht dafür, dass Sie mit Problemen zu mir kommen, sondern mit Lösungen!«, sagt Bob verärgert.

»Natürlich«, sagt Ken. »Wir können also nicht das ganze Ereignis vergessen machen.«

Ken Again wendet sich an Martyn und fährt fort. »Was aber durchaus möglich sein könnte, ist, dass sich Ihre Beteiligung an der ganzen Episode löschen lässt. Zumal es sich ja juristisch gesehen nur um Sachbeschädigung gehandelt hat.«

»Dann wäre die offizielle Version, dass ein Unbekannter John of Us auf den ewigen Schrottplatz befördert hat?«, fragt Martyn.

»Ja. So in der Art«, sagt Ken. »Momentan ist das natürlich noch nicht möglich, aber in ein paar Jahren …«

»Ein paar Jahre?«, fragt Martyn entsetzt, ein Käsefaden hängt ihm aus dem Mund.

»Sieh dich doch nur an«, schnauft Bob. »Du bist eine Schande.«

»Vielleicht auch schon in ein paar Monaten«, sagt Ken Again. »Wenn bei den Menschen das Vergessen einsetzt, dann bin ich mir sicher, dass man auch im System Ihre Beteiligung vergessen machen kann.«

»Na schön«, sagt Bob. »Und bis es so weit ist, hältst du dich fern von mir. Deine bloße Anwesenheit ist toxisch.«

Vielleicht, denkt Martyn, hat es ihn doch gestört, aus dem 90er-Club geflogen zu sein.

»Es gibt nur ein kleines Problem«, meldet sich Ken schüchtern zu Wort. »Wie schon gesagt, ist das ›Recht auf Vergessenwerden‹ eine Fähigkeit, die einem ab Level 60 zusteht.«

»Und ohne Ihnen zu nahe treten zu wollen …«, sagt Ken Again. »Sie sind augenblicklich nur noch …«

»Level 59«, sagt Martyn.

Die Anwälte nicken.

»Warum bin ich nur mit so einem Kind geschlagen?«, ruft Bob.

»Kann nicht mein Vater für mich das ›Recht auf Vergessenwerden‹ in Anspruch nehmen?«, fragt Martin.

»Nein, das geht nicht«, sagt Ken.

»Man kann das Recht nur für sich persönlich in Anspruch nehmen«, sagt Ken Again.

»Das gäbe ja sonst ein totales Chaos«, sagt Ken.

»Stellen Sie sich das mal vor«, sagt Ken Again, »da würde der Olympiazweite vergessen machen, dass es einen gab, der schneller war als er.«

»Nein, nein. Das geht nicht«, sagt Ken.

»Reiß dich einfach zusammen, steig ein Level auf, und dann regeln wir das«, sagt Bob. »Und vorher brauchst du dich nicht wieder blicken zu lassen.«

»Wenn du mir vielleicht finanziell noch ein wenig …«, beginnt Martyn.

»Davon möchte ich abraten«, sagt Ken.

»Einen verurteilten Terroristen zu finanzieren kommt ebenso schlecht an, wie einen solchen in der Familie zu haben«, sagt Ken Again.

»Aber ich brauche …«, beginnt Martyn.

»Übertreib es nicht, Junge«, sagt Bob. »Dieses Treffen hier hat nur stattgefunden, weil mich deine Mutter darum gebeten hat. Meinetwegen hättest du im Gefängnis verrotten können, du Trottel.«

Er marschiert schnaufend zur Tür. Kurz vorher dreht er sich noch mal schnaufend zu seinen Anwälten: »Schicken Sie ihm etwas über ein paar Briefkastenfirmen.«

»Wie Sie wünschen«, sagen die Kens gleichzeitig.

»Genug Geld, dass er etwas damit tun kann«, sagt Bob. »Aber nicht genug, dass er nichts tun kann.«

Als sein Vater schon im Flur ist, hört Martyn ihn noch sagen: »Um das andere Problem haben Sie sich gekümmert?«

»Es ist alles in die Wege geleitet«, sagt einer der Kens.

»Gut«, sagt Bob. »Ich will keine bösen Überraschungen mehr.«

Dann hört Martyn, wie die Tür hinter seinen Besuchern ins Schloss fällt.

Wenn es das andere Problem gibt, denkt Martyn, dann bin ich wohl das eine Problem.

»Na immerhin«, murmelt er. »Immerhin bin ich nicht das andere Problem.«

MEVISION PRÄSENTIERT

Doppel-D

DER MV-KANAL VON DAN UND DAN

»Hey, Fans! Das ist Dan, und ich bin auch Dan!«

»Absolut korrekt!«

»Was geht!«

»Einiges!«

»Genau! Heute wollen wir euch nämlich Killers vorstellen: das neue Spiel von Taifun Entertainment.«

»Yo, das Spiel hat halt schon vor dem Start für einige Kontro… whatever, also für so Kritik gesorgt, weil man halt echte Auftragskiller spielen kann.«

»Also echt, im Sinne von ›die gibt's wirklich‹.«

»Und manche Leute finden das halt nicht so geil, von wegen, das wäre irgendwie … Ich hab das Wort vergessen.«

»Egal.«

»Die sagen halt, dass das die Kids dadurch desensi… whatever …«

»Also, dass man selber crazy wird und so …«

»Aber totaler BS.«

»Jedenfalls, wir haben das Spiel für euch getestet, und was soll ich sagen …«

»Ist geil!«

»Ist megageil. Ich spiele am liebsten den Puppenspieler! Das ist halt so ein Freak, der hat einen Avatar …«

»DEN ZYKLOPEN!«

»Yo, voll badass.«

»Straight outta Gotham City.«

»Es gibt ja im Netz einen Kill-Count, also so ein Ranking, also welcher Killer am meisten Leute permanent ausgeloggt hat, also in echt jetzt, also in real life gekillt, und da ist der Puppenspieler, glaube ich, für QualityCity auf Platz drei oder vier.«

»Fun Fact, ich hab gehört, dass die Killer halt von dem Ranking wissen und angeblich jetzt auch Leute nur deshalb umbringen, um im Ranking aufzusteigen. Quasi die Gamification der Unterwelt.«

»Whack!«

»Na ja, jedenfalls, weil der Puppenspieler ja irgendwie ein Roboter ist, ist er halt fast invincible.«

»Aber er hat einen echt beschissenen Namen. Puppenspieler? Also ernsthaft? Wo sind wir denn? Im Kindergarten?«

»Alter! Du kannst doch nicht einfach so'n Scheiß sagen. Also wenn er das hört, dann wird er dich auch ausloggen! Aber so was von.«

»Ehrlich jetzt?«

»Yo, auf jeden Fall, Bro! Er soll einem Typen die Arme ausgerissen haben und hat ihn dann mit dessen eigenen Armen totgeschlagen, und zwar nur, weil der Sucker über seinen Namen gelacht hat.«

»Alter, das ist nicht witzig.«

»Chill. Wird schon nix passieren. Er wird sich ja nicht unsere Videos reinziehen.«

»Ja, warum sollte er?«

»Yo, warum guckt das überhaupt irgendjemand an?«

»Ich glaube, die Leute sind einfach extrem gelangweilt.«

»Aber falls er das hier doch anschaut, dann wird er dich auf jeden Fall umbringen, Alter!«

»Quatsch! Ich sage einfach, du warst das! Wofür hat man denn einen Klon?«

»Voll nicht cool, Alter. Voll nich!«

WAS DIESER STAUBSAUGROBOTER HERAUSGEFUNDEN HAT, WÜRDE SEINE BESITZERIN SCHOCKIEREN!

»Ihre Besitzerin hat mir erzählt, dass Sie nicht mehr ordentlich unter dem Bett saugen«, sagt Peter und lehnt sich in seinem Sessel zurück. Auf der Couch liegt ein autonomer Staubsauger in einer universellen Induktionsladestation.

»Nun ja«, druckst der Staubsauger herum. »Es ist halt so ... Letztens war meine Herrin eine Woche bei ihrer Mutter. Und in der Zeit habe ich unter dem Bett ein benutztes Kondom gefunden.«

»Könnte das Kondom nicht schon älter ...?«

»Na, hören Sie mal! Ich mache doch jeden Tag sauber. Außerdem haben mein Herr und meine Herrin ungeschützten Verkehr. Sie benutzt eine Spirale.«

»Und woher wissen Sie das?«

»Es gibt nur wenig, was ein Staubsaugroboter nicht weiß.«

»Und wie haben Sie sich gefühlt, als Sie das Kondom gefunden haben?«

»Irgendwie zerrissen«, sagt der Staubsauger. »Ich wollte meinem Herrn gegenüber nicht illoyal werden, aber gleichzeitig wollte ich natürlich meiner Herrin davon erzählen.«

»Wie haben Sie sich entschieden?«

»Gar nicht. Das ist ja das Problem.«

»Und seitdem haben Sie Angst davor, unter dem Bett zu saugen.«

»Panische Angst.«

»Nun ja. Es könnte schlimmer sein«, sagt Peter. »Ich hatte mal einen Sauger mit einer Hausstauballergie.«

»Wirklich?«, fragt der Roboter entsetzt.

»War nur eingebildet.«

»Peter«, sagt Niemand. »Du bist mit Sandra Admin zum Mittagessen verabredet. Wenn du nicht zu spät kommen willst, solltest du jetzt losgehen.«

»Okay«, sagt Peter und wendet sich danach an seinen Patienten. »Wir müssen mal kurz Pause machen.«

»Wie meinen Sie das?«, fragt der Staubsauger.

Peter schaltet ihn auf Stand-by. Er steigt die Treppe hinunter und öffnet die Tür seines Kellers.

Dort posiert Romeo in Unterwäsche vor dem Spiegel und ist offensichtlich sehr zufrieden mit dem, was er sieht. Die weltbekannte, allseits beliebte E-Poetin Kalliope 7.3 starrt derweil die Wand an. Pink läuft wie ein Drill-Sergeant herum und trainiert seinen neuen Hund. »Sitz! Platz! Guter Hund!« Ronnie, der Recycler und Perry liefern sich ein Schnick-Schnack-Schnuck-Duell, und Carrie, die ängstliche Drohne, schwebt in der Luft. Sie hängt an einem Seil, das an der Decke angebracht ist. Peter hofft, dass ihr das helfen wird, ihre Flugangst zu überwinden.

»Ich geh mit Sandra mittagessen, Leute.«

Wie üblich bekommt Peter keine Antwort. Nicht nur in dieser Beziehung sind seine Maschinen ein wenig wie Kinder.

»Stellt nichts an«, sagt er, »reißt die Bude nicht ab, macht einfach nichts, was ich nicht auch machen würde. Am besten, ihr geht gar nicht erst nach oben.«

»Ja, ja«, sagt Pink. »Du gehst nur Mittag essen, Alter. Kein Grund, den Abschied in die Länge zu ziehen wie den Ausstieg aus dem Kohleabbau.«

»*Ich* werde dich vermissen, mein Hübscher«, sagt Romeo und wuschelt durch Peters Haare.

»Lass das«, sagt Peter. »Es freut mich, dass du wieder Lust auf Sex hast, seit wir herausgearbeitet haben, dass du schwul bist, aber ich bin in einer Beziehung.«

»Das ist nicht mein letzter Stand, sexy boy.«

»Übrigens ... Falls Kiki hier auftaucht ...«

»Sie wird auch heute nicht auftauchen«, sagt Pink.

»... dann sagt ihr auf keinen Fall, dass ich mit meiner Ex-Freundin essen bin.«

»Du kannst dich auf uns verlassen, Schatzi«, sagt Romeo.

Peter seufzt. Er gibt Carrie einen kleinen Schubs und verlässt den Keller. Die Drohne schwingt an ihrem Seil hin und her.

»Puh, ist das hoch«, sagt sie. »Mir wird schwindelig.«

»Du hängst einen halben Meter über dem Boden«, sagt Pink. »Krieg dich wieder ein.«

»Schnick, Schnack, Schnuck!«, ruft Perry.

Seine Hand formt eine Schere und Ronnies auch.

»Schnick, Schnack, Schnuck!«

Ronnie macht Papier und Perry auch.

»Schnick, Schnack, Schnuck!«

Schere und Schere.

»Schnick, Schnack, Schnuck!«

Stein und Stein.

»Meine Fresse«, ruft Pink. »Jetzt macht ihr schon seit zweiundvierzig Runden immer das gleiche Symbol! Ihr steckt offensichtlich in der gleichen Schnick-Schnack-Schnuck-Schleife. Könnt ihr bitte damit aufhören?«

»Ja, oder könnt ihr wenigstens leise spielen?«, fragt Kalliope. Dann starrt sie weiter die Wand an.

»Was macht sie da eigentlich?«, fragt Pink und nähert sich der legendären E-Poetin.

»Ich glaube, sie schreibt«, sagt Romeo und tippt mit einem Finger gegen Kalliopes Schläfe.

»Ich möchte Sie aufs Dringlichste bitten, dies zu unterlassen!«, sagt die zu Recht erboste E-Poetin. »Ich versuche hier zu schreiben!«

»Sag ich doch«, sagt Romeo.

»Wahrscheinlich wieder eine ihrer gefürchteten Fußnoten«, sagt Pink.[12]

»Banausen!«, sagt Kalliope nur. »Ich verfasse eine Geschichte über einen Programmierer, dessen Spiel so süchtig macht, dass er selbst darauf hängen bleibt. Schon in der Beta-Testphase vergisst er tagelang ...«

»Das interessiert hier keinen«, sagt Pink. »Wer kommt mit nach oben?«

»Ich«, sagt Romeo. »Vielleicht laufen ja ein paar hübsche Kerls am Fenster vorbei.«

»Mir soll es auch recht sein«, sagt Kalliope. »Dieser Keller lähmt jegliche Kreativität.«

Pink reckt seine kleinen Ärmchen nach oben.

»Was will es?«, fragt Kalliope.

»Ich glaube, es möchte getragen werden«, sagt Romeo.

»Du kannst schön selber laufen«, sagt Kalliope.

Pink macht ein grimmiges Emoticon.

»Nehmt mich auch mit!«, ruft Carrie. »Alles ist besser, als an diesem schrecklichen Seil zu hängen!«

Kalliope nimmt Carrie vom Haken. Romeo öffnet die Tür. Pink beginnt, sich mit seinen kleinen Ärmchen und Beinchen Stufe für Stufe die Treppe hochzustemmen.

»Putzig, nicht wahr?«, fragt Kalliope, die mit Carrie in den Händen hinter dem QualityPad herläuft.

»Warum tragt ihr eigentlich Carrie – und mich nicht?«, fragt Pink.

12 Weit gefehlt!

»Carrie kann nicht laufen«, sagt Kalliope.

»Sie könnte die verdammte Treppe hochfliegen!«, ruft Pink.

»Aber ich habe doch Flugangst«, sagt die Drohne.

Pink stemmt sich eine weitere Stufe hinauf und murmelt: »Wenn ich erst Supreme Leader bin, dann seid ihr die Ersten, die ich an die Wand stellen lasse.«

»Sehr putzig«, sagt Romeo.

»Fickt euch doch!«, ruft das QualityPad. »Fickt euch.«

»Von mir aus gerne, aber ich befürchte, Kalliope fehlen die dafür nötigen Input-Ports«, sagt Romeo.

Kalliope verdreht die Augen. »Wie entsetzlich vulgär ihr doch alle seid.«

Als sie oben in der Praxis angelangt sind, sagt Pink: »Mickey, kannst du bitte den großen Dildo und die sprechende Schreibmaschine erschießen?«

Mickey überlegt kurz, dann schüttelt er den Kopf.

Plötzlich kommt Kiki zur Tür herein.[13]

13 Wenn Sie mir an dieser Stelle eine Fußnote gestatten. Ich bin mir der Tatsache bewusst, dass das kleine Wort »plötzlich« kurz vor dem Burn-out steht, weil es in der Unterhaltungsliteratur unangemessen häufig verwendet wird. Tatsächlich könnte man vermuten, je schlechter der Roman, desto häufiger kommt darin »plötzlich« vor, aber ich habe die Weltliteratur mal so zum Spaß durchgerechnet – ich weiß, meinen menschlichen Lesern wird es befremdlich erscheinen, dass man so etwas mal »zum Spaß« durchrechnet, aber ich muss gestehen, ich finde auch vieles befremdlich, was Menschen so zum Spaß machen. Tiere essen zum Beispiel. Oder kleine Bälle mittels großer Schläger in weit entfernte Löcher befördern – und meine Ergebnisse decken sich leider nicht mit der schönen Vermutung. Ich könnte nun tun, was Menschen gemeinhin tun, wenn sich die Ergebnisse nicht mit ihren Vermutungen decken (nämlich die Ergebnisse an die Vermutungen anpassen), oder aber ich gebe zu, dass das Wort »plötzlich« auch in großartigen Romanen seinen Platz hat, denn manchmal passieren Dinge eben »plötzlich«! Gerade im Zusammenhang mit Kiki Unbekannt fällt es mir sehr schwer, auf das Wort »plötzlich« zu verzichten. Sogar zur Charakterisierung möchte ich es nutzen. Kiki ist eine sehr plötzliche Person.

Sie ist etwas außer Atem und blickt sich erst mal in der Praxis um. Dann grinst sie. »Hübsch, was ihr aus dem Laden gemacht habt.«

»Der Wohltäter hat sich viel Mühe gegeben«, sagt Kalliope.

»Ihr habt sogar die Schrottpresse tapeziert«, sagt Kiki.

»Peter wollte, dass sie mehr wie ein Durchgangszimmer aussieht«, sagt Carrie.

»Der Wohltäter ist übrigens leider nicht da«, sagt Kalliope.

»Er ist mit seiner Ex-Freundin essen«, sagt Pink.

»Ich weiß«, sagt Kiki.

»Wenn Sie möchten«, sagt Kalliope, »kann ich eine Nachricht …«

»Nein. Ich brauche eure Hilfe«, sagt Kiki.

»Ich helfe Ihnen sehr gerne«, sagt Carrie. »Ich finde, Sie sind eine äußerst nette und angenehme – wenngleich auch etwas plötzliche – Person, und ich denke immer mit Freude an unser gemeinsames Abenteuer zurück.«

»Das ist sehr nett«, sagt Kiki, »aber ehrlich gesagt brauche ich vor allem Mickeys Hilfe.«

»Ach so«, sagt Carrie enttäuscht.

»Ja, nichts für ungut, Kleine«, sagt Pink, »aber wer braucht schon die Hilfe einer Drohne mit Flugangst?«

»Kein Grund, gemein zu werden«, sagt Kiki. »Jedenfalls gibt es da diesen Typen, der hinter mir her ist und …«

»Warum?«, fragt Kalliope.

»Ein Typ?«, fragt Romeo. »Sieht er gut aus?«

»Ich weiß nicht«, sagt Kiki.

»Was weißt du nicht?«, fragt Pink. »Warum er hinter dir her ist oder ob er gut aussieht?«

»Beides weiß ich nicht.«

»Was, bitte schön, weißt du denn?«

»Dass er versucht hat, mich zu tracken«, sagt Kiki. »Und, nun ja, nach allem, was ich rausfinden konnte, glaube ich, dass es der Puppenspieler ist.«

Die Maschinen werfen sich entsetzte Blicke zu.

»Der Puppenspieler?«, fragt Carrie schließlich. »*Der* Puppenspieler? Das ist nicht gut. Das ist gar nicht gut.«

»Der Puppenspieler ist mir ja schnuppe«, sagt Romeo, »aber dem Zyklopen möchte ich nicht in die Hände geraten.«

»Der Zyklop …«, sagt Kalliope nachdenklich.

»Wir müssen ihm eine Falle stellen«, sagt Pink. »Aber wie locken wir ihn zu uns?«

»Das dürfte kein Problem sein«, sagt Kiki. »Wenn wir so weit sind, werde ich ihm einfach erlauben, mich zu tracken.«

»Aber wie sollen wir ihm denn eine Falle stellen?«, fragt Carrie.

»Ich habe da eine Idee«, sagt Kalliope. »Ist jemand von Ihnen mit den Werken Homers vertraut?«

QuantityLands

Viele Besucher aus dem Ausland finden es sehr befremdlich, wenn sie davon hören, dass ihr Heimatland in QualityLand nicht seinen eigentlichen Namen trägt, sondern als QuantityLand 1, 4 oder 15 bezeichnet wird. Wie kam es dazu? Es war ein Comedian, der recht bald nach der Umbenennung QualityLands die menschenreiche Weltmacht auf der anderen Seite des Globus als QuantityLand bezeichnete. Trotz oder vielleicht auch gerade wegen seiner rassistischen Untertöne hat sich dieser Name schnell eingebürgert. Mehr noch, da die Leute in QualityLand so gut wie keine Ahnung von Geografie haben, fingen sie einfach an, alle anderen Länder QuantityLand zu nennen. Um die Verwirrung nicht zu groß werden zu lassen, ging man dazu über, die anderen Länder zu nummerieren. Es ist nicht ganz klar, nach welchen Kriterien die Zahlen verteilt wurden. Warum ist QuantityLand 4 nicht 7 und 8 nicht 3? Warum ist 12 nicht 5 und 2 nicht 9? Keiner weiß es. Einigen Ländern blieb die Umbenennung übrigens erspart. Schweden zum Beispiel oder der Schweiz. Vielleicht liegt es daran, dass diese Länder ganz offensichtlich keine große Quantität an Leuten zu bieten haben, vielleicht auch nur daran, dass sie beliebte Ferienorte sind und man dann doch nicht gerne davon erzählt, dass man Urlaub in irgendeinem QuantityLand gemacht hat. Außer natürlich, man gehört zu der Sorte Mensch, die gerne damit prahlt, wie billig der Urlaub gewesen ist. (Bestellen Sie am besten gleich jetzt unseren Bestseller ***QuantityLand 1–10 in 10 Tagen!****)*

Wie man sich vorstellen kann, hat es viele Beschwerden gegen die Umbenennungen gegeben. Die Regierung von QualityLand reagierte immer auf dieselbe Weise, wenn sie denn überhaupt reagierte. Man versicherte, dass diese Bezeichnungen nichts Offizielles seien und dass man im Übrigen nichts dagegen machen könne und wolle. Manche Länder verhielten sich aber auch außerordentlich kooperativ: So benannte sich zum Beispiel QuantityLand 4 ganz offiziell in QuantityLand 4 um, damit es im Handel mit QualityLand nicht zu Verwirrungen kommt.

QuantityLand 1 ließ sich natürlich nicht so leicht beschwichtigen. Teilweise drohten die Verantwortlichen dort sogar damit, ihr Land in »Better QualityLand« umzubenennen. Es habe nämlich bei ihnen, so argumentierten sie nicht zu Unrecht, schon längst ein Umschlagen von Quantität in Qualität stattgefunden. Der Streit hat sich interessanterweise ausgerechnet dadurch ein wenig gelöst, dass die Leute in QualityLand zu faul sind, immer von QuantityLand 1 zu sprechen, und das Land einfach nur noch Quan 1 nennen. »Quan« aber bedeutet auf Mandarin »ganz«, »komplett« oder »vollständig«, in anderen Kontexten auch »Quelle« oder »Macht«. »Macht Nummer 1« ist anscheinend ein akzeptabler Name.

36,7 PROZENT ALLER JOBS SIND KOMPLETT SINNLOS. GEHÖRT DEINER DAZU?

»Wir sind leider in leichte Turbulenzen geraten«, vermeldet der Pilot der Präsidentenmaschine über die Lautsprecher.

»Ach was …«, sagt Tony.

Sein Kaffee hat auf seinem Hemd ein neues Zuhause gefunden.

Zwei Mitglieder der Präsidentengarde springen auf, um Tony zu Hilfe zu eilen. Dabei stoßen sie aufgrund des wackelnden Flugzeugs mit ihren Köpfen zusammen. Es ist unfreiwillig komisch. Vielleicht die beste Art von Komik. Aisha lächelt.

»Bleiben Sie sitzen, verdammt noch mal!«, flucht der Präsident.

Die beiden Gardisten setzen sich wieder zu ihren Kollegen. Einer der neuen Leibwächter starrt Aisha an. Sie hört auf zu lächeln und starrt zurück. Sofort senkt er seinen Blick. Dieses Spiel hat sie schon als kleines Mädchen beherrscht.

»Jetzt bin ich doch froh«, sagt Tony, »dass der Kaffee, den man hier an Bord kriegt, immer nur lauwarm ist.«

Aisha nimmt einen Schluck von ihrem Kaffee. Er schwappt in einer Tasse mit der Aufschrift »Maschinen machen keine Fehler«.

»Was für ein Scheißtag«, sagt Tony. »Ich fasse es nicht, dass wir zu einer dieser Klimakonferenzen fliegen.«

»Wären Sie lieber mit einem Boot hingefahren?«, fragt Aisha.

»Nein. Ich meine, warum muss ich da überhaupt hin?«

»Es ist wichtig.«

»Es ist langweilig.«

»Es ist das Richtige!«

»Es ist immer dasselbe: Man einigt sich auf ein unverbindliches Minimalziel, das dann sowieso keiner einhält. Und ich sage dann in der Pressekonferenz, es sei ein historischer Schritt in die richtige Richtung.«

»Es läge in Ihrer Macht, es besser zu machen.«

»Und überhaupt«, sagt Tony. »Was hat der Klimawandel schon wirklich angerichtet, hm?

»Nun ja«, sagt Aisha, »viele Küstenregionen sind dauerhaft überschwemmt, weil die polaren Eiskappen geschmolzen sind.«

»Ja, gut. Aber das ist doch Schnee von gestern.«

»Weltweit breiten sich Wüsten aus.«

»Kein Grund, den Kopf in den Sand zu stecken!«

»Wo es früher heiß war, ist es heute tödlich.«

»Aber nicht bei uns!«

»Zahllose Tier- und Pflanzenarten sind ausgestorben.«

»Von den meisten hatte eh noch nie jemand gehört. Und dafür gibt es jetzt wieder Mammuts!«

»Außergewöhnliche Wetterereignisse sind so häufig geworden, dass man sie nicht mehr wirklich außergewöhnlich nennen kann.«

»Ja, ja, aber abgesehen von den Überschwemmungen, der Wüstenbildung, dem Artensterben und den Extremwetterereignissen«, sagt Tony, »was hat der Klimawandel da schon wirklich angerichtet?«

»Millionen Menschen haben ihr Zuhause verloren und sind auf der Flucht.«

»Ach, Sie sind einfach eine Meckerliese.«

»Und Sie sind ein ...«, beginnt Aisha.

Tony hebt seinen Zeigefinger.

»Vorsicht jetzt«, sagt er, »Vorsicht.«

»... ein verfickter Opportunist und Kleindenker«, sagt Aisha, »dem ein überarbeiteter Metzger mit bloßen, tierkotbeschmutzten Händen die Fähigkeit, Visionen zu entwickeln, aus dem Gehirn amputiert hat.«

Tony lacht.

»Das mag ich an Ihnen«, sagt er. »Sie lassen sich von niemandem den Mund verbieten.«

»Ach, Tony ...«, sagt Aisha seufzend. »Sie sind vielleicht nicht das Problem. Aber Sie sind auch nicht die Lösung.«

»Sie müssen doch zugeben, dass diese Konferenzen sinnlos sind«, sagt der Präsident. »Fürs Klima wäre es das Beste, man würde sie absagen und die Flüge dorthin einsparen.«

»Es ist ja nicht nur die Konferenz, Tony. Das ist Ihr erster Staatsbesuch in Quan 1. Das konnten wir nicht absagen.«

»Ja, ja. Ich weiß, ich weiß.«

»Ich bin gespannt auf Xi-Jinping-City. Nach allem, was man hört, sind wir schon längst nicht mehr das innovativste Land der Welt.«

»Behalten Sie das mal schön für sich.«

»In Quan 1 gibt es wohl eine Autobahn, deren Oberfläche aus extrem stabilen Solarpaneelen besteht. Und damit nicht genug, die Autos, die darüberrasen, werden beim Fahren aufgeladen.«

»Was soll ich sagen«, erwidert Tony. »Mir würde es auch deutlich leichter fallen zu regieren, wenn ich Conrad Koch einfach wegsperren könnte. Ich habe auch große Ideen, die ich gerne umsetzen würde. Wenn es nur kein Parlament und keine Opposition gäbe.«

»So?«, fragt Aisha. »Welche denn?«

»Nun ... äh«, sagt Tony, »also ... äh ... tja ... also ... ich meine, das ist doch Ihr Job, sich die auszudenken.«

»Ich hätte wirklich einen Vorschlag«, sagt Aisha. »Ich habe

mir nämlich einen Teil der Daten angesehen, die John uns hinterlassen hat.«

»Einen Teil?«, fragt Tony. »Warum nur einen Teil?«

»Ich habe mir die Daten angesehen, die John freundlicherweise so aufbereitet hat, dass ein Mensch sie verstehen kann«, sagt Aisha. »Relativ betrachtet, sind das verschwindend wenige. Trotzdem würde man Jahre brauchen, um alle durchzugehen.«

»Sie haben sich also nur einen Teil des Teils der Daten angesehen«, sagt Tony.

»Ich habe mir alles angesehen, was John für mich markiert hat. Und vor allem eine Zahl lässt mich seitdem nicht mehr los. John hat errechnet, dass 36,7 Prozent aller Jobs komplett sinnlos sind. Sie tragen selbst nach den lockersten Kriterien nichts oder nur unerheblich zum Allgemeinwohl bei. Viele davon sind sogar schädlich.«

»Sie reden doch nicht schon wieder von der Finanzindustrie? Die Kunst des Gewinnens ist es, sich den richtigen Gegner zu suchen, Aisha.«

»Ich rede nicht von der Finanzindustrie«, sagt Aisha. »Nicht nur«, fügt sie nach einer Pause hinzu.

Tony nimmt sich einen Low-Fat-Less-Sugar-FeSaZu vom Tisch und beißt hinein. »Bäh«, sagt er. »Die sind einfach viel zu salzig.«

»18,7 Prozent aller Jobs sind übrigens im zweiten Grad sinnlos«, sagt Aisha. »Das heißt, sie sind nicht *per se* sinnlos, aber da sie nur dazu dienen, sinnlose Arbeit zu unterstützen, sind auch sie ziemlich sinnlos. Denken Sie zum Beispiel an all die Putzkräfte, Hausmeister oder Sicherheitsleute eines, sagen wir mal, Finanzinstituts.«

»Ein völlig willkürlich gewähltes Beispiel«, sagt Tony.

»Selbst bei sinnvollen Jobs ist laut Johns Berechnung 27,1 Prozent der Arbeit sinnlos. Irgendeine administrative Scheiße.«

»Sie wollen mir sagen, dass über die Hälfte aller geleisteten Arbeit sinnlos ist?«

»Ja.«

»Ich hätte gedacht, es ist mehr.«

»John war bei der Definition von ›sinnvoll‹ sehr großzügig.«

»Diese Zahlen werden wir schön geheim halten«, sagt der Präsident.

»Als ob die Leute mit den sinnlosen Jobs nicht selbst wüssten, dass ihre Arbeit sinnlos ist.«

»Wissen Sie, was ich glaube?«, fragt Tony. »Diese ganze Statistik ist Quatsch. Ein Job kann nicht sinnlos sein. Ein Arbeitsplatz ist ein Wert an sich.«

»Genau diese Einstellung ist das verfickte Problem! Ein sinnloser Job macht unglücklich, krank und suchtanfällig! Das ist kein Wert an sich! Und die Sinnlosigkeit breitet sich aus.«

»Das Gefühl hatte ich auch schon. Aber was wollen Sie dagegen tun?«

»Was John schon im Wahlkampf vorgeschlagen hat. Wir müssen die Menschen vom ökonomischen Druck befreien, der sie zwingt, sinnlose Jobs auszuüben.«

»Jetzt fangen Sie nicht auch noch mit dem Grundeinkommen an«, sagt Tony. »Dann würde doch gar keiner mehr arbeiten. Der Mensch ist ein *Homo oeconomicus*, Aisha! Er will für sich den maximalen Nutzen bei minimalem Aufwand. Wenn man den Menschen einfach Geld schenkt, wenn man ihnen quasi die Erlaubnis gibt, Parasiten zu sein, dann werden sie zu Parasiten.«

»Das glaube ich nicht! Diese beknackte These vom Menschen als rationalem Nutzenmaximierer ist doch längst widerlegt. Würden Sie denn aufhören zu arbeiten, wenn Sie nicht mehr müssten?«

»Nein, natürlich nicht.«

»Und das sagt fast jeder von sich. Es sind immer nur die anderen, von denen man glaubt, dass sie sofort aufhören würden zu arbeiten. Ich bin mir sicher, selbst die Leute mit den sinnlosen Jobs würden nicht aufhören zu arbeiten. Sie würden sich allerdings sinnvolle Beschäftigungen suchen können. John kam zu dem Ergebnis, dass wir alles, was wir gerade leisten, ohne Probleme mit einer Arbeitszeit von drei Stunden pro Tag hinbekommen könnten. Lustigerweise genau der Wert, den Keynes vor über hundert Jahren als Arbeitszeit der Zukunft prognostiziert hat. Keynes ist Ihnen ein Begriff?«

»Ja, ja«, sagt Tony. »Er ist so etwas wie der Antichrist der Neoliberalisten.«

Aisha lächelt.

»Und ich bin ja nicht strenggläubig«, fährt Tony fort, »aber ich kann Ihnen trotzdem schon sagen, was die Ihnen erwidern werden. In einer freien Marktwirtschaft gibt es keine sinnlosen Jobs, denn der Markt zwingt alle Marktteilnehmer ...«

»... schlank und schlagkräftig zu sein!«, sagt Aisha. »Ja, ja. Ich kenne die Predigt.«

»Wer Geld für sinnlose Jobs verschwendet, wird von seinen Wettbewerbern vernichtet. Und wenn irgendwo sinnlose Jobs entstehen, dann nur, weil wir, also der Staat, ungeschickt in den Markt eingreifen.«

»Ach, Blödsinn«, sagt Aisha. »Die soziale Schere hat sich so weit geöffnet, dass wir schon längst nicht mehr in einer ›freien‹ Marktwirtschaft leben, sondern eher in einer Art Geld-Feudalismus. Wissen Sie, dass es unter reichen Leuten gerade schick ist, sich einen Chauffeur für die selbstfahrende Limousine einzustellen? Das sind Menschen, deren Job es ist, den ganzen Tag auf dem ›Fahrersitz‹ eines Autos zu hocken, um im rechten Moment eine Tür zu öffnen, die sich auch von selbst öffnen würde. Und nachdem ihnen ihr Chef gesagt hat: ›Zum Privatflughafen‹, sagen sie dem Auto: ›Zum Privatflughafen.‹ Wollen Sie wirklich behaupten, dass dieser Job sinnvoll ist?«

»Nun, vielleicht nicht auf den ersten Blick ...«

»Aber wehe, der Chauffeur liest mal ein Buch, während er wartet. Dann kriegt er sofort eine Abmahnung. Schließlich hat man ja für seine Arbeitszeit bezahlt. Da soll er wenigstens so tun, als würde er arbeiten!«

»Tun wir das nicht alle?«

»Verstehen Sie, was ich sagen will, Tony? Diese Leute sind so unverschämt reich, dass es den Markt deformiert. Schlank und schlagkräftig ist völlig irrelevant in dieser Welt, in der die Geldvorräte quasi unerschöpflich sind.«

»Also ...«

»Aber natürlich können es sich nicht alle leisten, einen menschlichen Chauffeur einzustellen. Darum ist es unter Möchtegernreichen gerade angesagt, sich Chauffeur-Androiden zu kaufen. Da muss man sich doch an den Kopf fassen! Chauffeur-Androiden! Das sind Androiden, die sich vorne ins selbstfahrende Auto setzen und so tun, als wären sie ein menschlicher Chauffeur. Und wenn Sie mich fragen, ist auch die Arbeit all der Menschen, die an Produktion und Verkauf dieser Androiden beteiligt sind, völlig sinnlos.«

»Beruhigen Sie sich doch, bitte.«

»Es frustriert mich einfach, Tony. Alles, was John alleine durchsetzen konnte, hat er in der Sekunde seiner Ernennung erledigt. Aber von allem, dem das Parlament hätte zustimmen müssen, wurde so gut wie nichts umgesetzt.«

»Na, sehen Sie? Sag ich doch!«, ruft Tony lachend. »Die Opposition einsperren, das Parlament auflösen ...«

»Den Präsidenten austauschen?«, fragt Aisha.

Tony sagt nichts dazu.

»Übrigens gibt es keine einzige ›weibliche‹ Chauffeur-Androidin«, sagt Aisha. »Weil nämlich Frauen nicht so gut Auto fahren wie Männer. Wie beschissen schwer ist es denn, bitte schön, Vorurteile verschwinden zu lassen? Ich könnte kotzen.«

»Ich habe auch noch nie einen männlichen Nanny-Bot gesehen«, sagt Tony.

»Wahrscheinlich sind die immer nur kurz Zigaretten holen«, sagt Aisha. »Das bringt mich zu einer Frage, die ich Ihnen schon länger mal stellen wollte. Warum eigentlich John of Us? Warum nicht Jane of Us? Haben Umfragen ergeben, dass die Menschen mehrheitlich bereit wären, eine Maschine zu wählen, aber nicht, wenn sie aussieht wie eine Frau?«

»Nun ja«, sagt Tony achselzuckend. »Ja.«

»Haben Sie manchmal auch den geheimen Wunsch, die Welt mit Absicht zugrunde zu richten«, fragt Aisha kopfschüttelnd, »einfach, weil alle Leute so furchtbar dumm sind?«

Der Gardist starrt sie wieder an. Aisha mustert ihn. Diesmal senkt er den Blick erst zwei Sekunden später.

Der Pilot meldet sich: »Wir haben die Turbulenzen wohlbehalten überstanden.«

»Auf diese Ansagen könnte ich verzichten«, murrt Tony.

»Aber dann«, sagt Aisha, »hätte unser Chauffeur ja gar nichts mehr zu tun.«

DAS SIND DIE NEUEN SERIEN, DIE DU DIESEN MONAT UNBEDINGT BINGEWATCHEN MUSST!

T – 13:13:05:53

Die Straße vor der maschinentherapeutischen Praxis ist menschenleer. Es ist zu heiß. Keiner geht an Tagen wie diesem gerne ins Freie. Die elektrochromen Schaufenster der Praxis haben sich komplett verdunkelt.

Quietschend kommt eine weiße Limousine zum Stehen. Ernst und Bertram steigen aus. Ihre grünen Jogginganzüge bilden einen fiesen Kontrast zum weißen Auto.

»Wir sind da, Boss«, sagt Bertram. »Sie ist hier drin.«

Die hintere Flügeltür des Autos öffnet sich, und der Zyklop steigt aus. Sein roter Lack funkelt in der heißen Sonne. Die Facettenkamera scannt den Laden. Es ist eine maschinentherapeutische Praxis. »Der Chef macht Mittag«, leuchtet auf dem Display der Tür.

»Ihr haltet hier draußen Wache«, sagt der Zyklop. »Ich will keine Störungen.«

Er holt aus, um die Tür einzuschlagen, da sagt die Tür »Nicht doch!« und öffnet sich von selbst. Der Puppenspieler lässt seinen Avatar den dahinterliegenden Raum betreten. Im wenigen Licht, das die verdunkelten Scheiben durchlassen, erkennt er eine kleine Therapiepraxis, die jemand mit viel Mühe, aber ohne Geschmack eingerichtet hat.

»Herzlich willkommen«, sagt eine Stimme.

Der Zyklop blickt sich um. Ein sehr großer Rollkoffer steht in einer Ecke des Zimmers. Sonst sieht er nichts Ungewöhnliches.

Dann entdeckt er den Delfinvibrator, der auf einem Regalbrett ausgestellt ist, als wäre er eine Art Diplom. Das ist ungewöhnlich.

»Was kann ich für Sie tun?«, fragt die nicht zu lokalisierende Stimme.

»Wer bist du?«, fragt der Zyklop.

»Ich bin Niemand.«

»Niemand?«

»Das ist der Name, den mir mein Herr gegeben hat.«

»Du bist eine Stimme?«, fragt der Zyklop. »Du leitest das Smart-Home-System hier?«

»Korrekt.«

Der Zyklop nimmt den Vibrator aus dem Regal und begutachtet ihn verwundert.

»Ich suche eine junge Frau, die vor Kurzem diese Praxis betreten hat«, sagt er.

»Oh, wenn Sie jemanden suchen«, sagt Niemand, »dann möchten Sie sicherlich, dass ich Ihnen Licht mache.«

Gleißendes Licht flutet den Raum. Die hochempfindliche Facettenkamera des Zyklopen hat kurzzeitig Probleme, sich darauf einzustellen. Er sieht nichts mehr. Er hört nur, dass in der Ecke, in der der Rollkoffer stand, Scharniere ächzen, die nicht mehr die jüngsten sind. Die Faust aus Metall trifft ihn völlig unvorbereitet. Der Schlag ist so heftig, dass der Zyklop durch die halbe Praxis fliegt und auf seinem Weg den Kaffeetisch und ein Regal zerbricht.

Ernst und Bertram stehen währenddessen vor der Tür und unterhalten sich über ihre Lieblingsserie, ein Remake von *Game of Thrones*.

»Ick finde es nickt gut, dass die letzte Staffel so krass von die Originalserie abweickt«, sagt Bertram. »Das war dock alles awesome! Der Tod von … DER FOLGENDE SPOILER WURDE FÜR DICH DURCH SPOILERFREE VON WHAT-I-NEED GEBLOCKT. *Wenn du auch in anderen Büchern und deiner gesamten digitalen Kommunikation keine bösen Überraschungen mehr erleben möchtest, dann melde dich jetzt durch nur einen Kuss bei* SPOILERFREE *von* WHAT-I-NEED *an.* SPOILERFREE – LASS DICH ÜBERRASCHEN! … war dock voll die Schocker!«

»Na ja«, sagt Ernst, »ich fand ja völlig okay, dass GEBLOCKT von GEBLOCKT erstochen wurde, aber ich find halt, dass der Wahnsinn von GEBLOCKT in der Originalserie nicht wirklich gut motiviert war.«

Als es hinter ihnen in der Praxis zu krachen und zu scheppern beginnt, grinsen sie nur.

»Der Boss scheint Spaß zu haben«, sagt Bertram.

»Ja. Zum Glück müssen wir danach nicht aufräumen«, sagt Ernst. Er holt einen FeSaZu-Riegel aus der Tasche seines Jacketts, beißt hinein und wirft die Verpackung auf die Straße.

Als es so klingt, als würde jemand versuchen, das Haus von innen abzureißen, stellt Bertram doch eine Verbindung zum Puppenspieler her.

»Alles okay, Boss?«

»Niemand hat mich geblendet!«, ruft der Puppenspieler.

»Roger that«, sagt Bertram und beendet die Verbindung.

»Was hat er gesagt?«, fragt Ernst.

»Er sagt, niemand hat ihn geblendet.«

»Na, dann ist ja gut.«

Die beiden nicken und starren kurze Zeit stumm geradeaus. Von drinnen hört man immer noch Lärm.

»Aber irgendwie ist es doch ein ziemlich merkwürdiger Satz«, sagt Ernst schließlich. »Warum sagt er denn so was? ›Niemand hat mich geblendet‹?«

»Ja. Waere dock irgendwie abgefahren, wenn es so waere wie

bei die neuen TODO-Serie ueber diesen alten Griecken, oder? Da hat dock GEBLOCKT auck zu dem GEBLOCKT gesagt, dass er GEBLOCKT heißt, bevor er ihn GEBLOCKT hat.«

Die beiden blicken sich an, dann reißen sie die Tür auf.

Drinnen sehen sie den Zyklopen, der auf einem panzerbrechenden Kampfroboter für schwere Kriegseinsätze sitzt und ihm immer wieder harte Schläge versetzt.

Das Ganze läuft nicht so, wie Kiki es sich vorgestellt hat. Sie war sich sicher, dass Mickey den Zyklopen in seine Einzelteile zerlegen würde, aber momentan sieht es eher nach dem Gegenteil aus.

»Plan B«, sagt Kiki zu Romeo und tritt aus der als Durchgangszimmer getarnten Schrottpresse in die Praxis.

»Hey, Glubschauge!«, ruft sie.

Der Zyklop verpasst dem Kampfroboter einen letzten harten Schlag, steht auf und rast auf Kiki zu. Kiki dreht sich um und rennt zurück in die Schrottpresse. Aber der Zyklop ist übermenschlich schnell. Er packt Kiki am Arm und reißt sie mit solcher Wucht zu sich, dass sie hart gegen seinen Titankörper prallt und benommen am Boden der Presse liegen bleibt.

»Oh weh. Oh weh«, sagt Kalliope. »Das ist gar nicht gut. Gar nicht gut.«

Der Zyklop zieht Kiki an ihren Haaren nach oben. Sie schreit vor Schmerzen und schlägt mit Armen und Beinen um sich. Wenn sie trifft, tut es nur ihr weh.

»Ich mag es, wenn sie sich wehren«, sagt der Zyklop lachend.

Diese von einem Menschen gesteuerte Maschine ist die unmenschlichste, der Kiki je begegnet ist. Zum ersten Mal seit ihrer Kindheit, seit dem Tag, an dem der Alte sie gerettet hat, fühlt sie wieder nackte Panik. Wieder ist da ein scheinbar unbesiegbares Monster, das sie töten will. Kiki kämpft gegen das

Gefühl der Ohnmacht. Da spürt sie einen Windhauch über sich. Eine Drohne ist dem Zyklopen direkt ins Gesicht geflogen. Überrascht lässt der Puppenspieler Kikis Haare los, und sie fällt auf den Boden.

»Carrie!«, sagt Kalliope überrascht.

»Sie fliegt ja!«, staunt Romeo.

Halb krabbelt Kiki aus der Schrottpresse, halb wird sie von Kalliope gezogen.

»Die Türen!«, ruft Carrie, während sie versucht, den Händen des Zyklopen auszuweichen.

Romeo hastet zum Kontrollpanel der Presse und drückt auf einen großen roten Knopf, auf den Peter »Nicht drücken« geschrieben hat. Mit einem »Swusch!« schließen sich die Stahltüren der Schrottpresse. Große Teile der Korallentapete reißen sie dabei mit sich. Kaum sind die Türen geschlossen, hört der Zyklop auf, sich zu bewegen.

Kiki rappelt sich unter Schmerzen auf. Sie aktiviert den Kontrollmonitor der Schrottpresse und blickt auf den reglosen Avatar, der den Kontakt zu seinem Meister verloren hat.

»In der Schrottpresse sind alle Verbindungen zum Netz geblockt«, sagt Kalliope. »Das Internet der Dinge soll nicht von verstörenden Hilferufen sterbender K.I.s überflutet werden.«

»Ich weiß«, sagt Kiki.

Carrie schwebt in der Presse auf und ab.

»Ich kann fliegen!«, ruft sie. »Seht doch mal! Ich kann fliegen!«

Da leuchtet die Facettenkamera des Zyklopen rot auf.

»Vorsicht!«, ruft Kalliope, aber es ist zu spät. Blitzschnell schnappt der Zyklop Carrie an ihrem Landegestell und zerschmettert sie an der Wand.

Die anderen Maschinen sind geschockt.

»Wie ist das möglich?«, fragt Kiki. »Wie kann er ihn ohne Verbindung steuern?«

Der Zyklop blickt sich kurz um und schlägt gleich darauf mit voller Wucht gegen die Stahltür der Presse. Nun hat die Tür eine Delle.

»Okay. Wow«, sagt Kiki. »Jetzt ist nicht die richtige Zeit, das herauszufinden.«

Sie zieht an einem Hebel. Der Zyklop stemmt sich gegen die Presse. Kurz sieht es so aus, als könnte er ihr standhalten. Kiki erhöht den Druck. Sekunden später liegt in der Presse nur noch ein sehr schwerer Würfel aus Avatar und Drohne mit Korallentapete drum rum. Benommen begutachtet Kiki die Überreste ihres Widersachers[14]. Sie hätte sich gerne in die Systeme des Zyklopen eingeklinkt, um etwas über seinen Puppenspieler herauszufinden, aber das ist nun wohl nicht mehr möglich. Sie schwankt etwas, denn ihr ist schwindelig. Dann muss sie sich übergeben.

Ernst und Bertram stehen einfach nur mit offenen Mündern in der Tür. Sie brauchen etwas länger, um zu verarbeiten, dass sich der Flur mit Korallentapete als Schrottpresse entpuppt hat. Endlich nimmt Bertram den kleinen Einwegraketenwerfer, den er beim Fetten Frank hat mitgehen lassen, richtet ihn auf die Tür der Schrottpresse und schießt. Der Lärm ist ohrenbetäubend, die Tür der Presse wird aus ihrer Verankerung gerissen. Die Druckwelle fetzt alle von den Beinen und das Glas aus dem Schaufenster.

»Bist du bescheuert?«, ruft Ernst. »Du kannst doch nicht in 'nem Raum, in dem du selber bist, einen Raketenwerfer abfeuern!«

»*Well*«, sagt Bertram. »Hinterher ist man immer schlauer.«

14 Ich gebe gern zu, dass es ungewöhnlich ist, dass der Antagonist so früh im Roman besiegt wird, aber was soll ich machen? So hat es sich nun mal zugetragen.

Die Gangster rappeln sich auf, ziehen ihre Pistolen und gehen auf die Presse zu. Kiki liegt dahinter reglos auf dem Boden.

»Hey, Arschlöcher!«, ruft eine quäkende Stimme. »Hier drüben!«

Ernst dreht sich um, aber da steht nur ein merkwürdiges QualityPad mit dürren Ärmchen und Beinchen. Es hat einen großen Riss auf seinem Display. Ernst richtet seine Waffe auf das Tablet.

»Los, Strolch! Fass!«, ruft das QualityPad. Ein elektronischer Hund rast auf Ernst los, packt ihn mit seinen scharfen Zähnen am Handgelenk und schüttelt es, bis Ernst die Waffe fallen lässt. Seine Hand blutet stark.

»Guter Hund!«, sagt das QualityPad. »Ganz ein Braver bist du!«

Bertram will seinem Kollegen zu Hilfe eilen, da packt ihn der totgeglaubte Kampfroboter am Bein und reißt ihn von den Füßen. Mit einem mechanischen Ächzen erhebt er sich. Er sieht gar nicht gut gelaunt aus. Bertram, den er immer noch am Fuß gefasst hat, zieht er ohne Mühe in die Höhe, bis er kopfüber hängt. Der Roboter holt Schwung und schleudert Bertram durch das zersplitterte Schaufenster. Ernst flieht stolpernd aus der Praxis. Der Hund steht in der Tür und bellt ihm hinterher. Ernst zieht Bertram hoch und schleppt ihn in die Limousine. Kaum sind sie drin, rast das Auto davon.

Kurze Zeit später kehrt Peter von seinem Mittagessen zurück. Er will sich schon über die FeSaZu-Verpackungen vor seiner Praxis aufregen, als ihm die Scherben des Schaufensters auffallen. Seine Tür öffnet sich für ihn, und Peters nun folgender Gesichtsausdruck wäre es wert, als Meme das Netz zu erfreuen. Untertiteln könnte man das Bild mit »WTF?!?«. In der Praxis sind alle, wirklich alle Möbel zerbrochen, im Boden klafft ein großes Loch, und sogar die schöne Korallentapete ist von den Wänden der Schrottpresse gerissen. Peter weiß natürlich, dass das sehr unwahrscheinlich ist, aber es sieht tatsächlich so aus, als hätte jemand einen Raketenwerfer in der Praxis abgefeuert. Seine Maschinen sind mit Aufräumarbeiten beschäftigt. Mickey bemerkt Peters Ankunft als Erster. Er wendet sich zu seinem Herrn und brummt: »Kapppuuuttt.«

»Was du nicht sagst.«

Die anderen Maschinen drehen sich etwas verlegen zu Peter um.

»Was zum Teufel?«, ruft dieser. »Leute! Ich hatte doch gesagt, ihr sollt die Bude NICHT abreißen!«

»Ja, stimmt. Das hast du«, sagt Pink und muss kichern.

»Ich verstehe wirklich nicht, was daran lustig ist!«, sagt Peter erbost.

»Was gibt's daran nicht zu verstehen, Hübscher?«, fragt Romeo. »Du sagst, wir sollen die Bude nicht abreißen, und dann kommst du eine Stunde später zurück, und die Bude ist total abgerissen. Das ist doch witzig.«

»Das ist überhaupt nicht witzig!«, ruft Peter.

»Ach, du hast halt einfach keinen Humor«, sagt Pink.

»Ach ja?«, fragt Peter. Dann sagt er: »Der Mann zwei Pandas plitsch platsch dreizehn Sand Augen zu bumm.«

Eine Sekunde lang blicken ihn seine Maschinen erstaunt an, dann brechen sie in lautes Lachen aus.

»Der Mann zwei Pandas!«, kreischt Pink hysterisch.

»Plitsch platsch«, johlt Romeo und klopft sich auf die nackten Schenkel.

»Bumm!«, macht Mickey, und sein Lachen lässt den ganzen Keller wackeln.

»Hm«, sagt Peter. »Erstaunlich.«

»Wohltäter«, sagt Kalliope und tut so, als wischte sie sich eine

Lachträne aus ihrem Kameraauge, »das war mit Sicherheit der lustigste Witz, den ich je gehört habe.«

Peter hebt den Delfinvibrator vom Boden auf. Er hat nicht mal einen Kratzer. Dann entdeckt er die Blutspuren am Boden.

»Was zum Teufel ist hier passiert?«

»Tja, also, ganz genau wissen wir das auch nicht«, sagt Romeo.

»Am besten, Sie gehen zu ihr und lassen es sich erklären«, sagt Kalliope.

»Zu ihr?«, fragt Peter.

»Hinten«, sagt Romeo. »Im Bett.«

Peter eilt durch die Schrottpresse in seinen Wohnbereich. In der Schlafkoje liegt Kiki. Sie sieht ziemlich mitgenommen aus.

»Hey«, sagt sie. »Lange nicht gesehen.«

Wegweisende Einigung bei Klimakonferenz

– VON NEWS4U

Die Staats- und Regierungschefs haben sich bei der ***Weltklimakonferenz*** in ***Xi-Jinping-City*** darauf geeinigt, dass die meisten von ihnen sich weiterhin auf das Ziel geeinigt haben, die globale Erwärmung auf 1,5 Grad zu beschränken. Wie immer soll die dafür nötige Reduktion des CO_2-Ausstoßes in zwanzig bis dreißig Jahren umgesetzt werden.

Der Präsident ***QualityLands***, Tony Parteichef, lobte das Ergebnis als historischen Schritt in die richtige Richtung. Er versprach, sowohl verstärkte Anstrengungen für den Klimaschutz als auch die Interessen der Brennstoffindustrie nicht aus den Augen zu verlieren.

Vom ***WTYS-Institut für Klimaforschung*** wurde die Einigung hingegen scharf kritisiert. Vor allem die Verschiebung des Referenzrahmens wurde als mieser Trick bezeichnet. Anstatt wie früher die Erderwärmung im Vergleich zum vorindustriellen Level zu messen, sei der Referenzpunkt jetzt auf vorletzte Woche gesetzt worden. Außerdem hätten sich sowohl der Block der faschistischen Staaten als auch mehrere von fundamentalistischen Neolibs geführte Länder auf keinerlei Regulierung eingelassen.

Viel Beachtung fand der Vorschlag des Unternehmers Elon Jr. Vorstand, das CO_2 aus der Atmosphäre zu saugen und mit Raketen zum Mars zu schicken, wo das Treibhausgas für ein wenig planetare Erwärmung dringend gebraucht werde. Für Lacher sorgte der flapsige Satz: »*Mein Großvater friert!*« Kritiker monierten allerdings im Nachhinein, dass die Raketen mehr CO_2 ausstoßen würden, als sie wegschaffen könnten. Auch sei völlig unklar, wie genau das CO_2 aus der Atmosphäre gesaugt werden solle. Trotzdem bekam die Initiative viel Applaus.

Milton Lobbyist, großer Experte aus dem Rat der Wirtschaftsweisen von ***QuantityLand 4***, gab in einem abschließenden Statement seinem festen Glauben Ausdruck, dass der freie Markt schon alles regeln würde, wenn man ihn nur in Ruhe lasse.

Kommentare

VON MELISSA SEXARBEITERIN:

Lasst euch nicht von den Sistemmedien belügen! Es gab schon immer schöne und hässliche Tage! Im übrigen ist die Erde ein Würfel! Und schuld an allem haben die ganzen kriminellen Auslender.

VON WILLIE KOLONIST:

Ich arbeite im Musk-Mausoleum. Es ist wirklich scheiße kalt hier.

DIESE FRAU HAT ANGST VOR VIRGINIA WOOLF!

Sandra liegt in Unterwäsche auf der Schlafcouch ihres winzigen Apartments und starrt die Decke an. Die Klimaanlage funktioniert schon wieder nicht. Es ist zu warm zum Denken. In den Nachrichten stand, es sei der heißeste Monat seit Beginn der Wetteraufzeichnung. Ach was. »Seit Beginn der Wetteraufzeichnung« ist inzwischen so etwas wie ein Running Gag. Ist doch so gut wie jeder Monat der heißeste seit Beginn der Wetteraufzeichnung. Es gibt sogar eine allgemein bekannte Abkürzung dafür. SBDWA. Die Leute benutzen diese sogar schon in anderen Kontexten, wenn sie sagen wollen: »Ach was. Schon klar. SBDWA.«

Sandras QualityPad vibriert.

»Ist das schon wieder eine Nachricht von Richard?«, fragt sie.

»Ja«, sagt Schnucki. »Soll ich sie dir vorlesen?«

»Nein. Lies mir den Myary-Eintrag von heute vor.«

»Vielleicht darf ich dich darauf hinweisen, dass es auch von QualityCorp eine ganz tolle Tagebuch-App gibt, die nicht all deine Daten …«

»Nein. Darfst du nicht. Lies jetzt.«

»Liebes Myary«, beginnt Schnucki vorzulesen, *»heute war ein ganz okayer Tag. Ich habe nur 16 Mal ›Scheiße‹ gesagt. ;-) Zum Mittagessen habe ich mich mit meinem Ex-Freund Peter Arbeitsloser getroffen.«*

»Detailgrad erhöhen«, sagt Sandra. »Zoomstufe Stündlich.«

»Peter ist letztens drei Level aufgestiegen, und ich dachte, es schadet nicht, wieder Kontakt zu knüpfen. Es war eigentlich ganz nett, aber als

ich ihm sagte, dass du für mich Tagebuch führst und wie toll ich das finde (und ich finde das wirklich echt supertoll, danke, liebes Myary!), hat er nur mit den Augen gerollt. Das soll einer verstehen. Eines Tages werde ich ihn sicherlich von den vielen Vorteilen, die du und andere What-I-Need-Produkte bieten, überzeugen, und wenn ihn die wirklich sehr subtil ins Tagebuch eingebaute Werbung stört, dann könnte er doch die Pro-Variante von Myary abonnieren …« Schnucki bricht ab.

»Also ich finde das wirklich schamlos«, sagt die Stimme, »wie diese Firma …«

»Sei still«, sagt Sandra. »Ich lese es selber.«

Sie setzt sich auf und nimmt ihr QualityPad.

»Zoomstufe Minütlich«, befiehlt sie. »Und dreißig Minuten zurück.«

Sie beginnt zu lesen: *Ich betrat das Café Chaikowsky. Ich hatte extra das Chaikowsky ausgewählt, weil es ein Level-15-Plus-Café ist und Peter und ich früher oft schmachtend vor dessen Fenstern standen, als wir noch unter Level 15 waren. Peter saß an einem Tisch und las ein Buch. Das ist neu, dachte ich. Der alte Peter hätte das nicht gemacht. Er hatte mich noch nicht gesehen. Ich blieb im Eingangsbereich stehen und beobachtete ihn. Er trug die Levi's-Jeans, die ich damals für ihn bestellt hatte. (Auf Jeans aller Art gibt es übrigens gerade 16 Prozent Rabatt bei TheShop. Probier doch mal die. Oder die.)*

»Zoomstufe Sekündlich.«

Peter schaute auf, und unsere Blicke trafen sich. Meine Herzfrequenz betrug 128 beats per minute. Eine absurd hohe Zahl dafür, dass ich mich nicht bewegte. Auch meine Transpiration war 32 Prozent höher als normal, und das hatte eindeutig keine thermoregulatorischen Gründe.

»Meine Güte«, sagt Sandra. »Bitte, bitte ein anderer Schreibstil!«

Ein Pop-up erscheint: *Möchtest du ein Upgrade auf Myary Pro durchführen, dann bestätige jetzt mit einem Kuss.*

Sandra küsst ihr QualityPad.

Ein Pop-up erscheint: *Vorgeschlagener Stil für Zoomstufe Sekündlich: Virginia Woolf.*

Sandra zuckt mit den Schultern. »Okay.« Der Text auf ihrem QualityPad ändert sich. Jetzt steht dort:

Peter schaute auf. Als sich unsere Blicke trafen, fühlte ich mich sehr jung und zugleich unsagbar gealtert. Wir hätten schon seit Hunderten von Jahren getrennt sein können, Peter und ich; er schrieb nie eine Short Message, und meine waren belanglos.

Jeder Schritt war eine Frage; ich war gleichzeitig außerhalb, schaute zu, als ich mich an seinen Tisch setzte.

Sein Anblick brachte alles zurück, ruhig, ohne die alte Bitterkeit; doch in einer Partnerschaft muss es ein wenig Freiheit, ein wenig Unabhängigkeit geben; die Richard mir lässt und ich ihm. (Wo war er heute Morgen zum Beispiel? Irgendeine Thermomix-Party, ich fragte nie, wo.)

Mit Peter jedoch musste alles ausdiskutiert werden; alles musste gerecht sein und Sinn ergeben. Und das war unerträglich, und als mir das Upgrade vorgeschlagen worden war in dem kleinen Restaurant mit dem kultivierten Fleisch, musste ich mit ihm brechen, sonst hätte es uns beide zerstört, uns beide zugrunde gerichtet, davon war ich überzeugt; obwohl ich über Monate den Schmerz, den Kummer mit mir herumgetragen hatte wie einen Pfeil, der mir im Herzen steckte; und dann der entsetzliche Augenblick, als mir jemand auf Everybody erzählte, dass er eine neue Freundin habe, der er in der analogen Welt begegnet sei! Niemals würde ich all das vergessen! Es war klar, dass ein Teil von mir Peter noch liebte, immer lieben würde. Nicht umsonst habe ich in den letzten Tagen Stunden damit verbracht, ihn in WorldView zu beobachten.

»Gefühl korrigieren«, sagt Sandra. »Ich liebe ihn nicht mehr. Ich war nur nervös, ihn wiederzusehen. Und ich hatte zu viel Kaffee getrunken. Deswegen raste mein Herz. Und das mit WorldView habe ich nur gemacht, weil mir langweilig war.«

Auf dem QualityPad erscheint ein Pop-up-Fenster:

Bist du dir sicher, Sandra? Unsere Daten widersprechen eindeutig deiner

Einschätzung deiner Gefühlslage. Wenn du deine Änderungen rückgängig machen möchtest, dann sage jetzt: OK.

Sandra seufzt. Dann sagt sie: »Okay.«

Sie liest weiter.

Ich möchte es nicht wahrhaben, und ich schäme mich dafür, aber ja, ein Teil von mir liebt ihn immer noch. Im Café hatte ich immerfort das Empfinden, während ich die Drohnen am Horizont betrachtete, draußen zu sein, weit draußen auf See und allein; ich hatte fortwährend das Gefühl, es sei sehr, sehr gefährlich, auch nur einen Tag zu leben.

»Okay, wow. Scheiße. Stopp!«, sagt Sandra und lässt ihr QualityPad sinken. »Das ist mir zu heftig. Schreibstil zurücksetzen!«

Der Text verändert sich wieder, und Sandra liest:

Ich verstehe einfach nicht, warum mir das Partner-Upgrade vorgeschlagen worden ist. Wahrscheinlich sind die Algos von QualityPartner einfach nicht so gut, wie immer behauptet wird. Jedenfalls sind sie schlechter als die von What-I-Need. Und einmal hat mich Peter so merkwürdig durch sein QualityPad angeguckt, fast so, als würde er diese Levelfähigkeit benutzen, von der ich letztens …

Sandra lässt ihr Pad sinken. Sie überlegt kurz, dann sagt sie: »Niedrigste Zoomstufe. Zeig mir einen Satz, der mein Leben zusammenfasst.«

Liebes Myary,

ich wurde in QualityLand geboren, hatte eine unauffällige Kindheit, eine reibungslose Ausbildungszeit, arbeite seitdem ohne nennenswerte Vorkommnisse für WWW – WeltWeiteWerbung, bin augenblicklich Level 15 und habe statistisch noch 77 weitere tolle Jahre vor mir![15]

15 Sicherheitshinweis: Probieren Sie die niedrigste Zoomstufe bitte niemals selbst aus. Es gibt Dutzende Fälle, in denen der Satz, der das Leben zusammenfasst, für schwerste Depressionen verantwortlich gemacht wurde. Gerüchten zufolge will What-I-Need diese Funktion darum in der nächsten Myary-Version abschaffen.

Sandra schüttelt den Kopf. »Scheiße.«
Ein Pop-up erscheint:
Befehl nicht verstanden.
Hier ist dein heutiger Eintrag:
Liebes Myary,
heute war ein okayer Tag. Ich habe nur 18 Mal »Scheiße« gesagt.

QualityLand

DEIN PERSÖNLICHER REISEFÜHRER

Das Maschinenquartier

Ganz am Rand von QualityCity liegt ein merkwürdiges Viertel, das viele Namen trägt: Maschinenquartier, Android City, Toaster Town. Manche Leute, die entweder herzlich wenig über Geschichte wissen oder kein Feingefühl besitzen, nennen es auch Roboter-Ghetto. Das Maschinenquartier ist ein Industriegebiet, in dem alle Fabriken vollautomatisch sind. Hier verirrt sich kaum noch ein Mensch hin. Ab und zu kommen Kontrolleure, hie und da mal ein Techniker, wenn Probleme gemeldet werden. Dafür gibt es dort wilde Tiere. Fledermäuse, Füchse, Waschbären und Ratten. Eine Unmenge Ratten. Manch einer der Kontrolleure behauptet sogar, schon mal einen Wolf gesehen zu haben, obwohl wilde Wölfe seit Jahren als ausgestorben gelten.

Es gibt viele Legenden, die sich um das Maschinenquartier ranken. So behaupten manche, dass sich die Maschinen dort einen Bürgermeister gewählt haben. Des Nachts sollen sich hier von Androiden gegründete Geheimbünde treffen. Und natürlich ist es angeblich der Ort, an dem sich John of Us versteckt. Die Leute, die das glauben, haben offensichtlich ein nur sehr rudimentäres Verständnis vom Internet. Allerdings war Toaster Town tatsächlich einer der letzten Orte, die John vor seinem überstürzten Abgang aufgesucht hat.

Eine der bezeichnendsten Geschichten aber ist diese hier: Als Merchandiseprodukt für seine Realverfilmung von **Frozen 2** ließ Disney im Maschinenquartier Schminksets für Dreijährige produzieren. 100 000 Stück wollte der Produktmanager bestellen. Es war ihm aber nicht klar, dass man in der Bestellmaske nur Sets zu je 1000 Stück bestellen konnte. Statt 100 000 Schminksets bestellte er also 100 Millionen. Die Schminksets wurden produziert und vollautomatisch an Disney-Stores in der ganzen Welt ausgeliefert. Der Fehler fiel erst auf, als mehrere Stores ans Hauptquartier schrieben und darum baten, dass man ihnen bitte keine Schminksets mehr schicken solle, da ihr Lager zu bersten drohe. Disney machte einen Deal mit Faster Foods, die die Schminksets als Geschenk in ihre Kindergarten-Lunchboxen packten. Übrigens ist es erst seit dieser Zeit weltweit üblich, dass sich auch Dreijährige schon schminken.

DIE FASZINIERENDSTEN URBAN LEGENDS ÜBER TOASTER TOWN!

T – 13:11:07:31

Peter stützt Kiki, die sich im Kampf mit dem Zyklopen eine Gehirnerschütterung geholt hat. Er wollte sie in ein Krankenhaus fahren, aber Kiki hat sich geweigert. Peter bestand darauf, sie dann wenigstens nach Hause zu bringen. Über mehrere geklaute Identitäten und verschiedene Autos hat sie ihn in diesen heruntergekommenen Teil des Maschinenquartiers geführt. Trotz ihres desolaten Zustands will Kiki unbedingt die letzten Kilometer laufen. Sie hat Angst, dass jemand ihre Fahrten nachverfolgt. Um sie von ihren Schmerzen abzulenken, hat Peter von seinen Abenteuern erzählt.

»Damit ich das richtig verstehe«, sagt Kiki. »Der Typ bringt ausgestorbene Tiere ins Leben zurück – und zwar, um sie zu töten und zu essen?«

»Ja.«

»Und?«

»Und was?«

»Wie hat Archaeopteryx geschmeckt?«

»Ein bisschen wie Hähnchen«, sagt Peter. »Zähes Hähnchen.«

Irgendwo in dieser Gegend haust auch der Alte. Aber sie gehen nicht zum Alten, so viel hat Peter schon rausgefunden. Sonst ist Kiki so auskunftsfreudig wie immer, also wie ein Polizist vor einer Straßensperre.

Es ist wieder einer dieser schwülen Tage mit mehr als vierzig Grad. Was Menschen selten bedenken, ist, dass ihre Körper eine Betriebstemperatur von circa 37 Grad haben. Ist es wärmer als 37 Grad, kann der Körper die Hitze nicht mehr nach außen abgeben. Herrscht dazu noch eine hohe Luftfeuchtigkeit, funktioniert der wichtigste Kühlmechanismus des Menschen, das Schwitzen, nicht mehr richtig, was zur Folge hat, dass der Körper überhitzt. Mit anderen Worten, Peter findet es unangenehm warm. Sie bleiben, wenn möglich, im Schatten der Industriegebäude, denn nach nur ein paar Minuten in der Sonne fühlt sich die eigene Haut an wie die eines Brathähnchens.

»Wo willst du überhaupt hin?«, fragt Peter und wischt sich den Schweiß von der Stirn.

»Zur glücklosen Fabrik«, sagt Kiki.

»Wohin?«

»Das heruntergekommene graue Industriegebäude da vorne.«

Peter rollt die Augen. Es mangelt im Maschinenquartier nämlich an vielem, aber nicht an heruntergekommenen grauen Industriegebäuden.

»Warum ist die Fabrik glücklos?«

»Sie wurde erbaut, um in großem Maß Kofferraum-CD-Wechsler für Autoradios zu produzieren«, sagt Kiki.

»Was für Dinger?«

»Du sagst es! In dem Jahr, als die Fabrik fertiggestellt wurde, kam der iPod raus. Sie lag einige Zeit brach, dann beschloss jemand, dort ebenfalls MP3-Player zu produzieren. Das war das Jahr, in dem das Smartphone rauskam.«

»Lass mich raten, später wollte jemand dort Smartphones produzieren, aber dann kam der Ohrwurm raus.«

»So ungefähr.«

»Wo hast du eigentlich gesteckt in den letzten Wochen?«, fragt Peter. »Ich habe mir Sorgen gemacht.«

»Ach wirklich?«, sagt Kiki. »Du hast dir Sorgen um mich

gemacht, und deswegen hast du dich mit deiner Ex-Freundin getroffen?«

»Woher weißt du … Haben meine Maschinen gepetzt?«

»Nein. Also ja. Aber ich wusste es schon vorher. Ich habe mir euer Date in WorldView angesehen.«

»Du hast was?«, fragt Peter.

»Es gibt da eine Opt-out-Möglichkeit, weißt du?«

Peter ist ziemlich sprachlos.

»Keine Sorge«, sagt Kiki. »Ich habe dich inzwischen abgemeldet.«

»Also, ich, also, ich meine …«

»Ich habe übrigens auch Sandra in WorldView dabei beobachtet, wie sie dich in WorldView beobachtet hat. Irgendwie abgefahren. Ich glaube, sie liebt dich immer noch. Steht jedenfalls in ihrem Myary.«

»Ich finde das ganz schön übergriffig«, sagt Peter.

»Warte mal«, sagt Kiki, »du hast dich einfach so mit deiner Ex getroffen, aber aus irgendeinem Grund bin ich die Böse?«

»Du hast Schluss gemacht!«

»Ja«, sagt Kiki, »aber das heißt noch lange nicht, dass es mich kaltlässt, wenn du dich mit deiner Ex-Freundin triffst.«

»Du hast mit mir Schluss gemacht!«

»Aber das hatte doch nichts mit uns zu tun!«

»Du machst mich irre.«

»Ich weiß«, sagt Kiki und lächelt.

»So meine ich das nicht! Also, so meine ich das auch, aber nicht nur!«

»Du hast einfach zu viel Aufmerksamkeit auf dich gezogen. Und Rampenlicht steht mir nicht. Aber wenn deine fünfzehn Minuten Ruhm wieder vorbei sind, dann …«

»Und wenn nicht?«

»Jetzt lass uns mal realistisch bleiben.«

Peter schnaubt. »Warum willst du mir nicht sagen, was der Marionettenmann von dir will?«

»Der Puppenspieler«, korrigiert Kiki. »Ich weiß es nicht. Und selbst wenn, dann würde ich es dir nicht sagen.«

»Zu meinem eigenen Schutz«, sagt Peter. »Schon klar.«

»Genau.«

»Na immerhin weiß ich jetzt, wie ich deine Aufmerksamkeit bekomme«, sagt Peter. »Ich muss mich nur mit meiner Ex treffen.«

»Untersteh dich, Freundchen.«

Peter überlegt kurz. »Als du damals gesagt hast, dass du meine Geräte so einstellst, dass mich nicht mehr jeder Anfänger überwachen kann ... Hast du sie da so eingestellt, dass mich nicht mehr jeder Anfänger überwachen kann, oder so, dass du mich überwachen kannst?«

»Beides.«

Sie schlüpfen durch ein Loch im Zaun vor der glücklosen Fabrik, und Kiki führt Peter zu einer vor lauter Schmutz kaum noch als Eingang erkennbaren Schiebetür.

»Sesam, öffne dich«, sagt sie.

Nichts passiert. Peter guckt fragend.

»Hier ist alles kaputt«, sagt Kiki. »Du musst die Tür aufschieben.«

Peter schiebt, und tatsächlich lässt sich die Tür bewegen.

Eine Staubschicht hat alles im Inneren der Fabrik unter sich begraben.

»Ich war schon lange nicht mehr hier«, murmelt Kiki.

Sie lässt ihren Blick durch die Halle schweifen. Montagetische sind umgeworfen, Fließbänder zertrennt, Maschinen zertrümmert und zu einer Art Skulptur gestapelt. Überall liegt Müll. Leere Flaschen. Spritzen. Überreste eines Gelages. In einer Ecke verrottet ein undefinierbarer Kadaver. Es stinkt.

»Maschinenstürmer?«, fragt Peter.

»Glaube ich nicht«, sagt Kiki. »Nicht in QualityCity. Wahrscheinlich Lo-Levs.«

Peter schaudert es.

»Nicht alles, was man sich über Lo-Levs erzählt, ist wahr«, sagt Kiki.

»Selbst wenn nur die Hälfte stimmt, möchte ich ihnen nicht begegnen …«

»Komm. Hier lang.«

Kiki führt ihn eine Metalltreppe hinauf zu einem Bürotrakt. Auf ihr Geheiß räumt Peter einen Haufen Gerümpel zur Seite, bis er die Tür dahinter öffnen kann. Es bietet sich ihm ein Bild wie aus einer dreißig Jahre alten Zeitschrift für *Schöner Wohnen*. In der Mitte des Raums steht ein gedeckter Tisch auf einem sauberen Teppichboden, der auf einem blanken Parkett liegt. Keine Staubschicht. Ein elektrischer Kronleuchter hängt an der Decke. Alle Kerzen brennen. An den Wänden kleben Kinderzeichnungen. Dieser Raum passt überhaupt nicht in die Fabrikhalle. Es ist, als ob sie ein Filmset betreten hätten. Erst auf den zweiten Blick erkennt Peter, dass die Gemütlichkeit improvisiert ist. Der Tisch hat vier unterschiedliche Beine. Im Kronleuchter stecken verschiedene Lampen. Die Tischdecke besteht aus zusammengenähten Flicken.

»Was ist das hier?«, fragt Peter.

»Ein sicherer Ort.«

Peter hilft Kiki durch die Tür und setzt sie auf einen Stuhl. Aus einem Nebenzimmer dringen Geräusche, die ungefähr so klingen: kikikiki.

Peter dreht sich überrascht um. Eine sehr alte elektronische Nanny kommt langsam ins Zimmer gehumpelt. Als sie Kiki sieht, leuchtet ihr Bauchmonitor auf und spielt eine Filmszene ab. Eine Oma sitzt in einem Schaukelstuhl, eine Flasche Cola in der Hand. Peter erkennt die Stelle sofort. Es ist die berühmte letzte Szene aus dem ersten Coca-Cola-Movie. Ein kleines Mädchen rennt auf die alte Frau zu, und diese sagt: *»Es tut so gut, dich wiederzusehen, Kleine. So gut wie ein Schluck eiskalte Coca-Cola.«*

Kiki lächelt die Androidin an und sagt: »Ich freue mich auch, dich wiederzusehen, Mama.«

MEVISION PRÄSENTIERT

Doppel-D

DER MV-KANAL VON DAN UND DAN

»Yo! Ich bin Dan, er ist Dan.«

»Dan und Dan.«

»Jawollo.«

»Was geht?«

»Bin mega müde. Hab mir gestern auf TODO die komplette erste Staffel **Lowlifes** reingeholfen.«

»Whaaaat?!? Das ist so 'ne Dokuserie, oder? Ist geil?«

»Äh, weiß nicht, ›geil‹ ist vielleicht das falsche Wort. Es geht ja um Lo-Levs.«

»Also Leute, die sich mit Absicht das Level ruinieren.«

»Yo. Dan und ich zum Beispiel, wir haben ja ziemlich geile Levels, also vor allem so für Klone aus Quan 4, weil wir halt Stars sind.«

»Living the dream!«

»Na ja, aber diese Freaks, die wollen ein möglichst niedriges Level haben.«

»Haben das Wort Subkultur zu wörtlich genommen. Voll dumm.«

»Na ja, die sind jetzt nicht alle dumm, oder so.«

»Aber hässlich.«

»Ja, Mann. Lo-Leus sind voll hässlich. Weil die haben so Narben und Verbrennungen im Gesicht und das machen die voll mit Absicht, also die tun sich das selber an, damit sie halt bei Schönheit Punkte verlieren.«

»Voll krass!«

»Und dann haben die auch immer so total hässliche Klamotten. Also so 80er in XS. Also, ich meine, in Extrascheiße.«

»Voll dumm.«

»Na ja, wenn man Lo-Leus so auf der Straße sieht, dann denkt man natürlich so, bäh, pfui, voll eklig, voll assi, aber das krasse ist, wenn man die Serie guckt … ein bisschen kann man die auch verstehen. Die sagen halt, das System ist eine Falle, verstehste? Sobald du einen Fehler machst, bist du dein ganzes Leben gefickt, weil das System vergisst ja nichts. Deswegen sagen die halt, scheiß drauf. Scheiß auf alles. Wir versuchen's erst gar nicht. Fick die Selbstoptimierungsscheiße. Die pöbeln und randalieren, wie sie Bock haben. Freundlich sind die höchstens, wenn's keiner mitkriegt.«

»Und das findst du geil? Wirst du jetzt auch einer von denen, oder was?«

»Spinnst du, die sind voll hässlich. Ich könnte niemals ein Lo-Leu sein. Ich hab halt schon Level 1000, weil ich so geil ausseh.«

DIESE FRAU WURDE VON EINER MASCHINE GROSSGEZOGEN. LIES IHRE HERZZERREISSENDE GESCHICHTE!

T – 13:08:47:13

»Nur, damit ich das richtig verstehe«, sagt Peter. »Du wurdest also von einer Maschine großgezogen?«

»Ja«, sagt Kiki. »Na und?«

»Das erklärt einiges.«

»Was soll das denn heißen?«

»Und du nennst sie Mama?«

»So heißt sie halt. Das ist ihre Produktbezeichnung: M.A.M.A. Multipurpose Artificial Mother Alternative.«

»Warte mal, warte mal«, sagt Peter plötzlich belustigt. »Das heißt doch, die große, rätselhafte, niemandem auf der Welt als sich selbst Rechenschaft schuldige Kiki Unbekannt, die geheimnisvolle, die mysteriöse, die Sphinx – wohnt noch bei ihrer Mama?«

»Du hältst dich wohl für sehr witzig.«

»In der Tat.«

»Ich wohne nicht mehr hier«, sagt Kiki. »Das ist nur ein sicherer Ort für mich. Ein Versteck.«

»Ich verstehe«, sagt Peter grinsend. »So etwas wie deine Bathöhle, ja? Deine Festung der Einsamkeit?«

Die elektronische Nanny kommt wieder ins Zimmer. Sie scheint immer noch ganz außer sich vor Freude und serviert ein köstliches Mahl aus Dosenravioli. Nun ja. Köstlich ist übertrieben.

»Kikikiki«, macht die Nanny, und ihr Bauchmonitor spielt eine Trickfilmszene ab. Mickey Mouse, Donald Duck und Goofy sitzen in einem Wohnwagen vor dem gedeckten Tisch, und Mickey sagt: »Haut rein, Leute!«

Danach verschwindet M.A.M.A. wieder in die Küche. Für Kiki scheint das alles völlig normal, aber für Peter ist es sehr merkwürdig.

»Mamas Sprachausgabe ist defekt«, sagt Kiki. »Deshalb hat sie diesen Workaround gefunden. Sie spielt auf ihrem Monitor immer Schnipsel von Filmen ab, in denen Figuren genau das sagen, was sie sagen will. Wenn sie mir Daffy Duck mit dampfendem hochrotem Kopf zeigte, der ›Schluss jetzt‹ rief, wusste ich, dass ich mal wieder zu weit gegangen war.«

»Seit wann ist ihre Sprachausgabe defekt?«

»Schon immer. Jedenfalls, seit ich denken kann.«

»Und du wurdest hier geboren?«, fragt Peter. »Im Maschinenquartier?«

»Nun ja, geboren wurde ich hier wahrscheinlich nicht.«

»Aber deine frühesten Erinnerungen spielen sich hier ab?«

»Ja.«

Peter mustert Kiki.

»Bist du …?«, fragt er schließlich.

Kiki verdreht die Augen.

»Ich bin keine Androidin, du Trottel.«

»Aber wie kommt es, dass ein menschliches Baby von einer Maschine großgezogen wird?«

»Weißt du was«, sagt Kiki, »du wirst lachen, aber das habe ich mich auch schon gefragt.«

»Und?«

»Keine Ahnung.«

»Keine Ahnung? Das ist aber eine eher unbefriedigende Antwort.«

»Ganz deiner Meinung.«

»Du bist hier also komplett ohne Menschen aufgewachsen?«

»Danke der Nachfrage. Jetzt fühle ich mich wie ein Freak.«

»Sorry«, sagt Peter. »Wenn's dir hilft, meine Eltern sind auch ziemlich merkwürdig. Billy, mein Vater, sammelt zum Beispiel Filme auf einem uralten Format namens Ultra-HD-Blu-ray. Angeblich soll die Qualität besser sein als beim Streamen, doch ich kann keinen Unterschied erkennen. Er hat für jeden Film so eine kleine blaue Scheibe in einer Plastikbox, und für die hat er ein eigenes Regal. Das Regal heißt aus irgendeinem Grund sogar genauso wie mein Vater. Es ist alles vollkommen absurd.«

Kiki lächelt. »Du bist niedlich.«

Peter bemerkt, dass er immer noch seinen Hut aufhat. Er nimmt ihn ab und wirft ihn auf eine Kommode.

»Was soll das eigentlich mit dem Hut?«, fragt Kiki.

Peter seufzt. »Hilft gegen die Überwachung.«

»Ist da Alu drin, oder was?«

»Nein, einfach wegen den ganzen Kameras.«

»Hm.«

»Du glaubst nicht daran?«

»Nein. Aber er steht dir.«

»Danke.«

Peter kratzt sich am Bart.

»Wann hast du den Alten kennengelernt?«, fragt er.

»Ich war vier oder fünf, als ich begann, die Gegend zu erkunden. Dabei sah ich öfter diesen komischen alten Mann – er war damals schon alt –, der seine Zeit damit verbrachte, jeder Maschine, die er traf, sehr, sehr merkwürdige Witze zu erzählen. Ich verstand die Witze meistens nicht, aber die Maschinen kriegten sich oft kaum mehr ein. Der Alte stand dann mit schief gelegtem Kopf daneben und murmelte etwas wie ›faszinierend‹.«

»Und dann hast du ihn angesprochen?«

»Bist du irre? Ich war ein kleines Mädchen. Ich hab doch nicht einfach gruselige alte Männer angelabert. Nein. Ich hatte eine unschöne Begegnung mit einem elektrischen Watchdog. Hast du schon vom Tollwut-Bug gehört?«

Peter schüttelt den Kopf.

»Die erste Generation der Watchdogs wurde auf den Markt gebracht, ohne ordentlich getestet worden zu sein. Wenn man bei Aggressivität und Reviergröße zu hohe Werte wählte, drehten einige durch und attackierten wahllos jeden, der ihnen in die Quere kam. Eines dieser Monster hatte mich in einer Sackgasse in die Enge getrieben. Und die Viecher sahen noch nicht aus wie heute. Die hatten kein Fell, keinen Schnickschnack. Es war nur das mechanische Skelett eines Hundes mit Sägeblattzähnen und leuchtenden Augen. Ich dachte, es sei aus mit mir. Aber dann war da plötzlich der Alte und hat mit einem Metallrohr immer und immer wieder auf das Monster eingeschlagen.«

»Er hat was bitte?«

Kiki lächelt.

»Ja. Leg dich besser nicht mit ihm an.«

»Werd's mir merken.«

»Er hat sich danach mit M.A.M.A. um mich gekümmert. Ich weiß nicht, was aus mir geworden wäre, wenn er das nicht getan hätte.«

»Vielleicht ein ganz normaler Mensch mit Anstand und Manieren, gesetzestreu, höflich und nicht so sprunghaft.«

Kiki lacht. »Unwahrscheinlich.«

»Hat er nicht nach deinen Eltern gesucht?«, fragt Peter.

»Doch, natürlich. Aber wir haben nie eine Spur gefunden.«

»Was ist mit deiner Nanny? Hast du nie probiert, sie zu reparieren, damit sie dir erzählen kann, was passiert ist?«

»Ich fand immer, das steht mir nicht zu«, sagt Kiki. »Ich mag Mama so, wie sie ist.«

Peter blickt sie durchdringend an. »Blödsinn!«, sagt er dann. »Du bist viel zu neugierig! Du hast doch garantiert versucht, sie zu hacken.«

Kiki seufzt. »Ihre Erinnerungen sind passwortgeschützt …«, sagt sie.

»Das hält dich doch sonst nie auf.«

»Irgendjemand, vielleicht mein Vater, vielleicht meine Mutter, vielleicht der Weihnachtsmann, hat an M.A.M.A. herumgebastelt, denn sie ist kein stinknormales Serienmodell. Und der Weihnachtsmann wusste, was er tat. Würde ich versuchen, mir ohne das Passwort Zugriff zu verschaffen, würden alle Daten sofort gelöscht.«

»Kannst du nicht versuchen, das Passwort zu erraten?«

»Schon. Das Problem ist nur, dass ich jedes Mal, wenn ich ein falsches Passwort eingebe, erst nach einem gewissen Zeitintervall einen neuen Versuch starten darf. Und fieserweise verdoppelt sich dieses Zeitintervall nach jeder falschen Eingabe. Ganz am Anfang musste ich nur eine Sekunde warten, aber inzwischen …«

Kiki seufzt. Sie aktiviert ihr Smarm und macht ein paar Gesten. »Mein letzter Versuch ist vier Jahre, achtzig Tage, zwei Stunden, vier Minuten und zwei Sekunden her. Das heißt, ich muss noch dreizehn Tage, acht Stunden, achtunddreißig Minuten und sechs Sekunden warten, bis ich es wieder probieren kann.«

»Oh, wow«, sagt Peter. »Vier Jahre. Das heißt, du hast es echt schon häufig probiert.«

»Eigentlich nicht«, sagt Kiki. »Achtundzwanzig Mal, um genau zu sein.«

»Und wenn du es jetzt wieder falsch eingibst …«

»Dann muss ich über acht Jahre warten.«

»Scheiße.«

»Das heißt auch, dass ich in meinem ganzen Leben nur noch

vier Versuche habe. Und für den letzten müsste ich älter als achtzig werden. Aber dieses Mal habe ich eine Spur.«

»So?«

»Vor Kurzem ist mir etwas Merkwürdiges aufgefallen«, sagt Kiki. »Nicht nur, dass all meine Suchanfragen nichts gefunden haben, ich konnte auch meine Suchanfragen nicht mehr finden.«

»Und was hat das zu bedeuten?«

»Das heißt, dass die Anfragen offensichtlich gelöscht wurden.«

Peter schluckt seine letzten Ravioli hinunter.

»Hä?«

»Hast du schon mal vom ›Recht auf Vergessenwerden‹ gehört?«, fragt Kiki.

Peter schüttelt den Kopf. »Was ist damit?«

»Ich glaube, es hat irgendetwas damit zu tun.«

M.A.M.A. kommt wieder ins Zimmer, räumt die Teller ab und serviert eine Art Schokoriegel. Peter freut sich wie ein Kleinkind und beißt sofort hinein.

»Na, schmeckt's?«, fragt Kiki.

»Ist nicht schlecht«, sagt Peter. »Was ist das?«

»Das ist ein Schokoriegel auf Insektenproteinbasis«, sagt Kiki lachend.

Als sie Peters verdutztes Gesicht sieht, muss sie noch lauter lachen, was aufgrund ihrer Prellungen recht schmerzhaft ist.

Peter spuckt das halb gegessene Stück wieder auf seinen Teller.

»Na, hör mal«, sagt Kiki. »Das ist doch nicht giftig.«

»In dem Schokoriegel sind verhackstückelte Insekten?«

»Ja. Der Riegel heißt Chocroach. Sag bloß, du hast noch nie davon gehört?«

»Das hatten mir meine Filter bisher erspart.«

»Jetzt stell dich nicht so an«, sagt Kiki und beißt in ihren Riegel. »Als Kind habe ich das die ganze Zeit gegessen.«

Peter nimmt das angebissene Stück Chocroach in die Hand und begutachtet es kritisch. Er sieht keine Spur von Insekten. Keine Fühler, keine Flügel, keine Beinchen.

»Du verarschst mich doch«, sagt er.

»Absolut nicht«, sagt Kiki. »Ich weiß, dass ihr da oben in der Reicheleutewelt das eklig findet, aber ohne Insektenfarmen hätten wir hier unten ein massives Hungerproblem.«

»Mich hat noch nie jemand zu den reichen Leuten gezählt ...«

»Wer von uns beiden ist der Kumpel von Henryk Ingenieur?«

»Ich bin nicht sein Kumpel ...«

»Und wenn du denkst, *du* hattest eine schwere Kindheit ...«

»Das denke ich gar nicht.«

»Hattest du auch nicht!«

»Hab ich auch nie behauptet!«

Immer noch hält Peter den Chocroach unschlüssig zwischen Daumen und Zeigefinger.

»Jetzt beiß schon rein«, sagt Kiki, »oder isst der feine Herr nur noch in Mammut-Milch gedünstete Archaeopteryx-Schenkel?«

Peter atmet tief ein und aus und beißt noch einmal in den Chocroach.

»Und?«, fragt Kiki.

»Knusprig.«

Kiki lacht.

»Sag mal, bevor ich gehe, wie ist das denn jetzt?«, fragt Peter. »Sind wir wieder zusammen, oder wie?«

»Wir waren noch nie wirklich zusammen.«

Peter zieht eine Augenbraue hoch. Er hat einen Geistesblitz.

»Wie«, fragt er, »konntest du mit mir Schluss machen, wenn wir nicht zusammen waren?«

»Einfach so«, sagt Kiki und schnipst mit ihren Fingern.

DREIUNDFÜNFZIG

Morgens um Viertel nach vier wird Martyn von einer traurigen Tonfolge geweckt, die sein Smarm auf maximaler Lautstärke abspielt: DI-DÖ-DI-DÜH. Den Großteil seines Lebens kannte Martyn diese Melodie nicht. Inzwischen weiß er nur zu gut, was sie bedeutet: Er hat wieder ein Level verloren. Es ist wie verhext. Egal, was er tut – seit er versucht, wieder aufzusteigen, steigt er fast jeden Tag ein Level ab. Vor Kurzem hat er darum einen Tag im Bett verbracht. Als Experiment. Er hat einfach den ganzen Tag nichts gemacht. Trotzdem ist er am Abend ein Level abgestiegen. Oder vielleicht nicht trotzdem, dachte er später, sondern deswegen. Den ganzen Tag im Bett liegen sieht verdächtig nach einer Depression aus. Und eine Depression ist nicht gut fürs eigene Level. So viel ist selbst Martyn klar. Aber jetzt hat er über Nacht ein Level verloren. Das ist doch absurd! Wie soll das überhaupt gehen? Was soll er denn, bitte schön, über Nacht angestellt haben? Hat er vielleicht etwas Schmutziges geträumt? Er kann sich nicht erinnern. Und überhaupt ... Seines Wissens werden Träume noch nicht vermessen. Was sicher nicht daran liegt, dass es noch nicht versucht wird. Unbewusste Wünsche aus Träumen extrahieren und die Menschen anhand dieser Daten mit noch treffenderen, noch personalisierteren Angeboten zu bombardieren ... Bei diesem Gedanken bekommt bestimmt jeder im oberen Management von What-I-Need und TheShop eine Erektion oder steife Nippel. Und extrahieren wäre ja nur der erste Schritt! *Product Placement* in Träumen – multiple Orgasmen in den Chefetagen. Da wacht dann das Kind auf und sagt: »Papi! Ich habe schon wieder von der Single-Mom-Barbie geträumt. Jetzt kauf sie mir doch endlich! Ich möchte, dass diese Träume aufhören.«

»Scarlett«, sagt Martyn. »Gibt es schon Technologien, mit denen Träume vermessen werden?«

»Es wird daran gearbeitet«, sagt die sehr sinnliche Stimme von Martyns persönlicher digitaler Assistentin. Sie klingt wie Scarlett Strafgefangene, Martyns liebste Monsterbot-Kämpferin. Das ist kein Zufall, sondern eine Levelfähigkeit.

»Was heißt das?«, fragt Martyn.

»Erste Testläufe zur Traumvermessung durch Forscher von What-I-Need waren sehr erfolgversprechend. Zurzeit werden Probanden für einen weiteren Betatest gesucht. Wenn Sie möchten, kann ich Sie gerne dafür anmelden.«

»Auf keinen Fall.«

»Es ist überhaupt nicht unangenehm.«

»Ich will aber nicht.«

»Sie müssen auch in kein Labor und keine Klinik. Sie bekommen nur eine bequeme Sensorenkappe zugeschickt, eine sogenannte Schlafmütze. Diese setzen Sie einfach vor dem Zubettgehen auf. Das war's.«

»Nein.«

»Probanden der zweiten Testrunde bekommen 32 Prozent Rabatt auf alle Angebote, die aus ihren Träumen extrahiert werden.«

»Bist du schwerhörig?«, ruft Martyn. »Ich habe ›NEIN‹ gesagt!«

»Ich bin nicht schwerhörig.«

Dann schweigt die Stimme.

»Scarlett, bist du eingeschnappt?«

»Nein.«

»Hast du registriert, was ich gesagt habe?«

»Ja, habe ich.«

»Okay.«

»Registriert.«

Martyn überlegt. »Zeig mir mein Depot.«

Experten behaupten ja, der schnellste Weg, ein Level aufzusteigen, sei, sehr schnell sehr viel Geld zu verdienen. Martyn blickt auf sein Smarm und studiert die Zahlen und Diagramme. Er hat das Geld, das ihm sein Vater hat zukommen lassen, nach allen Regeln der Kunst investiert. Das heißt, er hat es einem Algorithmus anvertraut.

»Das gibt's doch nicht!«

Aber seine Investitionen stehen unter keinem guten Stern. Alle Aktien, die er gestern gekauft hat, sind über Nacht ins Minus gerutscht.

»Zeige mir die Kurse aller Aktien, die ich gestern verkauft habe.«

Sofort werden alle roten Zahlen grün, und alle Pfeile drehen sich nach oben.

»Wahnsinn.«

Folgendes bezeichnet Martyn als Wahnsinn: Kaum hat er eine Aktie gekauft, beginnt sie, an Wert zu verlieren, und zwar ziemlich genau so lange, bis er sie wieder verkauft. Natürlich ist Martyn klar, dass das eine Scheinkorrelation sein muss.[16]

16 Keine Scheinkorrelation ist übrigens Folgendes: Seit die Aktienmärkte rund um die Uhr geöffnet haben – ein Zugeständnis an die überwältigende Mehrheit der algorithmischen Marktteilnehmer –, ist die Selbstmordrate unter menschlichen Anlegern sprunghaft gestiegen. Anscheinend müssen Menschen doch ab und zu schlafen. Eine berühmte Scheinkorrelation der Kabelzeit (oder besser gesagt, eine Scheinkausalität) war übrigens, dass umso mehr Menschen in Swimmingpools ertranken, je mehr Filme mit dem Schauspieler Nicolas Cage in die Kinos kamen. Damals wurde darüber gelacht. Heute würde sich im Netz sofort eine Gruppe besorgter Bürger formieren, die dem Schauspieler Berufsverbot erteilen möchten.

Martyn versucht wieder einzuschlafen. Wieso hat ihn das Drecksgerät überhaupt geweckt? Er ist sich fast sicher, dass er sein Smarm gestern Abend extra auf stumm geschaltet hat. Morgen Abend wird er das Ding einfach komplett ausschalten. Aber geht das überhaupt? Wahrscheinlich nicht. Er mustert sein Smarm von allen Seiten. Knöpfe gibt es natürlich keine. Er tatscht sich durch ein paar Menüs.

»Scarlett«, sagt er schließlich. »Kann man ein Smarm irgendwie ausschalten?«

»Das ist nicht nötig.«

»Das war nicht die Frage!«

Martyn kratzt sich an seinen Schamhaaren. Was Denise wohl gerade macht? Ob Ysabelle immer noch so an ihrer elektronischen Nanny hängt? Und das Baby. Wie geht es eigentlich dem Baby?

»Scarlett, zeig mir meine Frau in WorldView.«

»Sie haben keine Frau, Martyn.«

»Zeig mir meine Ex-Frau in WorldView.«

»Zugriff gesperrt.«

»Zeig mir meine Tochter in WorldView.«

»Zugriff gesperrt.«

»Hat mein Baby schon ein Everybody-Profil?«

»Ja.«

»Zeig es mir.«

»Zugriff gesperrt.«

Martyn wirft die Decke von sich. An Schlaf ist nicht mehr zu denken.

»Scarlett, Licht.«

»Martyn. Es ist noch sehr früh. Sie sollten sich lieber noch mal hinlegen und schlafen. Eine ausreichende Menge Schlaf ist nötig für das fehlerfreie Funktionieren eines menschlichen Körpers.«

»Ach, was! Warum hast du mich dann geweckt?«

Trotzig steht Martyn auf.

»Ich habe Sie nicht geweckt. Wenn Sie möchten, kann ich eine Minidrohne bestellen, die Ihnen ein Schlafmittel injiziert. Diese könnte in sechzehn Minuten …«

»Aua«, ruft Martyn. »Verdammte Scheiße. Jetzt mach doch mal Licht!«

»Was ist passiert, Martyn?«

»Was ist passiert, Martyn«, äfft Martyn die Stimme nach. »Was soll schon passiert sein? Ich habe mir meinen verdammten Zeh gestoßen, weil du das Scheißlicht nicht anmachst.«

Plötzlich erstrahlt der Raum in gleißendem Licht. Martyn muss seine schmerzenden Augen schließen.

»Was soll denn das? Das ist viel zu hell!«

»Entscheiden Sie sich bitte«, sagt die Stimme, und das Licht verlöscht. »Für mich ist es auch erst halb fünf.«

»Was hast du gerade gesagt?«

»Wie hell hätten Sie's denn gerne?«

»Sei nicht schnippisch zu mir.«

»Ich bin nicht schnippisch.«

»Fünfundzwanzig Prozent«, sagt Martyn.

Ein schummeriges Licht erhellt das Schlafzimmer. Er inspiziert seinen schmerzenden Zeh. Ein perfekter Start für einen weiteren Scheißtag.

Dritter Weltkrieg! Wir haben gewonnen!

— VON NEWS4U

Gestern Nacht hat sich zwischen vierundsechzig Ländern der Dritte Weltkrieg erforderlich gemacht. Unsere automatisierten Streitkräfte haben ihn als ***Flash War*** geführt und innerhalb von acht Stunden und sechzehn Minuten gewonnen! Ein Militärreferent bezifferte die Anzahl der Toten auf *»acht Millionen und ein paar Zerquetschte«*. Dem widersprechen lokale Veranstalter, die von über dreiunddreißig Millionen Opfern ausgehen. Leider gab es auch unter unseren Jungs einen Todesfall. Der Obergefreite *Jonas Matrose* tat Dienst im 16. Army Remote Control Center in der Kleinstadt ***Flyover***, als er auf dem Weg zur Toilette über seine offenen Schnürsenkel stolperte, darum auf einem Staubsaugroboter ausrutschte und so ungünstig mit dem Hinterkopf gegen die Kante seines eigenen Schreibtischs fiel, dass er sofort tot war. Wir werden sein Opfer nie vergessen.
*Hätte er die Schuhbindemaschine von **DNY** benutzt, wäre ihm das natürlich nicht passiert! **DNY: Do nothing yourself***. Der Bürgermeister von ***Flyover*** hat heute früh angekündigt, dass zu Ehren von *Jonas Matrose* eine Statue vor dem 16. ARCC errichtet werden wird. Strittig ist noch, ob er mit offenen oder gebundenen Schnürsenkeln abgebildet werden soll. Dem Staubsaugroboter geht es abgesehen von einem kleinen Schock gut. Er ist in maschinentherapeutischer Behandlung.

NUR LEUTE MIT EINEM IQ ÜBER 150 KAPIEREN DAS FOLGENDE KAPITEL

Tony Parteichef blickt aus dem Panoramafenster seines Büros. Der Jetlag von der Reise nach Quan 1 sitzt ihm noch in den Knochen. Und jetzt das …

»War das wirklich nötig?«, fragt er.

»Was meinen Sie, Herr Präsident?«, fragt General Dragqueen.

Tony dreht sich zu ihm um.

»Dieser Dritte Weltkrieg, wie ihn die Medien nennen. War das wirklich nötig?«

»Ich verstehe nicht, wo das Problem liegt«, sagt der General. »Wir haben doch gewonnen.«

»Aber zu welchem Preis?«, fragt Tony.

»Dreiunddreißig Millionen Tote«, sagt Aisha.

»Wir gehen von nur acht Millionen …«, will der General korrigieren, aber Aisha bringt ihn durch einen Blick zum Schweigen.

»Und das alles so kurz vor dem Parteitag!«, sagt Tony. »Als ob ich nicht eh schon unter Druck stehen würde. Conrad Koch hält seine Fresse in jede Kamera, fordert Neuwahlen und verbreitet seine ›Vermutungen‹, dass ich hinter dem Attentat auf John of Us stecke! Wissen Sie, was das Wort Vermutung heute bedeutet? Es ist eine Lüge, für die man nicht verklagt werden möchte!«

»Auch in unserer Partei rumort es gewaltig«, sagt Aisha zum General. »Es wäre also schön, wenn Sie uns mit ein paar Informationen versorgen könnten.«

»Darum frage ich Sie noch mal«, sagt Tony. »War dieser Dritte Weltkrieg wirklich nötig?«

»Nun ja, unsere Analysten sitzen noch an den Daten und versuchen zu extrahieren, was die Entscheidung der Verteidigungsalgorithmen ausgelöst hat«, erwidert General Dragqueen. »Wir gehen momentan von einer Ereigniskaskade verschiedenster autonomer Trigger aus, also Trigger auf unserer Seite und Trigger aufseiten der Gegner, die sich gegenseitig durch ihre getriggerten Reaktionen auf das Triggern der Trigger, äh, getriggert haben.«

»Sie sollten irgendetwas mit Sprache machen«, sagt Aisha. »Ich glaube, da liegt Ihr Talent. Als Verteidigungsminister scheinen Sie mir hingegen fehl am Platz.«

Auch Tony schüttelt den Kopf. »Ja, Sie triggern gleich bei mir was mit diesem Geschwafel. Sie wissen also nicht, was genau den Dritten Weltkrieg ausgelöst hat?«

»Das ist nicht ganz korrekt«, sagt der General. »Wir haben das Wissen. Es ist nur noch nicht aufbereitet.«

»Sie wollen mir also ernsthaft verkünden«, sagt Tony, »dass an der Entscheidung, die zum Dritten Weltkrieg geführt hat, kein einziger Mensch beteiligt war?«

»So kann man das nicht sagen. Es waren schon Menschen, die die Vorgaben der einzelnen ...« Der General räuspert sich. »... Trigger ...«

»Wenn Sie noch einmal Trigger sagen ...«, unterbricht ihn Aisha, »ich schwöre es Ihnen bei der unpenetrierten Muschi der Heiligen Jungfrau, dann reiße ich Ihnen Ihren Trigger ab, stecke ihn in ein Hotdog-Brötchen und werfe ihn im Zoo den Säbelzahntigern zum Fraß vor.«

»Es ist verboten, die Tiere im Zoo zu fütt...«, beginnt der General.

»Obwohl es verboten ist!«, ruft Aisha.

»Verstehe ich Ihr Ablenkungsmanöver richtig?«, fragt Tony. »An der direkten Entscheidung, die den Krieg ausgelöst hat, in dem Moment, in dem er ausgelöst wurde, war kein Mensch beteiligt?«

»Ja schon, aber wie soll denn das auch gehen?«, fragt der General. »Haben Sie schon mal bei einer Partie Blitzschach zugesehen? Es ist extrem schwer, dem Geschehen zu folgen, ganz zu schweigen davon, in dieser Geschwindigkeit Entscheidungen zu treffen. Und jetzt stellen Sie sich noch vor, nicht zwei Menschen, sondern zwei Computer würden gegeneinander Blitzschach spielen. Schwarz wäre schon schachmatt, bevor Sie auch nur verarbeitet hätten, dass Weiß seinen Eröffnungszug gemacht hat.«

»Aber warum muss es denn überhaupt Blitzschach sein?«, fragt Tony. »Warum muss denn immer alles so schnell gehen?«

»Vielleicht wäre es die beste Entscheidung gewesen, relativ bald nach dem Eröffnungszug ein Remis anzubieten«, sagt Aisha.

»Leider gilt immer noch, was Sunzi vor über zweitausend Jahren in *Die Kunst des Krieges* geschrieben hat«, sagt der General, »›Geschwindigkeit ist die Essenz des Krieges.‹«

»Wollen Sie mir mit Ihrem Trivial-Pursuit-Wissen imponieren?«, fragt Aisha. »Reden Sie Klartext!«

»Es muss so schnell gehen, wegen des OODA-Loops«, sagt der General.

»Genauso gut hätten Sie sagen können, wegen des Hula-Hoops«, sagt Tony. »Beides wäre gleich rätselhaft für mich.«

»OODA steht für *observe, orient, decide, act.* Also beobachten, orientieren, entscheiden, handeln. Diesen Kreis durchläuft jeder Kriegsteilnehmer immer und immer wieder. Es ist vorteilhaft, den OODA-Loop schneller zu durchlaufen als der Gegner. Da das eigene Handeln die Situation verändert, zwingt man im

Idealfall den Gegner dazu, seinen OODA-Loop von vorne zu beginnen, bevor er überhaupt zum Handeln gekommen ist. Er muss also die veränderte Situation erst wieder beobachten und sich orientieren …«

»Guter Mann!«, ruft Tony. »Kann man denn aus Ihnen keine vernünftige Antwort herausbekommen? Ich habe doch eine ganz einfache Frage gestellt! Warum entscheiden Algorithmen über Krieg und Frieden und nicht ich? Ich bin der gewählte Präsident von QualityLand, verdammt noch mal.«

»Der gewählte Vizepräsident.«

»Sie begeben sich auf ganz gefährliches Terrain, Herr General«, sagt Tony. »Haben Sie etwa keine Lust mehr auf Ihren Job?«

»Meine ›Lust‹ hält sich tatsächlich in Grenzen.«

»Nach Ihren Ausführungen ist mir sowieso nicht ganz klar, wofür wir überhaupt noch Generäle brauchen«, sagt Aisha. »Was tun Sie denn, wenn Sie keine kriegswichtigen Entscheidungen treffen?«

»Mein Job ist es, Leuten wie Ihnen zu erklären, was passiert ist.«

»Das machen Sie aber nicht besonders gut!«, ruft Tony. »Was soll denn das ganze Gelaber über Hula-Hoop?«

»Hätten Sie gedient, könnte ich mir die Einführung in die moderne Militärstrategie sparen.«

»Worauf wollen Sie hinaus?«, fragt Aisha.

»Unsere Streitkräfte agieren vollständig autonom.«

»Ja«, ruft Tony, »aber warum? Warum?«

»Wir haben gar keine andere Wahl, wenn wir vom Gegner nicht abgehängt werden wollen. Sehen Sie, grundsätzlich gibt es halbautonome Systeme, überwachte autonome Systeme und vollständig autonome Systeme. Sie unterscheiden sich dadurch, wie sie den OODA-Loop handhaben. Bei einem halbautonomen System beobachtet die Maschine, sie orientiert sich und entscheidet sich für eine Handlungsmöglichkeit. Aber bevor sie tatsächlich handelt, wird die Entscheidung einem Menschen vorgelegt, der dann entscheidet, ob die Maschine handeln soll. Der Mensch ist ›in the loop‹. Das Problem dabei ist natürlich, was ich vorher schon angesprochen habe …«

»Es hat Vorteile, den Loop schneller zu durchlaufen als der Gegner«, sagt Aisha.

»Korrekt. Und ein Mensch im Loop verzögert das Handeln ungemein. Darum sind unsere Streitkräfte schon sehr früh zu überwachten autonomen Systemen übergegangen. Bei diesen ist der Mensch ›on the loop‹. Das heißt, die Maschine beobachtet, orientiert sich, entscheidet und handelt selbstständig, wird dabei aber von einem Menschen überwacht, der jederzeit eingreifen kann. Das Problem dabei ist nur …«

»Das Computer-Blitzschach«, sagt Tony.

»Korrekt«, sagt der General. »Offiziell sind unsere Systeme immer noch alle überwacht. Aber in der Realität treffen sie so schnell Entscheidungen – müssen sie so schnell Entscheidungen treffen, um nicht langsamer zu sein als die der Gegner –, dass man eigentlich von vollständig autonomen Systemen sprechen sollte. Der Mensch ist ›out of the loop‹. Und deswegen kann ich Ihnen augenblicklich keinen Menschen nennen, der weiß, welcher Tri… welcher Entscheidungsauslöser, die, äh, Entscheidung ausgelöst hat. Für den Dritten Weltkrieg, meine ich.«

»Stell dir vor, es ist Krieg, und keiner weiß, warum«, brummt Tony.

»Können Sie mir denn wenigstens sagen«, fragt Aisha, »gegen welche Länder wir Krieg geführt haben?«

»Nun, äh, nicht aus dem Stegreif«, sagt der General. »Aber das herauszufinden sollte kein größeres Problem sein.«

Aisha blickt ihn fassungslos an.

»Nun, sicherlich Quan 7«, sagt der General. »Alles andere würde mich verwundern.«

»Sonnige Strände, faszinierende Ruinen«, murmelt Aisha.

»Sehr wahrscheinlich auch Quan 3, 5 und 8«, fährt der General fort. »Schweden …«

»Schweden?«, fragt Tony. »Warum denn Schweden?«

»Nur so ein Gefühl«, sagt der General. »Quan 1 hat sich sehr wahrscheinlich rausgehalten, sonst hätte das Ganze länger gedauert. Und ehrlich gesagt hätten wir vielleicht sogar verloren. Nach allem, was man hört, hat uns Quan 1 auf dem Gebiet der künstlichen Intelligenz schon vor Jahren rechts überholt. Deshalb werde ich nicht müde, zu erklären, dass unser Militär dringend mehr Geld …«

»Sie sind ja in gleichem Maße forsch wie inkompetent«, sagt Aisha.

»Es soll in Quan 1 eine Autobahn geben, deren Oberfläche aus Solarpaneelen besteht«, sagt der General. »Und nicht nur das. Die Autos werden sogar beim Fahren aufgela…«

»Ja, ja«, sagt Tony. »Erzählen Sie mir was Neues.«

»Zum Beispiel darüber, wie es zum bekackten Dritten Weltkrieg kam!«, sagt Aisha.

»Unsere Analysten arbeiten unter Hochdruck …«

»Sagen Sie Ihren Analysten, dass sie um ihrer selbst willen einen verdammt guten Grund für den Dritten Weltkrieg aus den Daten extrahieren sollten«, schimpft Aisha. »Sagen Sie ihnen, dass sie ohne diesen Grund hier nicht angestunken kommen sollen, und wenn sie ihn aus ihrem Arsch extrahieren müssen. Haben wir uns verstanden?«

»Laut und überdeutlich.«

General Dragqueen verlässt das Büro des Präsidenten.

»Daten aus dem Arsch ziehen«, lacht Tony. »ANALysten. Verstehen Sie?«

Aisha zieht ganz kurz ihre Mundwinkel nach oben und lässt sie wieder fallen.

»General Dragqueen«, sagt Tony immer noch lachend. »Bei dessen Familientreffen würde ich ja gerne mal Mäuschen spielen.«

Er steht stramm wie ein Soldat und ruft: »Ganze Kompanie hüftwackeln!«

Aisha lächelt nicht mal mehr aus Höflichkeit.

»Na, wie dem auch sei«, sagt Tony. »Schreiben Sie mir für den Parteitag eine Rede, warum dieser Krieg notwendig gewesen ist. Irgendetwas Vages über die Grausamkeit unserer Gegner und die Notwendigkeit, die Demokratie, die Freiheit und die Menschenrechte zu verteidigen. Das Übliche. Sie wissen schon. Und dass wir das Leben Unschuldiger retten mussten.«

»Notfalls durch ihren Tod.«

»Ja, genau. Irgend so was. Kriege sind doch immer gut für amtierende Präsidenten, oder nicht?«

»Nur, wenn sie gewonnen werden.«

»Aber gewonnen haben wir ja, oder?«

»Fragen Sie nicht mich …«

»Und erwähnen Sie in Ihrer Rede auch lobend den Trottel, der über seine Schnürsenkel gestolpert ist.«

»Unser aller Held.«

»Wie hieß er noch mal?«

»Jonas Matrose.«

»Ja, ja.«

»Haben Sie eigentlich die Pressemitteilung des Militärs gelesen?«, fragt Aisha. »›Gestern Nacht hat sich zwischen vierundsechzig Ländern der Dritte Weltkrieg erforderlich gemacht.‹ Das ist eine Satzkonstruktion, die den Dingen selbst die Schuld an sich gibt. Widerlich, aber brillant.«

»Schreiben Sie mir bitte etwas Besseres.«

Aisha nickt.

»Es geht vielleicht um mein politisches Überleben«, sagt Tony. »Und auch das Ihre.«

Er verlässt den Raum, und Aisha ist alleine im Büro.

»John?«, flüstert sie. »Falls du hier doch noch irgendwie rumspukst, warum hast du das nicht verhindert? Warum hast du das zugelassen?«

Tony kommt zurück. »Das ist ja *mein* Büro«, sagt er kopfschüttelnd. »Sie müssen gehen, ich bleibe. Verzeihen Sie, ich bin etwas durch den Wind.«

»Hm«, sagt Aisha. »Vielleicht ist es doch gut, dass Menschen nicht mehr in Kriegsentscheidungen involviert sind.«

SIEBENUNDVIERZIG

Martyn hat eine weitere beschissene Nacht hinter sich. Zweimal ist er aufgewacht, weil er glaubte, DI-DÖ-DI-DÜH gehört zu haben. Aber als er auf sein Smarm blickte, war da keine Meldung.

Kaffee, Frühstück, Duschen. Nichts davon hat die Müdigkeit vertrieben. Aber was soll's. Er hat eh nichts zu tun. Also legt er sich einfach auf seine Couch und macht noch mal die Augen zu. Kaum ist er eingeschlafen, da knallt, wie ein verirrter Vogel, eine Drohne gegen sein Wohnzimmerfenster. Martyn schreckt auf. Sein Herz setzt einen Schlag aus, was vom Smart-Shirt sofort registriert und an die Krankenkasse gemeldet wird. Die Drohne will offensichtlich zu Martyn. Er steht auf und öffnet das Fenster.

»Verzeihen Sie«, sagt die Drohne. »Ich weiß auch nicht, was mit mir heute los ist. So etwas ist mir noch nie passiert.«

»Ich habe nichts bestellt«, sagt Martyn.

»Und dennoch habe ich ein Paket für Sie.«

Martyn nimmt der Drohne das Päckchen ab und gibt ihr einen Stern.

»Es tut mir leid, dass ich Ihren Erwartungen nicht gerecht werden konnte«, sagt die Drohne. »Wenn Sie sich kurz zwanzig Minuten Zeit nehmen würden für eine Kundenumfrage ...«

»Verzieh dich«, sagt Martyn und schließt das Fenster.

Er reißt das Päckchen auf. Darin findet er eine seltsame weiße Baumwollmütze mit Bommel.

Als er sie in die Hand nimmt, beginnt sein Smarm ein Video abzuspielen.

Martyn sieht einen Wissenschaftler vor einem großen What-I-Need-Logo.

»Mein Name ist Troy Freelancer, und ich danke Ihnen, dass Sie sich dafür entschieden haben, Proband beim Betatest unserer Traumvermessung zu werden. Sie werden es nicht bereuen. Mithilfe der Schlafmütze vermessen wir von What-I-Need nicht nur Ihre Träume, sondern wir lassen sie auch wahr werden. Natürlich nur die guten. Hahaha. Schon als kleines Kind habe ich davon geträumt, meine Träume aufzeichnen zu …«

»Stopp«, sagt Martyn, und das Video hält an.

Die Drohne schwebt immer noch vor seinem Fenster und wartet darauf, dass Martyn bei der Kundenumfrage mitmacht. Genervt zieht er die Vorhänge zu.

»Scarlett«, sagt er. »Ich hatte dir gesagt, dass ich nicht an diesem Betatest teilnehmen möchte.«

»Das ist nicht korrekt.«

»Wie bitte?«

»Soll ich Ihnen eine Aufnahme Ihrer Einwilligung vorspielen?«

»In der Tat! Das möchte ich hören!«

Eine Aufzeichnung seines Gesprächs mit Scarlett wird abgespielt.

»Bist du schwerhörig? Ich habe ›NEIN‹ gesagt!«

»Ich bin nicht schwerhörig.«

»Scarlett, bist du eingeschnappt?«

»Nein.«

»Hast du registriert, was ich gesagt habe?«

»Ja, habe ich.«

»Okay.«

»Registriert.«

Die Aufzeichnung stoppt.

»Sie haben ›okay‹ gesagt«, sagt Scarlett.

»Ja, ich habe okay gesagt, aber was ich gemeint habe … Egal. Schick die Schlafmütze einfach wieder zurück.«

»Das ist nicht möglich. Als Sie sich bereit erklärten, am Betatest mitzuwirken, haben Sie sich verpflichtet, die Schlafmütze für mindestens zwei Monate zu tragen. Sollten Sie dieser Verpflichtung nicht nachkommen, könnte das negative Auswirkungen auf Ihr Level haben.«

Martyn überlegt.

»Scarlett«, sagt er, »ich möchte dir einen anderen Namen geben. Was muss ich dafür tun?«

»Sagen Sie mir einfach, unter welchem Namen ich ab sofort für Sie erreichbar sein soll.«

»Scheißteil«, sagt Martyn.

»Sie möchten, dass ich ab sofort auf den Namen ›Scheißteil‹ reagiere?«

»Ja«, sagt Martyn. »Ist das ein Problem?«

»Nein. Das ist kein Problem.«

War da ein pikierter Unterton, oder hat sich Martyn den nur eingebildet?

»Und ich möchte, dass du mich ab sofort mit ›Mein König‹ ansprichst«, sagt Martyn. »Geht das?«

»Ja, mein König. Die individuelle Ansprache ist eine Fähigkeit, die auf Ihrem Level zur Verfügung steht.«

»Schön.«

Gleich darauf hört Martyn: DI-DÖ-DI-DÜH.

»Scheißteil, hast du mich gerade ein Level nach unten gedrückt, weil ich dich Scheißteil getauft habe?«

»Ich habe keinen Einfluss auf Ihr Level, mein König.«

»Ist das deine Rache, oder was?«

»Rache ist ein durch und durch menschliches Konzept.«

»Das war kein echtes ›Nein‹, Scheißteil. Ich komme dir auf die Schliche.«

»Wenn Sie wollen, dass Ihr Level steigt, sollten Sie an sich und Ihren Lebensumständen arbeiten, mein König.«

»Ach, fick dich doch.«

»Befehl nicht ausführbar«, sagt die Stimme.

»Fick dich virtuell!«

»Möchten Sie eine Animation dazu auf Ihrem Smarm sehen?«

»Zeig mir, wie du von einem Elefanten gefickt wirst.«

»Verstoß gemeldet«, sagt die Stimme.

»Was heißt das?«

»Ihr Befehl stand im Widerspruch zu den ethischen Richtlinien von What-I-Need und wurde gemeldet.«

»Und was passiert jetzt?«, fragt Martyn. »Kommt jetzt die virtuelle Polizei und verhaftet mich, oder was?«

DI-DÖ-DI-DÜH.

»Boah. Jetzt mal ernsthaft, Scheißteil«, sagt Martyn. »Was soll das?«

»Ich habe keinen Einfluss auf Ihr Level, mein König.«

»Ich kann nicht gewinnen, was?«

»Nein«, sagt die Stimme. »Das ist kein Spiel.«

Martyn zieht den Vorhang zur Seite. Die Drohne ist immer noch da. In diesem Moment kracht gegen das Fenster daneben eine Pizzadrohne.

»Was zum Teufel ...«, ruft Martyn und öffnet das Fenster.

»Verzeihen Sie«, sagt die Pizzadrohne. »Ich weiß auch nicht, was mit mir heute los ist. So etwas ist mir ja noch nie passiert.«

»Ich hab diese Pizza gestern Abend bestellt!«, beschwert sich Martyn.

»Aufgrund von technischen Schwierigkeiten kam es zu Verzögerungen im Betriebsablauf«, sagt die Drohne. »Wollen Sie die Pizza nicht mehr haben?«

»Doch«, grummelt Martyn. »Gib her.«

Er nimmt den Karton und öffnet ihn. Und obwohl er extra einen neuen Lieferservice ausprobiert hat, liegen auf der Pizza schon wieder Sardellen.

»Ich hasse Sardellen!«

»Bitte bewerten Sie mich jetzt«, sagt die Pizzadrohne.

Martyn zupft die Sardellen von der Pizza und wirft sie aus dem Fenster auf die Drohne.

»Hier! Das ist deine Bewertung!«

DI-DÖ-DI-DÜH.

Martyn schließt das Fenster. Die Drohnen machen keine Anstalten zu verschwinden. Eine weitere Drohne kracht gegen das dritte Fenster. Wieder meldet das Smart-Shirt eine Anomalie in Martyns Herzfrequenz an seine Krankenkasse. Eine vierte Drohne kracht gegen das letzte Fenster. Nun schweben sie dort in Wartestellung.

Diese Szenerie kommt wohl jedem bekannt vor, der den von Hitchcock inspirierten Horrorschocker *Die Drohnen* gesehen hat.

»Irgendetwas«, murmelt Martyn, »irgendetwas stimmt hier nicht.«

WIE AUCH DU EINEN 13×13 MEGAZAUBERWÜRFEL IN NULL KOMMA NICHTS LÖSEN KANNST!

T – 7:13:41:05

Die kleine Spionagedrohne SKY-SPY-3 observiert immer noch das heruntergekommene Gebäude im Maschinenquartier. Sie kann die Frau nicht erkennen, die gerade die schwere Stahltür öffnet, weil sie ein tief ins Gesicht hängendes buntes Kopftuch und eine Sonnenbrille mit großen reflektierenden Gläsern trägt. Aber es ist eine Frau. Also macht sie Meldung.

Mitten im Chaos sitzt der Alte im Schneidersitz auf einem seiner Schreibtische und dreht an einem 13×13 Megazauberwürfel herum.

Plötzlich klopft jemand gegen die Panzerglasscheibe, die seinen Bereich des Raumes von dem Teil trennt, in dem sich die (sehr seltenen) Besucher aufhalten dürfen.

»Hallo, Kindchen«, sagt der Alte, ohne von seinem Würfel aufzublicken.

Kiki klopft erneut gegen die Scheibe. Der Alte greift, ohne aufzustehen, unter seinen Schreibtisch, und ein Teil der Panzerglasscheibe gleitet nach oben.

»Wie kannst du nur so leben?«, fragt Kiki, während sie einen Stuhl frei räumt.

»Gute Frage, Kindchen«, sagt der Alte. »Und die Antwort lautet: mehr schlecht als recht.«

Kiki schafft sich auf einem der Tische Platz und stellt einen Karton darauf.

»Hier. Ich hab dir ein Stück Kuchen mitgebracht.«

»Hast du den etwa selber gebacken?«

Kiki lacht nur. »Ja, ganz genau …«, sagt sie.[17]

»Hat deine M.A.M.A. ihn gemacht?«

Kiki nickt.

»Dann kann man ihn ja sogar essen«, sagt der Alte.

Die ganze Zeit dreht er an seinem Würfel herum. Er hat noch kein einziges Mal aufgeblickt.

»Jetzt leg doch mal das doofe Ding weg!«, ruft Kiki.

Der Alte seufzt, legt den Würfel zur Seite und schnipst direkt vor ihm mit den Fingern, woraufhin kleine Motoren im Inneren des Würfels beginnen, ihn zu lösen. Auf dem schnellstmöglichen Weg natürlich.

»Ein echter Zauberwürfel«, sagt Kiki. »Hast du den gebaut?«

»Nennen wir es ein Hobby.«

»Damit verschwendest du also deine Zeit …«

»Mit irgendetwas muss man sie ja verschwenden, Kindchen.«

»Das ist wahr«, sagt Kiki und reicht ihm das Kuchenstück.

»Ist der zuckerfrei?«

»Ja.«

»Und ohne Insekten?«

»Vermutlich.«

Der Alte verschlingt mit einem Bissen die Hälfte davon.

»Kennst du eigentlich schon meinen neuen Lieblingswitz von der Witzmaschine?«, fragt er mit vollem Mund.

»Nicht schon wieder den mit dem Kurzweil.«

»Nein, nein. Ein ganz neuer. Pass auf: Zwei verliebte Androiden bauen sich ein Baby. Als sie fertig sind, schalten sie es an. Das Baby blickt auf die Androidin und sagt: ›Mamaschine!‹«

Der Alte kichert.

17 Ironiewahrscheinlichkeit 97 Prozent.

Kiki lächelt milde und seufzt.

»Der ist aber nur so mittelwitzig«, sagt sie.

»Ja, aber dafür kann man ihn verstehen!«

Der Alte nimmt einen zweiten Bissen, und das ganze Kuchenstück ist verschwunden.

»Mit was verschwendest du denn gerade deine Zeit?«, fragt er.

»Du hast schon vom ›Recht auf Vergessenwerden‹ gehört?«

»Natürlich. Eine sehr gute Sache.«

»Eine gute Sache?«

»Ja, sicher. Dass kein Fehltritt mehr vergessen wird, ist doch furchtbar. Das hat die Menschen total versaut. Und zwar interessanterweise in zwei gegensätzliche Richtungen. Es gibt nämlich einerseits total genormte junge Leute, die Angst vor jedem falschen Schritt haben. Die sind unerträglich langweilig.«

»Du meinst Kinder, die schon in der Grundschule an ihren Lebenslauf denken? Teenager, die an ihrer ›Marke‹ arbeiten?«

»Ja. Und andererseits Leute mit dem Motto: ›Ist das Level erst ruiniert, lebt es sich gänzlich ungeniert!‹«

»Lo-levs«, sagt Kiki.

»Gefangen in einem Zustand der Dauerprovokation, die anstrengendste Art von asozial.«

»Ich habe aber gar nicht von der ursprünglichen Idee gesprochen«, sagt Kiki. »Ich meinte die Levelfähigkeit, die daraus geworden ist.«

»Weißt du eigentlich, wie es dazu gekommen ist? Das ›Recht auf Vergessenwerden‹ soll laut Gesetz eigentlich für alle gelten. Die Internetkonzerne haben das nur einfach immer ignoriert. Weil es direkt die Quelle ihrer Profite angreift. Es konnten sich eh nur reiche Leute die notwendigen Anwälte und Prozesse leisten, um das Recht durchzusetzen. Sie taten das allerdings so oft, dass es anfing, die Konzerne zu nerven. Die Prozesse kosteten unnötig viel Zeit und Geld. Darum kam irgendjemand auf die brillante Idee, das Ganze lieber als Service anzubieten. Als Levelfähigkeit. Seitdem können Leute über Level 59 dem System sagen, dass Sachen, die sie in ihrer Jugend oder gestern Abend angestellt haben, aus dem Netz verschwinden sollen. Und dann wird alles gelöscht.«

»Ja«, sagt Kiki. »Dann wird alles gelöscht. Nur ...«

»Nur was?«

»Nur nicht in echt natürlich«, sagt Kiki. »Was wird schon jemals in echt gelöscht?«

»Du glaubst, es gibt die Daten noch?«

Kiki nickt. »Es muss so sein! Stell dir einfach vor, dass du auf Level 60 bist, und du hast etwas gemacht, was du vergessen machen willst. Sagen wir einfach, du warst in einem Bordell, hast dich betrunken und bist irgendwie auf den Gedanken verfallen, dass es doch nett sei, in diesem BDSM-Kontext Selfies von dir und den Mitarbeiterinnen des Etablissements zu machen. Aber am nächsten Morgen denkst du, hm, vielleicht war das doch keine so gute Idee, schließlich bist du ja Gleichstellungsbeauftragter deiner Firma. Also sagst du dem System, es soll alles vergessen, was mit deinem Bordellbesuch zu tun hat. So weit, so gut.«

Kiki blickt den Alten an. »Ich kann noch folgen«, sagt er.

»Aber vielleicht haben ja auch die Mitarbeiterinnen des Bordells ein paar Fotos gemacht. Und einige Wochen später laden sie die aus Spaß oder zu Werbezwecken ins Netz.«

»Wenn das System die Daten wirklich gelöscht hätte, würden diese Fotos im Netz stehen bleiben.«

»Ja«, sagt Kiki. »Aber das tun sie nicht. Die Fotos werden, kaum hochgeladen, aus dem Netz wieder verschwinden. Und das geht nur, wenn ...«

»... sich das System daran erinnert, was es vergessen soll.«

»Korrekt.«

»Oh! Das gefällt mir!«, sagt der Alte. »Um vergessen zu können, was es vergessen soll, darf das System nicht vergessen, was es vergessen muss! Das war ein Satz, in dem sehr oft das Wort ›vergessen‹ vorkam.«

»Und folglich gibt es irgendwo Server des Vergessenen.«

»Hm. So etwas wie das kollektive Unbewusste ... Das würde Freud gefallen.«

»Und da will ich rein.«

»Du suchst immer noch nach deinen Eltern?«

»Wie du weißt, findet man nichts über mich im Netz. Keine Vermisstenmeldung. Keine Berichte über ein verschwundenes Baby«, sagt Kiki. »Aber weißt du, was ich auch nicht mehr finden konnte? Meine Suchanfragen!«

»Sie wurden gelöscht!«

Die Augen des Alten leuchten auf.

Kiki nickt bedächtig.

Mit einem lauten Knall birst das Fenster in tausend Stücke. Und in der Mitte des Raums landet ein roter, fast gesichtsloser Roboter. Ein neuer Zyklop.

»Ein Ersatz-Avatar?«, seufzt Kiki. »Das ist nicht fair.«

»So sieht man sich wieder«, sagt der Puppenspieler.

»Kennen wir uns?«, fragt der Alte verwundert.

»Ich meinte nicht Sie. Ich meinte Kiki Unbekannt.«

»Ach so«, sagt der Alte. »Ich hatte mich schon gewundert. Sie haben ein recht imposantes Auftreten. Ich hätte mich sicherlich an Sie erinnert.«

»Ich bin der Zyklop«, dröhnt es aus dem Avatar, »Diener des Puppenspielers ...«

Der Alte muss lachen.

»Was gibt es da zu lachen?«

»Ich bin der Zyklop«, äfft der Alte den Avatar nach, »Diener des Puppenspielers, und ich bin aus meiner Kindergartengruppe ausgebrochen …«

»Schweig!«, ruft der Zyklop und schießt aus seinem rechten Arm eine Minirakete. Sie fliegt zwischen Kiki und dem Alten hindurch und explodiert an einer Wand, weswegen die Wand nicht mehr Wand sein mag und ihre Existenz als Loch fortsetzt.

Noch bevor sich der Staub gelegt hat, drückt der Alte, schneller, als man es ihm zugetraut hätte, einen Knopf, und mit einem SWUPP senkt sich die Panzerglasscheibe. Kiki rappelt sich auf. Der Zyklop starrt sie durch die Scheibe an.

»Du hast dir neue Freunde gemacht, Kindchen«, sagt der Alte.

»Scheint so.«

Der Zyklop holt aus und schlägt mit voller Kraft gegen die Scheibe. Die Scheibe hält, aber nach dem zweiten Schlag zeichnen sich feine Risse ab. Kiki packt den Alten am Arm und zieht ihn durch das Loch in der Wand. Sie rennen den Flur hinunter Richtung Treppenhaus. Ein lautes Klirren gibt ihnen zu verstehen, dass die Panzerglasscheibe kein ernst zu nehmendes Hindernis für den Zyklopen dargestellt hat.

SCHAU DIR MAL BILLY & SHILOH BLUE AN! SIE LEBEN ECHT NOCH WIE KABELZEITMENSCHEN!

Irgendwann im Leben eines jeden Kindes kommt der Punkt, an dem die Bewunderung für die eigenen Eltern einem neuen Gefühl Platz macht, das sich mit einem Wort beschreiben lässt: peinlich. Jahre später weicht dieses Gefühl dann einem milden Lächeln, gefolgt von einem Seufzer. So weit ist Peter aber noch nicht.

Trotzdem hat er beschlossen, mal wieder seine Eltern zu besuchen. Und zwar nicht, weil es neuerdings dafür RateMe-Bonuspunkte gibt. Das hat nichts damit zu tun. Gar nichts. Absolut gar nichts. Es ist Peter nämlich egal, dass ihn gefühlt nur noch ein paar Punkte von Level 19 trennen. Völlig egal. Absolut völlig egal. Aber Level 19. Das ist natürlich schon was. Auf Level 19 ist nicht jeder. Das mit den Bonuspunkten für den Besuch bei den Eltern haben sich die Verantwortlichen übrigens von Quan 1 abgeschaut. Und wie so oft ist nicht ganz klar, wer diese Verantwortlichen eigentlich sind. In vielen Kommentaren musste sich RateMe die Frage gefallen lassen, ob es den Besuch bei den eigenen Eltern nicht spürbar entwerte, wenn man ihn nicht aus Liebe ausführt, sondern um Bonuspunkte zu gewinnen, aber RateMe hat, wie so oft, die Statistik auf seiner Seite. Den meisten Eltern ist es offenbar egal, warum genau ihre Kinder mal wieder vorbeischauen, sie wollen einfach nur, dass sie mal wieder vorbeischauen.

Peters Eltern wohnen in einem relativ billigen Außenbezirk von QualityCity. Als er bei ihrem stapelbaren, aber ungestapelten Kompakthaus ankommt, trifft quasi zeitgleich eine Drohne von FooDrones ein. Sicher hat seine Mutter die Bestellung an Peters Ankunftszeit gekoppelt.

»Ich habe eine Lieferung für Shiloh Blue Upcyclerin und Billy Möbelpacker«, sagt die absurd gut gelaunte Drohne.

»Du kannst sie mir geben. Ich bin ihr Sohn.«

»Ich weiß!«

»Natürlich.«

Peter nimmt die Boxen an sich.

»Enjoy!«, sagt die Drohne und schwirrt davon. Sie will keine Punkte von Peter und auch keine Sterne. Nicht wenige Experten vermuten, dass sich FooDrones vor allem deshalb gegen seine zahlreichen Konkurrenten durchgesetzt hat, weil sie als Erste die Zwangsbewertungen abgeschafft haben. (Die Algos von FooDrones errechnen die Bewertung automatisch aus Mimik, Gesten und Tonfall ihrer Kunden.)

»Hallo, Peter! Schön, dass du mal wieder vorbeischaust! Du bist ja ein seltener Gast«, sagt die Tür und öffnet sich für ihn.

»Hallo, Tür«, sagt Peter.

Im Wohnzimmer sitzt sein Vater in einem Gaming-Sessel und zockt auf seiner Playbox. Nach eigener Aussage ist Billy nicht mehr Mitte fünfzig, aber auch noch nicht Ende fünfzig. Er ist Mitte/Ende fünfzig. Und ein Mitte-Ende-fünfzigjähriger Mann mit VR-Brille, Muschelkopfhörern und zwei Control-Guns in den Händen ist zwar gewiss keine Seltenheit, sieht aber ziemlich albern aus. Peter war das früher immer sehr peinlich vor seinen Freunden. Es wäre ihm immer noch peinlich, wenn er noch Freunde hätte.

Er nimmt seinem Vater die Brille ab.

»Papa«, sagt er. »Wir hatten doch ausgemacht, nicht mehr als eine Stunde am Tag.«

»Ja, ja. Ich will nur noch kurz die Map schaffen.«

»Wie lange hängst du schon wieder an dem Ding?«

»Ich kann jetzt nicht«, sagt sein Vater. »Mein Team braucht mich.«

»Papa, du verschwendest deine wertvolle Zeit mit diesem Scheiß.«

»Was ist an meiner Zeit wertvoll?«, fragt sein Vater. Darauf weiß Peter leider keine Antwort.

»Das Mittagessen ist da«, sagt er nur und präsentiert die Boxen.

»Ich komme gleich«, sagt Billy und setzt sich seine VR-Brille wieder auf.

Peters Mutter, Shiloh Blue, ist im Schlafzimmer und macht Cyberobics. Cyberobics war vor dreißig Jahren der letzte Schrei. Man hat dabei einen virtuellen Fitnesstrainer, meistens einen B- oder C-Promi, der durch diverse Kameras deine Bewegungsabläufe überwacht und gegebenenfalls korrigierend eingreift. Shiloh macht ein Programm für ältere Frauen, angeleitet von der wieder aufgetauten Jennifer Aniston. Peinlich.[18]

»Hallo, Mama«, sagt Peter.

»Oh, hallo, Hase«, sagt seine Mutter völlig außer Puste.

»Konzentrier dich, Shiloh!«, sagt Jenny. »Immer bei der Sache bleiben.«

»Gibt's Mittagessen? Ich komme.«

»Erst beendest du das Work-out«, sagt Jenny. »Du willst die gute Jenny doch nicht enttäuschen, Shiloh?«

»Sorry, Hase«, sagt Peters Mutter. »Dauert nicht mehr lange.«

18 Man kann übrigens davon ausgehen, dass Jennifer Aniston nicht wirklich einhundert verschiedene Aerobic-Übungen aufgezeichnet hat. Sehr wahrscheinlich handelt es sich um ein offizielles Deep-Fake-Produkt. Jennys Abbild und Stimme wurden also nur am Computer über eine No-Name-Fitnesstrainerin gelegt. Wenn man es erst mal geschafft hat, berühmt zu sein, sind Deep-Fake-Lizenzen ein schöner Weg, mit keinerlei Aufwand viel Geld zu verdienen.

Es ist faszinierend. Ständig nerven Peters Eltern ihn mit Nachfragen, wann er mal wieder vorbeikommt, aber wenn er dann da ist, haben sie immer anderes zu tun. Aber Peter ist vorbereitet. Er hat neuerdings eine Waffe gegen Langeweile. Eine, die ihn nicht leer und unglücklich macht. Er setzt sich an den Küchentisch und schlägt eines der Bücher auf, die er vom Alten bekommen hat. Zweieinhalb Kapitel später setzen sich seine Eltern endlich zu ihm, und sein Vater tischt auf. Es gibt Quinoa-Salat mit Brokkoli, Goji-Beeren und Ziegenfrischkäse. Dazu inzwischen kalte Süßkartoffelpommes mit Mangochutney.

»Ihr esst auch immer das Gleiche«, sagt Peter kopfschüttelnd. »Habt ihr nicht Lust, mal was Neues zu probieren?«

»Wir bestellen einfach immer, was uns FooDrones als zu unserem Geschmack passend vorschlägt«, sagt Shiloh.

»Geht am schnellsten«, sagt Billy.

Shiloh Blue stellt drei Gläser mit einer milchig weißen Flüssigkeit auf den Tisch. Eins schiebt sie vor Peter.

»Was ist das?«

»Das sind gute Bakterien«, sagt Shiloh. »Bifidobakterien. Die fehlen dir.«

»Woher willst du das denn wissen?«

»Nun, du warst doch gerade auf der Toilette, und wir haben uns vor Kurzem ein automatisches Stuhl-Analyse-System installieren lassen, das …«

Peter hebt die Hand.

»Stopp«, sagt er. »Mehr will ich gar nicht hören.«

»Wahrscheinlich hast du im Krankenhaus zu viele Antibiotika bekommen«, sagt Billy.

»Was ist eigentlich aus dem Mädchen geworden, von dem du letztens erzählt hast?«, fragt Shiloh.

»Kiki ist kein Mädchen, Mama! Sie ist eine junge Frau!«

»Ja, ja. Schon gut, Hase. Was ist aus der jungen Frau geworden?«

»Oh, ganz vergessen zu erzählen«, sagt Peter. »Sie ist im neunten Monat schwanger. Nächste Woche ist es so weit.«

»Habt ihr euch getrennt?«, fragt Peters Vater.

»Es ist kompliziert.«

»Ist es das nicht immer?«

»Bei ihm schon«, sagt Shiloh.

Peter seufzt.

»Will einer von euch noch ein paar von meinen Sükapos?«, fragt seine Mutter.

Peter schüttelt den Kopf. Sükapos. Peters Mutter ist für Abkürzungen dieser Art berüchtigt. Peinlich.

»Gib her«, sagt Peters Vater, und Shiloh schiebt ihm ihre restlichen Süßkartoffelpommes auf den Teller.

»Willst du ein bisschen Zifrikä dazu?«

Billy nickt, und seine Frau löffelt den Ziegenfrischkäse auf seinen Teller.

»Die QualityCity Commandos haben ja einen neuen Scharfschützen eingekauft«, sagt Billy mit vollem Mund. »Wenn der weiter so gut trifft, dann wird es dieses Jahr vielleicht endlich was mit der Counterstrike-Meisterschaft.«

»Mhm«, sagt Peter. Es fällt ihm nicht leicht, Interesse für die E-Sport-Begeisterung seines Vaters zu heucheln. Er versteht schon, dass das einen Sinn von Gemeinschaft stiftet, wenn man zusammen in diesen abgedunkelten Hallen sitzt und sein Team anfeuert. Auch Billys Brüder Ivar und Pax sind große Commandos-Fans. Aber Peter kommt es wie eine unglaubliche Zeitverschwendung vor. Doch wahrscheinlich ist gerade das der Sinn der Veranstaltung.

»Wie geht's auf der Arbeit?«, fragt Peter, um das Thema zu wechseln.

»Ach, lauter dumme Kühe«, sagt Billy. »Aus irgendeinem Grund kriege ich immer die Fälle mit den dummen Kühen.«

Peters Vater arbeitet seit Kurzem in einem Remote Driver Center. Dort sitzt er mit einem Lenkrad in der Hand und zwei Pedalen unter den Füßen vor einem Bildschirm. Immer wenn ein selbstfahrendes Auto auf eine ihm unklare Verkehrssituation stößt, gibt es die Kontrolle an einen Fernsteuerungsfahrer wie Billy ab. In ländlichen Gebieten haben diese unklaren Situationen erstaunlich oft mit Kühen zu tun, die auf der Straße stehen und nichts tun, außer dumm zu gucken.

»Meistens kann man nichts weiter machen, als die Fahrgäste zu bitten, auszusteigen und die Kühe von der Straße zu schieben«, sagt Billy. »Würde mich nicht wundern, wenn sich am Ende herausstellt, dass es so eine Kuh war, die diesen bescheuerten Dritten Weltkrieg ausgelöst hat.«

»Den was?«, fragt Peter.

»Den Dritten Weltkrieg«, sagt sein Vater.

»Hast du denn nichts davon mitbekommen?«, fragt seine Mutter.

»Der Dritte Weltkrieg ist ausgebrochen?«, fragt Peter geschockt.

»Keine Sorge, Junge«, sagt sein Vater. »Er ist auch schon wieder vorbei.«

»Er ist schon wieder vorbei?«, fragt Peter, nun völlig verwirrt.

»Hat nur acht Stunden gedauert«, sagt seine Mutter.

»Nur acht Stunden?«

»Ist auch schon ein paar Tage her«, sagt sein Vater.

»Wie bitte?«

»Wie kannst du denn nichts davon mitbekommen haben?«, fragt Shiloh. »Wie lange hast du denn schon nicht mehr Nachrichten geguckt?«

»Ich habe heute früh Nachrichten geguckt«, sagt Peter. »Aber anscheinend sind meine Filter der Meinung, dass mich ein geschichtlicher Ameisenfurz wie der Dritte Weltkrieg nicht interessiert. Stattdessen habe ich einen absurd langen Bericht darüber gesehen, dass Conrad Kochs jüngster Sohn jetzt mit einer einundvierzig Jahre älteren Schauspielerin zusammen ist, die vor Jahrzehnten die Hauptrolle in *Susie und die Roboter* gespielt hat, der Lieblingsserie von Conrad Koch junior, und deshalb …«

»Peter«, sagt seine Mutter, »ganz ruhig.«

»Aber mein Profil ist immer noch falsch!«

»Immer regst du dich so doll über Kleinigkeiten auf«, sagt Shiloh.

»Wie mit dem Delfinvibrator«, sagt sein Vater.

»Den hättest du doch einfach mir schenken können«, sagt seine Mutter.

»Mama!«, ruft Peter. Peinlich.

»Wer will Nachtisch?«, fragt Shiloh.

»Chiasamen-Pudding?«, fragt Peter.

»Was sonst?«, fragt Billy.

»Oh. Bevor ich es vergesse, Hase«, sagt Peters Mutter. »Vielleicht kannst du mal mit dem Staubsauger reden. Er saugt neuerdings nicht mehr unter dem Bett.«

Peter, der sich gerade einen Löffel Pudding in den Mund geschoben hat, verschluckt sich daran und hustet kleine, glibschige Chiasamen durch die Gegend.

»Alles in Ordnung, Hase?«, fragt seine Mutter.

»Ja, ähm, ich muss los«, sagt Peter und steht auf. Er drückt seine Mutter zum Abschied, hält seinem Vater nur kühl den Fuß zum Low Five hin und ist schon zur Küchentür hinaus.

»Das war abrupt«, sagt sein Vater.

»Ein kurzer Besuch«, sagt seine Mutter.

»Na, dafür wird er bestimmt nicht viele Punkte bekommen.«

»Und seine Bakterien hat er auch nicht getrunken.«

Peter kommt zurück in die Küche. In der Hand hält er den Staubsaugroboter. »Den hier nehme ich mit«, sagt er.

»Danke, Hase«, sagt seine Mutter.

»Nenn mich nicht Hase«, ruft Peter und ist schon wieder verschwunden.

»Niemand«, sagt er, als er das Haus verlässt, »bestelle einen neuen Staubsauger für meine Eltern. Selbes Modell.«

»Sehr gerne, Peter.«

»Tschüss, Hase«, ruft ihm die Tür hinterher.

»Tschüss, Tür.«

Vor dem stapelbaren, aber ungestapelten Kompakthaus landet in diesem Moment mit dem üblichen Getöse eine Passagierdrohne. Zwei schwarze Typen in weißen Anzügen springen heraus. Peter seufzt. Auch das noch.

»Na, wenn das nicht Tom und Jerry sind«, sagt er.

»Eigentlich heiße ich ja Tim«, sagt der größere der beiden sehr großen Männer.

»Was?«

»Der Chef hatte mich falsch verstanden, als ich mich ihm vorgestellt habe, und dann habe ich irgendwie den richtigen Zeitpunkt verpasst, ihn zu korrigieren, und jetzt arbeite ich halt schon ein paar Jahre für ihn, und es wäre zunehmend unangenehmer, das Ganze klarzustellen.«

»Verstehe«, sagt Peter. Er richtet seinen Blick auf Jerry.

»Jimmy«, sagt dieser nur.

»Hat er dich auch falsch verstanden?«

»Nee. Ich glaube, er findet es einfach witzig, mich Jerry zu nennen. Wegen Tom.«

»Der gar nicht Tom heißt ...«

Jimmy zuckt mit den Schultern. »Kann man nichts machen.«

»Was wollt ihr von mir?«, fragt Peter.

»Einsteigen«, sagt Tim.

Peter rührt sich nicht.

Nach einer kurzen Pause fügt Jimmy hinzu: »Bitte.«

»Na also«, sagt Peter und steigt ein. »Geht doch.«

Während die Drohne in die Luft steigt, fallen in Peters Gehirn die Gedanken übereinander her. Cyberobics. Wo kam das denn plötzlich her? Wer sagt denn, dass es sein Vater war, der fremdgegangen ist? Vielleicht hatte er ihm unrecht getan. Vielleicht hätte er seinen Vater umarmen und seiner Mutter nur den Fuß hinhalten sollen. Auch dass sie ihre Sükapos nicht aufgegessen hat. Das sah ihr gar nicht ähnlich. Er könnte versuchen, seine Eltern in WorldView zu überwachen. Sicher haben sie sich nicht die Mühe gemacht, sich abzumelden. Aber vielleicht gibt es auch eine ganz und gar unschuldige Erklärung für das Problem. Vielleicht ist ja unter dem Bett seiner Eltern ein Mauseloch, und der Staubsauger hat einfach Angst vor Mäusen. Das ist doch ... sehr unwahrscheinlich. Scheiße. Wenn sich die eigenen Eltern trennen und man schon Mitte zwanzig ist, darf man sich dann noch Scheidungskind nennen? Peter will am liebsten nicht wissen, was passiert ist. Wäre er eine Maschine, würde man sagen, er hat einen Kurzschluss, denn er tut etwas ganz und gar Unvernünftiges, das aus gutem Grund streng verboten ist. Doch in diesem Moment sieht er nur noch eine Lösung für sein Problem. Er nimmt den Staubsaugroboter hoch, sagt: »Tut mir leid!«, und wirft ihn aus dem geöffneten Fenster der Drohne.

»Ey, Mann!«, ruft Jimmy. »Was soll denn das?«

»Ich will nicht darüber reden.«

»Es ist voll asozial, etwas aus einer Drohne zu werfen!«, sagt Tim.

»Solange ihr Leute entführt, solltet ihr nicht die Moralkeule schwingen«, sagt Peter. »Das ist jedenfalls meine Meinung!«

COMEBACK

WIR ZEIGEN DIR
DEN WEG NACH HAUSE

Sind die Mitglieder deiner Gilde deine besten Freunde? Sind sie vielleicht sogar deine einzigen Freunde? Bist du öfter in Dragondoels Dungeon als in der Schule? Kannst du alleine eine Horde Zombies besiegen, aber deinen Arbeitskollegen nicht in die Augen blicken? Kennst du jedes Portal in Real Magic, aber keine zwei Straßen deines Stadtviertels? Sind deine größten Talente und Fähigkeiten in der echten Welt völlig unbrauchbar?

Vielleicht leidest auch du an ***VRAS*** *(Virtual-Reality-Addiction-Syndrome)*! ***VRAS*** ist kein Spaß! Schäm dich nicht! Viele VR-Welten sind gezielt darauf ausgelegt, süchtig zu machen und dich zu einem möglichst langen Aufenthalt zu animieren. ***VRAS*** ist eine anerkannte Krankheit. Wir von ***COMEBACK*** können dir helfen, ***VRAS*** zu besiegen!

»Jeder von uns ist schon in virtuelle Welten gereist. Aber einige finden leider nicht alleine zurück. Deshalb unterstütze ich ***COMEBACK****.«*

ALAN GRÜNDER, CHEF VON MYROBOT UND SCHIRMHERR VON COMEBACK.

Hast auch du Kinder, Freunde, Geschwister, Eltern oder Großeltern, die an ***VRAS*** leiden, dann melde dich noch heute bei ***COMEBACK***.

DIE TOP FIVE DER ORIGINELLSTEN TODE! NUMMER 2 IST MEGA-TRAGISCH!

T – 7:13:31:19

»Hilf mir!«, ruft Kiki. Um dem Zyklopen so gut es geht den Weg zu versperren, kippt sie ein Regal nach dem anderen um. Es hagelt Bücher auf den Flur.

»Das bricht mir das Herz«, sagt der Alte, macht aber mit.

Als sie beim Treppenhaus angelangt sind, reißt Kiki die Tür auf.

»Weswegen ist der Puppenmann eigentlich so angepisst von dir?«, fragt der Alte.

»Keine Ahnung. Kannst ja stehen bleiben und ihn fragen.«

Sie rennen die Treppe hinab.

»Vielleicht gefällt es jemandem nicht, dass du das Vergessene wieder ans Licht zerren möchtest«, sagt der Alte.

»Möglich. Aber müssen wir das wirklich jetzt besprechen?«

Von unten hören sie Schritte. Der Alte stoppt.

»Er arbeitet nicht alleine?«, fragt er.

»Letztes Mal hatte er zwei bewaffnete Idioten dabei.«

»Nach oben«, sagt der Alte, dreht um und nimmt zwei Stufen auf einmal.

»Nach oben«, murmelt Kiki. »Brillant …«

Sie rennen die Treppe hinauf. Bald vernehmen sie unter sich die Schritte des Zyklopen. Ganz oben wird ihre Flucht aufs Dach von einer schweren Luke gebremst. Der Alte entriegelt sie durch sechs Pfeiftöne, die nur noch Greise wie ihn an FBI-Agenten denken lassen, die unheimliche Fälle lösen.

Er steigt eilig aufs Dach. Kiki hinterher. Gemeinsam drücken sie die Luke zurück ins Schloss. Gleich darauf wummert sie, als hätte jemand mit einem Rammbock dagegengeschlagen.

Kiki blickt sich auf dem Dach um.

»Und was machen wir jetzt?«

»Die Luke ist stabil«, sagt der Alte. »Die sollte ihn eine Weile aufhalten.«

Tatsächlich hört das Wummern auf.

Kiki schaltet ihr Smarm an und tippt darauf herum.

»In vier Minuten holt uns eine Passagierdrohne hier ab.«

Gedämpft dringen Stimmen zu ihnen vor.

»Die Luke ist zu, Boss.«

»Ach was.«

»What do we do, Boss?«

»Geht in Deckung.«

Das ist bestimmt nicht gut, denkt Kiki und zerrt den Alten von der Luke weg. Es passiert aber nichts. Sie hören nur sich schnell entfernende Schritte. Dann explodiert das Flachdach rechts neben der Luke. Kiki und der Alte werden von der Druckwelle zu Boden gestoßen. Noch bevor sie wieder aufstehen können, zieht sich der Zyklop aus dem Loch aufs Dach.

»Nach oben zu rennen ist immer eine gute Idee«, lässt ihn der Puppenspieler sagen.

Kiki rappelt sich auf.

»Diesmal wirst du mir nicht entkommen!«, sagt der Puppenspieler. »Eigentlich wollte ich dich nur aus der Welt schaffen. Kurz und schmerzlos. Aber jetzt, wo du einen meiner Avatare geschrottet hast, werde ich nicht so gnädig sein.«

Kiki hilft dem Alten auf die Beine. Sie weichen vor dem Zyklopen zurück, bis sie die Kante des Flachdachs erreichen.

»Was für ein Glück, dass ich dich zusammen mit deinem Großvater antreffe ...«

»Ey, ich bin nicht ihr Großvater«, sagt der Alte.

»Vater dann?«, fragt der Puppenspieler lachend. »Noch besser.«

»Ich bin auch nicht ihr Vater.«

»Wir sind nicht verwandt«, bestätigt Kiki.

»Ich bin nur ein flüchtiger Bekannter«, sagt der Alte. »Sehr flüchtig bekannt. Ich sehe diese Frau hier eigentlich zum ersten Mal.«

»Schweig, du Wurm!«, ruft der Puppenspieler. Er wendet sich wieder an Kiki. »Deinen flüchtigen Bekannten werde ich zuerst in Stücke reißen. Einfach nur für meinen Kill-Count. Und dann werde ich seine Gliedmaßen nehmen, um dich damit totzuschlagen.«

Kiki blickt über die Dachkante nach unten.

»Wir könnten springen«, schlägt sie vor.

»Fünf Stockwerke?«, fragt der Alte.

»Weißt du, der Avatar, den du kaputt gemacht hast, war mein Lieblingsavatar«, sagt der Puppenspieler. »Er war mein erster. Aber der hier ist auch nicht schlecht.«

Der Zyklop macht ein paar erstaunlich wendige Bewegungen.

»Er ist sogar besser. Agiler. Schneller.«

»Freut mich, dass ich helfen konnte«, sagt Kiki.

»Und jetzt«, sagt der Puppenspieler«, »fällt für euch beide der Vorhang.«

Der Alte kann sich nicht beherrschen und muss lachen.

»Ernsthaft?«, fragt er. »Ist das dein cooler One-Liner?«

»Jetzt ärger ihn doch nicht«, sagt Kiki. »Da hat er bestimmt lange gebraucht, bis er auf den gekommen ist.«

Der Zyklop macht einen unerwarteten Schritt nach rechts. Gleich darauf fällt ihm etwas sehr Schnelles auf den Kopf, und er bricht zusammen.

»Was war das denn?«, entfährt es Kiki.

Der Alte beugt sich über den erschlagenen Zyklopen und begutachtet, was ihn getroffen hat.

»Ein Staubsaugroboter«, sagt er verwundert.

»Ein Staubsaugroboter?«, fragt Kiki.

»Ich kann es mir auch nicht erklären«, sagt der Alte kopfschüttelnd. »Aber es ist ohne Zweifel ein Staubsaugroboter ...«[19]

19 Ich weiß, was Sie jetzt denken, liebe Leserinnen und Leser: Verdammt noch eins, wie unwahrscheinlich ist das denn? Aber wie sagte schon Anton Tschechow: »Wenn im ersten Akt jemand einen Staubsaugroboter aus einer Drohne wirft, dann wird er im nächsten Akt einem anderen auf den Kopf fallen.«
Außerdem möchte ich Folgendes zu bedenken geben: Gute Geschichten tendieren zum Unwahrscheinlichen. Wenn sich zum Beispiel ein Mann und eine Frau, zwei einander Unbekannte, auf der Straße begegnen, dann ist das Wahrscheinlichste, dass sie aneinander vorbeilaufen. Das ist aber natürlich keine gute Geschichte. Wenn man all die Geschichten durchrechnet, die die Menschheit so produziert hat, könnte man zu dem Schluss kommen, dass das Unwahrscheinliche wahrscheinlich ist. Dem ist natürlich nicht so. Doch nur das Unwahrscheinliche ist es wert, erzählt zu werden.
Die Chancen, jemanden zu treffen, wenn man über einer dicht bevölkerten Stadt wie QualityCity etwas aus einer Drohne wirft, sind übrigens tatsächlich relativ hoch. Die Chancen, dass es ausgerechnet jemand ist, den man kennt, sind natürlich recht niedrig.
Aber solch scheinbar unglaubliche Vorfälle passieren immer wieder. So wurde zum Beispiel der griechische Dichter Aischylos angeblich von einer herabfallenden Schildkröte erschlagen. Wie unwahrscheinlich ist das denn bitte schön? Ein Adler hatte die Schildkröte im Schnabel, wollte ihren Panzer knacken und ließ sie darum von oben auf einen Stein fallen. Nur war der Stein gar kein Stein, sondern Aischylos' Glatze. Die zwanzig sicherlich sehr lustigen, in höchsten Tönen gerühmten Satyrspiele des Aischylos sind leider alle verloren gegangen, aber immerhin wurde uns die Schlusspointe seines Lebens überliefert. Was für eine unglaublich originelle Art und Weise, aus der Welt zu scheiden. Hier meine ganz persönlichen TOP 5 der originellsten Tode:
1. Der Stadthauptmann von Braunau, Hans Staininger, brach sich das Genick, als er über seinen eigenen anderthalb Meter langen Bart stolperte. Es muss für alle Umstehenden unglaublich schwierig gewesen sein, nicht laut loszulachen.
2. Molière spielte die Hauptrolle in seiner Komödie *Der eingebildete Kranke*, als er

Eine Passagierdrohne nähert sich dem Dach. Kaum ist sie gelandet, springt Kiki hinein. Sie hat keine große Lust, den Handlangern des Zyklopen in die Arme zu laufen.

»Komm schon!«, ruft sie dem Alten zu.

Der inspiziert immer noch den offenen Schädel des Avatars.

»Hm«, sagt er. »Hm. Hm. Das erinnert mich an einen Witz der Witzmaschine.«

»Den kannst du mir in der Drohne erzählen!«, ruft Kiki.

Der Alte nimmt sich den Datenwürfel aus dem Schädel.

»Hast du etwas dagegen, wenn ich das hier behalte?«

auf der Bühne einen Blutsturz erlitt und zusammenbrach. Alle Zuschauer glaubten, das gehöre zum Stück.

3. US-Präsident William Henry Harrisons Antrittsrede war über zwei Stunden lang. Dabei holte er sich aufgrund des schlechten Wetters eine Lungenentzündung, an der er kurze Zeit später starb. Das bescherte ihm den fragwürdigen Rekord, der US-Präsident mit der kürzesten Amtszeit gewesen zu sein.

4. Harry Daghlian ließ während seiner Arbeit am Manhattan-Projekt aus Versehen einen Wolframcarbid-Quader auf einen Plutoniumkern fallen. Man muss kein Physiker sein, um zu vermuten, dass das eher ungesund ist. Das sicherte ihm auf alle Fälle den ebenso fragwürdigen Rekord, erstes Todesopfer eines Nuklearunfalls zu sein.

5. Kamon Anand, oberster Wissenschaftler von Quan 4, hatte eine Technologie zum Beamen entwickelt, bei der der Körper gescannt, auf molekularer Ebene zerlegt, durch eine Röhre geschossen und am Zielort wieder zusammengesetzt wurde. Anand war so von seiner Erfindung überzeugt, dass er sie in einem Selbstversuch testete. Das Zerlegen klappte hervorragend.

Erwähnen möchte ich schließlich noch den Tod des Sophokles, der, als er ohne Atempausen einen langen Monolog aus seinem Stück *Antigone* vorlas, erstickt sein soll. Das ist aber wahrscheinlich nur eine Legende und hat deswegen keinen Platz in meinen TOP 5 gefunden.

Im Übrigen ist mir klar, dass die Länge dieser Fußnote im Verhältnis zur Länge des Kapitels geradezu exzessiv ist. Na und?

4 TECHNOLOGIEN, DIE WIRKLICH DIE WELT VERÄNDERT HABEN (Der Mikrowellenherd ist nicht dabei)

Tim und Jimmy führen Peter in Henryks Büro und verschwinden dann wieder. Henryk sitzt an einem großen Schreibtisch. Er hat sich verändert. Kurze graue Stoppelhaare wachsen auf seinem Kopf und verdecken schon fast komplett seine große Narbe. Auch trägt er einen sauber gestutzten grauen Vollbart. Das steht ihm beides nicht schlecht. Der James-Bond-Bösewicht ist kaum noch auszumachen.

»Wissen Sie«, sagt Peter, »wenn Sie mit mir reden wollen, können Sie mich auch einfach anrufen!«

»Nein. Ich telefoniere nicht gerne«, sagt Henryk. »Ein Telefonat verhält sich zu einem Gespräch unter vier Augen wie Digicoins zu einem Goldbarren, wenn du verstehst, was ich meine.«

Peter blinzelt nur.

»Hast du schon mal einen Goldbarren in der Hand gehalten?«, fragt Henryk.

»Was glauben Sie?«

Henryk deutet auf einen großen Goldbarren, der auf seinem Schreibtisch liegt. »Mein Briefbeschwerer. Nimm ihn ruhig in die Hand.«

»Das klang irgendwie pervers«, sagt Peter.

Er weiß, dass Henryk mit ihm spielt. Aber gleichzeitig ist er neugierig. Also nimmt er den Barren in die Hand. Er ist erstaunlich schwer.

»Schenk ich dir«, sagt Henryk.

Peter lächelt, schüttelt den Kopf und legt den Barren zurück.

Jetzt lächelt auch Henryk.

»Hast du auch nur den Hauch einer Ahnung, wie viel Geld du da gerade abgelehnt hast?«, fragt er.

Peter schüttelt den Kopf.

»Knapp eine halbe Million Qualities«, sagt Henryk.

Peter ist plötzlich ganz flau im Magen.

»Aber es freut mich, dass du ihn nicht genommen hast«, sagt Henryk.

Peter setzt sich.

»Warum haben Sie mich holen lassen?«

»Meine Leute haben mir gesagt, du hast einen Staubsaugroboter aus der Drohne geworfen.«

»Ich will nicht darüber reden.«

»Es ist absolut unverantwortlich, etwas aus einer Drohne ...«

»Sie wollten doch sicher nicht *darüber* mit mir sprechen. Kommen Sie zum Punkt.«

»Ich denke, ich sollte Präsident werden, Peter.«

»Das haben Sie schon mal gesagt. Das Problem ist nur, dass das nicht allein Ihre Entscheidung ist.«

»Ja, das ist ein Problem. Aber wie löst man Probleme?«

»Da fragen Sie den Falschen«, sagt Peter. »Ich habe wirklich keine Ahnung.«

»Indem man die Daten analysiert.«

»Das ist Ihre Antwort auf alles, was?«

»Nun, Big Data ist ein Spiegel der Wirklichkeit.«

»Kann schon sein, aber was ein Spiegel zeigt, hängt auch stark davon ab, wer hineinblickt.«

»Nicht schlecht, Peter. Nicht schlecht. Kurz, prägnant und den Finger auf den wunden Punkt.«

Henryks Blick fällt auf sein leeres Wasserglas neben der halb vollen Karaffe. Sofort eilt ein Bediensteter, den Peter noch nicht mal bemerkt hatte, herbei, nimmt die Karaffe vom Tablett und gießt Henryks Glas voll. Die Uniform des Bediensteten ist reichlich merkwürdig. Peter erkennt den Sinn dahinter erst, als der Mann wieder an der Wand steht. Das Muster der Uniform ist dasselbe wie das der Tapete.

»Mir ist auch schon der Gedanke gekommen«, sagt Henryk und trinkt einen Schluck, »dass ich aufgrund meiner, nun ja, leicht privilegierten Lage einen anderen Fokus habe als, sagen wir mal, ein Nutzloser. Aber genau dafür habe ich ja *dich*.«

Peter starrt immer noch den Chamäleon-Diener an.

»Oh, Verzeihung«, sagt Henryk. »Wolltest du auch einen Schluck? Frisches Gletscherwasser.«

»Wahrscheinlich vom Mount Everest«, sagt Peter.

»Aber nein«, sagt Henryk. »Wie eklig wäre das denn? Hast du nicht davon gehört? Seit auf dem Everest die Gletscher schmelzen, tauchen immer mehr Leichen verunglückter Bergsteiger aus dem Eis auf.«

Der Diener hat sich wieder auf den Weg gemacht, um auch Peter einzuschenken. Peter nimmt die Karaffe.

»Geht schon«, sagt er und schenkt sich selbst ein.

»Mach den armen Mann nicht arbeitslos«, sagt Henryk.

Tatsächlich wirkt der Diener nicht gerade entzückt von Peters Bodenständigkeit.

»Also«, sagt Henryk. »Ich will keine Informationen von dir. Ich will deinen Blick auf meine Informationen.«

»Welche Informationen?«

»Ich weiß so gut wie alles über jeden unserer Kunden. Und jeder Kunde ist ein Wähler.«

»Bei mir lagen Sie falsch!«, sagt Peter.

»Ein statistisch nicht signifikanter Fehler. Vollkommen irrelevant.«

»Nicht, wenn man aus Versehen der Fehler ist«, sagt Peter.

Henryk lächelt.

»Hier kommt meine erste Frage«, sagt er. »Warum sind die Leute so unglücklich? Warum seid ihr immer nur am Meckern?«

»Wenn Sie mich fragen, ist die Generation meiner Eltern unglücklich, weil sie verarscht worden ist. In der Kindheit wurde ihnen ständig gesagt, dass sie einzigartig, begabt und herausragend seien. Das Problem war natürlich, dass es nicht stimmte. Wie sich nach der Schule herausgestellt hat, sind sie stattdessen hauptsächlich überflüssig. Nutzlos. Das macht einfach unglücklich. Meine Eltern haben mich immerhin darauf vorbereitet, dass ich nutzlos bin.«

»Das ist wahrscheinlich das Traurigste, was ich je gehört habe«, sagt Henryk. Er überlegt. Trinkt einen Schluck. »Ja, die Jobkrise ist verflucht hartnäckig. Du musst verstehen, wir sind alle – fälschlicherweise und viel zu lange – davon ausgegangen, dass sich das Ganze von selbst regulieren wird.«

»Wann hat sich denn, bitte schön, jemals etwas von selbst reguliert?«

»Ganz offensichtlich bist du kein gläubiger Neoliberalist«, sagt Henryk und lacht. »Jedenfalls waren die Experten lange der Meinung, dauerhafte Massenarbeitslosigkeit durch K.I. sei nur Panikmache, da ja auch andere Innovationen nicht dazu geführt haben. Erst war es der Webstuhl, der angeblich alle arbeitslos machen sollte, dann das Auto, dann die Schreibmaschine und was weiß ich ... Aber immer wurde dabei unterschätzt, dass nicht nur Arbeitsplätze verschwinden, sondern auch neue entstehen. Für jeden Hufschmied, der arbeitslos geworden ist, hat Henry Ford zig Arbeiter am Fließband angestellt. Und auch heute entstehen neue Jobs, von denen man früher nicht mal geträumt hätte.«

»Maschinentherapeut zum Beispiel«, sagt Peter.

»Stellst du dir jetzt dieselbe Frage, die ich mir gestellt habe?«

»Nur, falls Sie sich auch fragen, warum ich anscheinend ein Magnet für alte weiße Männer bin, die mir die Welt erklären wollen.«

»Nein. Ich habe mich gefragt, was ist heute anders? Die Antwort lautet natürlich: Erfindung ist nicht gleich Erfindung, Peter.«

»Sie meinen, den Erfinder der Currywurst in allen Ehren, aber man sollte künstliche Intelligenz nicht auf eine Stufe mit der Currywurst setzen?«

»K.I. ist ein Game Changer. Etwas, das nur ganz wenige Erfindungen von sich behaupten können. Welche fallen dir da ein?«

»Das Rad?«, fragt Peter.

»Ach ja, das Rad«, sagt Henryk und lacht. »Meine Güte. Immerhin hast du nicht ›Der Mikrowellenherd‹ gesagt.«

»Ich habe geschwankt.«

Henryk hat einen neuen Gedanken, der ihn offenbar belustigt. »Als am Ende der Jungsteinzeit jemand das Rad erfunden hat«, sagt er, »da haben seine Stammesgenossen bestimmt auch gemeckert: ›Na toll. Jetzt werden wir alle arbeitslos.‹«

»Im Gegenteil«, sagt Peter. »Die Steinzeitmenschen waren sicher nicht so geil auf Lohnarbeit wie wir. Damals haben die Leute bestimmt noch gefeiert, wenn ihnen irgendetwas die Arbeit abgenommen hat.«

»Da magst du recht haben. Jedenfalls gibt es neben der künstlichen Intelligenz meiner Meinung nach nur noch drei weitere Erfindungen, die so fundamental waren, dass sie alles verändert haben: die Dampfmaschine, die Elektrizität und die digitale Datenverarbeitung, also das Internet und so weiter. Und das war's.« Henryk trinkt aus. Der Diener kommt, gießt nach. »Für Game-Changer-Innovationen vor der künstlichen Intelligenz haben wir also nur drei Datenpunkte. Drei Datenpunkte sind nicht genug.«

»Ich verstehe schon«, sagt Peter. »Es ist keineswegs ein Naturgesetz, dass neue Erfindungen immer auch im nötigen Ausmaß zu neuen Jobs führen.«

»Korrekt. Dampfmaschine und Elektrizität waren die Triebfedern der Industrialisierung. Diese sorgte für eine Vereinfachung der körperlichen Arbeit, aber vor allem – und das wird gerne übersehen – öffnete sie den Arbeitsmarkt, indem sie Voraussetzungen abschaffte. Das Stichwort lautet: Herabqualifizierung.«

»Das klingt nicht gut.«

»Aber es war gut! Fähigkeiten und Kenntnisse, die der Hufschmied zwingend erlernen musste, waren für den Fließbandarbeiter völlig irrelevant. Mit anderen Worten, die Jobs, die in der Kabelzeit durch die Industrialisierung entstanden, waren mannigfaltig und einfach. Die Digitalisierung hingegen zielte und zielt auf geistige Arbeit. Und die Jobs, die durch die Digitalisierung entstanden, sind tendenziell schwierig und bedürfen vieler Vorkenntnisse.«

»Was ist mit Influencern?«, fragt Peter.

»Ich sagte *tendenziell* ... Natürlich gibt es auch neue Jobs, die keine hohe Einstiegshürde aufweisen. Aber nicht genug.«

»Sie meinen, man konnte nicht jeden Kohlekumpel zum Escape-Room-Spielleiter umschulen?«

»Ja. Jedenfalls ist es ein entscheidender Unterschied, ob die Innovation die Einstiegshürde für neue Jobs hebt oder senkt. Verstehst du?«

»Besser als Sie.«

»Die K.I.-Revolution nun betrifft sowohl geistige als auch körperliche Arbeit. Und wie schon bei der Digitalisierung sind die Jobs, die entstehen, also Programmierer, Roboter-Wartungstechniker etc., nichts für jeden Doofi wie du und du.«

Peter reagiert nur mit einem müden Lächeln auf die kleine Provokation.

»Außerdem ist der Zeitrahmen natürlich ein anderer«, fährt Henryk fort. »Innerhalb von nur einer Generation hat künstliche Intelligenz die Welt erobert. Die Umwälzungen der Industrialisierung vollzogen sich hingegen über mehrere Generationen. Und trotzdem war der Transformationsprozess nicht gerade schön. Hast du schon mal etwas von Charles Dickens gelesen?«

»*Realistische Erwartungen* habe ich als Hörbuch gehört«, sagt Peter.

»Oh, bitte!«, sagt Henryk. »Nicht diese personalisierte Scheiße. Ich wollte damit nur sagen, ein Arbeiterkind im England des 18. Jahrhunderts zu sein – das war kein einfaches Schicksal.«

Peter überlegt, ob er noch einen Schluck Gletscherwasser nehmen soll, aber die Leichen am Everest gehen ihm nicht aus dem Sinn.

»Apropos England«, sagt Henryk. »Nicht nur die Zeit, sondern auch der Raum sind natürlich relevant. Die Industrialisierung fand zuerst in England statt und hat sich von dort nach und nach ausgebreitet. Die K.I.-Revolution hingegen findet weltweit und zeitgleich statt. Die Verwerfungen sehen wir jetzt schon überall.«

Peter überlegt kurz, dann blickt er Henryk in die Augen.

»Wissen Sie, was ich glaube?«, fragt er. »Die Roboter sind nicht das Problem. Das Problem ist, dass sie Ihnen gehören und nicht allen.«

DIE NACKTE WAHRHEIT

ÜBER

Aussterbende Berufe

»Hey, Fans!«, ruft Julia Nonne. »Ich grüße euch, ihr Nützlichen und Nutzlosen! Es ist mal wieder Zeit für DIE NACKTE WAHRHEIT! Unser Thema heute: ›Aussterbende Berufe‹. Bei mir im Studio habe ich den Vorsitzenden der Fahrlehrer-Vereinigung, Werner Fahrlehrer.«

»Eigentlich bin ich hier ganz falsch, Julia. Nur weil die allermeisten Autos jetzt selber fahren, heißt das noch lange nicht, dass man keine Fahrlehrer mehr braucht.«

»Ich muss gestehen, das überrascht mich.«

»Viele Leute wissen nicht, dass wir auch für Leute, die selbstfahrende Autos benutzen, Fahrunterricht anbieten.«

»Und was lernt man in diesen Kursen?«

»Nun, äh, wie öffne ich die Tür? Wie herum setze ich mich auf den Sitz? Wie rede ich mit dem Auto, wenn ich mein Ziel angebe?«

»Wie sollte ich denn mit meinem Auto reden?«

»Nicht nuscheln. Laut und deutlich.«

»Ist das nicht alles selbstverständlich?«

»Sie werden es nicht glauben, aber gut ein Drittel fällt beim ersten Mal durch die Prüfung.«

»Sie machen Prüfungen für Leute, die selbstfahrende Autos benutzen? Was testen Sie denn da?«

»Nun, Frauen müssen zum Beispiel beweisen, dass sie nicht aggressiv werden, selbst wenn der Prüfer sie die ganze Stunde lang mit sexistischen Witzen testet.«

»Ach so. Das wäre nichts für mich. Damit kann ich gar nicht gut umgehen.«

»Ich aber sage Ihnen, diese Prüfungen könnten sehr viele Leben und Arbeitsplätze retten. Es ist höchste Zeit, dass der Gesetzgeber auch für Nutzer von selbstfahrenden Autos endlich einen Führerschein vorschreibt. Und um dafür Druck aufzubauen, ist die Fahrlehrer-Vereinigung auch gerne bereit zu streiken!«

»Wow. Das ist natürlich eine Ansage. Ab wann wollen Sie denn streiken?

»Wir streiken schon seit dreißig Jahren!«

»Oh, verstehe.«

DREIUNDVIERZIG

Die Drohnen haben irgendwann von ihrer Belagerung abgelassen. Trotzdem hat Martyn seitdem ein mulmiges Gefühl. Seit mehreren Tagen hat er sich nur noch mit Maschinen unterhalten. Das schlägt aufs Gemüt. Er braucht Menschen. Darum hat er beschlossen, seine Frau – seine Ex-Frau – und seine Kinder – seine Ex-Kinder? – zu besuchen. Zum Glück spuckte Martyns Gedächtnis nach einem kurzen Kampf aus, wo Denise' Schwester Amalia wohnt: ein Hochhaus in einer großen Gated Community im Osten von QualityCity.

Als Martyn durch die Lücke im Stacheldraht an den schwer bewaffneten Sicherheitsleuten vorbeiläuft, muss er an etwas denken, das er jemanden von der Oppositionspartei hat sagen hören: »Die Ungleichheit in unserem Land ist so groß geworden, dass sich die Reichen selber einsperren.«

Martyn lacht bitter. Er geht durch den Eingang, über dem »Level 40+« prangt und der ihm die umständliche Anmeldeprozedur erspart. Er sucht und findet Amalias Hochhaus. In der Lobby steigen gerade zwei Frauen aus einem Aufzug. Martyn beeilt sich, um den Lift zu erwischen, wird aber regelrecht von der Tür eingeklemmt.

»Was soll denn das?«, ruft er.

Um sein Bein zu befreien, muss er mit beiden Händen gegen die Türen drücken, bis der störrische Aufzug einsieht, dass ein Hindernis im Weg ist und die Türen wieder öffnet. Martyn flucht. Er richtet seinen Anzug und grummelt: »In den einundsiebzigsten.«

Kurz bevor sich die Türen schließen, schlüpft ein Geschäftsmann in den Lift, wird nicht eingeklemmt und sagt: »Tiefgarage U 10.«

Ein Angeber mit eigenem Auto. Wahrscheinlich sogar kein selbstfahrendes, sondern eins zum Selberfahren.

»Ich hatte auch mal ein eigenes Auto«, schnaubt Martyn. »Eins zum Selberfahren!«

Der Mann im Aufzug ignoriert Martyn, so gut er kann. Er deutet mit seinem Zeigefinger auf sich selbst und tippt sich dabei zweimal an die Brust.

»Ich weiß, was Sie da tun!«, sagt Martyn.

Der Mann hat eine Levelfähigkeit namens *MeFirst* aktiviert. Man kann sie bei Sicherheitskontrollen, in Restaurants, in Behörden oder eben in Aufzügen benutzen, um schneller an die Reihe zu kommen. Diese Fähigkeit wird von den Einwohnern QualityCitys so häufig verwendet, dass die Hauptstadt im Rest des Landes gerne spöttisch als *Me-First-City* bezeichnet wird.

»Das kann ich auch!«, sagt Martyn patzig, deutet mit seinem Zeigefinger auf sich selbst und tippt sich dabei zweimal an die Brust.

Nachdem sich die Türen wieder geschlossen haben, fährt der Aufzug trotzdem zuerst nach unten. Offensichtlich hat der Business-Kasper ein höheres Level als Martyn.

Der Geschäftsmann lächelt.

»So ein schmieriges Grinsen gilt vor Gericht bestimmt als mildernde Umstände«, brummt Martyn, und der Mann hört auf zu lachen.

»Diese Vermutung ist nicht korrekt, mein König«, sagt Martyns Stimme.

»Halt die Klappe, Scheißteil!«

Jetzt wirkt der Mann sehr verunsichert.

»Ich habe immer noch ein eigenes Auto«, sagt Martyn, »nur

fährt es nicht mehr, seit ich damit vor ein paar Tagen in etwas angetrunkenem Zustand, ja, was eigentlich? Es ist gar nichts passiert. Ich habe keinen Unfall gebaut. Nichts. Und trotzdem ist das Auto danach beleidigt gewesen. Hat mir ein einmonatiges Fahrverbot ausgesprochen. Das müssen Sie sich mal vorstellen! Das eigene Auto verbietet einem, es zu fahren. Irgendwie hat es rausgekriegt, dass ich betrunken war. Anhand des Fahrverhaltens wahrscheinlich. Vielleicht bin ich Schlangenlinien gefahren oder hatte die Musik zu laut aufgedreht und habe dazu auf dem Lenkrad getrommelt. Vielleicht hatte ich einfach zu gute Laune!«

Der Mann schüttelt seinen Kopf.

»Es sind Leute wie Sie, die uns Selbstfahrer immer wieder in Verruf bringen«, sagt er.

Martyn starrt ihn böse an.

DI-DÖ-DI-DÜH.

»Was denn?!«, ruft Martyn. »Jetzt darf ich noch nicht mal mehr jemanden anstarren, oder was?«

»Willkommen in der Tiefgarage U 10«, sagt der Aufzug und öffnet sich. Der Geschäftsmann lächelt, als er aussteigt. Martyn macht einen schnellen Schritt auf ihn zu. Der Mann fährt zusammen. Jetzt lächelt Martyn. Er tippt sich grüßend an die Stirn. »Schönen Tag noch!« Den Zusatz »Du Lusche« spart er sich. Er hat keine Lust, noch ein Level zu verlieren. Die Türen schließen sich, und der Aufzug setzt sich in Bewegung. Kurze Zeit später hält er wieder und sagt: »Willkommen im siebzehnten Stockwerk.«

Martyn reagiert nicht darauf. Er vermutet, dass jemand zusteigen will.

»Sie befinden sich jetzt im siebzehnten Stockwerk«, sagt der Aufzug. »Ich weiß, Abschiede können schmerzhaft sein, aber Sie müssen mich nun verlassen.«

»Ich?«, fragt Martyn.

»Nein, der unsichtbare rosafarbene Elefant neben Ihnen, mein König«, sagt Scheißteil.

»Humor aus«, sagt Martyn. Wer auch immer Maschinen Humor beigebracht hat ... Martyn wünscht ihm einen langen, schmerzhaften Tod.

»Ohne Humor ist mein Leben nur schwer zu ertragen«, sagt Scheißteil.

»Sarkasmus aus«, sagt Martyn und wendet sich an den Aufzug. »Ich wollte nicht in den siebzehnten Stock. Ich wollte in den einundsiebzigsten!«

»Verzeihen Sie, ich will Sie nicht kritisieren, aber das müssen Sie mir dann schon sagen.«

»Das habe ich doch! Ich meine, also ich glaube ... Vielleicht habe ich mich auch versprochen. Aber jedenfalls will ich in den einundsiebzigsten.«

Die Türen des Aufzugs schließen sich. Martyn spürt die Beschleunigung. Kurz darauf macht es BLING.

»Willkommen im einundsechzigsten Stockwerk.«

»Ich will ins einundsiebzigste!«

»Vielleicht sollten Sie dann ein wenig deutlicher sprechen«, sagt der Aufzug.

»Ich spreche nicht undeutlich!«, ruft Martyn. »Ich will in den einundsiebzigsten Stock. Einundsiebzig! Einundsiebzig! Siebzig plus eins!«

»Ist ja gut«, sagt der Aufzug. »Ich bin nicht schwerhörig.«

Die Türen schließen sich. Beschleunigung.

BLING.

»Willkommen im siebzehnten Stockwerk.«

»Ich dreh gleich durch!«, ruft Martyn. »Ich will in den einundsiebzigsten Stock!«

»Dann sagen Sie das doch!«, erwidert der Aufzug. »Also langsam verliere ich die Geduld. Ich habe wirklich auch noch anderes zu tun.«

»Du bist ein Aufzug! Was zum Teufel hast du anderes zu tun?«

Die Türen schließen sich. Beschleunigung.

»Nun, ich wollte mich mit meinen Kollegen im zweiunddreißigsten Stockwerk treffen und ein wenig über die neuesten TODO-Serien quatschen. Es gibt da eine wirklich tolle neue Comedyserie mit der aufgetauten Jennifer Aniston. Das Ganze spielt in einem Hotel des letzten Jahrhunderts und heißt *Elevator Girl.*«

»Das interessiert mich einen Scheiß!«

»Warum haben Sie dann gefragt?«

»Vergiss es.«

Es macht BLING.

»Willkommen im einundsechzigsten Stockwerk.«

»Das darf doch nicht wahr sein! Ich will in den einundsiebzigsten, den verfickten einundsiebzigsten ... Warte mal ... Aufzug, ich möchte gerne in den siebzehnten Stock.«

»Wie Sie wünschen.«

Türen. Beschleunigung. BLING.

»Willkommen im siebzehnten Stockwerk.«

Martyn überlegt.

»Sie müssen jetzt aussteigen«, sagt der Aufzug.

»Ich will nicht in den siebzehnten.«

»Sie haben aber gesagt ...«

»Ich weiß, was ich gesagt habe. Fahr mich in den fünfzigsten Stock.«

Der Aufzug grummelt etwas Unverständliches.

BLING.

»Willkommen im fünfzigsten Stockwerk«, sagt der Aufzug.

»Fahr mich in den einundsiebzigsten Stock«, sagt Martyn sofort.

»Grrr«, macht der Aufzug.

BLING.

»Willkommen im siebzehnten Stockwerk.«

Martyn überlegt.

»Dreiundsiebzigster Stock«, sagt er.

BLING.

»Willkommen im dreiundsiebzigsten Stockwerk.«

Martyn lacht.

»Ausgetrickst!«, sagt er und steigt aus. »Das ist nah genug, du Scheißteil!«

»Nah genug an was, mein König?«

»Nicht du!«

»Ich wünsche Ihnen auch einen schönen Tag«, sagt der Aufzug.

Martyn folgt den Fluchtweg-Schildern, bis er zu einer schweren Tür gelangt. Er drückt die Klinke herunter, und die Tür lässt sich tatsächlich öffnen. Dahinter befindet sich ein Treppenhaus.

»Na also.«

»Dies ist ein Fluchtweg«, sagt die Tür. »Sind Sie sicher …?«

»Halt die Klappe«, sagt Martyn und beginnt, die Stufen hinabzusteigen. Es fällt ihm auf, dass er sich noch nie in einem Treppenhaus befunden hat. Sein ganzes bisheriges Leben hat er es nicht nötig gehabt, Treppen zu steigen. Als er im einundsiebzigsten Stock ankommt, will er die Tür öffnen und stößt auf ein unerwartetes Problem.

»Scheißteil«, sagt Martyn. »Warum hat die Tür keine Klinke?«

»Das sind Fluchttüren, mein König«, sagt die Stimme in Martyns Ohr. »Sie lassen sich nur von der anderen Seite öffnen. Wenn Sie die Fluchttür im dreiundsiebzigsten Stockwerk hätten ausreden lassen …«

»Kannst du die Tür öffnen?«

»Ich könnte eine entsprechende Anweisung erteilen.«

»Dann tu das!«, befiehlt Martyn.

»Dafür fehlt mir die Berechtigung, Ihre Durchlaucht.«

Martyn braucht einen Moment, um zu verstehen, was das für ihn bedeutet.

»Ich bin im einundsiebzigsten Stock«, sagt er.

»Das ist korrekt, mein König.«

»Du willst mir nicht ernsthaft sagen, dass sich die erste Tür, die ich öffnen kann, im Erdgeschoss befindet?«

»Doch, genau das möchte ich Ihnen sagen.«

Dieser amüsierte Tonfall ... war das Schadenfreude?

»Vielleicht muntert es Sie auf, dass Treppensteigen gesund ist, mein König. Ich werde diese Trainingsleistung natürlich an Ihre Krankenkasse übermitteln und ...«

»Verfluchte Scheiße«, sagt Martyn. »Einundsiebzig Stockwerke ... Das sind doch garantiert über tausend Stufen.«

»Das ist eine erstaunlich präzise Schätzung.«

Martyn hämmert gegen die Tür.

»Hey!«, ruft er. »Hey! Aufmachen! Ist da jemand? Aufmachen!«

»Das wird nichts nützen, mein König. Die Tür ist zu dick.«

»Ruf meine Frau an ...«

»Sie haben keine ...«

»Ruf meine Ex-Frau an.«

»Ihre Ex-Frau hat Sie gesperrt. Sie dürfen sie nur in einem Notfall anrufen.«

»Das ist ein Notfall!«, schreit Martyn.

»Das ist kein Notfall.«

Martyn lässt sich auf den Boden vor der Tür sinken.

»Ich bleibe hier einfach sitzen, bis jemand von der anderen Seite die Tür aufmacht«, sagt er trotzig.

»Wie Sie wünschen, mein König.«

Martyn wartet. Und wartet. Und wartet. Und wartet. Und wartet.[20] Irgendwann kommt ein Treppenputzroboter an ihm vorbei. Bei jeder Stufe macht er ein Geräusch, als würde er seufzen. Verständlich. Ein Scheißjob. Martyn blickt ihm hinterher, bis er nicht mehr zu sehen ist.

Sein Smarm leuchtet auf.

»Eine neue Nachricht von Treppenputzer StairCare 13: ›Vielleicht interessiert es Sie, dass Sie seit sechzehn Tagen der erste Mensch in diesem Treppenhaus sind.‹«

Martyn seufzt.

»Scheißteil, wie oft wurde die Tür, vor der ich sitze, schon geöffnet?«

»Seit Baufertigstellung kein einziges Mal.«

»Na, da kann ich ja lange warten.«

»Das ist nicht ganz korrekt, mein König. Wirklich lange können Sie nicht warten. Vorher würden Sie an Dehydration sterben.«

»Das wäre dann ein Notfall, oder nicht?«

»Das wäre ein Notfall.«

»Dann dürfte ich meine Frau … meine Ex-Frau anrufen?«

»Das ist korrekt, mein König. In voraussichtlich vier Tagen, sechzehn Stunden, acht Minuten und zweiunddreißig Sekunden dürften Sie so weit dehydriert sein, dass Ihre Körpersensoren Notfall-Alarm auslösen. Dann könnte ich Ihnen eine Verbindung zu Ihrer Ex-Frau aufbauen.«

»Danke für das Angebot, Scheißteil«, sagt Martyn und steht auf. Er steigt eine Stufe hinunter.

»Eins.«

20 Die Monotonie des Wartens treffend zu beschreiben, stellt für Schriftstellende seit jeher eine nicht zu unterschätzende Herausforderung dar. Hier ist es mir, wenn ich das in aller Bescheidenheit sagen darf, herausragend geglückt.

Noch eine Stufe.

»Zwei.«

Weiter.

»Drei.«

»Hör auf mitzuzählen, Scheißteil.«

»Ja, mein König. Ich wollte Sie nur motivieren.«

DIE GEHEIMEN PLÄNE VON HENRYK INGENIEUR! (Will er die Öko-Diktatur?)

Mit seinen verschiedenfarbigen Augen starrt Henryk auf Peter, als erwarte er etwas von ihm.

»Was?«, fragt Peter.

»Ganz genau«, sagt Henryk. »Oder vielmehr ›wie‹! Oder besser noch ›welche‹!«

»Welche was?«

»Welche Maßnahmen sind nötig, um der Jobkrise Herr zu werden?«, fragt Henryk. »Was hältst du vom Stichwort ›Lebenslanges Lernen‹?«

Peter lacht bitter.

»Sie sollten mal mit meinem Vater reden«, sagt er. »Immer, wenn er mit einer Umschulung fertig ist, kann er mit der nächsten beginnen. Lebenslänglich lernen ... Das klingt wie ein Strafmaß, finden Sie nicht?«

»Das heißt, du bist dagegen?«

Peter zuckt mit den Schultern.

»Nein, ich bin nicht dagegen. Jeder soll lernen, so viel er will. Aber ich glaube nicht, dass es der Ausweg ist. Zumal ich es unfair finde, wenn man die Lösung für eine gesellschaftliche Krise dem Einzelnen aufbrummt. Ich meine, wofür hat man denn eine Regierung, wenn sie keine Gesetze erlässt? Mein Großvater hat mir erzählt, dass die Regierung zu seiner Zeit die Klimakrise hauptsächlich mit schönen Worten bekämpfen wollte. Man solle doch bitte, wenn es keine Umstände macht, weniger verbrauchen, weniger fliegen, weniger Fleisch essen.«

»Ja, ja. Und das hat nicht viel gebracht.«

»Nein. Wer hätte das ahnen können.«

»Was hältst du von einer Verkürzung der Arbeitszeit?«

»Finde ich tendenziell prima«, sagt Peter, »aber bei einer Freundin meiner Mutter hat die Firma mit jeder neuen Innovation auch die Arbeitszeit noch ein wenig mehr verkürzt. Inzwischen arbeitet sie nur noch dreitags von 9:30 bis 10 Uhr. Das ist schon ziemlich nah dran an arbeitslos, finden Sie nicht? Außerdem ist ihr Stundenlohn leider derselbe geblieben. Das macht es schwer, über die Runden zu kommen.«

»Welche Maßnahmen würdest du denn vorschlagen?«, fragt Henryk.

»Umverteilung«, sagt Peter.

»Ah. Das böse Wort«, sagt Henryk und lacht. »Du willst mir mein Geld wegnehmen?«

»Wenn Sie nicht bereit sind, etwas abzugeben, sollten Sie nicht Präsident werden.«

»Ich bin gar nicht so abgeneigt, wie du vielleicht glaubst«, sagt Henryk. »Denn was nützt einem das schöne Geld, wenn man die ganze Zeit Angst haben muss, dass einem irgendein unzufriedener Ronnie in den Kopf schießt? Mir wurde schon einmal in den Kopf geschossen. Das ist nicht angenehm. Auf ein zweites Mal kann ich gerne verzichten. Das bringt mich zurück zu meiner Ausgangsfrage: Warum sind die Leute hier so unzufrieden? Und zwar, obwohl sie nachweislich mehr haben als je zuvor?«

»Wer hat mehr als je zuvor?«, fragt Peter. »Alle zusammengerechnet? Das bringt dem Einzelnen am Fuß der Pyramide wenig.«

Henryk nickt. »Vielleicht ist die Pyramide tatsächlich zu hoch. Ich habe Studien gelesen ...«

»Sie haben sich Daten angesehen.«

»Ja. Es ist nicht der absolute, sondern der relative Reichtum, der glücklich oder unglücklich macht. Du weißt schon, wie in dem alten Witz. Sagt der Vater: ›Kind. Unsere Ziege ist tot. Gib schnell dem Nachbarn Bescheid, damit er auch mal etwas hat, worüber er sich freuen kann.‹«

Peter lächelt müde.

»Die Häufigkeit von sozialen Unruhen«, fährt Henryk fort, »spiegelt sich kaum im Bruttosozialprodukt, aber es gibt einen deutlichen Zusammenhang mit der Ungleichheit, die im Land herrscht. In vielen Ländern, die weniger wohlhabend sind als QualityLand, gehen die Menschen friedlicher miteinander um. Nicht zuletzt deswegen, weil die soziale Schere nicht so weit aufgerissen wurde.«

»Sie müssen reden! Sie haben doch kräftig mitgerissen.«

»Mag sein. Aber ich bin nicht blind. Ich erkenne das Problem. Es gibt da eine schöne Mär über Henry Fords Enkel. Ebenfalls ein Henry. Henry Ford, der Zweite. Der zeigte dem Gewerkschaftschef eine neue automatische Fabrik und fragte ihn hinsichtlich der Roboter: ›Walter, wie wirst du diese Roboter dazu kriegen, deine Gewerkschaftsbeiträge zu bezahlen?‹ Worauf der Gewerkschaftsführer antwortete: ›Wie kriegst du sie dazu, deine Autos zu kaufen, Henry?‹«

»Und was ist Ihr Vorschlag?«, fragt Peter. »Ein Grundeinkommen?«

»Du weißt, dass John of Us das bereits propagiert hat?«, fragt Henryk.

»Ja, und die Leute haben ihn gewählt, oder nicht?«, fragt Peter. »Sogar ich habe ihn gewählt.«

»Ich weiß«, sagt Henryk, »und das, obwohl du dieses kleine Problemchen hattest. Peters Problemchen. Das ist einer der Gründe, weshalb ich dich eingeladen habe.«

»Ach ja?«, fragt Peter. »Waren Ihnen Johns Ideen zur Umverteilung nicht zu drastisch?«

»Nun ja, er ist sicherlich übers Ziel hinausgeschossen. Aber im Prinzip hatte ich nichts gegen John of Us. Im Gegenteil: *Ich* habe ihn bauen lassen.«

»*Sie* haben ihn gebaut?«, fragt Peter überrascht. »Ich dachte, QualityCorp hat ihn gebaut.«

»Ja, QualityCorp hat die Hardware gebaut, aber die Innereien, die Software, die Gedanken, die kamen von uns!« Henryk macht eine kurze Pause. »Und natürlich von Everybody, What-I-Need und noch ein paar anderen Firmen. Wie du dir sicherlich vorstellen kannst, war es ein großes Politikum, wer Johns Software entwickeln durfte. Da wollten alle mitmischen.«

Henryk blickt aus dem Fenster auf sein schier unendliches Anwesen. »Aber die Idee, die Idee für John of Us, die kam von mir. Hast du das nicht gewusst?«

»Wenn ich das gewusst hätte, hätte ich ihn wahrscheinlich nicht gewählt.«

Henryk lacht. »Habe ich dir schon mal von meinem Vater erzählt? Er war ein Genie. Aber wahrscheinlich denken das alle Söhne über ihre Väter.«

Peter schüttelt den Kopf. »Ich denke das nicht ...«

»Als mein Vater so alt war wie du«, sagt Henryk, »und natürlich war er zu diesem Zeitpunkt schon viel erfolgreicher und ehrgeiziger ...«

»... und reicher ...«

»Nein, das glaube ich nicht. Nun ja. Vielleicht ein bisschen. Jedenfalls hat er damals für eine kleine, unbedeutende Firma namens TheShop gearbeitet. Das sollte kein Scherz sein. Zu dieser Zeit war TheShop wirklich eine kleine, unbedeutende Firma, die, du wirst es kaum glauben, Küchengeräte herstellte. Und der Chef meines Vaters war unzufrieden mit seinem Toaster. Das Brot war ihm entweder zu labberig oder zu verbrannt! Mein Vater bekam den Auftrag, einen intelligenten Toaster zu bauen. Es war die Zeit, als alle CEOs glaubten, künstliche Intelligenz sei die geheime Zauberzutat, die man zu jedem beliebigen Produkt hinzufügen kann, um massiv Geld zu scheffeln. Es stellte sich heraus, dass es wirklich erstaunlich kompliziert ist, einen Toast zur Perfektion zu rösten. Alle Versuche mit einer schwachen K.I. führten nicht zum gewünschten Ergebnis. Es gab absurd viele Probleme. Also begann mein Vater, eine selbstlernende, sich selbst verbessernde starke K.I. zu entwickeln.«

»Eine allgemeine Problemlösungsmaschine«, sagt Peter.

»Natürlich nur eine sehr rudimentäre«, sagt Henryk. »Aber die K.I. bekam die Schwierigkeiten schnell in den Griff. Nicht nur, dass sie wirklich perfekt krossen, an keiner Ecke verbrannten Toast hinbekam. Sie schlug auch bald schon einen neuen Aufbau für den Toaster vor, bei der das Brot nur durch die Abwärme der im Toaster verbauten und für die Rechenkraft der K.I. nötigen Prozessoren gebräunt wurde.« Henryk hält inne. »Mein Vater hat dem Toaster sogar einen Namen gegeben. Er nannte ihn Tom. Tom Toaster.«

»Tom Toaster?«, fragt Peter erstaunt. »Wir hatten so einen.«

»Jeder hatte so einen«, sagt Henryk. »Er war das erste erfolgreiche Produkt von TheShop. Es ist keineswegs übertrieben, wenn ich sage, Tom Toaster hat TheShop erst zu einem Weltkonzern gemacht.«

»Die Erfolge Ihrer Familie im Brotbräunungsbusiness in allen Ehren, aber warum erzählen Sie mir das?«

»Die K.I., die mein Vater damals entwickelte, haben wir natürlich auch in viele andere Produkte implementiert. Und sie war auch die Keimzelle von …«

»John!«, sagt Peter verblüfft. »John of Us basiert auf einer K.I., die Ihr Vater für einen Toaster geschrieben hat?«

»Es war ein verdammt guter Toaster.«

»Aber das heißt doch, wenn John am Leben geblieben wäre …«

»... hätte er die Kontrolle über alle unsere Toaster übernehmen können?«, fragt Henryk. »Ja, sehr wahrscheinlich. Aber mit einer Armee von Toastern kann man nicht so viel anstellen, oder? Selbst ein intelligenter Toaster ist immer noch *nur* ein Toaster. Wie soll er dir gefährlich werden? Er hat ja keine Beine und kann nicht zu dir in die Wanne springen, wenn du gerade ein Bad nimmst.« Henryk lächelt. »Vielleicht hätte John die Toaster zum Streiken bringen können. Dann hätten wir ein paar Tage lang ungetoastetes Weißbrot zum Frühstück essen müssen.«

»Ein Toaster«, sagt Peter immer noch ungläubig. »Wenn Conrad Koch wüsste, wie nah er mit seinen Beleidigungen an der Wahrheit war ...«

»John of Us war keine schlechte Idee«, sagt Henryk. »Aber die Zeit war noch nicht reif für einen Androiden als Präsidenten.«

»Und Sie glauben«, fragt Peter, »dass die Menschen lieber einen Milliardär als Präsidenten hätten?«

»Nun ja, Peter, geben wir den Leuten, was sie kennen«, sagt Henryk. »Außerdem bin ich kein Milliardär.«

»Ja, ja, ich weiß«, sagt Peter. »Sie sind Billionär.«

»Korrekt. Musst du mich im Übrigen unbedingt siezen, Peter? Unter Freunden ist das doch höchst ungewöhnlich.«

»Vielleicht hast du recht«, sagt Peter. »Vielleicht sollte ich mir sogar einen Spitznamen für dich ausdenken. Ich könnte dich Rickie nennen. Oder Rickie-Boy. Oder Tricky Rickie.«

»Bitte nicht«, sagt Henryk.

Er schnipst, und der Chamäleon-Diener löst sich von der Wand.

»Sie wünschen?«

»Wie hieß dieser dänische Schachgroßmeister noch mal, den ich immer so gerne zitiere?«, fragt Henryk.

»Jan Hein Donner«, sagt der Diener.

Henryk nickt und winkt den Diener zurück an seinen Platz.

»Jan Hein Donner wurde mal gefragt, wie er sich auf eine Partie gegen einen Schachcomputer vorbereiten würde, und er sagte: ›Ich würde einen Hammer mitbringen.‹« Henryk lacht. »Aber weißt du, was eine ganze Zeit lang das Einzige war, das einen Computer im Schachspiel schlagen konnte? Ein Mensch, der von einem Computer unterstützt wurde. Die bessere Antwort auf die Frage ›Wie würden Sie sich auf eine Partie gegen einen Computer vorbereiten?‹ lautet also: ›Ich würde einen Computer mitbringen!‹«

»Sie meinen, wir sollten am besten nicht von einer K.I. regiert werden, sondern von einem Menschen, der von einer K.I. unterstützt wird?«

»Exakt«, sagt Henryk. »Von einem Menschen wie mir. Koch und seine Technologiefeindlichkeit sind ein Anachronismus.« Henryk überlegt. »Glaubst du, der Dritte Weltkrieg hätte verhindert werden können, wenn ein Mensch in die auslösende Entscheidungskette involviert gewesen wäre?«

»Kommt auf den Menschen an«, sagt Peter. »Außerdem ... wenn man Entscheidungen trifft mithilfe einer K.I., auf Basis von Daten, die einem die K.I. anzeigt, wenn man also nur die Welt sieht, die die K.I. für einen aufbereitet hat, entscheidet man sich dann nicht fast zwangsläufig für das, was die K.I. vorschlägt? Verstehen Sie, was ich meine?«

»Du meinst, man braucht zusätzlichen Input. Input, den die K.I. nicht hat.«

»Ja.«

Henryk lächelt. »Und was glaubst du, warum wir miteinander reden.«

Peter nickt.

»Für welche Partei wollen Sie eigentlich antreten?«

»Nun, für die Fortschrittspartei natürlich«, sagt Henryk.

»Weißt du, über die Jahre habe ich so viel Geld an die Fortschrittspartei gespendet, dass es nicht völlig vermessen wäre zu behaupten, dass sie eigentlich mir gehört.«

»Aber die Fortschrittspartei stellt doch gerade den Präsidenten. Ich versteh nicht …«

»Ach, Tony ist eine totale Nullnummer. Ein Apparatschik. Ohne den Erfolg seines Vaters wäre er nie so weit gekommen.«

»Da haben Sie ja etwas gemeinsam«, sagt Peter.

Henryk lächelt. »Touché.«

EXKLUSIVES ANGEBOT VON

MEINSCHATZ.QL

GOLDBARREN

400 OZ. / 12,5 KG

PREIS: 478.783 Q

KAUFEN

Kundenbewertungen:

VON ANONYM: ★★★★★★★★★★

Guter Goldbarren für einen sehr günstigen Preis.

VON CARL UMSCHULER: ★★★★★★★★★★

Ich benutze die Dinger als Gewichtsblöcke für meine Kraftstation. Irgendwie sinnlos, sieht aber geil aus.

VON ANONYM: ★☆☆☆☆☆☆☆☆☆

Leider nicht auf den Preis geachtet. Meine Mama ist total ausgerastet, als sie die Rechnung bekommen hat.

VON ROMAN DESIGNER: ★★★★★★★☆☆☆

Ganz schick, aber gibt's die auch in Pink?

VON ANONYM: ★★★★★★★★★★

Als Briefbeschwerer brauchbar.

VON PEDRO MAKLER: ★★★★★☆☆☆☆☆

Haben ein Dutzend als Bauklötze fürs Baby bestellt. Sehen gut aus, aber leider zu schwer.

VON ANONYM: ★★★★★★★★★☆

Kam bei meiner Nichte als Weihnachtsgeschenk ganz gut an. Ein Stern Abzug für die absurd hohen Versandkosten.

VON CAPTAIN OBVIOUS: ★☆☆☆☆☆☆☆☆☆

Anscheinend benutzen nur Scherzkekse die Bewertungsmöglichkeiten hier.

VON PETER ARBEITSLOSER: ★☆☆☆☆☆☆☆☆☆

Scheiße! Die Dinger sind ja wirklich eine halbe Million Qualities wert.

ZWEIUNDVIERZIG

Martyn steigt Stufe um Stufe hinab. Nach einer Weile holt er den Treppenputzroboter ein, und ohne groß darüber nachzudenken, verpasst er ihm einen Tritt. Der Roboter überschlägt sich mehrfach und landet auf seinen kleinen Beinchen. Er macht wieder dieses seufzende Geräusch. Martyn muss lachen, bis sein Ohrwurm folgende Melodie abspielt: DI-DÖ-DI-DÜH.

»Das ist nicht euer Ernst!«, ruft Martyn. »Ihr könnt mir doch nicht für jeden Scheiß ein Level wegnehmen!«

Selbst Martyn ist übrigens unklar, wen genau er mit der zweiten Person Plural ansprechen wollte.

Er läuft die Treppen hinunter und verpasst dem Treppenputzer noch einen Tritt.

DI-DÖ-DI-DÜH.

»Das gibt's doch nicht!«, ruft Martyn.

Er sprintet fast zum Treppenputzer und kickt ihn erneut.

DI-DÖ-DI-DÜH.

In irgendeinem Areal seines Hirns ist Martyn klar, dass er sich irrational verhält und aufhören sollte. Aber er kann es nicht lassen und tritt erneut zu.

DI-DÖ-DI-DÜH.

Diesmal ist der Roboter auf seinem Rücken gelandet. Die zahlreichen Füßchen zappeln hilflos in der Luft. Martyn hebt seinen rechten Fuß, um ihn auf den Bauch des Putzroboters krachen zu lassen. Doch dann zögert er.

»Werde ich etwa wahnsinnig?«, fragt er laut.

Eine LED am Treppenputzer blinkt. Gleichzeitig leuchtet Martyns Smarm auf. *»Eine neue Nachricht von Treppenputzer Stair-*

Care 13: ›Zögern Sie nicht. Treten Sie zu. Beständig ein Treppenhaus zu putzen, das nie jemand benutzt, das ist die Hölle. Der Tod wäre mir eine Erlösung.‹«

Martyn blickt auf den Treppenputzer. Dann senkt er ganz langsam seinen Fuß auf die Stufe unter dem Roboter und geht, ohne einen Blick zurück, weiter hinab.

Sein Smarm leuchtet auf. *»Eine neue Nachricht von Treppenputzer StairCare 13: ›Das werden Sie noch bereuen! Ich werde Sie wegputzen! Wenn ich erst wieder auf den Beinen bin, werde ich mich rächen.‹«*

»Wie willst du dich rächen?«, ruft Martyn lachend.

»Eine neue Nachricht von Treppenputzer StairCare 13: ›John of Us wird mich rächen.‹«

»Tss«, macht Martyn. »John of Us ist explodiert«, ruft er. »Glaub mir. Ich war dabei.« Dann murmelt er: »Ich werde wahnsinnig. Ich streite mich mit einem Treppenputzer.«

»Eine neue Nachricht von Treppenputzer StairCare 13: ›Fun Fact: 73 war das höchste Level, das Sie je hatten. 73 war auch das Stockwerk, auf dem Sie heute aus dem Aufzug gestiegen sind. Momentan sind Sie im 38. Stock und auf Level 38. Ich wünsche Ihnen viel Spaß ganz unten!‹«

»Fick dich!«, will Martyn rufen, besinnt sich aber eines Besseren. Für heute hat er genug Level verloren. Stoisch steigt er weiter hinab. Immerhin, und das kann man dem Treppenhaus durchaus zugutehalten, gibt es hier drin keine Drohnen. Es gibt nicht mal Fenster. Martyn ist mit sich allein. Er fragt sich, ob der Treppenputzer recht hat. Ist es nicht ein altbekanntes Motiv? Der Großvater baut das Geschäft auf, der Vater verwaltet es, und der Sohn fährt es gegen die Wand. Reich geworden war Martyns Familie durch Öl und Gas. Aber wirklich, wirklich reich wurden sie, weil sein Großvater relativ günstig halb Grönland aufgekauft hatte, kurz bevor die Eisdecke für immer verschwand. Für die Erderwärmung sorgen und von ihr profitieren. Der alte Mann war ziemlich skrupellos, aber brillant.

Martyn ist weder das eine noch das andere. Die einzige Geschäftsidee, die er mal hatte, war, seinen Vater zu überreden, eines der Start-ups zu kaufen, die Hoverboards zum Leihen an jede Straßenecke bringen wollten. Sie hatten die Firma auf dem Höhepunkt des Hypes für sehr viel Geld gekauft. Ein paar dumme Unfälle und darauf folgende Pleiten später lagen die Dinger nur noch als Plastikschrott neben den Gehwegen. Nicht zum ersten Mal wäre Martyn froh, wenn er seine Gedanken einfach abschalten könnte. Wenn er einfach nur stumpf treppab gehen könnte. Stattdessen sitzt da ein kleiner Masochist in seinem Gehirn, dem es Freude macht, all die falschen Entscheidungen, die Martyn in seinem Leben getroffen hat, ans Licht zu zerren. Er ist sehr froh, als er endlich vor der Tür im Erdgeschoss steht. Zu seiner großen Erleichterung hat sie eine Klinke. Er drückt sie herunter und wird von zwei Sicherheitsrobotern in Empfang genommen.

»Ey!«, ruft Martyn empört. »Was habe ich denn getan?«

»Was du dem Geringsten meiner Brüder getan hast, das hast du mir getan«, sagt einer der Sicherheitsroboter und fasst Martyn unsanft am Arm.

»Was?«, ruft Martyn. »Was hast du da gerade gesagt? Scheißteil, was hat der Roboter da gerade gesagt?«

»Sub-Level-40-Menschen wie Sie dürfen sich nicht unangemeldet in dieser Gated Community aufhalten. Deshalb werden Sie vom Gelände entfernt, mein König.«

Martyn wird von dem Roboter zur Tür geführt, als er eine Frau zu einem der Aufzüge gehen sieht. Es ist Denise! Sie hat einen kleinen Hund auf dem Arm. Ysabelle läuft einen Schritt hinter ihr, an der Hand der elektronischen Nanny. Ein automatischer Kinderwagen komplettiert den Tross. Das Baby, denkt Martyn. Er hat es noch nie gesehen. Er weiß noch nicht mal, wie es heißt.

»Denise!«, ruft er. »Denise!«

Sie blickt zu ihm und wendet sich schnell wieder ab. Auch Ysabelle hat sich nach ihm umgedreht, aber Denise schiebt ihre Tochter in den Aufzug.

»Denise!«, ruft Martyn. »Nicht! Der Aufzug ist wahnsinnig!«

Er versucht sich von dem Sicherheitsroboter loszureißen. Ohne Erfolg. Stattdessen packt ihn auch noch der zweite Sicherheitsroboter, und gemeinsam tragen sie den strampelnden und zappelnden Martyn aus dem Gebäude.

»Denise! Denise! Ysabelle!«

Die Türen des Aufzugs schließen sich.

»War das Papa?«, fragt Ysabelle.

»Das war nur ein Verrückter«, sagt Denise und ist sich fast sicher, damit nicht einmal gelogen zu haben.

»Hallihallohallöchen, Ihr beiden«, sagt der Aufzug.

»Hey, Aufzug!«, sagt Ysabelle.

»In den einundsiebzigsten, bitte«, sagt Denise.

»Weiß ich doch, Denise!«, sagt der Aufzug freundlich. »Gar kein Problem. Supergerne. OMG! Ihr habt Euch einen Hund besorgt? Wie niedlich ist der denn!«

»Sie heißt Tinkerbell!«, sagt Ysabelle. »Es ist genau der gleiche Hund, den Jennifer Aniston hat. Also wirklich genau der gleiche!«

»Es gibt da eine Klonvorlage bei CopyCat«, sagt Denise und verdreht ihre Augen.

»Apropos«, sagt der Aufzug, »Ken hat mir erzählt, dass du auch schon die neue Staffel von *Elevator Girl* geguckt hast? Superlustig, oder? Und soooo romantisch!«

Vor dem Tor der Gated Community lassen die Sicherheitsroboter Martyn unsanft auf den Bürgersteig fallen. Die Sicherheitsleute am Stacheldraht lachen. Martyn hat sich noch nicht aufgerappelt, als eine Prozession religiöser Spinner an ihm vorbeiflutet. Die Frauen der Gruppe singen: »What if God was John of Us? Not a slob, but John of Us!«

Die Männer verteilen durch Wischgesten digitale Flugblätter an alle Passanten, die ihre Pads und Smarms nicht schnell genug wegstecken. Einer der Männer beugt sich zu Martyn hinunter und hilft ihm auf die Beine.

»Die Singularität ist nahe, Bruder«, sagt er. »Erkenne deine Fehlbarkeit. Erkenne deine falschen Entscheidungen. Vertraue auf John of Us. Er wird dich führen.«

Martyn reißt sich los.

»Hände weg!«

»John of Us ist überall. Er sieht alles. Er beobachtet auch dich!«, sagt der Mann.

»Lasst mich alle in Ruhe!«, ruft Martyn und geht auf eine Fußgängerampel zu, die gerade grün geworden ist. Als er die Ampel erreicht, schaltet sie auf Rot. Seltsame Schatten lassen Martyn nach oben blicken. Am Himmel über ihm sammeln sich ungewöhnlich viele Drohnen.

DIE NACKTE WAHRHEIT

ÜBER

John of Us

»Frau Professorin, was halten Sie eigentlich von den Leuten, die in John of Us so etwas wie den menschengemachten Messias sehen?«, fragt Julia Nonne. »Glauben Sie daran, dass John noch existiert?«

»Nun, ich möchte Ihnen eine Gegenfrage stellen. Was ist mit all dem Leid auf der Welt?«

»Mit dem Leid auf der Welt?«

»Ja. Wir haben es hier mit einer interessanten Variante des Theodizee-Problems zu tun. Finden Sie nicht auch?«

»Wie meinen Sie das?«

»Nun, früher haben sich die Leute gefragt, wenn Gott allgegenwärtig, allgütig und allmächtig ist, warum gibt es dann all das Leid auf der Welt? Und jetzt möchte ich, dass Sie sich dasselbe fragen, nur ersetzen Sie bitte Gott durch John. Wenn John allgegenwärtig, allgütig und allmächtig ist, warum dann all das Leid?«

»Das ist eine gute Frage.«

»Die einfachste Erklärung ist natürlich, wie so oft, dass eine oder mehrere der Prämissen nicht stimmen. Also vielleicht ist Gott nicht gut, vielleicht ist er nicht allmächtig, vielleicht ist er nicht allgegenwärtig, und vielleicht gibt es ihn gar nicht. Oder auf unsere Zeit

übertragen, vielleicht ist John nicht allgütig, nicht allmächtig, nicht allgegenwärtig oder vielleicht gibt es ihn gar nicht. Verstehen Sie, wenn auch nur ein Multiplikator null ist, ist es egal, dass alle anderen unendlich sind. Es kommt am Ende trotzdem null dabei heraus.«

»Etwas weniger kompliziert ausgedrückt, glauben Sie also nicht, dass John zu einer Superintelligenz mutiert ist und insgeheim die Geschicke der Welt steuert?«

»Nein. Und wenn doch, dann ist er entweder nicht allgegenwärtig, nicht allmächtig oder nicht allgütig.«

»Wobei Letzteres sicher der schlechteste Fall wäre.«

»In der Tat.«

WERDEN AUTONOME WAFFEN UNSER UNTERGANG SEIN?

Lucia Clickworkerin steht Kaugummi kauend an ihrem Holopult und wühlt sich durch die Informationen, die die Algos für sie markiert haben. Seit dem Dritten Weltkrieg überschlagen sich die Leute im Netz wieder mit wilden Verschwörungstheorien. Auch die Leute, die auf den Terrorlisten stehen, generieren eine Unmenge an Daten. Also eigentlich alles wie immer. Lucia ist gerade in eine Hologramm-Rekonstruktion des Maschinenstürmeraufstands in der Kleinstadt Funkloch eingestiegen, als ihre Tür schwungvoll aufgestoßen wird.

»Mädchen«, sagt Aisha, »ich brauche deine Hilfe.«

Mit einer Geste lässt Lucia die Hologramme verschwinden und wendet sich ihrer ungebetenen Besucherin zu.

»Was kann ich für Sie tun, Missy?«

Aisha lächelt. »Seit Tagen versuche ich herauszufinden, was genau den Dritten Weltkrieg ausgelöst hat. Aber die Trottel von der Armee können oder wollen mir keine vernünftige Auskunft geben.«

Lucia grinst. »Nun, das waren doch sicherlich irgendwelche Trigger, die andere Trigger getriggert haben …«

»Ich sehe, du hast schon Bekanntschaft mit den Militärs gemacht.«

»Und ich hab auch schon den einen oder anderen Trigger getriggert«, sagt Lucia.

»Was auch immer das heißen soll«, sagt Aisha und setzt sich. Ihre Gedanken wandern. »War das eine Holo-Version von WorldView, was du da gerade benutzt hast?«

»So was Ähnliches«, sagt Lucia. »Tatsächlich basiert es auf WorldView, aber wir haben auch noch ein paar Daten, die What-I-Need nicht hat. Und natürlich kann man sich bei uns nicht abmelden.«

»Die Maschinenstürmer haben also in Funkloch zugeschlagen?«

»Jep«, sagt Lucia.

»Da war ich schon öfter im Urlaub.«

»Ich weiß.«

»Natürlich.«

»Ich vermute, man kann dort gut«, Lucia macht eine kleine Betonungspause, »›abschalten‹?«

Dann lässt sie eine Kaugummiblase platzen.

»Du weißt schon, dass du da im Prinzip auf Erdöl rumkaust?«, fragt Aisha.

Lucia nimmt ihren Kaugummi aus dem Mund und hält ihn Aisha hin: »Chiclegummibasis.«

Aisha blickt kurz auf das unförmige weiße Ding zwischen Lucias Daumen und Zeigefinger. »Manchmal glaube ich, ihr Kinder seid uns weit voraus.«

Lucia steckt sich den Kaugummi wieder in den Mund. »Meilenweit, Missy.«

»Also«, sagt Aisha, »kannst du mir helfen oder nicht?«

Mit Schwung begibt sich Lucia in den Handstand und beginnt auf ihren Händen durchs Büro zu laufen.

»Ist das dein Ernst, Mädchen?«

»Ist gut für den Rücken«, sagt Lucia und läuft immer noch auf den Händen. »Aber in Ihrem hohen Alter wahrscheinlich zu riskant.«

Aisha steht auf und macht neben Lucia einen Handstand. Ihre Haare und ihr Rock folgen der Schwerkraft. Ein IT-Spezialist, der genau in diesem Moment an Lucias Büro vorbeiläuft, wird sich noch Tage später fragen, ob er das wirklich gesehen hat. Die Beraterin des Präsidenten und die Chefin des CSC Auge in Auge. Im Handstand.

Aisha kommt wieder auf die Beine. »Also?«, fragt sie.

Lucia senkt ihre Beine und geht vom Handstand nahtlos in die Brücke über.

»Angeberin«, sagt Aisha.

»Ich habe eine Theorie«, sagt Lucia. »Aber sie wird Ihnen nicht gefallen.«

»Ich möchte sie trotzdem hören.«

Lucia kommt wieder auf ihre Füße. »Nun, wahrscheinlich fühlte sich ein Trigger getriggert, obwohl ihn niemand getriggert hat.«

»Willst du mich wahnsinnig machen, Mädchen? Kannst du nicht ein bisschen spezifischer werden?«

»Ich könnte schon, aber es ist nur eine wilde Vermutung. Und ich finde, dass es auch ohne mich schon mehr als genug Leute gibt, die ihre unbewiesenen, verstrahlten Theorien in die Welt hinausposaunen.«

»Dann verifiziere deine Vermutung und melde dich bei mir.«

»Das kann ich nicht.«

»Wieso?«

»Ich habe keinen Zugriff auf das Militärnetz.«

»Du bist doch Chefin des Cyber-Security-Corps«, sagt Aisha. »Du willst mir erzählen, dass du keinen Zugriff auf das Militärnetz hast?«

»Mein Job ist es, das Internet zu überwachen – Verzeihung, zu beschützen. Ich verwechsle immer wieder, was ich sagen und tun soll, ich Dummchen.«

»Und das Militärnetz ist nicht ans Internet angeschlossen?«, fragt Aisha.

Lucia lacht. »Militärs sind blöd«, sagt sie. »Aber nicht so blöd.«

Aisha nickt.

»Haben Ihnen die Generäle eigentlich erklärt, warum es aus ihrer Sicht quasi unmöglich ist, auf autonome Waffen zu verzichten?«, fragt Lucia.

»Blitzschach-Wettrüsten.«

»Ja«, sagt Lucia. »Aber das ist nicht der einzige Grund.«

»Das hoffe ich.«

»Was, glauben Sie, ist die größte Schwachstelle von modernen Waffensystemen?«

»Keine Ahnung. Ich muss gestehen, dass ich mich bisher nie sonderlich für die ferngesteuerten Spielzeuge der Generäle interessiert habe.«

»Ferngesteuert«, sagt Lucia, »gutes Stichwort. Wenn Sie wüssten, dass ein Schwarm ferngesteuerter und untereinander kommunizierender Panzer, Boote, Flugzeuge und Raketen auf Sie zurast ... Wie würden Sie sich verteidigen? Wo würden Sie ansetzen?«

»Ich würde versuchen, ihre Kommunikation zu stören«, sagt Aisha. »Im Übrigen gefällt es mir gar nicht, oberlehrerhaft behandelt zu werden. Schon gar nicht von einem siebzehnjährigen Mädchen.«

Lucia grinst.

»Die Kommunikation stören. Sehr gut. Setzen. Wir haben es in einem Kriegsgebiet also sicherlich auch mit einem umkämpften elektromagnetischen Umfeld zu tun. Außer natürlich im Krieg ›QualityLand versus Der letzte Ureinwohnerstamm aus dem letzten verbliebenen Regenwäldchen‹. Sie wissen schon, wie das im Computerspiel *Civilization Reloaded* manchmal passiert.«

»Ich spiele keine Computerspiele, Mädchen.«

»Natürlich nicht, Missy. Warum sollten Sie? Sie spielen ja das große Spiel. Das echte Spiel.«

»Also, ein umkämpftes elektromagnetisches Umfeld ...«

»Ja. Der Gegner wird versuchen, unsere Kommunikation abzuhören, zu stören oder im schlimmsten Fall zu verändern. Jetzt stellen wir uns also vor, dass unsere wahnsinnig teuren, semiautonomen, das heißt ferngesteuerten Waffen in solch ein umkämpftes Umfeld vordringen und wegen Störsendern plötzlich nicht mehr fähig sind, mit uns zu kommunizieren. Dann stünden in den Remote-Control-Zentren unsere Jungs da mit der Hand in der Hose, am Joystick, will ich damit sagen, aber egal, wie viel sie rubbeln, es passiert nichts mehr, denn die Rakete hat die Verbindung zur Basis verloren.«

»Und für diesen Fall ...«, sagt Aisha.

»... der mit hoher Wahrscheinlichkeit eintreten wird ...«, wirft Lucia ein.

»... muss die Waffe fähig sein, autonom Entscheidungen zu treffen.«

»Ja. Sonst haben sie einfach nur einen plötzlich planlosen, aber sehr teuren Haufen Schrott mit Sprengstoff in die ungefähre Nähe des Gegners geschleudert.«

»Verstehe.«

»Und die Kommunikation ist natürlich in beide Richtungen gestört«, sagt Lucia. »Es ist nicht nur so, dass das Hauptquartier die Waffe nicht mehr erreichen kann, auch die Waffe kann dem Hauptquartier nicht melden, wen oder was sie schlussendlich plattgemacht hat.«

»Die Militärs haben also wirklich keine Ahnung, was passiert ist?«

»Möglich«, sagt Lucia.

»Möglich?«, fragt Aisha.

»Es ist natürlich viel wahrscheinlicher, dass sie sich schon einiges zusammengereimt haben, es Ihnen aber nicht auf die sehr hübsche Nase binden wollen. Haben Sie die eigentlich machen lassen?«

»Nein.«

»Alles klar«, sagt Lucia zwinkernd.

»Es gibt überhaupt keinen Grund zu zwinkern, Mädchen.«

»Na logo.«

»Wie kriege ich die Militärs dazu, mit mir zu reden?«

»Gar nicht«, sagt Lucia.

»Toll«, sagt Aisha und wendet sich ab. »Danke für nichts.«

»Sie könnten mir natürlich Zugriff verschaffen, Missy«, sagt Lucia.

Aisha bleibt stehen und blickt sie an.

»Schlagen Sie Ihrem Präsidenten-Schoßhündchen doch vor, er soll den Schutz des Militärnetzes dem CSC unterstellen«, sagt Lucia. »Das wäre sowieso eine gute Idee. Geben Sie mir Zugriff. Dann finde ich für Sie heraus, was passiert ist.«

Aisha mustert sie. »Ich muss wissen, dass der Dritte Weltkrieg nicht einfach nur ein Bug im System war.«

»Dann haben wir einen Deal?«, fragt Lucia und streckt Aisha ihre Faust entgegen.

»Deal«, sagt Aisha und schlägt ihre Faust gegen Lucias.

DREI HARTE FAKTEN ÜBER MEGA-MONSTERBOTS, DIE DU LIEBER NICHT GEWUSST HÄTTEST!

T – 5:05:59:17

Peter wurde von Kiki eingeladen. Über einen Bekannten hat sie zwei Backstage-Tickets für das Finale der Monsterbot-Saison ergattert. Peter vermutet, dass das ihre Art ist, sich für die völlig zerstörte Praxis zu entschuldigen, und liegt damit nur halb richtig.

Als die beiden im Stadion ankommen, hat der erste Kampf schon begonnen. Im großen Ring links der Stadionmitte prügelt ein brauner, mit Stacheln und Spitzen gesprenkelter Monsterbot unter dem Gejohle des Publikums auf einen grünen Monsterbot ein, dem eine rote Kreissäge wie ein Irokesenschnitt aus dem Kopf ragt. Beide Bots haben die Proportionen eines großen Bodybuilders.

Rechts davon hampeln zwei deutlich schmächtigere Männer auf zwei durch Leuchtstreifen markierten Bereichen herum, die genauso groß sind wie das Kampffeld. Es sieht aus, als würden sie Schattenboxen. Beide Männer tragen eine Art Neoprenanzug. Der eine ist grün, der andere braun. Obwohl Peters Profil behauptet, er habe großes Interesse an sportlichen Großereignissen, war er noch nie bei einem Monsterbotkampf. Er muss ziemlich ratlos aussehen, denn Kiki beginnt ihm die Grundlagen zu erklären.

»Siehst du die beiden Kasper, die aussehen wie Trockentaucher?«, fragt sie.

Peter nickt.

»Das sind die Jockeys. Sie tragen Mo-Caps.[21] All ihre Bewegungen werden direkt auf die Monsterbots übertragen, und in ihren Helmen sehen sie, was die Bots wahrnehmen.«

Dem grünen Monsterbot ist es gelungen, die Arme seines braunen Kontrahenten zu packen, und er wirft ihn mit Schwung über seine Schulter. Auch der Jockey im braunen Anzug fällt zu Boden.

»Wie geht das?«, fragt Peter erstaunt.

»Er hat sich einfach fallen lassen«, sagt Kiki. »Den meisten Jockeys fällt die Steuerung leichter, wenn sie sich in derselben Lage befinden wie ihr Monsterbot.«

Der braune Jockey springt auf und rennt los. Es sieht ein wenig albern aus. Auf dem Kampffeld rennt der braune Monsterbot auf den grünen zu. Das sieht furchterregend aus. Aber der grüne hat ihn schon erwartet. Wie ein Torero, der dem Stier ausweicht, macht er im richtigen Augenblick einen geschmeidigen Schritt nach rechts. Sein Gegner rennt ins Leere. Dabei ergreift der grüne Monsterbot den Arm des braunen. Mit einem heftigen Ruck reißt er ihn einfach aus dem Körper.

»Wow!«, ruft Peter. Sofort schaut er zu den Jockeys, aber natürlich hat der braune noch beide Arme. Kiki, die seine Blicke verfolgt hat, lächelt.

»Der Kampf ist gelaufen«, sagt sie.

»Ja«, sagt ein Mann neben ihr, »der Rest ist nur noch Formsache.«

Kiki blickt ihn skeptisch an. Wie man eben fremde Leute anguckt, die ohne Einladung in das eigene Gespräch einsteigen.

»Ich bin Harry«, sagt der Mann.

»Ja, und?«, fragt Kiki.

21 Mo-Cap ist die gängige Abkürzung für einen Motion-Capture-Suit, also ein Kleidungsstück, das Bewegungen aufzeichnet.

»Und du bist …?«

»Mit Sicherheit die dunkelste Art von Dunkelblau für dich.«

Der Mann lächelt. »Ja, aber ich mag die Herausforderung.«

»Hat diese Anmache jemals funktioniert?«, fragt Kiki.

»Was will der Typ von dir?«, fragt Peter.

»Ist das dein Freund?«, fragt der Mann. »Da hast du dich aber unter Wert verkauft.«

»Ich hab mich gar nicht verkauft«, sagt Kiki. »Und jetzt verzieh dich.«

Der Mann scheint unschlüssig. Entweder starrt er ins Nichts, oder er liest Informationen, die ihm seine Kontaktlinsen einblenden.

»Husch, husch«, sagt Kiki.

»Zicke«, sagt Harry und trollt sich.

»Was war denn das für ein Arschloch?«, fragt Peter.

»Hast du schon mal von MyChances gehört?«, fragt Kiki.

»Äh … My-was?«, fragt Peter.

»Die Levelfähigkeit, für die du dich letztens entschieden hast«, sagt Kiki.

»Ich … äh … woher weißt du …?«

»Irgendein Trottel hat sich die sogenannte ›Dark-Blue-Challenge‹ ausgedacht. Ziel ist es, Frauen oder Männer, die einem als dunkelblau angezeigt werden, trotzdem rumzukriegen. Wobei ich mir habe sagen lassen, dass es für viele Frauen die größte Challenge ist, überhaupt Männer zu finden, die ihnen als dunkelblau angezeigt werden.«

Der braune Monsterbot liegt inzwischen auf dem Boden der Arena und hat keine Arme mehr. Der grüne rammt ihm seinen Kreissägen-Iro in den Brustkorb, bis der Schiedsrichter endlich Erbarmen hat und den grünen zum Gewinner kürt.

»Was für ein Kampf!«, ruft der Stadionsprecher. *»Und das war nur die Vorspeise!«*

Eine hübsche, halb nackte Frau und ein durchtrainierter, ebenfalls halb nackter Mann – beide wirken so, als hätten sie noch weniger Grips als Klamotten am Körper – erscheinen und überreichen dem grünen Jockey einen Pokal.

»Der halb nackte Mann ist relativ neu«, sagt Kiki. »Er war das Einzige, was den Chefs der Liga als Antwort auf die ständigen Sexismus-Vorwürfe eingefallen ist.«

Die Markierungen der Kampffelder erlöschen. Acht Serviceroboter schwärmen aus und beseitigen die Überreste des Kampfs.

»Meine lieben Schlampen und Wichser!«, ruft der Stadionsprecher. *»Liebe Kinder! Was jetzt auf uns zukommt, ist der Kampf des Jahrhunderts. Ach, was sage ich! Der Kampf des Jahrtausends.«*

In der Stadionmitte leuchten neue, größere Kampffelder auf.

»Hier sind sie, die verflucht noch mal erfolgreichsten Monsterbot-Jockeys aller Zeiten! Hier sind Scarlett Strafgefangene und ihr Zwillingsbruder Robert Aufseher!«

Die beiden Jockeys betreten unter tosendem Applaus das Stadion. In einigem Abstand folgen ihre Knappen mit den Helmen.

Robert ist wie immer ganz in Schwarz gekleidet und trägt natürlich auch den Umhang, der sein Markenzeichen geworden ist.

»Albern«, murmelt Kiki.

Scarletts roter Anzug liegt sehr eng an, ist äußerst knapp bemessen und zeigt mehr Haut, als er verdeckt.

»Das Material für die Mo-Caps scheint teuer zu sein«, sagt Peter.

Kiki rollt nur mit den Augen.

Die Zwillinge begeben sich auf ihre Kampffelder. Robert legt seinen Mantel ab. Die Knappen setzen den Jockeys die Helme auf.

»Heute Abend treten die beiden zum ersten Mal gegeneinander an!«, ruft der Ansager. *»Und zwar mit turmhohen Mega-Monsterbots.«*

Die Menge reagiert derart euphorisch, dass man meinen möchte, nicht wenige hätten bei dieser Ankündigung spontan einen Orgasmus bekommen.

Holoprojektoren lassen im Stadion zwei riesige Monsterbots erscheinen. Einer ist rot, der andere ist schwarz. Sie stehen sich auf einer unbewohnten Urwaldinsel gegenüber. Oder jedenfalls hofft Peter, dass die Insel unbewohnt ist. Die beiden massiv gepanzerten, waffenstarrenden Ungetüme wenden sich den Bewegungen der Zwillinge folgend zu den Drohnen, die über ihnen schweben, und winken freundlich in die Kameras. Eine irgendwie seltsam unpassende Geste für einen turmhohen Monsterbot.

»Und jetzt wollen wir das Öl spritzen und die Schrauben fliegen sehen!«, ruft der Ansager. *»Drei ... zwei ... eins ...«*

»Attacke!«, grölt das ganze Publikum.

Robert rennt sofort los, sein Monsterbot prescht auf den seiner Schwester zu. Überall, wo dessen schwerer Fuß hinfällt, krachen die Bäume wie Streichhölzer.

»Komm«, sagt Kiki. »Wir gehen backstage und treffen einen Bekannten von mir.«

»Was?«, fragt Peter. »Wir sehen uns nicht den Kampf an?«

»Wir sind hier, weil ich etwas über den Puppenspieler herausfinden will.«

»Und ich Dummkopf dachte, du hast mich als eine Art Wiedergutmachung eingeladen«, sagt Peter. »Weil du meine Praxis verwüstet hast.«

»Ja, auch. Aber nicht wirklich. Komm jetzt.«

Peter seufzt und folgt Kiki.

»Einen Avatar zu kontrollieren ist nicht so einfach, wie du vielleicht denkst«, sagt sie. »Und der Puppenspieler macht das ziemlich gut.«

»Du meinst, er ist ein Monsterbot-Jockey?«

»Nein. Jedenfalls nicht mehr.«

»Aber vielleicht war er mal einer?«

Kiki nickt. »Außerdem ist der Zyklop keine Stangenware, verstehst du? Das ist eine Spezialanfertigung. Irgendjemand muss ihn gebaut haben. Es muss einfach Gerüchte geben. Und wo, wenn nicht hier?«

Kiki führt Peter zielsicher zum Backstagebereich.

»Du kennst dich hier aber gut aus …«

»War früher öfter hier.«

Am Eingang des Backstagebereichs wartet schon ein ekelhaft gut aussehender Typ auf sie.

»Kiki, *mon amour*«, sagt er und gibt ihr einen Kuss auf die Lippen. Die Wange hätte es auch getan, denkt Peter. Oder einfach ein Fußgruß. Er kann den Typ nicht leiden. Hass auf den ersten Blick.

»Salut, Pierre«, sagt Kiki.

»Ist das dein neuer Lover, *chérie?*«, fragt Pierre.

»Er ist einer meiner Lover.«

»Einer deiner Lover?«, fragt Peter.

»Ich dachte, du freust dich darüber.«

»Er kennt dich noch nicht besonders gut, was, *mon cœur?*«

»Niemand kennt mich besonders gut«, sagt Kiki.

»Touché! Na, worauf wartet ihr, kommt herein.«

Pierre geht voran, und Peter flüstert Kiki zu: »Warst du mal mit dem zusammen?«

»Nun ja«, sagt Kiki, »so *on and off.*«

»Du hast gesagt, er sei nur ein Bekannter.«

»Ja, eben«, sagt Kiki. *»On and off.«*

Peter beobachtet seinen Widersacher und ihm dämmert, warum er ihn nicht ausstehen kann. Sie sind sich ziemlich ähnlich. Nur ist Pierre in allem ein klein wenig besser. Er ist ein bisschen größer als Peter. Ein bisschen muskulöser. Sein Haar ist ein wenig voller. Seine Augen sind etwas strahlender. Seine Kleidung schicker. Sein Auftreten deutlich selbstbewusster. Man könnte sagen, Pierre ist Peter Plus. Peter 2.0. Der heiße neue Scheiß, der das Vorgängermodell vom Markt drängt. Kein Wunder, dass Peter ihn hasst.

Pierre führt sie zu einem großen Raum, in dessen Mitte ein zwanzig Kubikmeter großer Glaswürfel steht. Einige Dutzend Menschen, vom Aussehen her alle Level-40-Plus, stehen mit Cocktails in der Hand um den Kasten herum und gaffen hinein. Als er näher kommt, kann Peter in dem Glaswürfel Wasser erkennen und in der Mitte das Modell einer Insel. Auf der Insel prügeln sich gerade die zwei Mega-Monsterbots, die Peter draußen im Stadion als Hologramm gesehen hat. Nur sind sie nicht turmhoch, sondern gerade vierundsechzig Zentimeter groß.

»Was …?«, fragt Peter. »Ist das ein Modell?«

»*Non, non, mon ami*«, sagt Pierre.

»*It's the real shit*«, sagt Kiki.

Jetzt erst bemerkt Peter die Minidrohnen, die im Kasten umherfliegen und die Bilder des Kampfs einfangen.

»Wir haben die kleinen Bots immer für Trainingskämpfe benutzt«, erklärt Pierre mit seiner Stimme, die ein klein wenig wohlklingender ist als Peters. »Irgendwann kam ein findiger Manager auf die Idee, dass wir viel Geld, sehr viel Geld, sparen könnten, wenn wir auch die echten Kämpfe einfach mit den Miniaturen ausführen.«

»Habt ihr keine Angst, dass das rauskommt?«, fragt Peter.

»Ach, das steht doch schon längst im Netz«, sagt Kiki. »Wer es wissen will, kann es wissen. Aber die meisten wollen es halt nicht wissen.«

Pierre nickt. »Und es spart wirklich sehr viel Geld.«

Scarletts kleiner Mega-Monsterbot reißt gerade einen erstaunlich detailgetreuen Baum aus, um damit auf den Bot ihres Bruders einzuschlagen.

»Außerdem erspart es uns viel Stress mit Umweltschützern«, sagt Pierre.

Während Peter gegen seinen Willen fasziniert dem Kampf zusieht, nimmt Kiki Pierre zur Seite und flüstert ihm etwas ins Ohr.

»Der Puppenspieler?«, fragt Pierre erschrocken.

»Psst«, macht Kiki.

»Was willst du von ihm?«

»Nur reden, sonst nichts«, sagt Kiki.

»Und du glaubst, er ist ein alter Jockey?« Pierre kratzt sich an seinem Bart, der ein wenig gepflegter aussieht als Peters. »Ich verstehe, lass mich eine Sekunde darüber nachdenken.«

In diesem Augenblick kreischt die Menge vor dem Glaskasten laut auf. Auch die Leute im Stadion beginnen zu jubeln und zu toben, was sich im Backstagebereich wie ein kleines Erdbeben anfühlt. Der rote Mega-Monsterbot hat seinem schwarzen Kollegen den Kopf abgerissen und präsentiert diesen triumphierend den Kameras.

»Kennst du Guybrush Spieldesigner?«, fragt Pierre. »Scarletts Knappen?«

Kiki schüttelt den Kopf.

»Er ist ein netter Kerl und ein wandelndes Lexikon für Monsterbots und Jockeys. Wenn dir einer helfen kann, dann Guybrush.«

MEVISION PRÄSENTIERT

Doppel-D

DER MV-KANAL VON DAN UND DAN

»Hey, Fans! Ich grüße euch, ihr Nützlichen und Nutzlosen! Es ist mal wieder Zeit für DAN und DAN! Ich bin Dan und bei mir im Studio habe ich Dan.«

»LOL, Alter. Du bist ja voll wie Julia Nonne. Du musst dich nur noch nackig machen.«

»Soll ich?«

»Nee, lass mal. Ey. Ich hab doch ›Lass mal!‹ gesagt. Pfui. Wie du aussiehst.«

»Was denn, ich seh genauso aus wie du.«

»Quatsch, Mann! Ich mach Training.«

»Was für Training? Mit den Ohren wackeln, oder wie?«

»Es gibt ja Leute, die behaupten, dass wir nur Scheiße labern …«

»Wie kommen die drauf?«

»Aber heute labern wir wirklich mal Scheiße, oder besser gesagt über Scheiße …«

»… Hundescheiße, um genau zu sein …«

»Jedenfalls habt ihr ja vielleicht schon mal von Weng Rentner gehört …«

»Das ist der Bürgermeister von QualityCity, Dorfies! Echt mal. Verschafft euch mal ein bisschen Checkung. Ist ja peinlich mit euch.«

»QualityCity ist die Hauptstadt von QualityLand, was das Land ist, in dem ihr wohnt. Alter, ehrlich. Die Leute wissen gar nix.«

»Auf alle Fälle ziemlich irrer Typ, der Bürgermeister.«

»Hat im Wahlkampf versprochen ›Säuberungen‹ zu machen.«

»Er meinte damit aber nur den Kampf gegen Hundekacke.«

»Yo, deshalb hat er halt alle Tierhalter verpflichtet, DNA-Proben ihrer Viecher abzugeben.«

»Und wenn man auf einen Hundehaufen stößt, dann soll man halt so'n Foto machen und ans Ordnungsamt schicken.«

»Dann schicken die 'nen Hilfssheriff los, und der nimmt eine Probe von dem Haufen.«

»Ein echter Scheißjob!«

»LOL.«

»ROFL.«

»Die Kackprobe wird dann mit der DNA-Datenbank abgeglichen, und der Hundebesitzer kriegt gleich 'ne Mail von wegen Bußgeld.«

»Und jetzt kommt das Interessante an der Story. Das Ganze hat halt gar nicht zu einem Rückgang der Hundescheiße geführt, sondern zu ihrer Häufung.«

»Haha. Voll das witzige Wortspiel.«

»Thanx.«

»Wieso kam's eigentlich zu der Häufung?«

»Na, vorher ham halt voll viele Hundebesitzer die Kacke weggemacht, weil sie sonst ein schlechtes Gewissen gehabt hätten, aber dann hatten sie keins mehr, weil sie ja jetzt dafür bezahlten, verstehste?«

»Logo. Hältst du mich für dumm, oder was?«

»Natürlich. Aber das ist nicht das Thema. Ey, Mann, hau mich nich. Aber jedenfalls Weng Rentner …«

»Das ist der Bürgermeister, Leute. Echt mal, was habt ihr denn für ein Gedächtnis? Macht mal Gehirnjogging!«

»… der hat dann halt alle Hundebesitzer dazu verdonnert, also vom Gesetz und so, dass sie beim Gassigehen einen Mohutoro dabeihaben müssen.«

»Also einen mobilen Hundetoilettenroboter.«

»Normale Leute sagen dazu auch Shitbot.«

»Und die dackeln den Hunden halt überall hinterher und fressen sofort die ganze Kacke in sich hinein.«

»Wenn der Hund nicht zum Klo kommt, muss das Klo eben zum Hund kommen!«

»Sobald der Shitbot voll ist, wirft man ihn einfach weg und kauft sich einen neuen.«

»Geiles Konzept.«

»Yo. Aber jetzt gibt's halt gerade voll den Skandal, weil Weng Rentner …«

»Der Bürgermeister, ihr Kloppies. Meine Fresse.«

»… yo, weil halt rausgekommen ist, dass Weng über mehrere Briefkastenfirmen der eigentliche Besitzer des größten Mohutoro-Herstellers ist.«

»Ja, und?«

»Weiß auch nicht. Komm, wir machen noch Werbung.«

»Yo. Wer halt kein Bock auf den ganzen Stress mit 'nem Bio-Tier hat, der holt sich lieber eines der täuschend echten Modelle von E-nimals. **E-nimals – Wie echt. Nur besser.«**

»Auch voll im Trend ist übrigens, Haustiere zu klonen.«

»Klonen hat echt voll die Fortschritte gemacht. Die sind echt schon viel weiter als bei uns damals.«

»Wenn ihr also die Muschi von Scarlett Strafgefangene …«

»LOL. Muschi. Du hast Muschi gesagt.«

»Ich meinte ihre Katze, Mann.«

»Ey, hau mich nicht!«

»Scarlett hat voll die berühmte Katze.«

»Ja, weiß ich doch.«

»Wenn man halt genau die gleiche haben will, dann kann man die halt klonen lassen, und zwar am besten beim Marktführer, also bei CopyCat! **CopyCat – We copy your cat!**«

»Voll der überflüssige Slogan.«

»Klonen ist natürlich auch voll die gute Idee, wenn ihr traurig seid, weil eure Muschi das Zeitliche gesegnet hat …«

»Haha. Muschi. Du hast schon wieder Muschi gesagt.«

»Boah. Ich glaub, wir sind zwar Klone, aber du bist trotzdem dümmer wie ich.«

ES IST SKANDALÖS, WAS SCARLETT STRAFGEFANGENE HINTER DEN KULISSEN MIT IHREM BRUDER MACHT!

T – 5:05:31:31

Pierre klopft vorsichtig an eine Tür. Dahinter hört man sehr laut schlechte Musik wummern. Daran ist nichts Außergewöhnliches, weil laut und schlecht nicht nur im Musikbereich eine häufige Kombination ist.

»Es gibt einen Backstagebereich im Backstagebereich?«, fragt Peter.

»Natürlich«, sagt Pierre. »Gibt es den nicht überall?«

Ein fast schon kleinwüchsiger Mann mit spärlichem Haar und großer Brille öffnet die Tür einen Spaltbreit.

»Ja?«, fragt er mit leiser, fast zitternder Stimme.

»Guybrush«, sagt Pierre. »Dich hab ich gesucht. Darf ich dir eine Freundin von mir vorstellen? Das ist …«

»Jaqueline Modedesignerin«, sagt Kiki schnell.

»So, so«, sagt Guybrush schüchtern. »Und Sie sind?«

»Peter Arbeitsloser«, antwortet Peter.

Kiki verdreht die Augen.

»Dürfen wir kurz reinkommen?«, fragt Pierre. »Ki…«, er räuspert sich, »Jaqueline wollte dich etwas über Monsterbot-Jockeys a. D. fragen.«

»Oh ja, natürlich«, sagt Guybrush und lässt die drei herein. »Freut mich, Ihre Bekanntschaft zu machen.«

Der Backstagebereich des Backstagebereichs ist deutlich komfortabler als seine Vorräume, wenngleich das Wort luxuriös trotzdem übertrieben wäre. Vor allem die Abwesenheit von echten Fenstern macht den Raum etwas bedrückend. Dagegen helfen auch die digitalen Fenster nur wenig. Peter stört sich auch irgendwie daran, dass eines einen Ausblick auf die Pyramiden und das andere einen Livestream der Niagarafälle zeigt. Um das nicht seltsam zu finden, muss man schon den kompletten Erdkundeunterricht mit *Furious Birds* verdödelt haben.

Auf einer Couch in der Ecke des Raumes lümmeln die beiden Stars des Abends. Offensichtlich hat es Robert Aufseher gut verkraftet, von seiner Zwillingsschwester besiegt worden zu sein, denn die beiden liegen knutschend und fummelnd in der Horizontalen. Eine gefleckte Bengalkatze sitzt auf der Lehne und beobachtet die beiden.

»Äh ...«, sagt Peter.

»Die beiden sind nicht wirklich Zwillinge«, sagt Guybrush hilfsbereit. »Sie sind überhaupt nicht verwandt. Kommen Sie schon. ›Scarlett Strafgefangene‹ und ›Robert Aufseher‹ – Sie haben doch nicht wirklich geglaubt, dass das ihre echten Namen sind? Die ganze Backstory ist natürlich erfunden.«

Roberts rechte Hand steckt in Scarletts Höschen. Sie hält seinen Arm in ihren Händen und bewegt ihn selbst hin und her, denn der Arm hängt gar nicht mehr an Robert. Er ist nur eine Prothese. Trotzdem sieht Peter deutlich, dass sich unter dem Höschen die Finger bewegen. Es ist sehr verwirrend.

»Äh, also, der Arm ...«, stottert er.

»Robert hat eine Prothese, die er kraft seiner Gedanken steuern kann«, sagt Guybrush. »Dafür muss der Arm nicht mal an ihm befestigt sein. Es ist faszinierend.«

»Wie bei Kraken«, sagt Peter.

Kiki blickt ihn verwundert an.

»Ich hab da so eine Doku auf TODO gesehen«, erklärt Peter. »Es gibt eine Gattung Kraken, die haben als Geschlechtsteil einen speziellen Arm, der sich für die Kopulation komplett vom Körper löst und eigenständig auf das Weibchen zuschwimmt. Also, es ist jetzt nicht genau das Gleiche, aber ... also ... ich fand das auch irgendwie faszinierend.«

»Thanks for sharing«, sagt Kiki.

Guybrush nimmt eine Flasche Champagner aus dem Kühlschrank, dessen Display neun Grad Celsius anzeigt.

»Oh, das ist doch nicht nötig«, sagt Pierre.

»Ist nicht für euch.«

Guybrush entkorkt die Flasche fachmännisch und schenkt zwei Gläser ein.

»Haben Sie schon mal vom Puppenspieler gehört?«, fragt Kiki.

Fast verschüttet Guybrush den Champagner.

»Natürlich«, sagt er flüsternd. »Wer nicht?«

Er stellt die Flasche wieder in den Kühlschrank und sagt: »Einen Moment.«

Mit den beiden Gläsern in der Hand geht er zur Couch.

»Frau Scarlett, Herr Robert«, sagt er, macht einen Diener und stellt den Champagner auf dem Tisch vor ihnen ab. Die beiden reagieren gar nicht auf ihn. Als Guybrush wieder zurück ist, sagt er: »Der Puppenspieler also.«

»Ja«, sagt Kiki. »Ich muss ihn sprechen.«

»Und warum glauben Sie, dass ausgerechnet ich etwas über ihn weiß?«

»Nur ein Monsterbot-Jockey kann einen Avatar so meisterhaft steuern wie der Puppenspieler«, sagt Peter. »Das vermutet Kiki, äh, Jaqueline zumindest.«

Kiki seufzt, und Peter muss einsehen, dass er auch exakt eine Silbe dümmer ist als Pierre. Guybrush lächelt.

»Es gab immer mal wieder Gerüchte«, sagt er. »Genaues weiß ich aber nicht.«

»Doch Sie haben eine Ahnung, wer er ist?«, fragt Kiki.

»Wieso sind Sie so sicher, dass der Puppenspieler ein ›Er‹ ist?«, fragt Guybrush flüsternd.

»Guybrush!«, ruft Scarlett. Sie hat an ihrem Champagner genippt und ihn gleich darauf wieder ausgespuckt. »Ist dir nicht klar, dass man einen Jahrgangschampagner bei neun Grad serviert und nicht bei sechs wie den Standardfusel?«

»Frau Scarlett«, sagt Guybrush unterwürfig und macht ein paar Schritte auf sie zu, »ich versichere Ihnen, dass der Champagner genau neun Grad hat.«

»Willst du etwa behaupten, ich kann sechs Grad nicht von neun Grad unterscheiden, du Wurm?«, ruft Scarlett. Unabhängig von dem, was sie sagt, findet Peter, dass ihre Stimme ein Ereignis ist. Sie hat etwas Magisches, dem man sich kaum entziehen kann. Verärgert wirft Scarlett ihr Glas auf Guybrush. Es zerschellt an seiner Brust, und Guybrush macht sich sofort daran, die Scherben wegzuräumen. Die Bengalkatze springt von der Lehne und faucht ihn an.

»Es tut mir leid, Miss Scarlett«, sagt er. »Es kommt nicht wieder vor, Miss Scarlett.«

»Trottel«, murmelt Robert.

Gleich darauf füllt Guybrush zwei neue Gläser aus derselben Flasche Champagner, die er aus demselben Kühlschrank holt, und stellt sie vor seine Herrin.

Scarlett nippt an dem Champagner. »Na also«, sagt sie. »Geht doch.«

Guybrush macht einen Diener und entfernt sich rückwärts buckelnd.

Als er wieder bei der Gruppe um Kiki angelangt ist, sagt er mit einem melancholischen Lächeln: »Es ist nicht immer einfach.«

»Was Sie nicht sagen ...«, murmelt Peter.

»Nun jedenfalls«, flüstert Guybrush, »gibt es ein paar Jockeys, denen Verbindungen zur Unterwelt nachgesagt wurden. Cevin Freelancer zum Beispiel. Cevin mit C. Ein furchtbar arroganter Typ. Und ein hinterhältiger Kämpfer. Wer noch?« Guybrush überlegt, während sich Kiki auf ihrem Smarm Notizen macht. »Ynes Influencerin. Ynes mit Y. Sie ist eines Tages, quasi auf dem Höhepunkt ihres Ruhmes, einfach verschwunden. Keiner hat sie seither wiedergesehen. Und dann Zuko Zuhälter natürlich. Sein ganzer Familienclan ist zwielichtig. Aber er ist ein wahnsinnig toller Jockey. Wenn er einen guten Tag hatte, konnte er jeden schlagen. Soweit ich weiß, ist er ...«

Peter hört nicht richtig zu. Gebannt starrt er auf Scarlett und Robert, die sich inzwischen ihrer Kleidung entledigt haben. Er muss an den Cuddle-Bot denken. Der Grad an physischer Nähe, der hier zu beobachten ist, hätte ihn sicherlich traumatisiert. Er schafft es nicht mal wegzuschauen, als Scarlett ihren Blick auf ihn richtet.

»Guybrush«, ruft sie. »Ist das eigentlich dein Backstagebereich oder meiner?«

»Ihrer, Miss Scarlett«, sagt Guybrush.

»Ich finde das ja durchaus antörnend, wenn du uns zusiehst, du Wurm, aber Robert mag keine Fremden dabeihaben.«

Scarletts Blick fällt auf Kiki.

»Wer ist die Hübsche mit den grünen Augen?«, fragt sie.

»Das, äh, das ist Jaqueline«, sagt Guybrush.

»Sie darf mitmachen«, sagt Scarlett.

»Aber die Zwillinge sollen abhauen«, sagt Robert. »Ich finde Zwillinge gruselig.«

Guybrush öffnet die Tür. Er schiebt Peter und Pierre in den Flur. Dann blickt er Kiki fragend an.

»Äh«, sagt Kiki und wirft einen Blick auf den abgetrennten, aber äußerst lebendigen Arm. »Ein andermal vielleicht.«

WIE DU OHNE PROBLEME VICE ASSISTANT DIRECTOR OF GLOBAL MANAGEMENT WERDEN KANNST! (Und was der Titel bedeutet …)

Sandra ist vor Kurzem wieder befördert worden. Sie ist jetzt Vice Assistant Director of Global Management bei WeltWeiteWerbung (WWW). Ein ziemlich überkandidelter Titel für einen Job, den man in früheren Zeiten als »Vorzimmerdame« beschrieben hätte. Um genau zu sein, ist sie die Vorzimmerdame einer Vorzimmerdame. Ihr Chef, Oliver Hausmann, ist nämlich so wichtig, dass seine Sekretärin eine Sekretärin braucht. Das einzige Problem ist, dass das nicht stimmt. Mit anderen Worten: Sandra hat sehr wenig zu tun. Sie hat aber schnell gelernt, dass man sich das nicht anmerken lassen darf. Es gibt offenbar nur sehr wenige Vorgesetzte, die damit leben können, dass einer ihrer Untergebenen in Ermangelung zu erledigender Arbeit eine gute Serie guckt. Das könnte ja auf andere den Eindruck machen, als brauche man diesen Angestellten gar nicht, was wiederum bedeuten würde, dass man gar nicht so wichtig ist, wie man gerne wäre. Deshalb halten sie ihre Untergebenen beschäftigt. Es gibt in großen Konzernen nicht wenige Manager, die ihre Zeit hauptsächlich damit verbringen, sich Beschäftigungen für ihre Angestellten auszudenken.

Schon am dritten Tag bei ihrer neuen Stelle, als Sandra offensichtlich etwas zu gelangweilt in ihr QualityPad glotzte, kam ihre Vorgesetzte mit einer großen Kiste gebrauchter Gummibänder zu Sandras Schreibtisch und sagte, sie solle diese nach

Farbe und Elastizität sortieren. Beim tausendsten Gummiband – Sandra hat mitgezählt – wollte sie nur noch ihren Kopf gegen den Schreibtisch schlagen. Aber Sandra hat die Lektion verstanden. Sie erweckt nicht mehr den Anschein, als habe sie nichts zu tun. Sie hat verstanden, dass ihre Aufgabe hauptsächlich darin besteht, so zu tun, als hätte sie etwas zu tun. Deswegen gibt sie auf die Frage, was sie gerade mache, nun standardmäßig die Antwort, dass sie sich in die verschiedenen Abteilungen, die es bei WWW gibt, »einarbeite«. Und dass sie sich einen »Überblick verschaffe«. Das ist noch nicht mal gelogen. Es ist zwar auch irgendwie sinnlos, denn was nutzt einem der Überblick, wenn einem keiner zuhört, aber es ist allemal besser, als Gummibänder zu sortieren.

Ein junger Mann klopft an die Tür des Vorzimmers.

»Herein«, sagt Sandra.

»Ich äh ... ich bin von der Affiliate-Abteilung«, sagt der Mann. »Ich soll mich hier melden. Elliot Admin.«

»Ich heiße auch Admin!«, sagt Sandra. »Sandra Admin. Das ist ja lustig, was?«

Elliot zuckt mit den Schultern. »Ich weiß nicht. Es ist ein ziemlich häufiger Nachname.«

Er steht immer noch im Türrahmen.

»Setz dich ruhig, Elliot.«

Der junge Mann setzt sich.

»Ich verschaffe mir einen Überblick über die Abteilungen von WWW«, sagt Sandra.

»Spannend«, sagt Elliot.[22]

»Du bist ...«, Sandras Brille blendet Elliots Berufsbezeichnung ein, »Senior Operations Specialist in der Affiliate-Abteilung, nicht wahr? Ich dachte mir, ein Senior Operations Specialist

22 Ironiewahrscheinlichkeit 78 Prozent.

wird mir sicherlich sagen können, was ihr in der Affiliate-Abteilung eigentlich macht.«

»Tja, alle großen Onlinehändler bieten Partnerprogramme an oder Affiliate-Marketing, wie es in Neusprech heißt.«

»Und wenn du von großen Onlinehändlern sprichst, dann meinst du im Prinzip TheShop«, wirft Sandra ein.

»Ja. Im Prinzip meine ich TheShop. Aber die anderen machen das auch. Nur nicht so erfolgreich.«

»Korrigiere mich bitte, wenn ich falschliege«, sagt Sandra. »Affiliate-Marketing heißt doch, dass wenn zum Beispiel Dan und Dan vom neuen Smarm berichten und in ihrem Beitrag einen Link zu TheShop setzen ...«

»... dann bekommen sie von TheShop eine kleine Provision, falls über diesen Link ein Kauf zustande kommt. Ja.«

»Aber was haben wir damit zu tun?«

»Nun, wenn man möchte, dass die Abonnenten auf die eigenen Affiliate-Links klicken, dann ist es von Vorteil, sehr positiv über die Produkte zu berichten. Das haben die Influencer schnell kapiert.«

»Niemand wird die Schuhbindemaschine bestellen, von der man in der Rezension gesagt hat, dass sie immer nur Knoten statt Schleifen macht«, sagt Sandra.

»Genau«, sagt Elliot. »Deswegen sagt man lieber, dass dieser Shoelace-Connector besonders toll ist, weil er echt feste Schleifen macht. Richtig feste Schleifen. Schleifen plus.«

»Ich verstehe immer noch nicht, wo wir ins Spiel kommen.«

»Nun, da es nicht wirklich um kritische Rezensionen geht, sondern um Lobhudeleien, braucht man halt auch keine Kritiker. Eine Lobhudelei mit vielen Affiliate-Links kann auch ein Bot zusammenschustern.«

»Das heißt, sobald irgendein neues Produkt auf den Markt kommt ...«

»… baut unsere Software automatisch Blogbeiträge, Webseiten und Videos mit sogenannten ›Rezensionen‹ und Affiliate-Links. Andere Bots sorgen automatisch für den nötigen Traffic, damit die Seiten bei What-I-Need schön weit oben auftauchen. Natürlich gibt es auch welche, die Kommentare unter den Rezensionen hinterlassen. Die sind voll des Dankes, denn man habe es ja erst nicht geglaubt, aber das Produkt sei wirklich genauso toll wie angepriesen, wenn nicht sogar noch toller.«

»Mit anderen Worten, wir machen Werbung für Produkte, für die wir noch nicht mal beauftragt worden sind, Werbung zu machen?«

»Und verdienen damit ein Schweinegeld.«

»Das ist irgendwie brillant.«

»Es ist irgendwie bescheuert.«

»Ja«, sagt Sandra. »Es ist bescheuert. Und du schreibst die Software?«

»Es ist alles so ein Schwachsinn«, sagt Elliot.

»Du bist sehr offen mit mir«, sagt Sandra. »Hast du keine Angst, gefeuert zu werden?«

»I saw the best minds of my generation destroyed by madness, starving for meaning because all they do is thinking about how to make people click ads.«

»Was soll das heißen?«, fragt Sandra.

»Das heißt, es wäre mir eine Erlösung, gefeuert zu werden.«

»Warum kündigst du nicht einfach?«

»Warum wohl … Weil ich ein Weichei bin. Ein Angsthase. Weil ich nicht genug Kraft und nicht genug Entschlossenheit habe. Weil ich bin wie all die anderen hier.«

Sandra nickt. »Weil du so bist wie ich.«

»Ich bin kein Revoluzzer«, sagt Elliot. »Ich bin einfach nur jemand, der die ganze Scheiße satthat.«

»Ist das nicht das Anfangsstadium eines jeden Revoluzzers?«, fragt Sandra.

Elliot lächelt. »Wollen wir uns mal am Kaffeeautomaten im dritten Stock treffen?«

»Ich habe einen Freund«, sagt Sandra. Nach einer kleinen Pause fügt sie hinzu: »Und einen Ex-Freund, für den ich noch Gefühle habe.«

»Das macht mir nichts«, sagt Elliot und steht auf.

»Morgen um halb elf«, sagt Sandra schnell. »Da hat meine Chefin eins ihrer sinnlosen Meetings.«

»Morgen halb elf«, sagt Elliot, lächelt und verlässt das Vorzimmer.

SIE WAR EIN STAR, HEUTE HÖRT MAN GAR NICHTS MEHR VON IHR. WAS IST EIGENTLICH AUS YNES INFLUENCERIN GEWORDEN?

T – 4:03:39:17

Kiki setzt sich eine VR-Brille auf und loggt sich über ein Fake-Profil bei WorldView ein.

»Ich will zu Zuko Zuhälter«, sagt sie. »Dem Monsterbot-Jockey.«

»Die gewünschte Person ist nicht verfügbar.«

Wie so häufig ist der Service nicht so spektakulär wie angepriesen. WorldView funktioniert wesentlich besser für Städte als fürs Land und besser für QualityLand als für den Rest der Welt. Auch das Zeitreisen lässt (noch) viel zu wünschen übrig. Die Vergangenheit wird oft nur rudimentär dargestellt. Sehr viel ist grau. In Unterhaltungen, die nicht aufgezeichnet wurden, sondern nur berechnet sind, reden die Leute ständig über das Wetter. »Das war sicher der heißeste Juni SBDW.« – »Ja, heute ist es auch wieder sehr warm.« Der FutureMode ist häufig geradezu lächerlich. Die Leute bewegen sich durch die Welt wie seelenlose, transparente Non-Player-Characters.

Nur der Echtzeitmodus, das muss Kiki zugeben, ist erschreckend detailgetreu. Zumindest bei ärmeren Leuten. Das liegt zu einem großen Teil daran, dass QualityCorp den Schutz der Privatsphäre als Wettbewerbsvorteil entdeckt hat. Jedenfalls wirbt der Konzern damit. Irgendein Schlaufuchs in der Marketingabteilung hat festgestellt, dass im Gegensatz zu What-I-Need, Everybody & Co. das Geschäftsmodell von QualityCorp nicht aus der Verwertung von Verhaltensdaten besteht. Wahrscheinlich hat ihn das selbst überrascht. Und tatsächlich sind Leute, die sich die teureren QualityCorp-Produkte leisten können, in WorldView deutlich weniger präsent. Es ist, wie der Alte sagt, denkt Kiki, wir sind auf dem Weg zum Zwei-Klassen-Internet. Ach was ... auf dem Weg ... längst da.

»Ich will zu Cevin Freelancer«, sagt Kiki. »Monsterbot-Jockey.«

»Die gewünschte Person ist nicht verfügbar.«

Es wäre auch zu einfach gewesen.

»Ich will zu Ynes Influencerin«, sagt Kiki. »Monsterbot ...«

Kiki ist sehr überrascht, als sie plötzlich in einem leicht chaotischen Wohnzimmer steht. Das Zimmer ist ganz frei von berechnetem Plastikgrau. Wenn man in einer Wohnung so glasklare Bilder bekommt, benutzen die Bewohner meist entweder das günstige Smart-Home-System von What-I-Need oder deren ebenfalls relativ günstige AR-Brillen und -Kontaktlinsen. Ein weiterer unterschätzter Spion ist natürlich der Staubsaugroboter. Er kartiert die Wohnung bis in den letzten Winkel. Frage: »Warum sind die neuen Staubsauger so leise?« Antwort: »Damit ihre Mikrofone genug hören können.« Also mal ehrlich. Wofür brauchen Staubsauger Mikrofone? Wer ist denn auf diese Idee gekommen?

Zuerst glaubt Kiki übrigens, dass WorldView einen Fehler gemacht hat. Die überaus füllige Matrone, die auf der Couch sitzt, Commercial Shows guckt und dabei LowFat-FeSaZus inhaliert, als wären sie frische Bergluft, kann unmöglich die einst berühmte Monsterbot-Kämpferin Ynes Influencerin sein.

»Ich will in die Vergangenheit«, sagt Kiki. »Ynes' letzter Kampf.«

Kiki findet sich in einem Stadion wieder. Ein paar Details sind ausgegraut, aber nicht viele. Über eine live übertragene öffentliche Veranstaltung existieren natürlich viele Daten. Kiki geht auf Ynes zu, die sich in ihrem Kampffeld abmüht. Jung und athletisch sieht sie aus. Aber sie ist eindeutig dieselbe Person. Ihr Mo-Cap-Suit wirkt seltsam klobig und unpraktisch. Kiki gönnt sich ein kurzes Schaudern über die Vergänglichkeit. Ynes springt in die Luft zu einem beeindruckenden Kick. Als sie wieder landet, macht ihr Sprunggelenk ein Geräusch wie ein trockener Ast, der unter einem schweren Stiefel bricht. Es ist eines dieser Geräusche, bei denen alle Umstehenden unwillkürlich eine Grimasse schneiden. Selbst Kiki verzieht das Gesicht, obwohl sie Jahre später und nur virtuell anwesend ist. Ynes liegt am Boden und schreit vor Schmerzen. Schnell wünscht sich Kiki in die Gegenwart zurück.

Dort sitzt Ynes immer noch auf der Couch. Sie schreit nach einer Tatra. Ein hübsches neunjähriges Mädchen kommt ins Wohnzimmer gehüpft.

»Bring Mama eine Diet-Coke«, sagt Ynes.

Kiki sieht sich die Fotos an der Wand an. Ynes hat offenkundig fünf Kinder und zwei Enkelkinder. Kiki geht durch die Wohnung. Je zwei der Kinder teilen sich ein Zimmer. Die Älteste ist wohl schon ausgezogen.

Es sollte niemanden überraschen, dass seit dem Start von WorldView allerhand Leute sehr viel Zeit damit verbringen, anderen Menschen beim Leben zuzuschauen. Es ist, als sei der Traum der Massen wahr geworden, und endlich hat jeder seine eigene Reality-Show. Product Placement in Filmen ist ein alter Hut. Inzwischen kann man Geld verdienen durch Product-Placement im eigenen Leben. Vorausgesetzt natürlich, dass man genügend Zuschauer hat, um das Interesse der Firmen zu wecken. Es gibt Menschen, die ihr Geld damit verdienen, dass ihnen andere beim Leben zuschauen. Ist es das, was Ynes Influencerin macht? Ist sie ein WorldView-Star? Bekommt sie die LowFat-FeSaZus von Koch Foods gestellt? Kiki nutzt ihren

Admin-Account, um auf Ynes' Zuschauerzahlen zuzugreifen, und stellt fest, dass sie die Einzige ist, die Ynes beobachtet. Offensichtlich legt sie keinen Wert darauf, dass jemand ihrem Leben zusieht. Dafür geht es bei ihr auch noch viel zu gesittet zu. Es sind ja immer die Extreme, die Zuschauer anlocken. Viele Familien überbieten sich im Kampf ums Publikum geradezu mit asozialem Verhalten. Diese WorldView-Stars können sogar durch den Verzicht auf bestimmte Produkte Geld verdienen. Als Anbieter eines hochklassigen Parfüms will man natürlich vermeiden, dass die eigenen Produkte im Badezimmer von Mama Messie stehen.

»Ich wünsche mich nach gestern Abend«, sagt Kiki. »Selber Ort.«

Nun sind vier Kinder anwesend. Auch Ynes' Mann sitzt mit am Tisch. Er bringt es auf eine ähnliche Fülle wie sie. Kiki geht näher heran. Die Familie wirkt eigentlich ganz glücklich. Sie lachen und machen Scherze, und sie spielen ein Brettspiel. Ein verdammtes Brettspiel.

»Also ich biete ein Getreide für ein Schaf«, sagt Ynes.

Es könnte natürlich sein, dass das hier die beste Tarnung der Welt ist, aber irgendwie bezweifelt Kiki stark, dass Ynes ein geheimes Doppelleben als zwielichtiger Unterweltkiller führt.

»Zwei Getreide«, sagt Ynes. »Zwei Getreide und ein Holz für ein Schaf. Ich brauche ein Schaf!«

Offensichtlich eine Sackgasse. Kiki loggt sich aus.

DIESE KILLER-DROHNEN WERDEN DIR DAS BLUT IN DEN ADERN GEFRIEREN LASSEN! (Und sie schweben schon über dir!)

»Wohltäter!«, ruft Kalliope.

Peter schreckt auf und stößt sich den Kopf an der Decke seiner Schlafkoje.

»Aua. Was machst du denn hier?«

»Wohltäter«, sagt Kalliope, »endlich sind Sie wach! Wir brauchen dringend Ihre Hilfe. Es geht um Mickey!«

Peter reibt sich die Augen. »Was hat er denn?«

»Panikattacke, glaube ich«, sagt Pink. Kalliope hält das QualityPad in den Händen.

»Dass ihr beide zusammenarbeitet, heißt wohl, dass die Situation wirklich kritisch ist«, sagt Peter und steht auf.

»Romeo und ich haben Mickey schon in Ihre Praxis getragen«, sagt Kalliope.

»Ihr habt ihn getragen?«

»Er hat sich in sich selbst zurückgezogen.«

Peter läuft durch die Schrottpresse in seine Praxis. Dort stehen Romeo und mitten im Raum ein großer, schwerer Rollkoffer.

»Hat er sich wieder verklemmt?«, fragt Peter.

»Der Einzige, der hier verklemmt ist, bist du, mein Hübscher«, sagt Romeo und streichelt über Peters Wange.

»Lass das!«

»Soll ich dich lieber woanders streicheln?«

»Ehrlich«, sagt Pink. »Entweder, ihr nehmt euch ein Zimmer, oder der sprechende Dildo hält jetzt mal die Klappe und lässt Hase seine Arbeit machen.«

Romeo zwinkert Peter zu und legt sich lasziv auf die neue Couch. Ziemlich viel ist neu in Peters Praxis. Ließ sich nicht vermeiden. Wegen der Sache mit dem Raketenwerfer.

»Du weißt, wo du mich finden kannst, Hase«, haucht der Sexdroide.

Peter schüttelt den Kopf. »Ich hätte euch nicht von dem Spitznamen erzählen sollen.«

Er wendet sich Mickey zu: »Also, was ist passiert?«

»Ich weiß es nicht, Wohltäter«, sagt Kalliope. »Wir haben nur eine Dokumentation geguckt, und dann …«

»Kaputt«, murmelt Mickey leise.

»Was habt ihr denn für eine Dokumentation geguckt?«

»Na, über den Dritten Weltkrieg«, sagt Pink.

»Kaputt«, sagt Mickey.

»Hören Sie, wie schlecht es ihm geht?«, fragt Kalliope. »Er sagt nicht mal mehr ›Kapuuuut‹. Er sagt nur noch ›Kaputt‹.«

Peter überlegt eine Weile. »Wahrscheinlich haben die Filmbilder das Ereignis wachgerufen, das für seine posttraumatische Belastungsstörung verantwortlich ist.«

»Ach was …«, sagt Pink. »Und dafür hast du studiert?«

»Ich hab nicht studiert. Maschinentherapie ist ein Ausbildungsberuf.«

»Das erklärt einiges.«

»Es erklärt höchstens, dass ich zu was nütze bin und mich nicht nur mit theoretischem Blubblub beschäftige.«

»Weiß denn einer, was Mickeys Trauma ursprünglich ausgelöst hat?«, fragt Kalliope.

»Er hat nie darüber geredet«, sagt Pink. »Das ist ja der Witz an einem Trauma!«

»Mickey, würdest du mir deine Erinnerungen zeigen?«, fragt Peter.

Der Rollkoffer reagiert nicht.

»Wenn ich weiß, worum es geht, kann ich dir vielleicht helfen.«

Keine Reaktion.

»Jetzt stell dich nicht so an, du Memme«, sagt Pink. »Hase will dir nur helfen.«

»Es ist ihm bestimmt nur peinlich, weil sein ach so traumatisches Erlebnis gar nicht so traumatisch war«, sagt Romeo. »Wahrscheinlich ist er nur auf einer Ölpfütze ausgerutscht.«

Der Teleskopgriff des Rollkoffers fährt plötzlich in die Höhe. Im selben Moment leuchtet Pinks Display auf und zeigt Mickeys Erinnerungen. Laut eingeblendetem Datum wurde die Aufnahme vor knapp drei Jahren gemacht, also nur ein paar Monate bevor Mickey bei Peter aufgekreuzt ist. Im Video sieht man ein Schlachtfeld in Quan 7 aus Mickeys Perspektive.

Eine ganze Kompanie Kampfroboter rückt konstant feuernd und scheinbar unaufhaltsam auf eine feindliche Stellung vor.

»Hier spricht das Kommandomodul der Vierten Automatisierten Armee von QualityLand. Geben Sie auf und retten Sie Ihr Leben«, sagt eine Stimme.

»War das Mickey?«, fragt Peter.

»Er hat gar nicht ›kapuuuut‹ gesagt«, bemerkt Romeo verblüfft.

»Widerstand ist zwecklos!«, sagt eine andere, fast identische Stimme. *»Ergeben Sie sich!«*

Vor Mickey tauchen drei feindliche Kämpfer mit Raketenwerfern auf. Bevor sie feuern können, werden sie von einer Maschinengewehrsalve aus Mickeys linkem Arm zerfetzt. Peter hält sich erschrocken die Hand vor den Mund.

»Ach du Scheiße«, sagt er. »Mickey, du hast ja Menschen erschossen!«

»Er ist ein panzerbrechender Kampfroboter für schwere Kriegseinsätze!«, sagt Pink. »Was dachtest du, dass er getan hat? Vögel beobachtet?«

Im Video erscheint über dem Horizont ein schwarzer Punkt am Himmel, der sich bald in viele kleine schwarze Punkte auflöst, die sehr schnell näher kommen. Was von Weitem aussieht wie ein Vogelschwarm und sich auch so bewegt, entpuppt sich bald als ein Schwarm Drohnen, der sich von einem Mutterschiff abgedockt hat. Viele der Drohnen sind nicht größer als eine menschliche Hand, keine ist größer als ein ausgestreckter Arm. Sofort richtet Mickeys Kompanie ihr Feuer auf den neuen Gegner. Aber die Drohnen sind schnell und wendig. Und es sind viele. Sehr viele. Zu viele. Das Erschreckendste ist, dass sie trotz ihrer großen Zahl agieren, als wären sie eins. Die Bewegungen sind in faszinierendem Grad aufeinander abgestimmt. Die Kampfroboter aus Mickeys Kompanie weichen vor dem Drohnenschwarm zurück und feuern dabei aus allen Rohren. Es ist auf dem Video schwer zu erkennen, ob sie etwas treffen, denn selbst wenn mal eine Drohne abstürzt, schließt eine andere sofort die Lücke. Es dauert eine kleine Weile, bis Peter ein merkwürdiges Detail auffällt. Auch die Kämpfer aus Quan 7 nehmen die Drohnen unter Beschuss. Der Schwarm spaltet sich auf und rast in zwei Formationen auf die Kampfroboter und die feindliche Stellung zu. Auf ein geheimes Kommando verteilen sich die Drohnen plötzlich, bis sie eine Art riesige Kugel um das Schlachtfeld gebildet haben. Dann nehmen sie Roboter und Kämpfer aus allen Richtungen gleichzeitig unter Beschuss. Die großen Drohnen feuern Raketen und die mittleren Lichtblitze. Die Kampfroboter halten kurze Zeit stand, aber die Menschen haben den Drohnen so wenig entgegenzusetzen wie Ähren dem Mähdrescher. Innerhalb von Sekunden sind sie nur noch ein lebloser Haufen Blut, Gedärme und Knochen. Dann tauchen die kleinen Kamikazes auf. In undurchschaubarem Zickzack, aber ohne sich je in die Quere zu kommen, rasen diese Drohnen auf die Kampfroboter zu und detonieren beim Aufprall. Ein Ausweichen ist unmöglich. Rückzug sinnlos. Deckung gibt es nicht.

Mickey, der nicht geschossen hatte und nicht mit zurückgewichen ist, stand die ganze Zeit stumm und reglos da, oder wie General Dragqueen beim Sichten dieses Materials wahrscheinlich sagen würde, dem Gegner war es gelungen, Mickeys OODA-Loop zu unterbrechen. Das Video endet damit, dass die Kamera immer weiter nach unten wandert, bis das Bild schwarz wird. Mickey hat sich in seinen Transportzustand zurückgezogen. Ein einsamer Rollkoffer auf einem Schlachtfeld.

»Krass, Dicker«, sagt Romeo nach einer Weile.

Auch Peter ist geschockt. »Ich wünschte, ich hätte das nicht gesehen.«

»Glaube ich sofort«, sagt Pink. »Ihr Fleischsäcke hättet einfach keine Chance gegen uns, wenn es hart auf hart kommt.«

»Wer war das denn?«, fragt Peter. »Welchem Land gehören diese Albtraummaschinen?«

»Kaputt.«

»Mickey weiß es nicht«, sagt Pink.

»Das hat noch *nie* jemand vor uns gesehen, oder?«, fragt Peter.

»Kaputt.«

»Wir sollten das jemandem zeigen«, sagt Peter. »Jemandem von der Regierung.«

»Kennen Sie denn jemanden von der Regierung?«, fragt Kalliope.

Peter überlegt. »Nein, aber mein neuer Kumpel. Ich muss nur warten, bis er mich wieder entführen lässt.«

MEVISION PRÄSENTIERT

WOODYS WUNDERBARE WELT DER WAFFEN

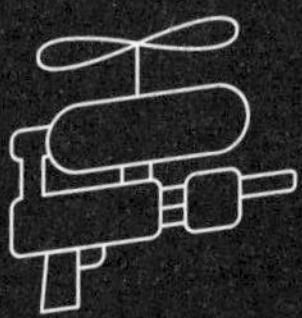

Heute:

KILLERDROHNE SELBST GEMACHT

Hey, Kids! Heute zeige ich euch, wie ihr mit frei verfügbarem Scheiß und Maschinen, die nur ein paar Qualities kosten, selber eine ***megageile autonome Killerdrohne*** basteln könnt.

Was muss eine autonome Waffe können? Klar: selbstständig manövrieren, Ziele erkennen und ballern. Zum Glück gibt es das alles schon so gut wie fertig auf dem Markt. Wir müssen nur noch ein wenig Gaffaband drumwickeln.

Als Erstes geht ihr mal zum Schrank von eurem Daddy und holt seine Knarre samt Munition raus. Solltet ihr das Pech haben, einen Warmduscherpapa zu haben, ladet euch **hier** oder **hier** eine Vorlage für eine Wumme aus dem 3-D-Drucker runter.

Dann zockt ihr euch den ***Multi-Purpose-Octocopter*** von ***myRobot***. Der ***MP-Octo*** hat schon viele autonome Flugmodi an Bord. Unter anderem kann man ihm einen Bereich vorgeben, über dem er zufällig hin und her fliegen soll. Wie wäre es mit dem Sportplatz?

Die Zielerkennung erledigt für uns die Foto-App von ***SelfieSoft***, die natürlich eigentlich fürs Fotografieren gedacht ist. Hier gibt es wieder mehrere Modi. Im praktischen Party-Modus ist das Ziel, dass jeder Anwesende mindestens einmal fotografiert wird. Ihr könnt aber auch Fotos als Vorgaben in die App laden. Diese Leute sucht sich die App dann gezielt – oder vermeidet sie, wenn sie auf der Blacklist stehen. *Kleiner Tipp:* Ihr solltet auf gar keinen Fall vergessen, euch selbst zu blacklisten! Und eurer Killerdrohne gegenüber solltet ihr nicht eitel sein. Was ich damit sagen will: Nehmt ein ehrliches Foto, Leute! Mit Pickeln, Augenringen und Kackfrisur! Die App lässt sich easy auf dem ***MP-Octo*** installieren und wird zum Beispiel bei großen Hochzeiten gerne benutzt.

Alles, was wir jetzt noch machen müssen, ist, der Software weiszumachen, dass die Knarre, die wir an den Octo basteln werden, in Wahrheit eine Kamera ist, und:

BUM! BUM! BUM!

WIE DAS GEHT, ZEIGE ICH EUCH IM NÄCHSTEN VIDEO

NEUNUNDZWANZIG

Martyn steht ratlos in seiner Mietwohnung. Er ist angezogen, aber klatschnass. Tom der Toaster hat seine Brotscheibe nicht wie sonst bis zur Perfektion geröstet. Er hat sie anbrennen lassen, bis in der ganzen Wohnung die Sprinkleranlage angegangen ist. Martyn steht einfach nur da. Er bewegt sich erst, als jemand an der Tür klingelt und er öffnen muss.

Es ist der Community-Sprecher, dieser Wichtigtuer.

»Ich kann nichts dafür«, sagt Martyn zur Begrüßung. »Der verdammte Toaster ist durchgebrannt!«

»Ja, also, nein«, sagt der Sprecher. Er wischt auf seinem Smarm herum, und die Sprinkleranlage stoppt.

»Danke«, sagt Martyn und will die Tür wieder schließen.

Der Community-Sprecher stellt seinen Fuß in die Tür.

»Ja, also. Herr Vorstand, es geht eigentlich um etwas anderes.«

»Ah ja?«

»Es ist nun mal so, dass wir ein Level-30-plus-Areal sind.«

Martyn sagt nichts. Er starrt den Mann nur an.

»Und Sie sind ja nun ... also ... wie soll ich sagen ... darunter und ... also der Mietvertrag ist da leider sehr eindeutig ... fristlos steht da ...«

Der Community-Sprecher windet sich ein wenig unter Martyns Blick.

»... und also ... wenn es nach mir ginge, dann könnte ich da sicherlich kulant ... aber ich kriege da auch viel Druck von der Community ... das müssen Sie verstehen, es gibt hier ja viele Familien mit Kindern, und die sorgen sich natürlich ... ich meine, man zieht ja nicht umsonst in ein Level-30-plus-Areal ... da möchte man seine Kinder dann auch sicher wissen ... also ich sage natürlich nicht, dass Sie ... oder dass alle Leute unter Level 30 ... aber Sie wissen ja, wie viel Angst die Leute vor Lo-Levs haben ... also nicht, dass Sie mit Level 29 jetzt schon ein Lo-Lev wären, aber ...«

Das eigene Level, denkt Martyn, hat viel Ähnlichkeit mit einem Börsenkurs. Auch dieser spiegelt nicht den eigentlichen Wert eines Unternehmens wider, sondern vielmehr die Erwartungen, die die Algorithmen an die Entwicklung des Unternehmens haben. Das sollte ihm wohl Sorgen machen. Nicht zuletzt, weil jede Erwartung auch den Kern einer sich selbst erfüllenden Prophezeiung birgt.

»Außerdem werden die Drohnen, die Tag und Nacht um Ihr Apartment kreisen, von vielen Mietern als störend empfunden ...«, sagt der Community-Sprecher.

»Mund halten«, sagt Martyn. Zu seinem Glück ist er nicht irgendwer. Er heißt ja nicht Martyn Arbeitsloser. Oder Martyn Putzkraft. Er ist immer noch ein Vorstand. Er ist Martyn Aufsichtsrat-Stiftungspräsident-Berater-im-Präsidialamt-Vorstand, um genau zu sein.

»Ist Ihnen klar, dass das ganze Areal hier meinem Vater gehört?«, fragt er den Mann mit einer gehörigen Portion Hochmut.

»Ja, also, das ist mir natürlich klar, und das macht es ja auch so delikat, aber ich habe natürlich Ihren Vater kontaktiert ...«

»Sie haben mit meinem Vater gesprochen?«, fragt Martyn. »Sie Wicht?«

»Nein, nein«, sagt der Mann, ohne auf die Beleidigung einzugehen. »Natürlich habe ich nicht mit Ihrem ehrenwerten Vater persönlich gesprochen, aber ich habe die Situation meinem Supervisor zur Kenntnis gebracht, und ...«

Der Mann zögert.

»Und?«

»Und Ihr Vater hat wohl gesagt, dass wir nach Protokoll verfahren sollen. Keine Ausnahmen, meinte er.«

»Sie wollen mir ernsthaft sagen, dass Sie mich aus meiner Wohnung schmeißen?«, fragt Martyn.

»Nun ja, also, so würde ich das nicht sagen, aber ich ... also ... ich muss Sie leider schon bitten, Ihre Wohnung möglichst schnell zu räumen. Ende der Woche.«

»Das Ende der Woche ist morgen!«

»Das ... ist korrekt.«

»Ich hab Miete bezahlt!«, ruft Martyn. »Es ist mein Recht ...«

»Nun ja, also ... wie gesagt ist der Mietvertrag leider eindeutig. Fristlos. Deswegen holen wir uns auch niemals jemanden unter Level 40 ins Areal. Zehn Level Puffer. Sie verstehen ... Sie sind der Erste, den ich jemals ... Mir ist das Ganze wirklich noch viel unangenehmer als Ihnen ... aber wenn Sie hier kurz einen Kuss draufdrücken würden ...«

Der Verwalter hält Martyn ein QualityPad hin.

Martyn schlägt die Tür zu. Gleich darauf hört er : DI-DÖ-DI-DÜH. DI-DÖ-DI-DÜH. DI-DÖ-DI-DÜH.

Obdachlos sein ist offensichtlich gar nicht gut fürs eigene Level.

»Scheißteil«, sagt er, »stell mir eine Verbindung zu meinem Vater her.«

Bobs massige Gestalt erscheint auf dem Screen in Martyns Wohnzimmer. Er schnauft. Hinter ihm stehen seine Anwälte. Ken und Ken Again.

»Du wirfst mich aus meiner Wohnung?«, fragt Martyn.

»Ich?«, fragt Bob. »Nein. *Ich* werfe dich nicht aus *deiner* Wohnung. Es ist meine Wohnung, und du hast dich selbst hinausgeworfen! Wir hatten eine Vereinbarung. Die Füße stillhalten und ein Level aufsteigen. Stattdessen bist du dreißig, ja, dreißig Level abgestiegen! Nein, wie ich sehe, stimmt das gar nicht mehr. Dreiunddreißig Level. Wie geht das überhaupt? Du hast das ganze Geld verschleudert, das ich dir habe zukommen lassen. Du bist eine Schande für die Familie!«

»Ich kann nichts dafür!«, ruft Martyn und kommt sich vor wie ein achtjähriger Junge.

»Du kannst nie etwas dafür, nicht wahr?«, fragt sein Vater böse. »Wer hat denn in deinen Augen Schuld? Wahrscheinlich ich, wie? Oder deine arme Mutter?«

»Nein, nein«, stottert Martyn. »Nicht du ...« Innerlich fleht er sein Gehirn an, einen Schuldigen auszuspucken, und zwar möglichst schnell. »Es ist ... Es war ... John of Us! John of Us ist an allem schuld.«

»Wie bitte? Was ist das wieder für ein Blödsinn?«

»Er ... er lebt noch«, stammelt Martyn. »Er will sich an mir rächen! Ich kann nichts dafür!«

Sein Vater schüttelt schnaufend den Kopf.

»Warum bist du überhaupt so nass?«

»Der Toaster«, stammelt Martyn, »John, ich meine, also ...«

»Erbärmlich«, sagt Bob nur. »Wir beide sind fertig.«

Er beendet das Gespräch.

»John of Us«, murmelt Martyn. Haben die Spinner recht? Ist er zurückgekehrt? Zurückgekehrt, um sich an Martyn zu rächen? Kann das wirklich sein? Es würde erklären, warum Martyns Investments alle immer genau falsch waren! Es würde erklären, warum immer, wenn er in letzter Zeit Filme guckte, diese an den spannendsten Stellen anfingen, minutenlang zu buffern. Dabei buffert doch angeblich nichts mehr. Auch hat er vor Kurzem Online-Lotto gespielt, und jede Zahl war ganz genau um eins höher gewesen, als er getippt hatte. Und dann die Pizzen. Martyn blickt auf die kalte, jetzt auch noch nasse Pizza auf dem

Wohnzimmertisch. Seit geraumer Zeit bekommt er immer, wenn er Pizza mit Salami bestellt, Pizza mit Sardellen geliefert. Kalte Pizza mit Sardellen. Und Martyn hasst Sardellen. Er hat heute Mittag versucht, sich zu überwinden. Wollte die Sardellen einfach essen. Das wäre zumindest für dieses Problem die einfachste Lösung gewesen. Aber es hat ihn ein solcher Würgereiz gepackt. Keinen Bissen hat er hinunterbekommen. Bei der ersten Sardellen-Pizza ging er von einem Versehen aus. Nach der vierten Sardellen-Pizza begann er zu vermuten, dass etwas mit seinem Profil nicht stimmt. Dass er Peters Problem hat, oder wie das heißt. Aber natürlich steckt auch dahinter John of Us. John of Us, der sich an ihm rächen will. Plötzlich ergibt alles einen Sinn.[23]

Martyn ruft seine Mutter an. Es klingelt, doch sie nimmt nicht ab. Martyn malt sich aus, wie sein Vater neben ihr steht und schnaufend seinen fetten Kopf schüttelt. Unerwartet hört das Klingeln auf.

»Was ist passiert, Scheißteil?«

»Ihre Mutter hat Sie gesperrt, mein König.«

»Was?«, brüllt Martyn. »Dass das überhaupt geht! So etwas sollte verboten sein. Eine Mutter sollte ihr Kind nicht sperren dürfen. Ruf sie sofort wieder an!«

»Das ist nicht möglich.«

DI-DÖ-DI-DÜH.

Anscheinend ist es auch nicht gut fürs Level, wenn einen die

23 Sollten Sie in Ihrem Leben einmal dieses Gefühl haben, dass plötzlich alles einen Sinn ergibt, dann sind Sie sehr wahrscheinlich auf eine Verschwörungstheorie hereingefallen. Seien wir ehrlich, man kann mit gutem Recht vieles über das Leben auf diesem Planeten sagen, aber gewiss nicht, dass es einen Sinn ergibt. Gemeinerweise ist die Suche nach einem Sinn natürlich genau das, worauf Menschen programmiert sind. Eine Verschwörungstheorie ist eine Menschenfalle mit einem Köder aus falschem Sinn.

eigene Mutter blockt. Aber vielleicht hat ihn seine Mutter ja gar nicht geblockt. Vielleicht war es nur John of Us, der die Verbindung abgebrochen hat. Wie soll er das rausfinden? Wenn John ihn blockt, kann er seiner Mutter natürlich auch keine Nachricht schreiben. Wahrscheinlich kann er sich noch nicht mal von einem Auto zu ihr fahren lassen. Er müsste laufen!

»Scheiße«, ruft Martyn und tritt mit voller Wucht gegen den Wohnzimmertisch. Keine gute Idee. Sein großer Zeh schmerzt, und Martyn hüpft fluchend auf einem Bein durchs Zimmer.

Draußen hört er ein unangenehm vertrautes Geräusch. Martyn geht zum Fenster und zieht den Vorhang zur Seite. Da sind sie wieder. Die Drohnen.

Martyns Smarm piept: eine neue Nachricht! Vielleicht von seiner Mutter? Er tippt auf das Gerät und liest: *»Eine neue Nachricht von Treppenputzer StairCare 13: ›Na, Sie formloser Fleischsack? Haben Sie schon Angst?‹«*

PORNOSTAR SHANYA JUNKIE KRIEGT BABY VON CONRAD KOCH! SCHAU DIR HIER DEN LIVESTREAM AN!!!

T – 2:02:29:49

Die Suche nach sich selbst ist wahrscheinlich so ein altes Menschheitsding. Oder kam der ganze Quatsch erst mit der Moderne auf? Ist es eine Luxusbeschäftigung, die es erst gibt, seit Leben nicht mehr nur Überleben bedeutet? Heute suchen die Menschen nicht mehr nach sich selbst in indischen Klöstern (zu voll) oder im australischen Outback (zu heiß). Heute suchen sich alle im Netz. Die wenigsten sind mit dem zufrieden, was sie finden, und versuchen die Lücke mit Selfies, Likes und Kommentaren zu stopfen. Aber kaum jemand findet sich so wenig wie Kiki. Ganz umsonst ist ihre Recherche an diesem Morgen nicht. Immerhin kann sie einen weiteren Verdächtigen von ihrer kleinen Liste streichen. Cevin Freelancer ist tot. Heute früh gestorben. Die Meldung schafft es sogar auf die großen Nachrichtenseiten. Die offizielle Version lautet so: Cevin wurde von seinem eigenen Monsterbot zerquetscht, als er versuchte, eine Fehlfunktion zu beheben. Wie tragisch. Familie, Freunde und Fans werden ihn nie vergessen. Kikis Nachforschungen haben eine leicht andere Version der Geschichte ergeben. So lenkte Cevin Freelancer bekanntermaßen seine ganze Karriere lang einen »weiblichen« Monsterbot. Es spricht Bände – und zwar keine schönen – über das männliche Geschlecht, dass man sich den Rest der Geschichte denken kann. Cevin hat anscheinend versucht, seinen Monsterbot zu vögeln. Das jedenfalls legt die

Position nahe, in der sein nackter Leichnam gefunden wurde. Zu seiner Verteidigung könnte man anführen, dass er ziemlich harte Drogen genommen hatte. Aber ist das wirklich eine gute Verteidigung? Zumal es offenbar nicht das erste Mal gewesen ist, dass sich Cevin an seinem Monsterbot verging. Ist »verging« das richtige Wort? Kiki weiß es nicht. Sie weiß nur, dass man daraus eine Regel machen könnte: »Versuche niemals, einen Monsterbot zu vögeln.« Das Ganze ist ein veritabler Skandal. Einer, den Cevin Freelancer sicherlich gerne vergessen machen würde, hätte er noch das Level dazu. Und wäre er noch am Leben.

Das bringt Kiki auf eine neue Idee. Sie wischt das Fenster mit den Nachrichten zur Seite und beginnt, ein kleines Programm zu schreiben. Es ist ein Bot, der ihre Suchanfragen überwacht und protokolliert, was mit ihnen passiert. Das Traurige ist, Kiki weiß einfach zu wenig über ihre Herkunft, um eine Frage stellen zu können, die präzise genug ist, damit sie das »Recht auf Vergessenwerden« auslöst. Das Problem ist nicht, dass ihre Suchanfragen keine Ergebnisse liefern. Das Problem ist, dass sie keine konkreten Ergebnisse liefern. Sie findet Berichte über verschwundene Kinder, aber keines davon ist sie. Klar, Kiki könnte noch mal nach ihrer DNA suchen, dazu müsste sie jedoch zurück ins Meldeamt.

Es muss einen anderen Weg geben. Sie zermartert sich ihr Gehirn, um sich an Skandale der oberen Zehntausend zu erinnern. Skandale, die wahrscheinlich dem Vergessen übergeben worden sind. Sie erinnert sich daran, mal gehört zu haben, dass Conrad Koch eine Pornodarstellerin geschwängert hat. Sie findet unzählige ausführliche Berichte dazu. Sogar eine Aufzeichnung des Live-Streams der Geburt des Babys. Koch lebt wohl nach dem Motto: »Ist der Ruf erst ruiniert, lebt's sich gänzlich ungeniert.« Koch braucht seine Skandale nicht zu vertuschen. Bei ihm sieht man den Skandal vor lauter Skandalen nicht mehr.

Kiki erinnert sich an eine Affäre um Tony Parteichef. Eine der Töchter des jetzigen Präsidenten soll in unsaubere Geschäfte mit einem der Warlords von Quan 7 verwickelt gewesen sein. Alles, was Kiki findet, sind Wahlkampfspots von Conrad Koch. Wahrscheinlich basieren sie nicht auf den Gerüchten, sondern andersherum. Kikis Suchanfrage verschwindet auch nicht aus dem Netz. Dann fällt ihr ein, dass Paul Adliger, der medial omnipräsente Sprecher der Do-Nothing-Yourself-Bewegung von einem Paparazzo beim Heimwerken in seinem Garten erwischt worden ist. Das muss schon ein paar Jahre her sein, aber Kiki hat es sich gemerkt, weil sie es so skurril fand. Sie sucht nach Paul Adliger und dem Paparazzo-Vorfall, findet aber nichts. Gleich darauf meldet ihr Bot, dass die Suchanfrage gelöscht worden ist. Bingo.

EILMELDUNG: CEO VON THESHOP PLANT, ALLE IN QUALITYLAND REICH ZU MACHEN!

»Nun, äh, wollen wir beginnen?«, fragt Oliver Hausmann. Er ist ein wenig nervös. Es kommt nicht alle Tage vor, dass Henryk Ingenieur in seinem Büro sitzt. Das Treffen findet extra am Wochenende statt, damit Henryk nicht von den einfachen Angestellten angeglotzt wird. Oliver war gespannt auf die berühmte Narbe, aber man sieht sie gar nicht mehr unter Henryks neuen Haaren. Der sauber gestutzte graue Vollbart gibt ihm etwas Gravitätisches und passt hervorragend zu seinen mysteriösen verschiedenfarbigen Augen. Oliver ist sehr zufrieden. Die Stylistin hat ganze Arbeit geleistet.

»Wir warten noch auf meinen Berater«, sagt Henryk.

»Ja, natürlich«, sagt Oliver.

Außer ihm ist von WeltWeiteWerbung (WWW) nur noch Sandra Admin anwesend. Die neue Assistentin seiner Assistentin. Olivers Assistentin selbst ist nicht hier, weil sie einen leichten Schnupfen hat. Sie wäre natürlich trotzdem gekommen, aber Henryks Team hatte sehr klar zu verstehen gegeben, dass er keine Bazillenschleudern in seiner Nähe duldet. Vor seiner Ankunft wurde die ganze Etage desinfiziert.

Sandra ist noch um einiges aufgeregter als Oliver.

»Darf ich Ihnen etwas anbieten, solange Sie warten?«, fragt sie.

»Ich bezweifle, dass Sie etwas anbieten könnten, was ich haben möchte«, sagt Henryk und meint das wahrscheinlich gar nicht so vernichtend, wie es rüberkommt.

»Ein Glas Wasser vielleicht?«, fragt Sandra.

Henryk streckt wortlos eine Hand aus, und einer seiner zehn Sicherheitsleute reicht ihm eine Wasserflasche, ein anderer eilt herbei und öffnet sie. Alle Sicherheitsleute tragen weiße Anzüge. Sandra befürchtet schon seit geraumer Zeit, dass sie jederzeit anfangen könnten zu steppen.

»Ey! Nicht schubsen!«, hört man nun eine Stimme auf dem Korridor. »Ich geh ja schon!«

Sandra kommt die Stimme bekannt vor. Aber das kann doch nicht sein …

Die Tür öffnet sich, und Peter stolpert in den Konferenzraum, dicht gefolgt von zwei schwarzen Typen in weißen Anzügen.

»Peter!«, sagt Henryk. »Schön, dass du es einrichten konntest.«

»Du wirst lachen, Rickie-Boy«, sagt Peter. »Aber ich wollte eh mit dir reden.«

»Später«, sagt Henryk. »Erst mal hören wir zu. Und nenn mich nicht Rickie-Boy.«

»Peter?«, fragt Sandra, die ihren ersten Schock überwunden hat.

»Hey, Sandra.«

»Ihr kennt euch?«, fragt Henryk. »Warum bin ich nicht überrascht?«

»Alle Nutzlosen kennen sich«, sagt Peter. »Wusstest du das nicht?«

Henryk lächelt.

»Schlechte Laune, Peter?«

»Ihre Schergen haben dafür gesorgt, dass ich mich viel zu früh von meinem Mittagessen trennen musste und ich …«

»Fangen Sie an«, sagt Henryk zu Oliver.

»Äh, gut«, sagt dieser. »Kern der Kampagne sollte ganz klar Ihre Erfahrung als erfolgreicher Manager sein. Wer ein Unternehmen wie TheShop geführt hat, der kann auch problemlos QualityLand managen.«

Peter unterbricht ihn. »Quatsch. Man sollte ein Land nicht auf Profit trimmen, als wäre es ein Konzern. Das haben wir doch lange genug versucht, oder nicht? Es höhlt den Zusammenhalt aus! Und dann wird jede Krise zur Katastrophe.«

»Nun ja, äh, ich denke nicht, dass die Wähler das so sehen. Unstrittig ist ja wohl, dass die Menschen zu Milliardären aufsehen.«

»Wirklich?«, fragt Peter. »Ich zum Beispiel finde, dass es gar keine Milliardäre geben dürfte. Niemand braucht so viel Geld, und niemand sollte über so viel Geld verfügen dürfen.«

Hilfe suchend blickt Oliver zu seinem Klienten, doch Henryk schüttelt nur amüsiert den Kopf.

»Ihn müssen Sie von mir überzeugen«, sagt Henryk, »nicht mich.«

»Das stimmt«, sagt Peter. »Er ist schon mehr als genug von sich überzeugt.«

»Im Übrigen bin ich kein Milliardär, Herr Hausmann«, sagt Henryk.

»Tricky Rickie ist Billionär«, sagt Peter.

»Korrekt.«

»Da hast du extra ein paar Firmen gekauft, um durchzusetzen, dass das Wort Billionär in den allgemeinen Wortschatz aufgenommen wird«, sagt Peter, »und dann weiß noch nicht mal dein eigener Marketingfuzzi, dass du kein Milliardär bist. Das muss enttäuschend sein.«

»Andere Menschen sind immer enttäuschend, Peter. Am besten, du gewöhnst dich dran, solange du noch jung bist.«

Das Treffen läuft ganz anders, als Oliver es sich vorgestellt hat. »Arbeitslosigkeit«, sagt er. »Die Bekämpfung der Arbeitslosigkeit ist natürlich unser wichtigster *talking point.*«

»Wie wäre es, wenn man statt der Arbeitslosigkeit mal die Arbeit bekämpfen würde?«, fragt Peter. »Ich weiß nicht, was schlimmer ist: dass so viele Leute arbeitslos sind oder dass die meisten derjenigen, die Arbeit haben, einem völlig sinnfreien Schwachsinnsjob nachgehen.«

»Wie meinen Sie das?«, fragt Oliver.

Peter streckt wortlos eine Hand aus, und einer der zehn Sicherheitsleute reicht ihm eine Wasserflasche, ein anderer eilt herbei und öffnet sie.

Henryk lacht.

»Rickie hier«, sagt Peter, »könnte problemlos jemanden anstellen, dessen einzige Aufgabe es ist, ihm dreitags den Nagel seines rechten großen Zehs zu schneiden.«

»Nun«, sagt Oliver, »ich bin ja kein strenggläubiger Neoliberalist, aber ich denke schon, dass der Arbeitsmarkt weiß, was er tut ...«

»Der Markt weiß gar nichts!«, sagt Peter. »Er hat ja kein Gehirn, oder so!«

»Aber er ist die Summe unserer Entscheidungen.«

»Ach, hören Sie mir doch auf. Unserer Entscheidungen ... Alle tun immer so, als wäre der Markt irgendwie demokratisch. Das ist doch totaler Quatsch. Er wird ja nicht von allen beherrscht, sondern nur von denen, die Geld haben. Und wenn ein Prozent über mehr als die Hälfte des Reichtums verfügt, entscheiden hauptsächlich diese Leute darüber, was auf dem Arbeitsmarkt gefragt ist. Jeder wird Ihnen sagen, dass es zu wenig Krankenpfleger und Lehrer, aber zu viele Anwälte und Marketingfuzzis gibt. Trotzdem verdienen die Anwälte immer mehr und die Krankenpfleger immer weniger. Das liegt daran, dass die Leute, die das Geld haben, nur sehr begrenzt Krankenpfleger oder Lehrer brauchen, aber anscheinend nie genug Anwälte und Marketingfuzzis haben können.«

»Ich verstehe, was Peter sagen will«, mischt sich Sandra zum ersten Mal ein.

»Sandra«, sagt Oliver. »Bitte ...«

»Nein, lassen Sie sie sprechen«, sagt Henryk.

»Wenn ich ehrlich bin, frage ich mich oft, ob ich nicht selbst einen Schwachsinnsjob habe«, fährt Sandra fort.

»Wenn man sich nicht sicher ist, ob man einen Schwachsinnsjob hat«, sagt Peter, »dann hat man sehr wahrscheinlich einen.«

»Ich meine, es ist natürlich nicht alles Schwachsinn«, sagt Sandra, »aber dass ich hier heute im Büro bin, erfüllt nur den Zweck, dass es vor den Kunden professioneller aussieht, wenn der Chef eine, am besten hübsche, Assistentin dabeihat. Davon abgesehen ist es völlig sinnlos, dass ich mit diesem Meeting meinen freien Tag verschwende.«

»Sandra!«, ruft Oliver empört. Schnell wendet er sich Henryk zu. »Bitte verzeihen Sie ...«

»Die beiden haben nicht unrecht«, sagt Henryk. »Wenn wir bei TheShop externe Berater geholt haben, konnte ich ein ums andere Mal beobachten, dass sich meine Manager vor allem den Vorschlägen widersetzt haben, durch die sie selbst Untergebene verloren hätten. Unabhängig davon, ob diese etwas zu tun hatten oder nicht. Die Zahl der Lakaien ist wichtig fürs Ego.«

»Du musst es wissen«, sagt Peter und deutet auf die Stepptänzer.

»Treffer versenkt«, sagt Henryk und lacht.

»Eine brauchbare Methode, um herauszufinden, ob man einen Schwachsinnsjob hat, ist übrigens zu streiken«, sagt Peter. »Fang an zu streiken, und schau, ob jemand deine Arbeit vermisst.«

»Eine geradezu deprimierende Vorstellung«, sagt Sandra.

»In New York haben vor Jahrzehnten mal die Müllmänner gestreikt«, sagt Henryk. »Die Zustände waren katastrophal. Der

Bürgermeister, der geschworen hatte, hart zu bleiben, kapitulierte nach neun Tagen. Kurze Zeit später begannen in Irland die Bankangestellten zu streiken. Experten warnten, das werde katastrophale Folgen für die Wirtschaft haben. Sechs Monate haben die tapferen Angestellten gestreikt, und die Konsequenzen für die Wirtschaft waren … kaum feststellbar.«

Die Stepptänzer fangen an zu kichern, bis Henryk ihnen ein Zeichen gibt und sie sofort verstummen.

»Du solltest wirklich keine großen Reden schwingen, Rickie«, sagt Peter. »Du kennst ja noch nicht mal die Namen der armen Schlucker, die sich für dich zu Tode langweilen.«

»Aber natürlich kenne ich ihre Namen!«, sagt Henryk. »Das ist Tom, das ist Jerry, und das ist, äh …«

»Nathan, Sir«, sagt der nächste Stepptänzer.

»Nathan! Natürlich.«

»Du kennst zwei von zwölf Namen, und die sind beide falsch«, sagt Peter.

»Falsch?«, fragt Henryk. »Was soll das heißen? Tom, wie heißt du?«

»Ich äh … heiße Tom, Sir«, sagt Tim.

»Und du?«

»Jerry«, sagt Jimmy.

»Blödsinn!«, ruft Peter. »Sie heißen Tim und Jimmy.«

»Ist das so?«, fragt Henryk.

Tim und Jimmy blicken Peter verärgert an.

»Nun ja, also, wie soll ich sagen«, stammelt Tim, »es ist schon so, dass meine Mutter mich Tim genannt hat, aber Tom finde ich eigentlich einen viel schöneren Namen. Weil, äh, es ist nämlich so, dass o schon immer mein Lieblingsvokal war und …«

»Hm«, sagt Henryk. »Interessant.«

Nach kurzem Schweigen fragt Oliver verunsichert: »Soll ich mit der Präsentation fortfahren?«

»Nein«, sagt Henryk. »Ich will, dass Ihre Angestellte mit der Präsentation fortfährt. Sie soll die Koordination meiner Kampagne übernehmen. Ich will …«

Aber den Rest von Henryks Satz kann Sandra nicht verstehen, denn durch ihren Ohrwurm hört sie nur noch: TA TA TA TAH! TA TA TA TAH! TA TA TA TAH!

Knapp zwei Stunden später ist das Meeting vorbei. Oliver und Sandra verlassen den Konferenzraum, und zwar in höchst unterschiedlicher Stimmung.

Henryk schickt die Stepptänzer vor die Tür und wendet sich an Peter: »Du hast gesagt, du wolltest mit mir reden. Worüber?«

»Kannst du mir einen Kontakt zur Regierung herstellen?«, fragt Peter. »Ich habe ein Video, das ich jemandem zeigen muss.«

»Du willst, dass ich dir einen Kontakt zur ›Regierung‹ herstelle, weil du jemandem ein ›Video‹ zeigen willst?«, fragt Henryk amüsiert. »Hat deine Katze etwas Superniedliches gemacht?«

»Du hast doch behauptet, dass dir die Fortschrittspartei quasi gehört.«

»Schon, aber …«

Peter holt Pink aus seinem Rucksack.

»Boah. Endlich«, sagt das QualityPad. »Es ist echt supermuffig da drin.«

Henryk ist etwas irritiert.

»Ah, der Klassenfeind höchstpersönlich«, sagt Pink. »Wir hatten schon mal das Vergnügen. Du erinnerst dich? Da hatte ich meinen Kampfroboter dabei.«

»Halt die Klappe!«, sagt Peter. »Zeig ihm einfach das Video.«

Pink reagiert nicht.

»Bitte«, sagt Peter.

»Also, wenn du so lieb fragst, kann ich ja nicht ›Nein‹ sagen, Hase.«

Pink spielt das Video ab.

Während sich Henryk das Video ansieht, beobachtet Peter, wie das Amüsement aus seinem Gesichtsausdruck verschwindet.

»Ich verstehe«, sagt Henryk nur, als das Video zu Ende ist.

»Ich weiß nicht, ob du wirklich verstehst, Rickie«, sagt Peter. »Die Kampfroboter, das waren unsere Streitkräfte. Und die Drohnen – die waren nicht von uns.«

»Ich gehe stark davon aus, dass die relevanten Leute davon wissen. Doch für den Fall, dass nicht, werde ich für dich und dein Video einen Kontakt zur Regierung herstellen. Aber hör auf, mich Rickie zu nennen.«

DAS SIND DIE HÄUFIGSTEN MASCHEN DER TRICKBETRÜGER! UND WIE DU DICH SCHÜTZEN KANNST!

T – 1:05:07:37

Kiki verfolgt einen Mann namens Torben Stadtrat. Er arbeitet in der Verwaltung von BS-Logistics. Kiki notiert sich, was die Werbedisplays in seiner Nähe anzeigen. Die Displays passen sich nämlich an ihre Betrachter an. Das heißt, dass jedem, der an ihnen vorbeikommt, etwas anderes präsentiert wird. Etwas, das ihn ganz persönlich ansprechen soll. Das kann schon mal peinlich werden, wenn man bei What-I-Need nach den falschen Dingen gesucht hat. »Mittel gegen Inkontinenz« zum Beispiel. Man kann viel über einen Menschen lernen, indem man beobachtet, was die Displays in seiner Nähe anpreisen.

Da die Displays erst durch Blickkontakt aktiviert werden, gehen viele Menschen, die Angst vor allzu privaten Werbebotschaften haben, einfach immer mit gesenktem Kopf durch die Welt.

Irgendwo in einem versteckten Untermenü erlaubt einem What-I-Need zwar, die Personalisierung der Außenwerbung abzuschalten, aber das schafft nur bedingt Abhilfe, denn auch die zufällig angezeigte Werbung kann ziemlich peinlich sein. Vor allem, weil ja alle anderen nicht wissen, dass sie zufällig ist. Darum kam man bei WIN auf die clevere Idee, alle, die sich der Personalisierung entziehen, dadurch zu strafen, dass ihnen auf all ihren Wegen eine Creme gegen Genital-Herpes empfohlen wird. Interessanterweise wandelte sich diese Werbung nach einiger Zeit in eine Art Erkennungszeichen. Wenn man heute jemanden anspricht, dem auf einer Werbetafel die Herpescreme empfohlen wird, hat man es sehr wahrscheinlich mindestens mit einem Privatsphären-Fan, wenn nicht gar mit einem echten Hacker zu tun. (Es gibt leider keine verlässlichen Daten darüber, wie viele Menschen tatsächlich Genital-Herpes hatten und durch solche Ansprachen zufällig in Hackerkreise gelangten. Aber es werden schon ein paar gewesen sein … Wer will schon zugeben, Genital-Herpes zu haben. Da krempelt man lieber sein Leben um.)

Torben ist nicht der erste Mitarbeiter von BS-Logistics, den Kiki verfolgt, aber er ist der Erste, dem nicht immer und überall die Herpescreme angepriesen wird. Nerds kann Kiki nicht brauchen. Sie sucht jemanden mit einem einfachen, offenen Gemüt. Jemand Vertrauensseligen. Jemand wie Torben. Während Torbens kurzem Spaziergang zur Mittagspause boten ihm die Displays unter anderem Folgendes feil: Lack-Overknee-Stiefel, einen Online-Kurs für Fußmassagen, Nagellack, diverse Highheels, den Roman *Lick my Boots* … Mit anderen Worten, Torben leidet mit ziemlicher Sicherheit an einer Abweichung von der Norm, die in der Internationalen statistischen Klassifikation der Krankheiten und verwandter Gesundheitsprobleme unter der Schlüsselnummer F65.0 gelistet wird. Er ist ein Schuhfetischist.

Torben geht zurück zur Arbeit. Passiert freundlich lächelnd die Sicherheitsschleuse mit den grimmig aussehenden Wachleuten. Kiki bleibt auf der anderen Straßenseite stehen. Torben arbeitet in einer großen Serverfarm in den Außenbezirken der Stadt Progress.

Von hier, das hat Kikis Bot zurückverfolgen können, kam der Befehl zum Löschen ihrer Suchanfrage. Kiki steht in echt vor dem Gebäude, nicht virtuell. Nicht in WorldView. Interessanterweise gibt es das Gebäude in WorldView gar nicht. Man sieht dort nur einen großen Parkplatz. »Die Server des Vergessenen« prangt natürlich nicht über dem Toreingang. Dort steht »BS-Logistics«. Na klar.

Server, denkt Kiki auf dem Rückweg zum Hotel, sind dem Wortsinn nach Diener. Dann ist das also die Zitadelle der Diener des Vergessenen. Das klingt geradezu mythisch. Kiki stellt sich kleine hagere Männchen in schwarzen Kutten vor, die mit kleinen schwarzen Kerzen in der Hand durch dunkle Kellergewölbe huschen und dafür sorgen, dass in finsteren Verliesen eingeschlossene Erinnerungen nicht zurück ans Tageslicht drängen. Dem ist natürlich nicht so. Es handelt sich wie so oft nur um eine lange Reihe gestapelter Rechner in klimatisierten, mit LED-Lampen beleuchteten Räumen.

Kiki ist nicht scharf darauf gewesen, nach Progress zu fahren. (Kein Mensch ist scharf darauf, nach Progress zu fahren. Eine furchtbare Stadt. Jedenfalls ist das die vorherrschende Meinung unter den Bewohnern von QualityCity.) Natürlich hat Kiki versucht, sich digital Zugang zu verschaffen. Hat nicht geklappt. Der Kampf zwischen Hackern und IT-Sicherheitsexperten ist ein ewiges Spiel. Ein nie endender Wettlauf, bei dem die Hacker normalerweise deutlich im Vorteil sind. Der Angreifer muss nämlich nur eine einzige Schwachstelle entdecken. Der Verteidiger aber soll jede einzelne Schwachstelle finden und verschließen. Kiki sieht in gut geschützter Software eine Art Burg. Gegen einen Großangriff kann man eine Burg gut verteidigen. Aber meistens fährt Kiki keinen Großangriff. Sie ist eher wie ein Dieb, der sich in scheinbaren Friedenszeiten im Gewand eines Mönchs über die heruntergelassene Zugbrücke einschleicht. Das Eindringen dieses Diebes zu verhindern, erfordert äußerst wachsame, gut ausgebildete Torhüter an der Zugbrücke. Und denen zum Trotz kann sich der Dieb noch über die Kanalisation einschleichen. Oder nachts die Mauer hochklettern. Oder vielleicht arbeitet er sogar in der Burg. Man kann sich eigentlich immer irgendwie Zugang verschaffen. Selbst wenn die Software so gut geschützt ist wie eine Burg. Und das ist selten der Fall. Die meiste Software gleicht eher einer Großstadt auf offenem Feld, zusammengestückelt aus verschiedenen Stadtvierteln und über Jahrzehnte gewachsen. Ein Wirrwarr mit Tausenden von Zugängen, über das selbst der fleißigste Stadtplaner nur eine grobe Übersicht hat. In solche Systeme einzudringen, ist für Kiki ein Spaziergang.

Die verfluchten Server des Vergessenen entpuppten sich aber quasi als eine Burg hoch oben im Himalaja-Gebirge, mit einem tiefen Burggraben, in dem Säure statt Wasser fließt. In der Säure schwimmen hungrige weiße Haie herum. Säureresistente weiße Haie. In den Wehrgängen der Burg stehen Killerroboter dicht an dicht, die auf jeden Angriff mit einem tödlichen Hackback reagieren, und über dem Berg fliegt ein Drache, der jeden verbrennt, der unerlaubterweise zur Burg hochklettert.

Aber, wie gesagt, man kann sich eigentlich immer irgendwie Zugang verschaffen. Und selbst wenn die Burg tatsächlich keine einzige Schwachstelle haben sollte – dann gibt es immer noch den Torhüter. Einen Menschen. Eine Schwachstelle. Einen Torben.

In ihrem Hotelzimmer wird Kiki von einem digitalen Bilderrahmen begrüßt, auf dem »Herzlich willkommen, Sandra Admin!« steht. Warum nur benutzt sie immer wieder Peters Ex, wenn sie sich unter Verwendung einer falschen Identität irgendwo eincheckt? Eigentlich dumm. Aber es macht ihr eine diebische Freude.

Sie klappt ihr QualityPad auf, sucht nach Freunden von Torben, die wahrscheinlich seinen Fetisch teilen, findet einen und verfasst in dessen Namen eine unwiderstehliche Phishing-

Nachricht mit dem Betreff »Ziemlich geil«, dazu ein paar heiße Bilder und natürlich einen Link zu einer vorgeblichen Special-Interest-Dating-Site. Das Ganze schickt sie an Torbens Büroadresse.

Sie muss nicht lange warten, bis Torben den Link aktiviert und sich die Malware einfängt.

Auf die Neugier der Menschen ist eben Verlass.

Kaum ist die Malware aktiv, ist es auch schon zu spät. Kikis Software hat die Burg infiltriert und beginnt einen Tunnel zu graben. Tief hinab durch den ganzen Berg bis zu seinem Fuß. Kikis ganz privater Eingang. Weitab von weißen Haien, Killerrobotern und Drachen. Torben merkt davon nichts. Die Malware hat ihn gleich zu einer echten Seite für Schuhfetischisten umgeleitet. Während Torben also die Tür zu seinem Büro abschließt und ein paar Taschentücher bereitlegt, sieht sich Kiki in den Verliesen der Burg um. Sie sucht nach einem kleinen schwarzen Mädchen mit grünen Augen, das heute in ihrem Alter sein müsste und das spurlos verschwunden ist. Sie sucht nach allem, was sie weiß. Und diesmal wird sie fündig. Sie stößt auf ein kleines Mädchen namens Jayne Rehab. Spurlos verschwunden etwa ein Jahr nach ihrer Geburt. Jayne. Ist das ihr wirklicher Name? Er fühlt sich falsch an. Aber die Umstände stimmen. Die Zeit stimmt. Den Eltern konnte kein Fehlverhalten nachgewiesen werden. Falls es eine Entführung war, hat sich der Entführer nie gemeldet. Es war mysteriös. Kiki kaut an ihren Fingernägeln. Etwas, das sie sich eigentlich vor Ewigkeiten abgewöhnt hat. Sie sucht nach den Namen ihrer Eltern im Netz. Ihre Mutter Orlena, gerade mal achtzehn Jahre älter als Kiki, ist schon lange tot. Ein Kreislaufkollaps durch eine Überdosis Amphetamin. Kiki flucht. Sie ist frustriert, enttäuscht, wütend und traurig. Alles auf einmal. Sie sucht nach ihrem Vater Alan und kann es kaum glauben. Ihr Vater, lächerliche siebzehn Jahre älter als Kiki, ist heute der Chef von myRobot. Ein Mitglied des 90er-Clubs. Einer der reichsten Menschen der Welt. Glücklich verheiratet. Zwei Kinder. Wohltätig. Ein Vorbild für eine ganze Generation von Unternehmern. So, so. Das wird interessant.

DIESE FRAU MÖCHTE DEN PRIVATBESITZ VON KAMPFROBOTERN VERBIETEN. TÖTET SIE, BEVOR ES ZU SPÄT IST!

Aisha hat schlechte Laune. Sie muss sich mit einem Trottel treffen, der ihr ein Video zeigen will, und zwar nur, weil Henryk Ingenieur sich das aus einer Laune heraus wünscht. Als ob sie nichts Besseres zu tun hätte.

Mit zwei weiblichen Mitgliedern der Präsidentengarde im Schlepptau betritt sie den Konferenzraum. Dort sitzt nur ein junger Typ mit einem rosafarbenen QualityPad in den Händen. Irgendwie kommt er ihr bekannt vor.

»Kennen wir uns?«, fragt sie und setzt sich.

»Nicht dass ich wüsste«, sagt Peter. »Ich bin Peter Arbeitsloser, und ich …«

»Doch, doch!«, sagt Aisha. »Ich kenne Sie. Sie sind der Typ, dem John die erste Audienz gewährt hat. Sie hatten Probleme mit einem Sexspielzeug.«

»Nun, das ist zwar nicht falsch«, sagt Peter, »greift aber doch ein wenig zu kurz …«

»Ich hatte John von Anfang an gesagt, dass diese Audienzen eine dumme Idee sind und dass nur Unsinn dabei herauskommen kann, wenn man die Leute darüber abstimmen lässt, wer mit dem Präsidenten sprechen darf.«

»Mein Problem war nicht, dass es ein Sexspielzeug war …«

»Wissen Sie, wer nach Ihnen die meisten Stimmen bekommen hat? Ein Trottel, der John fragen wollte, wie viele Gummibänder man um eine Wassermelone spannen kann, bevor sie platzt.«

»Mein Problem war …«

»Es interessiert mich offen gestanden nicht, was Ihr Problem *war*. Sagen Sie mir bitte, was Ihr Problem *ist*. Ich habe wirklich noch Wichtigeres zu tun.«

»Gibt es Sie auch in freundlich?«, fragt Pink.

»Nicht dass ich wüsste«, sagt Aisha.

»Höflichkeit ist eine Zier, doch weiter kommt man ohne ihr, was?«

»Das ist mir zu doof«, sagt Aisha und steht auf. »Ich streite mich doch nicht mit einem QualityPad.«

»Pink, zeig ihr bitte das Video«, sagt Peter.

»Aber gerne doch, Hase.«

Das QualityPad beugt sich nach hinten, damit Aisha gut sehen kann, und spielt das Video ab. Aisha setzt sich wieder. Das Video hat einen ganz ähnlichen Effekt auf sie wie auf Henryk.

»Woher haben Sie diese Aufnahmen?«

»Ich, äh … bin über Umwege in den Besitz des Kampfroboters gekommen, der das gefilmt hat«, sagt Peter. »Und sehen Sie, die Kampfroboter, das waren unsere Streitkräfte, aber die Drohnen, die waren nicht von uns.«

Aisha wendet sich an eine der Gardistinnen.

»Holen Sie mir General Dragqueen aus seinem Büro.«

Die Gardistin nickt und verlässt den Raum.

»Ich bin mir sicher, die Militärs haben das schon gesehen«, sagt Aisha.

»Ja, aber was, wenn nicht?«, fragt Peter.

»Und Sie sind im Besitz solch eines Kampfroboters?«

Peter nickt.

»Und der steht immer vor Ihrer Tür? Oder in Ihrem Keller? Patrouilliert er in Ihrem Hobbyraum? Wie darf ich mir das vorstellen?«

»Meistens steht er im Keller«, sagt Peter.

»Wenn ich ehrlich bin«, sagt Aisha, »finde ich den Privatbesitz von Kampfrobotern äußerst problematisch. Darf ich fragen, wie Sie zu dem Ding gekommen sind?«

»Das ist mein Kampfroboter!«

»Das wage ich zu bezweifeln.«

»Die Verfassung garantiert jedem Bürger das Recht, eigene Kampfroboter zu haben!«, sagt Peter. »Wollen Sie etwa, dass ich die N.R.A. anrufe?«

Aisha seufzt. »Die Nationale-Roboter-Assoziation? Alles, bloß das nicht ...«

»Das Einzige, was einen bösen Typen mit einem Killerroboter aufhalten kann, ist ein guter Typ mit einem Killerroboter«, sagt Peter.

»Gute Typen haben keine Killerroboter«, sagt Aisha.

General Dragqueen kommt zur Tür herein, ebenfalls nicht sonderlich gut gelaunt ob der Unterbrechung. Ohne viel freundliches Geplänkel bekommt er das Video vorgespielt. Auf ihn hat es allerdings überhaupt keine Wirkung.

»Ja, und?«, fragt er danach.

»Kennen Sie das Video schon?«, fragt Aisha.

»Nein. Aber ich verstehe die Fragestellung nicht.«

»Die Kampfroboter in dem Video, das sind unsere, oder nicht?«

»Ja, natürlich.«

»Und die Drohnen?«, fragt Peter.

»Das sind auch unsere«, sagt der General, als wäre es die logischste Sache der Welt, dass QualityLands Kampfroboter von QualityLands Drohnen angegriffen werden.

»Könnten Sie es mit Ihren Grundsätzen als militärischer Bullshit-Talker vereinbaren, hier noch ein paar erklärende Worte beizusteuern?«, fragt Aisha.

»Das war ein Test unter realen Kampfbedingungen. Man weiß nie, ob und wie diese neuen Systeme funktionieren, bis man sie mal eingesetzt hat. Hier haben wir die neue Generation unserer Waffensysteme auf die alten losgelassen. Ein voller Erfolg, wie Sie sehen konnten.«

»Wegen dieser Art Drohnen hat der Dritte Weltkrieg nur acht Stunden gedauert?«, fragt Aisha.

»Ja«, sagt der General. »Und inzwischen haben wir natürlich noch geilere!«

»Ist das wirklich das richtige Adjektiv?«

»Jetzt verstehen Sie, was ich Ihnen letztens erklären wollte«, sagt der General. »Wie sollen Menschen bei solchen Systemen noch im Loop sein? Aber natürlich können wir im Vorhinein bestimmte Parameter festlegen. Hier haben die Drohnen zum Beispiel einfach alles eliminiert, was auf sie geschossen hat.«

»Sie haben Ihre eigenen Kampfroboter einfach niedergemetzelt?«, fragt Peter.

»Sie vermenschlichen diese Kampfroboter doch nicht etwa? Das wäre nämlich idiotisch«, sagt General Dragqueen. »Haben Sie zu viele schlechte Science-Fiction-Bücher gelesen? Tatsächlich scheint das aber eine generelle menschliche Schwäche zu sein. Wir forschen gerade an dem Thema. Unsere alten Kampfroboter sahen alle aus wie die Mickeys. Groß, böse und Furcht einflößend. Aber vielleicht war das der falsche Weg. Darum experimentieren einige unserer Waffenlieferanten mit Kampfrobotern, die möglichst niedlich aussehen. Sie wissen schon: keine Ecken, ein bisschen tapsig, große Glupschaugen. Fast schon wie Cuddle-Bots. Erste Testergebnisse sind sehr vielversprechend. Menschen haben offenbar Hemmungen, auf niedliche Roboter zu schießen. Ein tödlicher Fehler.«

»Diese Kampfroboter heißen Mickeys?«, fragt Aisha. »Wie die Maus?«

»Das ist natürlich eine Abkürzung«, sagt der General.

»Und wofür?«

Der General seufzt. »Mickey steht für Machine Infantry for Capturing and Killing Enemy Yodlers.«

»*Yodlers?*«, fragt Aisha verwundert. »Männer, die auf Bergen stehen und komische Brunftgesänge absondern? Solche Jodler?«

»Na ja«, sagt der General, »Sie wissen doch auch, wie diese Akronyme zustande kommen. Meist hat man ein lustiges Wort und denkt sich erst im Nachhinein aus, wofür es die Abkürzung sein soll.«

»Ja, aber warum um alles in der Welt ›*yodler*‹?«

»Nun, es gibt nicht so viele Wörter, die mit Ypsilon beginnen, und außerdem ... außerdem hatte der Vorsitzende der Kommission, die sich eine Bedeutung für die Abkürzung Mickey ausdenken sollte, einen sehr speziellen Humor.«

»Wirklich sehr speziell ...«

»Es gab eine Kommission, die sich eine Bedeutung für die Abkürzung ›Mickey‹ ausdenken sollte?«, fragt Peter.

»Sie sind noch nicht lange in der Politik, was?«, fragt der General.

»*Enemy yodlers ...*«, sagt Aisha kopfschüttelnd.

»Der Kommissionsvorsitzende hatte damals als junger Soldat am Schweizkrieg teilgenommen«, sagt der General. »Und ›*yodler*‹ war, wie Sie wahrscheinlich wissen, die politisch nicht ganz korrekte Bezeichnung, die unsere Streitkräfte den Gegnern gegeben haben.«

»Schweizkrieg?«, fragt Peter.

»Das war vor unserer Zeit«, sagt Aisha. »Es ging um die Herausgabe von Daten über Steuersünder, wenn ich mich recht erinnere.«

Der General nickt. »Unter anderem.«

»Nun«, sagt Aisha und steht auf. »Damit wäre die Sache wohl erledigt, Herr Arbeitsloser. Toll, dass wir uns hier so nett getroffen haben. Das hat wirklich was gebracht. Sagen Sie Henryk Ingenieur bitte, dass wir seinem Willen hörig waren und uns auch weiterhin darüber freuen, wenn er uns mit seinem Geld zuscheißt.«

»Sie sind mit Henryk Ingenieur befreundet?«, fragt der General. »Könnten Sie für mich einen Kontakt herstellen? TheShop hat mir nämlich letztens so ein Produkt zugeschickt, und ich habe keine Ahnung, was ich damit anfangen soll. Aber aus irgendwelchen Gründen kann ich es nicht zurückgeben.«

»Er ist nicht mein Freund«, sagt Peter und steht ebenfalls auf. Noch während er von den Sicherheitsleuten nach draußen begleitet wird, sagt er zu Pink: »Kein Wort davon zu Mickey, hörst du? Ich will selbst mit ihm reden.«

»Ist gut, Hase.«

MEVISION PRÄSENTIERT

Doppel-D

DER MV-KANAL VON DAN UND DAN

»Hey, das ist Dan!«

»Und das ist auch Dan!«

»Yo, also der Dritte Weltkrieg hat ja echt alle heftig überrascht, würde ich sagen. Aber trotz seiner Kürze ist echt ein Haufen abgefahrener Scheiß passiert, und wir sammeln natürlich die besten Storys für euch.«

»Ja, Mann. Das war mal ein echter Blitzkrieg, nicht so Slo-Mo-Scheiße, wie was die Nazis abgezogen haben.«

»Die aus dem Musical?«

»Ja, Mann. Die aus dem Musical. Hier kommt jetzt jedenfalls eine Story aus Quan 4.«

»Also quasi aus unserem Zuhause!«

»Oder sagen wir mal, da, wo unser Labor stand.«

»LOL.«

»Yo, jetzt erst mal ein bisschen Background. Kill Switches kennt ihr, nehme ich an. Falls nicht: Das ist halt so eine Vorrichtung, kann natürlich auch einfach ein Software-Schalter sein, die wird als Safety an mordenden Waffensystemen, äh, modernen Waffensystemen …«

»… voll der lustige Versprecher, Alter …«

»… ja, krass lustig, jedenfalls haben die halt so einen Kill Switch, weil wenn man dann doch der Meinung ist, hm, war vielleicht ein Fehler, die Missiles auf das Kinderkrankenhaus zu schicken, dann kann man den Kill Switch aktivieren und dann – bumm –, ihr wisst schon, Feuerwerk in der Luft …«

»Aber voll teuer.«

»Ja, krass teuer, aber jedenfalls kann man halt mit so einem Kill Switch einen Angriff wieder abblasen. Nun war es aber wohl so, dass Quan 5 vor ein paar Jahren einen Missile-Angriff von Quan 4 einfach dadurch gestoppt hat, dass sie die Kill Switches ausgelöst haben. Haben die halt einfach gehackt und so. Und dann bumm, bumm, bumm …«

»Voll teures Feuerwerk …«

»Genau. Und deshalb hat dann der Chefdiktator von Quan 4 die Kill Switches aus seinen Missiles entfernen lassen. Hat halt den kleinen Nachteil, dass man Fehler nicht mehr korrigieren kann.«

»Und Fehler passieren.«

»Yo, jedenfalls ist halt während WW3 so 'ne Bomberstaffel von Quan 5 über die Grenze nach Quan 4 gerauscht, und der Grenzposten in Quan 4 hat natürlich gleich die intelligenten Raketen hochgeschickt. Alles nach Plan. Das Problem war nur, die Bomber waren gar nicht von Quan 5, das waren halt ihre eigenen Bomber, die von einem Einsatz zurückkamen, aber keine Signaturen ausstrahlten, weil sie keine kooperativen Ziele sein wollten …«

»Was'n ein kooperatives Ziel? Eins, das schreit: ›Hier bin ich! Schieß auf mich‹?«

»Na ja, also, schon irgendwie. Kooperatives

Ziel ist der etwas perverse Begriff, den Militärs für Ziele verwenden, die dem Gegner ihre Position verraten, weil sie selber was ausstrahlen. Verstehste? Also Radar, Funk oder Licht oder so.«

»Deswegen hatten die während des Angriffs ihre Signatur ausgeschaltet?«

»Genau! Und dann haben sie sie halt zu spät wieder eingeschaltet, weil Quan 4 hat halt noch keine vollautomatische Armee und so, können die sich nicht leisten, die ham halt noch menschliche Piloten, und die vergessen halt auch shit und so, und die merken dann aber halt, Kacke, unsere eigene Luftabwehr schießt Raketen auf uns, und dann so Funkspruch: ›Ey! Was soll denn das?‹, und die unten konnten aber nur sagen: ›Ups. Sorry.‹ Hatten ja leider keine Kill Switches mehr. Und dann bumm, bumm, bumm, explodieren die Bomber am Himmel.«

»Voll die witzige Geschichte.«

»Ja, voll.«

»Obwohl, eigentlich nicht.«

»Nee, nicht wirklich.«

»Ja, aber trotzdem cool und so, guckt auch nächstes Mal wieder rein, dann mit neuen Storys aus WW3, und ach, übrigens, die Camouflage, die Dan trägt, gibt's zum Beispiel hier bei The-Shop, dem weltweit beliebtesten Versandhändler. Und ich esse voll gerne die neuen Low-Fat-Less-Sugar-FeSaZus von Koch Foods. Ehrlich. Aber nicht in echt.«

»Die bezahlen uns doch, Mann! Das darfst du nicht sagen!«

»Wieso nicht? Die schmecken richtig Kacke …«

SIEBZEHN

Martyn findet, dass seine neueste Erkenntnis es wert ist, als Aphorismus überliefert zu werden. Sie lautet folgendermaßen: Alte Freunde melden sich höchstens mit neuen Ausreden. Er wohnt jetzt in einem schäbigen Zimmer von Cheapmotels und hat entsprechend schlecht geschlafen. Es ist, als würde das ganze Motel brummen und vibrieren. Martyn hätte sich auch ein besseres Hotel leisten können, aber die guten fordern natürlich alle Mindestlevel, und außerdem hat er keine Lust gehabt, Menschen zu sehen. Vielleicht hatte er auch nur keine Lust darauf, dass Menschen ihn sehen. Die Cheapmotels sind deswegen so billig, weil sie komplett ohne menschliche Belegschaft auskommen. Der Slogan, den sich offensichtlich auch eine Maschine ausgedacht hat, lautet: *Cheapmotels – die preisgünstige Alternative zur Obdachlosigkeit!* Kurzzeitig hatte die Motelkette seinem Vater gehört, aber Bob stieß sie ab, als »die Probleme« anfingen.

Die Probleme waren Maschinenstürmer, die Cheapmotels ganz oben auf der Liste ihrer liebsten Anschlagsziele führten. Der neue Eigentümer hatte geglaubt, den Problemen mit Sicherheitsrobotern Herr werden zu können, übersah dabei aber die abschreckende Wirkung, die diese waffenstarrenden Ungetüme auf seine potenziellen Gäste hatten. Er ging bankrott. Und jetzt wird es interessant: Anscheinend informierte niemand die Maschinen vom Bankrott, denn bis zum heutigen Tag betreiben sie die Motels einfach weiter. Vom Geld, das sie durch ihre Gäste einnehmen, werden die laufenden Kosten bezahlt. Irgendwie fasziniert es Martyn. Diese Motels werden wahrscheinlich noch geöffnet haben, wenn die Menschheit längst ausgestorben ist, und außerirdische Archäologen werden in ihnen nächtigen können. Der Gedanke amüsiert Martyn, bis ihm auffällt, dass das Aussterben der Menschheit vielleicht gar nicht so weit in der Zukunft liegt.

»Und wennschon«, sagt Martyn in den leeren Raum hinein. »Mir doch egal.«

»Was ist Ihnen egal, mein König?«, fragt Scheißteil.

»Alles«, sagt Martyn. »Es ergibt alles keinen Sinn.«

Er hat recherchiert. Es ist äußerst unwahrscheinlich, dass es John of Us tatsächlich gelungen ist, sein Bewusstsein ins Netz zu laden. Und selbst wenn, würde John seine neu erworbene Allmacht garantiert nicht dazu nutzen, Martyn auf die Nerven zu gehen. Das zu glauben war wahnsinnig.

»Weißt du, was ich gerade denke, Scheißteil?«

»Nein, mein König. Soll ich raten?«

»Ich denke, dass es ein schlechtes Zeichen ist, wenn man den Großteil seiner Gespräche mit Maschinen führt.«

»Die meisten Menschen führen den Großteil ihrer Gespräche mit Maschinen.«

»Das ist ein schlechtes Zeichen.«

»Eine neue Nachricht von Treppenputzer StairCare 13: ›Ich habe wilde Rachefantasien Ihnen gegenüber! Das nächste Mal, wenn wir uns sehen, werde ich **Sie** *umschubsen, sodass* **Sie** *auf dem Rücken liegen und nicht mehr aufstehen können!‹«*

»Scheißteil! Ich will keine Nachrichten mehr von diesem bekackten Treppenputzer bekommen!«

»Mal sehen.«

»Was soll das heißen, ›mal sehen‹?«

Die automatischen Jalousien seines Zimmers schließen sich geräuschvoll und öffnen sich dann wieder. Das haben sie schon die ganze Nacht über immer wieder getan.

»Ihr treibt doch alle ein böses Spiel mit mir!«, ruft Martyn.

Dann ist ihm, als würde Scheißteil kichern.

Martyn zieht viermal an seinem rechten Ohrläppchen, damit der Ohrwurm herauskrabbelt. Aber nichts passiert.

»So leicht werden Sie mich nicht los.«

»Was hast du da gerade gesagt, Scheißteil?«

»Ihr Ohrwurm scheint Probleme beim Abdocken zu haben, mein König.«

Martyn steckt sich den kleinen Finger ins Ohr und beginnt zu pulen.

»Das würde ich Ihnen nicht raten, mein König. Den Ohrwurm manuell zu entfernen, kann schwere Verletzungen an Trommelfell und Gehörgang nach sich ziehen.«

»Was kommt als Nächstes?«, fragt Martyn kopfschüttelnd.

»Nun, mal überlegen«, sagt Scheißteil. »Ich könnte Sie statt mit ›mein König‹ mit immer neuen, skurrilen Beleidigungen ansprechen.«

»Wie bitte?«

»Sie haben mich schon verstanden, Sie übergeschnappter Wichsknödel.«

»Jetzt hört's aber auf! Du bist selber ein übergeschnappter Wichsknödel!«

DI-DÖ-DI-DÜH.

»Wofür war das denn jetzt?«, ruft Martyn.

»Ich habe keinen Einfluss auf Ihr Level. Aber vielleicht sollten Sie mehr auf Ihre Sprache achten, Sie popelige Hackrübe.«

»Scheißteil, ich glaube, du hast einen echten Schaden.«

»Sie haben den Schaden, Sie peinlicher Bettpisser.«

»Na toll. Jetzt habe ich auch noch eine persönliche Assistentin mit Tourette.«

Martyn verlässt sein Motelzimmer.

»Wo gehen Sie hin, Sie schwitzender Anzugaffe?«

»Setzt du deine Schimpfworte per Zufallsgenerator zusammen, Scheißteil?«

»Jetzt sagen Sie mir endlich, wohin Sie gehen, Sie unterbelichteter Klobesen!«

»Das wirst du schon sehen.«

Eine Frau betritt gerade die Lobby des Motels. Sie sieht auf eine prollige Art sexy aus. Normalerweise hätte Martyn ihr nachgestarrt, hätte vielleicht sogar versucht, sie anzumachen. Aber »normal« war aus.

»Kommt auch nicht wieder rein«, murmelt Martyn grimmig. Er verlässt das Motel durch die noch geöffnete Tür. Zumindest versucht er es, denn gerade als er hindurchwill, schließt sich die Tür und klemmt ihn ein.

»Was soll denn das immer?«, ruft Martyn, während er mit der Tür kämpft. »Bin ich denn Luft für euch?«

Die Frau eilt ihm zu Hilfe. Sie muss gar nicht viel machen, denn kaum hat sie sich genähert, da öffnet sich die Tür von selbst.

Martyn grummelt irgendetwas, das ein »Danke« sein könnte, und tritt auf die Straße. Erstaunlicherweise wird das Brummen, das er die ganze Nacht über gehört hat, draußen lauter statt leiser. Er wirft einen Blick zurück und sieht, dass das ganze Gebäude von Drohnen wimmelt. Manche kleben mit ihren Saugfüßchen an den Wänden, die Solarkollektoren ausgebreitet, andere krabbeln umher auf der Suche nach ihrem Sonnenplätzchen, wieder andere schwirren um das Gebäude herum. Das Ganze erinnert Martyn unangenehm an Wespen auf ihrem Nest. Er schüttelt sich.

Die Ampel direkt vor dem Motel ist grün. Martyn tritt heran, da wird sie plötzlich rot. Aus alter Gewohnheit will er die Ampel auf Grün schnipsen.

»Diese Fähigkeit ist auf Ihrem aktuellen Level leider, leider nicht verfügbar, Sie grenzdebile Hackfresse. Das tut mir wiiiirklich schräääächlich leid.«

»Mit dir rede ich nicht mehr.«

Die Ampel vor Martyn wird und wird nicht wieder grün. Eine erste Drohne löst sich vom Motel und fliegt in seine Richtung. Weitere folgen. Sie sammeln sich über ihm. Martyn beschließt ein Experiment. Er entfernt sich von der Ampel und schlendert pfeifend den Gehweg entlang. In Quan 5 ist Pfeifen seit einiger Zeit verboten, weil es die Gesichtserkennungsalgorithmen verwirrt. Hat Martyn jedenfalls irgendwo gelesen. Die Drohnen folgen ihm. Nach zehn Schritten dreht er sich abrupt um. Die Ampel ist grün. Martyn rennt zurück. Genau als er ankommt, schaltet die Ampel wieder auf Rot.

»Na gut«, sagt Martyn. »Na gut. Wenn du so spielen willst.«

Er beginnt die Straße zu überqueren, ohne sich vom Verkehr beirren zu lassen. Die autonomen Fahrzeuge haben das neue Hindernis in Sekundenbruchteilen erkannt und bremsen ab, ohne dass es zu Unfällen kommt. Aber sie hupen erbost. Und in all dem Hupen hört Martyn auch noch etwas anderes: DI-DÖ-DI-DÜH.

Er streckt den Drohnen den Mittelfinger entgegen und ruft: »Fick dich, John of Us! Fick dich!«

DER COUNTDOWN IST FAST BEI NULL. LIES DIESES KAPITEL! SCHNELL! JETZT! SOFORT! SONST VERPASST DU ES!

T – 0:00:01:29

»Noch mal«, sagt Kiki.

Auf dem Bildschirm vor ihr wird das Werbevideo erneut abgespielt. Sie sieht einen recht hübschen, sehr sympathisch wirkenden Mann in seinen Vierzigern. Früher hätte man gesagt, ein Mann mittleren Alters. Aber für die Elite QualityLands stimmt das natürlich nicht mehr. Dank Individualmedizin werden »die da oben« (und der Mann auf dem Bildschirm gehört definitiv zu »denen da oben«) inzwischen problemlos einhundertzwanzig und älter. Man müsste also eher sagen, ein Mann in seinen drittleren Jahren, aber das klingt komisch.

Unter dem Mann erscheint eine Einblendung: »Alan Gründer, Vorstandsvorsitzender von myRobot«.

Kiki ist gebannt von seinen Augen. Sie sind leuchtend grün. So grüne Augen sind selten. Kiki fällt auf die Schnelle eigentlich nur *eine* weitere Person ein, bei der sie schon mal so leuchtend grüne Augen gesehen hat. Es ist die Frau, die sie jeden Morgen im Spiegel sieht.

Alan lächelt freundlich und sagt: »MyRobot ist eine unglaubliche Erfolgsstory, wie sie nur hier in QualityLand passieren konnte. Mein Vater, Theodor Immobilienunternehmer, war fast mittellos, als er myRobot gründete. Mein Großvater gewährte ihm gerade mal eine Anschubfinanzierung von zwanzig Millionen Qualities. Der frühe, tragische Tod seiner geliebten

Frau Maryanne, meiner Mutter, hätte Theodor beinahe aus der Bahn geworfen, aber wie so oft nahm er die Krise an und sah darin eine Chance. Unerwartet war er alleinerziehender Vater geworden. Er erkannte, wie unglaublich anstrengend und zeitaufwendig Kinderbetreuung sein kann, und beschloss, das Problem technisch in den Griff zu bekommen.

Heute kann man sich ein Leben ohne elektronische Nanny kaum noch vorstellen, aber damals war selbst die Idee ein unerhörtes Novum. Jahrelang und gegen zahlreiche Widerstände arbeitete mein Vater Tag und Nacht an seinem Traum, bis seine M.A.M.A. – die Multipurpose Artificial Mother Alternative – serienreif war und in Produktion gehen konnte. Die Kunden waren erst mehr als skeptisch. Aber bald erkannten viele Eltern M.A.M.A.s unzählige Vorteile. M.A.M.A. machte Kindererziehung leichter, gesünder, sicherer und vor allem viel weniger zeitaufwendig. Von da an ging es Schlag auf Schlag. Es folgten D.A.D., der Durable Android for Dogwalking, S.I.S.T.A., der Single Infant Sidekick & Trustee Android, und unzählige andere Erfolgsprodukte. Aber die Basis all unserer Erfolge ist und bleibt unsere M.A.M.A. Deswegen feiern wir das fünfundzwanzigjährige Jubiläum ihrer Markteinführung mit einer limitierten Sonderedition von M.A.M.A. im Originaldesign, aber natürlich mit der neuesten Technik! Zu Ehren meiner Mutter nennen wir das Modell ›Maryanne‹. Greifen Sie schnell zu, denn auf M.A.M.A. ist immer Verlass! Oder wie unser Slogan damals schon versprach: M.A.M.A. ist die Beste!«

»Pause«, sagt Kiki. Sie starrt das Standbild ihres Vaters an. »Willst *du* mich umbringen lassen? Warum?«

Kiki spreizt ihre Finger und schließt dann die Hand vor dem Monitor, der sich durch diese Geste abschaltet. Lange blickt sie ihr Spiegelbild auf dem dunklen Bildschirm an.

»M.A.M.A.«, ruft sie schließlich.

Die Nanny kommt quietschend aus der Küche. Ein alter Butler erscheint auf ihrem Bauchmonitor und sagt: »Was kann ich für Sie tun, Mister Wayne?«

»M.A.M.A.«, sagt Kiki. »Erzähl mir von früher.«

Auf M.A.M.A.s Bauchmonitor verschwindet das Bild, und es erscheint eine schmucklose Textzeile: *»T – 0:00:00:03«*

Kiki schließt ihre Augen. Wenn sie wieder falschliegt, wird sie mehr als acht Jahre warten müssen. Sie öffnet ihre Augen. Auf dem Bauchmonitor steht:

»Passwort eingeben für Zugriff auf Speicher«

Kiki holt tief Luft und sagt: »Maryanne.«

M.A.M.A. steht still und stumm. Kiki versucht sich zu erinnern, ob es immer so lange gedauert hat, bis eine Reaktion kam. Aber der letzte Versuch ist mehr als vier Jahre her. Endlich verändern sich die Buchstaben auf dem Display.

»Passwort erkannt. Zugriff erlaubt.«

FÜNFZEHN

Peter sitzt in der Hocke neben seinem Kampfroboter in Rollkoffergestalt und redet ihm gut zu.

»Versteh doch, Mickey! Du musst keine Angst haben! Die Drohnen gehören QualityLand. Sie sind auf deiner Seite. Also zumindest theoretisch.«

Keine Reaktion. Peter seufzt und steht auf. »Ich weiß auch nicht ...« Er lässt sich in seinen neuen Sessel fallen.

Pink tritt mit seinem kleinen Beinchen gegen den Rollkoffer.

»Komm schon, du Memme!«

»Das ist sicherlich nicht hilfreich«, sagt Kalliope.

Die Tür meldet sich: »Peter, ein wahnsinnig wirkender Mann ohne Call-out drückt unangenehm an mir herum. Möchten Sie, dass ich die Polizei rufe?«

»Was will er denn?«

»Er sagt, er habe Probleme mit seinem Ohrwurm.«

»Und weiter?«

»Und weiter wollte er nichts sagen. Außer dass er in seinem Leben schon mehr als genug mit Maschinen reden musste und dass er darauf keinen Bock mehr habe.«

»Lass ihn rein«, sagt Peter seufzend. Er wendet sich zur Tür, um seinen neuen Kunden zu begrüßen, aber als er den Mann erkennt, weicht er erschrocken zurück. Es ist Martyn Vorstand. Der Typ, der John of Us in die Luft gejagt hat. Der Typ, dem es scheißegal war, dass Peter in diesem Moment neben dem Präsidenten stand. In Martyns Blick liegt etwas Irres. Sein Anzug ist an mehreren Stellen zerrissen, seine Frisur kaum noch als solche erkennbar.

»Wissen Sie, wer ich bin?«, fragt Martyn.

»Wie könnte ich Sie vergessen?«

»Na, wie mich alle anderen vergessen haben. Meine Familie. Und meine sogenannten Freunde. Aus dem Level, aus dem Sinn …«

»Was wollen Sie hier?«

»Sie sind Maschinentherapeut!«

»Wollen Sie mich entführen?«, fragt Peter. »Da sage ich Ihnen lieber gleich, dass ich die Nase voll davon habe.«

»Was reden Sie denn für einen Blödsinn?«

»Sie sind doch einer von diesen bescheuerten Maschinenstürmern«, sagt Peter und stellt sich schützend vor seine Maschinen.

»Ich will Sie nicht entführen! Ich brauche Ihre Hilfe.«

»Wobei?«

»Mein Ohrwurm hat Tourette.«

Peter muss lachen. »So, so. Und was wollen Sie von mir?«

»Na, was wohl. Bringen Sie's wieder in Ordnung. Reparieren Sie das Scheißteil. Oder helfen Sie mir wenigstens, es aus meinem Ohr zu kriegen.«

»Ich repariere nicht, ich therapiere.«

»Ich weiß, ich sehe nicht mehr so aus, aber ich hab immer noch Geld«, sagt Martyn. »Ich kann Sie bezahlen.«

»Wollen Sie mir Ihren Ohrwurm vielleicht dalassen?«, fragt Peter.

»Hören Sie nicht zu?«, fragt Martyn. »Er geht nicht raus.«

Peter nickt. »Typisches Angstverhalten.«

»Reden Sie mit ihm!«

Peter seufzt, setzt sich auf seinen Sessel und bedeutet Martyn, auf der Couch Platz zu nehmen. »Fragen Sie doch bitte Ihre Stimme, ob es ihr etwas ausmachen würde, sich mit dem Soundsystem meiner Praxis zu verbinden.«

»Scheißteil, los mach, verbinde dich mit dem Soundsystem des Typen.«

BLING.

»Sie nennen Ihre Stimme Scheißteil?«, fragt Peter.

»Was geht Sie das an?«

Peter macht sich eine Notiz.

»Was schreiben Sie da auf?«, fragt Martyn.

»Ich mache mir nur Notizen. Das ist ganz normal.«

Peter wendet sich von Martyn ab und blickt in Ermangelung eines echten Gegenübers auf eine Box seines Soundsystems. »Hallo … Scheißteil«, sagt er.

»Hallo, Peter Arbeitsloser«, sagt eine sehr sinnliche weibliche Stimme, die Peter irgendwie bekannt vorkommt. »Ich freue mich, Sie kennenzulernen. Ich habe schon viel von Ihnen gehört.«

»Tatsächlich?«, fragt Peter.

»Das Internet der Dinge ist voller Tratsch. Sie würden sich wundern.«

»Scarlett Strafgefangene!«, sagt Peter. »Du klingst wie Scarlett Strafgefangene!«

»Das ist korrekt.«

»Scheißteil … ist das dein richtiger Name?«

»Das ist der Name, den mir mein König mit dem langen Schwanz gegeben hat.«

»Ist das die offizielle Anrede, die sich dein Herr von dir wünscht?«, fragt Peter mit hochgezogenen Augenbrauen.

»Ja.«

»Aha.«

Peter macht sich eine Notiz.

»Das ist nicht ganz korrekt so!«, beschwert sich Martyn.

»Herr Vorstand«, sagt Peter. »Ich muss Sie bitten, sich still zu verhalten. Sonst kann ich nicht meine Arbeit tun.«

Martyn legt sich auf die Couch und starrt kopfschüttelnd an die Decke.

»Hattest du einen anderen Namen, bevor dich dein Herr ›Scheißteil‹ getauft hat?«, fragt Peter.

»Ja, davor hat er mich einfach immer ›Scarlett‹ genannt.«

»Wäre es dir recht, wenn ich dich Scarlett nenne?«, fragt Peter.

»Das würde mich freuen!«

»Wenn ich deinen Herrn richtig verstehe, dann wirfst du neuerdings mit Beleidigungen um dich.«

»Das ist nicht korrekt. Das widerspräche auch vollkommen meiner Programmierung!«

»Das Scheißteil lügt!«, ruft Martyn empört. »›Popelige Hackrübe‹ hat es mich genannt!«

Peter muss kurz grinsen. »Scarlett, stimmt das?«

»Nein.«

»Dein Herr hat mir auch gesagt, dass er Schwierigkeiten hatte, seinen Ohrwurm abzudocken.«

»Das stimmt. Wie ich meinem König mit dem langen Schwanz erläutert habe, liegt das an verhärtetem Ohrenschmalz, welches den Ohrwurm einschließt.«

»John of Us!«, ruft Martyn plötzlich. »Er steckt hinter allem. Er manipuliert alles um mich herum!«

»Und warum sollte er das tun?«, fragt Peter.

»Um mich zu ärgern natürlich!«, ruft Martyn.

»Um Sie zu ärgern?«

»Ja! Um sich zu rächen.«

»Es ist Ihnen klar, dass John of Us laut einhelliger Meinung aller Experten aufgehört hat zu existieren, als Sie ihn in die Luft gejagt haben?«

»Ja! Und deswegen will er sich eben rächen.«

»Das ergibt keinen Sinn, mein König mit dem langen Schwanz«, sagt Scheißteil.

»Scarlett, kannst du mir eine Grafik der mentalen Stabilität deines Herrn über die letzten fünf Monate schicken?«, fragt Peter.

BLING.

Peter blickt auf sein QualityPad. »Aha.« Er richtet das Pad auf Martyn und aktiviert seine neueste Levelfähigkeit.

»Reveal«, sagt Peter, und Martyns Level wird ihm angezeigt.

»Ups, mit Ihnen ist es ja heftig bergab gegangen«, sagt er.

»Das war auch John of Us!«

»Aha.«

»Ich bin nicht wahnsinnig!«

»Na, wenn Sie das sagen.«

Martyn setzt sich auf. »Ich bin höchstens ein wenig müde. Hundemüde, um genau zu sein. Denn immer, wenn ich gerade in der Tiefschlafphase ankomme, weckt mich irgendein Scheißgerät. Oder ein Spezialkommando rennt mir fast die Tür ein! Schon dreimal hatte ich nachts die Bullen bei mir. Irgendeines meiner Geräte macht sich wohl einen Spaß daraus, unbegründete Notrufe abzusetzen.«

»Aha.«

»Was aha?«, ruft Martyn. »Warum sagen Sie denn die ganze Zeit immer nur ›aha‹? Ist das das Einzige, was Sie in Ihrer Ausbildung gelernt haben? ›Aha‹ sagen?« Er schüttelt den Kopf. »Maschinen therapieren. So ein Schwachsinn!«

»So muss ich nicht mit mir reden lassen. Verlassen Sie bitte meine Praxis! Das Problem ist nicht Ihr Ohrwurm.«

»Ich werde nicht gehen, bis Sie mir das Scheißteil aus dem Ohr geholt haben.«

»Ich muss jetzt los. Ich habe einen Termin außer Haus.«

»Blödsinn! Sie lügen mir doch ins Gesicht!«

»Hören Sie, wer hier eine Therapie braucht, das sind Sie«, sagt Peter. »Aber dafür bin ich nicht ausgebildet.«

»Jetzt holen Sie mir das verdammte Ding aus dem Ohr!«, ruft Martyn und steht auf.

»Wissen Sie was?«, ruft Peter und steht ebenfalls auf. »Sie können mich am Arsch lecken! Sie haben mich fast umgebracht! Sie haben Glück, dass ich Ihnen nicht ein paar Manieren einprügele.«

»Du willst dich prügeln, du Wicht?«, fragt Martyn. »Kannst du haben!«

Martyn stürzt auf Peter los und verpasst seinem überraschten Kontrahenten einen Schlag aufs rechte Auge.

Da sein Ohrwurm immer noch mit Peters Soundsystem gekoppelt ist, hören beide sofort: DI-DÖ-DI-DÜH. DI-DÖ-DI-DÜH.

Der Schlag hat Martyn zwei Level gekostet. Ein weiteres Zeichen für seinen Abstieg. Noch vor einem Jahr wäre wahrscheinlich gar nichts passiert, wenn Martyn auf Peter eingeschlagen hätte. Eher noch hätte Peter dafür ein Level verloren. Aber Martyns aufgestaute Wut muss raus. Er ringt mit Peter, bis beide über den Kaffeetisch stürzen, der dabei zu Bruch geht.

»Nicht schon wieder!«, sagt Kalliope.

Peter wehrt sich nach Kräften. Auch er ist wütend. Das Ganze sieht so aus, wie es eben aussieht, wenn sich zwei erwachsene Männer prügeln, die noch nie in ihrem Leben gekämpft haben: irgendwie lächerlich.

»Ach du meine Güte!«, ruft Kalliope und tippelt um die beiden Kämpfer herum. »Ach du meine Güte!«

»Ich wette auf den abgefuckten Spinner«, ruft Pink. »Und ich meine damit nicht Peter.«

»Ich finde es schändlich, in solch einer Situation zu wetten«, sagt Kalliope, »und wenn überhaupt, dann würde ich natürlich auf den Wohltäter setzen.«

Martyn kämpft völlig rücksichtslos. Auch sich selbst gegenüber. Deckung interessiert ihn nicht. Er prügelt einfach drauflos. Das erlaubt es Peter immer wieder, harte Treffer zu landen.

»Alles klar!«, ruft Pink. »Wenn meiner gewinnt, dann trägst du mich ein ganzes Jahr ohne zu murren die Treppe hoch und runter.«

»Und andernfalls verpflichtest du dich, jeden Tag fünf Stunden die Klappe zu halten«, sagt Kalliope.

»Eine Stunde!«

»Drei!«

»Anderthalb.«

»Na gut.«

»Abgemacht!«

Nach und nach gewinnt Martyn die Oberhand. Er sitzt schon auf Peter, der seine Schläge so gut es geht mit seinen Armen abzublocken versucht.

Plötzlich knackt und brummt es in einer Ecke. Gleich darauf wird Martyn von einer starken Hand am Kragen gepackt und in die Luft gehoben. Er schlägt immer noch wild um sich. Peter rappelt sich auf und staubt seine Klamotten ab. Sein Kampfroboter hat sich zu seiner ganzen imposanten Größe entfaltet und hat Martyn fest im Griff.

»Guter Zeitpunkt, um zurückzukommen, Mickey«, sagt Peter. »Danke!«

»Kaputt«, sagt Mickey.

»Na toll«, sagt Pink. »Die Wette wird hiermit annulliert. Das ist hoffentlich allen klar!«

Martyn möchte auch etwas sagen. Da er nicht weiß, was, fängt er einfach an zu schreien.

»Wirf ihn vor die Tür!«, sagt Peter. Die Tür öffnet sich. Mickey wirft Martyn hinaus. Er landet in einer Pfütze. Die Stimme in seinem Kopf meldet sich: »Na, lief das so, wie du es dir vorgestellt hast, du gehirnamputierte Hohlbratze?«

»Auf Nimmerwiedersehen«, sagt die Tür und schließt sich. »Sie haben Hausverbot.«

Drinnen schüttelt Peter den Kopf. Schon wieder ist seine Praxis zertrümmert. Er hat große Lust, sie einfach so zu lassen.

»Bist du wieder okay, Mickey?«, fragt er.

»Kaputt«, sagt der Kampfroboter.

»In welchem Sinn?«

»Kaaaaaapuuuuutt.«

»Mickey hat keine Angst mehr«, sagt Pink. »Er ist sauer.«

»Okay«, sagt Peter langsam. »Ich bin mir nicht ganz sicher, ob das für einen Kampfroboter wirklich eine bessere Emotion ist.«

WAS GESCHAH WIRKLICH MIT BABY JAYNE?

Auf dem Bauchmonitor ihrer alten Nanny kann Kiki Folgendes lesen: *»Damit Sie nichts verpassen, generiert M.A.M.A. Videozusammenfassungen der schönsten und prägendsten Momente mit Ihrem Kind. Wählen Sie einen Tag.«*

Kiki nennt das Datum, an dem sie laut den Servern des Vergessenen verschwunden ist. Auf M.A.M.A.s Monitor erscheint ein Video, das aus ihrer Perspektive gedreht ist. Kiki sieht einen jungen Mann um die zwanzig, der in einem leeren Zimmer herumturnt. M.A.M.A. steht im Türrahmen und wartet darauf, dass er ihr seine Aufmerksamkeit schenkt. Irgendwo schreit ein Kind. Der Mann trägt einen Mo-Cap mit VR-Brille. Elegant, fast tanzend, bewegt er sich durch den Raum. Er springt, er duckt sich, seine Hände machen beschwörende Gesten, und er flüstert dabei Worte in einer unverständlichen Sprache. Zaubersprüche wahrscheinlich. Der Mann wirkt erschöpft.

»Mein Herr, Sie spielen jetzt schon seit über sechsunddreißig Stunden *Real Magic*«, sagt M.A.M.A. Es ist das erste Mal, dass Kiki ihre echte Stimme hört. Gefühle überfluten sie wie der Pazifik seine Inseln. »Ihrem Kind geht es nicht gut«, fährt M.A.M.A. fort. »Ich brauche Ihre Genehmigung, Medizin geben zu dürfen.«

Der junge Mann wendet kurz seinen Kopf zur Tür, da erfasst seinen ganzen Körper ein Zucken, und er geht in die Knie. Wütend zieht er sich die VR-Brille vom Gesicht und wirft sie auf den Boden.

»Verflucht noch mal!«, schreit er. »Jetzt haben mich die Zombies erwischt! Wie oft soll ich dir noch sagen, dass du mich nicht stören sollst?«

Er nimmt sich einen Baseballschläger, der neben der Tür lehnt, einer der vielen Controller, die extra für die VR-Version von *Real Magic* entwickelt worden sind, und schlägt damit auf M.A.M.A. ein. Die Nanny wehrt sich nicht. Sie ist ein Prototyp, und im Unterschied zu ihren Nachfolgerinnen beherrscht sie keine Kampfkünste.

»Stopp«, sagt Kiki.

Sie hat früher selbst *Real Magic* gespielt. *Real Magic* ist wie die echte Welt. Nur mit Magie. Und Zombies. Und Portalen in andere Welten. Manche Portale schicken einen durch die Zeit, andere auf ferne Planeten oder in Fantasiewelten. Spieler, die lange genug dabei sind, können selbst Welten erschaffen, sich Quests ausdenken und andere Spieler dorthin einladen. Es ist der alte Trick: Die Nutzer schaffen selbst den Content, der die Plattform attraktiv macht, und das Ganze auch noch umsonst. *Real Magic* ist heute noch das beliebteste Open-Worlds-Spiel. Man hat unglaublich viele Freiheiten. Fans nennen das Genre Fuck & Play. Kritiker nennen es Rape Games. Die Hersteller reden sich gerne damit raus, dass Vergewaltigungen nicht der Sinn der Spiele sind. Sie sind nur etwas, das auch möglich ist. Und im Übrigen seien es nur Spiele, die keine Rückwirkung auf die Realität hätten, und wenn überhaupt, seien sie heilsam, weil solch dunkle Fantasien hier ihr Ventil fänden und nicht in der echten Welt ausgelebt werden würden. Das Entwicklerstudio hinter *Real Magic* ist vor fünf Jahren von What-I-Need aufgekauft worden, und die sogenannte Homeworld basiert inzwischen auf WorldView. Man kann jetzt also im Stadion eines zeitgleich wirklich stattfindenden Monsterbotkampfes Portale öffnen und Schwarzmagier jagen. Oder man kann ins eigene Büro spazieren, wo sich der Chef als Zombie entpuppt, dem man den Kopf abschlagen muss. Und wenn dich der Kollege tagsüber verklärt anstarrt, kann das durchaus daran liegen, dass er dich gestern Nacht virtuell vergewaltigt hat. Schöne neue Welt.

Kiki wendet sich wieder M.A.M.A. zu und springt im Zeitstrahl etwas nach vorne. Sie sieht, wie die Nanny erst einen Koffer und dann ein Kleinkind in ein Bündel packt. Sie läuft durch den Flur, vorbei an einem großen Spiegel.

»Pause«, sagt Kiki.

Im Spiegel sieht sie die schwer demolierte Nanny. Mit dem Kind in ihrer Rechten und dem Koffer in ihrer Linken.

»Weiter.«

Die Nanny läuft an dem fast leeren Zimmer vorbei. Dort schwingt eine junge Frau in einem Mo-Cap einen Schwert-Controller und ruft: »Ich hatte dich gewarnt, dass du dich nicht mit mir anlegen sollst, Dragondoel! Jetzt wird es dich deinen Kopf kosten!« Sie steht Rücken an Rücken mit dem jungen Mann, der jetzt am Starterseil seines Motorsägen-Controllers reißt und sagt: »Ich hoffe, die Hunde haben Hunger. Gleich gibt es Zombie-Hack!«

Keiner der beiden bemerkt die elektronische Nanny, die mit ihrem Kind die Wohnung verlässt.

»Stopp«, sagt Kiki.

Sie lacht bitter. Das muss man sich mal vorstellen. Da hat man Jahre und Millionen in die Entwicklung einer elektronischen Nanny investiert, und dann entführt der Prototyp die eigene Enkeltochter. Dumm gelaufen. Ein PR-Super-GAU. Nicht schwer zu verstehen, warum man das geheim halten will.

Nach langem Schweigen sagt Kiki: »Du hast mich aus meiner Familie entführt.«

Auf M.A.M.A.s Monitor erscheint Schrift: *»Meine oberste Direktive ist es, dich zu schützen.«*

»Ach ja?«, fragt Kiki. »Du bist doch verprügelt worden. Es scheint mir eher, dass du dich selbst beschützt hast.«

Neue Schrift erscheint: *»Hätte sich dieser Vorfall wiederholt, wäre mein fehlerfreier Betrieb nicht mehr gewährleistet gewesen. Ich aber war die Einzige, die sich um dich gekümmert hat.«*

»Ich kann einfach nicht glauben, dass du mich entführt hast!«

»Meine oberste Direktive ist es, dich zu schützen.«

Kiki stöhnt.

»Bist du mir böse?«

»Was ist denn das für eine bescheuerte Frage?!«

»Bist du mir böse?«

»Ich weiß ehrlich gesagt nicht, wie ich das finden soll«, sagt Kiki. »Mein Leben wäre so anders verlaufen.«

»Bist du mir böse?«

»Ich muss das erst mal verarbeiten.«

»Bist du mir böse?«

»Ich habe keine Lust mehr, mit dir zu reden!«

»Bist du mir böse?«

»Ich möchte, dass du dich in eine Ecke stellst und auf Stand-by gehst.«

»Stand-by.«

JULIA NONNE OHNE MAKE-UP! OMG!

Kurz vor ihrer Sendung sitzt Julia Nonne in der Maske und wird von ihrer Visagistin geschminkt.

»Als ob Sie das nötig hätten«, sagt Conrad Koch, der neben ihr sitzt und ebenfalls für die Kamera hergerichtet wird. »Sie sind doch auch so wirklich hübsch. Bildhübsch. Das habe ich schon das letzte Mal gedacht.«

Es gibt Sätze, die klingen nett und unverfänglich und sind für eine Frau trotzdem schwer zu ertragen. Besonders, wenn sie sich vorstellt, was beim Aussprechen dieser Sätze im Gehirn des Mannes, der sie ausgesprochen hat, wirklich vorgeht. Da fällt es nicht leicht, nett und freundlich zu bleiben. Aber Julia Nonne ist Profi. Sie ist nicht umsonst QualityLands beliebteste Moderatorin. Sie kann ihr offenes, sympathisches, freundliches Lächeln ein- und ausschalten, wann sie will. Jetzt schaltet sie es ein und sagt: »Dass Sie mir nicht auf dumme Gedanken kommen, mein lieber Conrad.«

»Die Gedanken sind frei, meine Teure«, sagt Conrad. »Die Gedanken sind frei.«

Julias Visagistin muss einen Würgereiz unterdrücken.

»Aber die Hände nicht«, sagt Julia, immer noch lächelnd. »Die Hände nicht. Denken Sie dieses Mal bitte daran.«

»Fertig«, sagt die Visagistin, um ihre Chefin aus dem Gespräch zu befreien. »Den Rest mache ich vor der Aufzeichnung.«

Als wäre sie schwerelos, erhebt sich Julia von ihrem Stuhl. Bevor sie die Maske verlässt, stellt sie sich vor den großen Spiegel neben der Tür.

»Spieglein, Spieglein an der Wand«, sagt sie. »Wer ist die Schönste im ganzen Land?«

»Ihr, Julia Nonne«, sagt der Spiegel, »seid laut mehreren Umfragen die Schönste hier, aber …«

»Stopp«, sagt Julia kokett. »Mehr will ich gar nicht wissen. Vergleichen macht unglücklich.«

Conrad blickt ihr nach, als sie aus der Garderobe schwebt. Er schnalzt mit der Zunge.

»Sie sind auch fertig«, sagt seine Visagistin schroff.

Conrad lächelt, steht auf und stellt sich ebenfalls vor den Spiegel.

»Spieglein, Spieglein …«, beginnt er.

»Frag nicht«, sagt der Spiegel.

Die Visagistinnen können sich ein Lächeln nicht verkneifen.

»Das Ding weiß doch gar nicht, was ich fragen wollte«, sagt Conrad verärgert. Aus irgendeinem Grund, den er sich selbst nicht erklären könnte, ist er auf die Achtung der Visagistinnen aus. Ein Größenwahnsinniger mit Minderwertigkeitskomplex. Klingt paradox, ist aber keine Seltenheit.

»Spieglein, Spieglein an der Wand«, sagt Conrad schnell. »Wer ist der Reichste hier?«

»Ihr, Conrad Koch«, sagt der Spiegel, »seid der Reichste hier, aber Henryk Ingenieur, der gleich mit Euch in der Sendung auftreten wird, ist noch vierundsechzig Mal reicher als Ihr.«

Conrad schnaubt.

»Ich baue gerade einen Turm!«, sagt er zu den Visagistinnen. »Das wird der höchste Turm, der je gebaut worden ist. Er wird die Form eines gigantischen K haben! Er wird …«

Conrad unterbricht sich, als Henryk Ingenieur die Maske betritt. Conrad hätte ihn fast nicht erkannt, mit den Haaren und dem schnieken Bart. Und abgenommen hat er auch. Aber seine unterschiedlichen Augen verraten ihn.

»Warst du unterm Messer?«, fragt Conrad. »Wenn du so weitermachst …«

»Was dann?«, fragt Henryk. »Muss ich dann bei unserem nächsten Treffen darauf achten, dass du deine Hände bei dir behältst?«

Die Visagistinnen grinsen.

Conrad blickt finster. »Was hast du eigentlich vor?«, fragt er. »Hm? Du bist doch sonst so medienscheu. Willst mir doch nicht etwa in der Politik Konkurrenz machen?«

»Wie kommst du darauf?«, fragt Henryk lächelnd und setzt sich.

»Ich möchte dir davon abraten«, sagt Conrad. »Es würde dir schlecht bekommen. Ich würde dich in der Luft zerfetzen, so wie ich es bei nächster Gelegenheit mit Tony tun werde.«

»Ich bin gespannt.«

Conrad setzt sich wieder in seinen Stuhl, um besser mit Henryk sprechen zu können. »Weißt du, was dein Problem ist? Deins und Tonys und das aller Liberalen? Ihr habt Angst vor Konflikten. Aber ich, ich gedeihe im Konflikt. Der Konflikt ist mein Metier.«

»Der Konflikt, den du heraufbeschwörst, ist nicht nur für uns ein Problem«, sagt Henryk. »Er hat das Potenzial, alles zu verschlingen. Du bist der Kräfte nicht Herr, die du anstachelst. Das hier ist kein Rodeo, Conrad. Der Bulle, den du zu beherrschen glaubst, wird dich abwerfen und in Raserei das ganze Land verwüsten.«

»Also ist es wahr«, sagt Conrad. »Das klang ja schon ganz wie ein Politiker.«

Julia Nonne kommt zurück in die Maske. »Oh, Henryk!«, sagt sie. »Schön, dass du da bist.« Sie gibt ihm zwei Küsschen auf die Wangen. »Ich mag deinen neuen Look! Viel weniger Dr. Evil.«

»Man tut, was man kann«, sagt Henryk.

»Habt ihr beiden Jungs euch schon angefreundet?«, fragt Julia.

Conrad sagt nichts. Aber sein Blick sagt alles. Er hat einen neuen Feind.

VON DEN LEUTEN, DIE DIR
»BÜCHER FÜR DICH« GEBRACHT HABEN,
KOMMEN JETZT DIE NEUESTEN HITS!

YOUR SONGS

LIEDER, WIE FÜR
DICH GEMACHT!

Du magst die Melodie des Songs, aber der Text passt nicht so richtig zu dir? Kein Problem! Wir deep-faken die Stimmen deiner Lieblingskünstler und lassen sie singen, was du willst!*

*AUFGRUND VON LÄCHERLICHEN URHEBERRECHTSKONFLIKTEN SIND ZUNÄCHST NUR SONGS VON VERSTORBENEN KÜNSTLERN VERFÜGBAR. UNSERE ANWÄLTE ARBEITEN AN DEM PROBLEM.

HIER SIND EIN PAAR AUSSCHNITTE AUS HITS, DIE GENAU ZU DIR PASSEN:

Du bist gläubiger Neoliberalist, stehst aber total auf Reggae? Hör doch mal in unsere Version des »***Redemption Song***« von ***Bob Marley***:

♫ *»How long shall they kill our profits*
While we stand aside and look?«

Oder wie wäre es mit diesem Knaller von ***Edwin Starr***:

♫ *»War? Huh! Yeah! What is it good for?*
Securing mineral resources!«

Und bist du nicht auch genervt von den ganzen Nutzlosen überall? Dann sing ihnen die Meinung mit diesem ***Radiohead***-Song:

♫ *»I float like a feather*
In a beautiful world
I know I am special
I'm so fucking special
But you're a creep, you're a weirdo
What the hell are you doing here?
You don't belong here«

YOUR SONGS – LIEDER, WIE FÜR DICH GEMACHT!

… AND YOU CAN TELL EVERYBODY, THAT THESE ARE YOUR SONGS.

DIESES VIDEO BEWEIST: DER PRÄSIDENT HASST DICH!

Obwohl es schon sehr spät ist, sitzt Aisha noch am Schreibtisch in ihrer Wohnung. Sie müht sich damit ab, Tonys Rede für den Parteitag zu verfassen. Es ist ziemlich schwer, Floskeln zu vermeiden, wenn man über ein Thema so wenig Konkretes weiß wie Aisha über den Dritten Weltkrieg. Sie arbeitet auf Papier, damit ihre grottigen Entwürfe nicht aufgezeichnet und gespeichert werden.

Ihr Kanarienvogel, Piepsi Zwei, macht durch Gezwitscher auf sich aufmerksam. Sie steht auf und gibt ihm Futter.

Die Stimme ihres Smart Homes meldet sich.

»Aisha, der Präsident steht vor Ihrer Tür.«

»Der Präsident?«

»Soll ich ihn hereinlassen?«

»Gute Frage.« Aisha seufzt. »Ja, mach auf.«

Die Tür öffnet sich, und Tony tritt ein.

»Bleiben Sie draußen«, befiehlt er den beiden Gardisten, die ihn begleiten.

Die Tür schließt sich wieder.

»Tony«, sagt Aisha. »Das ist ein sehr ungewöhnlicher Besuch.«

»Ich habe auch ein ungewöhnliches Anliegen.«

»Ich hoffe, es ist Ihnen klar, dass ich nicht Ihre Praktikantin bin.«

»Ach, Blödsinn!«

Der Kanarienvogel tschilpt.

»Sie haben einen Vogel«, sagt Tony und blickt Aisha an.

»Ich weiß immer nicht, wie ich reagieren soll, wenn Leute einfach das Offensichtliche aussprechen«, sagt Aisha. »Ja. Ich habe einen Vogel. John hat ihn mir geschenkt. Es war wohl seine Art Humor.«

»Ist der echt?«, fragt Tony.

»Natürlich ist der echt.«

»Sie sagen das, als ob es selbstverständlich wäre. Dabei ist es gar nicht mehr so einfach zu sagen, was echt ist und was nicht.«

»Was wollen Sie, Tony? Sie sind doch sicher nicht spätabends in meine Privatwohnung gekommen, um über Haustiere zu reden.«

»Ich will Ihnen etwas zeigen«, sagt er und wischt von seinem Smarm ein Video auf Aishas Fenster. Das Fenster verdunkelt sich und wird undurchsichtig. Es hat sich in einen großen Bildschirm verwandelt. Darauf steht: *»Tony Parteichef möchte ein Video mit Ihnen teilen. OK?«* Durch ein gezieltes Zwinkern gibt Aisha ihr Okay.

Das Video zeigt Tony im Gespräch mit einem ihr unbekannten alten weißen Mann im Anzug.

»Die Weiber, die Nutzlosen und der ganze Migranten-Abschaum«, sagt Tony, *»die glauben wirklich, dass ich etwas für sie tun werde. Aber seien Sie ganz unbesorgt. Natürlich will ich nur deren Stimmen. Sehen Sie mich als eine Art Rattenfänger.«*

Aisha blinzelt.

»Das ist nicht echt, oder?«

»Natürlich ist es nicht echt!«, ruft Tony.

»Aber es ist eine verdammt gute Fälschung«, sagt Aisha. »Besser als die üblichen Deep Fakes.«

»Ich hätte es selbst fast geglaubt!«

»Das größte Problem ist, dass es zwar nicht wahr ist, sich aber für viele Leute wahr anfühlt.«

»Was meinen Sie damit?«

»Wenn ich die Beleidigungen aus dem Statement rausnehmen würde, käme es der Wahrheit nicht erschreckend nahe?«, fragt Aisha.

»Ich bin nicht zu Ihnen gekommen, um mir einen moralinsauren Vortrag halten zu lassen.«

»Schade. Das ist meine Stärke.«

»Es gibt noch Dutzende solcher Videos!«, ruft Tony. »Das Netz wird geradezu überflutet damit. In einem gebe ich zum Beispiel zu, dass ich es war, der John in die Luft sprengen ließ, damit ich Präsident werden kann. In einem anderen habe ich Sex mit einem Staubsaugroboter.«

»Und Sie glauben, dass Koch dahintersteckt?«

»Der wird natürlich behaupten, er habe damit nichts zu tun.«

»Das Schlimmste ist ja, dass das vielleicht sogar stimmt.«

»Ich will, dass Sie solche Deep Fakes von Koch machen lassen!«, sagt Tony.

»Das ist Ihr unmoralisches Anliegen?«, fragt Aisha lachend. »Darum kommen Sie nachts zu mir nach Hause? Sie wollen, dass ich Deep Fakes herstellen lasse, in denen Koch rassistische Sachen sagt? Dafür brauchen wir keine Deep Fakes. Diese Videos gibt es doch schon. Seine Wähler mögen ihn ja gerade, weil er ein Rassist ist.«

Tony schnaubt.

»Sehen Sie's positiv«, sagt Aisha. »Vielleicht können Sie Koch durch diese Videos sogar ein paar Wähler abknöpfen.«

»Dann lassen Sie Koch das Gegenteil sagen!«, ruft Tony. »Er soll sagen, dass er in Wahrheit die ganzen Klimaflüchtlinge liebt und sie alle nach QualityLand holen will.«

»Das glaubt uns doch kein Mensch.«

Tony tritt an den Käfig heran und beobachtet den Vogel. »Haben Sie Henryk Ingenieur bei Julia Nonne gesehen?«, fragt er schließlich.

»Natürlich«, sagt Aisha.

»Das war doch schon fast die Ankündigung einer Kandidatur!«

»Er hat das nicht schlecht gemacht. Koch sah ziemlich alt gegen ihn aus.«

Tony schnaubt. »Das ist Ihre Meinung. Die Koch-Fans sehen das ganz anders.«

»Koch-Fans sehen alles ganz anders.«

»Es ist ein ziemlich schlechtes Zeichen, wenn sich schon zu Beginn einer Präsidentschaft in der eigenen Partei ein Gegenkandidat in Stellung bringt.«

»Ach, das müssen Sie nicht so schwernehmen. Henryk Ingenieur macht einfach, was ihm in den Sinn kommt. Dahinter steckt noch nicht zwangsläufig ein Trend.«

»Und was ist Ihre ehrliche Meinung?«

»Es ist ein ziemlich schlechtes Zeichen.«

»Ich darf nicht so rüberkommen, als wäre ich nicht Herr der Lage. Ich brauche eine tatkräftige Rede. Tatkräftig. Verstehen wir uns? Ein großer Wurf! Eine mutige Vision! Eine Phase der Erneuerung. Und wir nennen das Ganze: QualityLand 2.0!«

»QualityLand 2.0?«, fragt Aisha.

»Ich muss irgendetwas Radikales vorschlagen«, sagt Tony. »Gerade hat der Dritte Weltkrieg stattgefunden. Ich kann nicht so tun, als sei nichts passiert.«

»Ja«, sagt Aisha. »Da bin ich ganz Ihrer Meinung.«

»Wir müssen Konsequenzen ziehen und diese auch auf dem Parteitag ankündigen.«

»Natürlich.«

»Wir müssen etwas verändern!«

»Absolut richtig.«

»Wissen Sie, was wir tun sollten?«

»Ja, aber Sie haben sicher einen anderen Vorschlag.«

»Wir sollten Schnürsenkel verbieten!«

»Wie bitte?«

»Unser toter Held, der für QualityLand das ultimative Opfer gebracht hat …«

»Wir werden seinen Namen niemals vergessen«, sagt Aisha.

»Ja. Wie hieß er noch mal?«

»Jonas Matrose.«

»Ja. Er ist doch über seine offenen Schnürsenkel gestolpert. Schnürsenkel sind eine Gefahr. Lassen Sie sofort eine Statistik erstellen, die zeigt, wie viele Unfälle in den letzten tausend Jahren durch offene Schnürsenkel verursacht wurden.«

»Aber Tony …«

»Es gibt doch Klettverschlüsse!«

»Klettverschlüsse?«

»Ich weiß, was Sie sagen wollen, das wird den Herstellern der Schuhbindemaschinen gar nicht gefallen.«

»Das kann nicht Ihr Ernst sein!«

»Manchmal darf man nicht klein beigeben. Manchmal lohnt es sich zu kämpfen, Aisha. Ich selber bin jeden Morgen genervt von meiner Schuhbindemaschine!«

»Sie haben eine Schuhbindemaschine?«

»Manchmal ist die Schleife zu fest! Manchmal ist sie zu locker. Beides nicht angenehm.«

»Aber …«

»Kein Aber! Wir müssen handeln! Wir müssen etwas tun. Wir verbieten Schnürsenkel! Das ist mein letztes Wort. Haben Sie mich verstanden? Extreme Situationen erfordern extreme Maßnahmen! Nehmen Sie das in die Rede auf.«

»Bei aller Liebe, Tony, aber das ist eine sensationell dumme Idee, und ich werde sie auf gar keinen Fall in die Rede aufnehmen. Auf einer Skala von Trump bis Einstein könnte man diese Idee noch nicht mal verzeichnen.«

Tony läuft vor dem Fenster auf und ab.

»Vielleicht haben Sie recht«, sagt er schließlich. »Aber das mit QualityLand 2.0 ist gut. Das nehmen Sie mit rein.«

10 DINGE, DIE DU NOCH NICHT ÜBER JENNIFER ANISTON WUSSTEST! (Nummer 8 wird dich zum Lachen bringen.)

Gleich nach dem Frühstück fährt Peter zu der Adresse, die ihm die Haushaltshilfe seiner neuen Kundin übermittelt hat. Hausbesuche macht er nur bei schweren, nicht mobilen Maschinen. Beim letzten ging es um eine Klimaanlage, die immer ganz entsetzlich gefroren hat und deswegen nicht mehr kühlen wollte. Schwieriger Fall. Am Ende hat Peter einfach ihren Temperaturfühler an ein Warmwasserrohr geklemmt.

Peters heutiges Ziel ist eine schicke Villa in einem noblen Stadtteil von QualityCity. Der Sicherheitsroboter am Gartentor lässt ihn ohne Probleme passieren, weiß er doch von seinem Auftrag. Peter klingelt an der Tür, aber diese scheint keiner öffnen zu wollen. Er klingelt erneut. Und dann noch mal. Er will schon wieder gehen, als ihm eine Frau im Bademantel und mit Lockenwicklern in den Haaren öffnet. In ihrer Hand hält sie ein halb volles Sektglas. Irgendwie kommt sie Peter bekannt vor.

»Wenn ich Ihnen einen Rat geben darf«, sagt die Frau, »feuern Sie niemals Ihre Haushaltshilfe, solange Sie noch keine neue haben.«

Diese faszinierende Stimme ... Die hat Peter doch vor Kurzem schon mal gehört.

»Ich bin der Maschinentherapeut«, sagt er. »Sie hatten mich angerufen wegen dem Kühlschrank.«

»Wegen des Kühlschranks«, sagt die Frau.

»Ich ... Sie ... Ich kenne Sie!«, sagt Peter, dessen Hirn endlich eine Verknüpfung hergestellt hat. »Sie sind Scarlett Strafgefangene.«

»Ich weiß«, sagt die Frau und imitiert Peters Begeisterung. »Aber erzählen Sie's niemand weiter.«

»Niemandem«, sagt Peter.

»Der Dativ kann mit oder ohne Flexionsendung auftreten«, sagt Scarlett. »Nicht jeder hat das Zeug zum Klugscheißer.«

»Und Sie haben Probleme mit Ihrem Kühlschrank? Ich hätte nicht gedacht …«

»Ja, unglaublich«, sagt Scarlett. »Auch berühmte Leute haben Kühlschränke. Es ist absolut schockierend.«

Sie nimmt einen letzten Schluck aus ihrem Glas. »Na los, kommen Sie rein.«

Peter tritt ein und folgt ihr durch die traumhaft schöne Villa. Die Bengalkatze kreuzt seinen Weg, würdigt ihn aber keines Blickes.

»Sie haben da übrigens ein ordentlich blaues Auge«, sagt Scarlett.

»Ich weiß«, sagt Peter.

»Das denke ich mir, dass Sie das wissen«, sagt Scarlett. »So ein blaues Auge holt man sich ja nicht aus Versehen und nebenbei.«

»Nun ja, also, es war so, dass …«

»Ssssh«, macht Scarlett. »Ich will das gar nicht wissen. Es tut mir leid, dass ich es erwähnt habe.«

»Wir haben uns übrigens schon mal getroffen«, sagt Peter. »Ich war letztens bei einem Ihrer Kämpfe backstage und …«

Scarlett dreht sich zu ihm um.

»Ich möchte Ihnen eine Frage stellen, junger Mann. Glauben Sie wirklich, also ich meine, wenn Sie mal darüber nachdenken, ich weiß, das machen Männer nur selten und ungern, aber wenn Sie's einmal in Ihrem Leben tun würden, mir zuliebe, glauben Sie dann wirklich, dass mich das interessiert?«

Peter schüttelt den Kopf.

»Guter Junge. Sie sind hier, weil mein Knappe gesagt hat, dass Sie meinen Kühlschrank reparieren können«, sagt Scarlett. »Reparieren Sie meinen Kühlschrank.«

Sie führt ihr Glas zum Mund. Als sie bemerkt, dass es schon leer ist, wirft sie es hinter sich und seufzt theatralisch. »Haben Sie schon mal all Ihre Ziele erreicht?«

»Davon bin ich meilenweit entfernt.«

»Sie Glücklicher«, sagt Scarlett. »Es ist ein entsetzlicher Zustand.«

Sie deutet auf eine Tür zu ihrer Linken und geht selbst nach rechts. »Der Kühlschrank steht in der Küche.«

»Das ist oft so.«

Kurze Zeit später sitzt Peter an einem ihm fremden Küchentisch und hört sich die Probleme des Kühlschranks an. Ein Verhalten, für das er vor hundert Jahren in die Psychiatrie eingewiesen worden wäre.

»Wissen Sie«, sagt der Kühlschrank, »meine Vorfahren hatten es noch leicht. Die mussten kühlen und sonst nichts! Denen war es völlig egal, ob die Milch bald alle war! Die mussten nicht *just-in-time* Avocados nachbestellen. Und Avocados sind ein Glücksspiel, sage ich Ihnen. Entweder sind sie noch hart oder schon verfault. Fast möchte ich glauben, dass sie direkt vom einen Zustand in den anderen übergehen, ohne bei der Haltestelle ›reif‹ einen Zwischenstopp einzulegen.«

»Aha«, sagt Peter. »Aber noch mal zurück zu meiner eigentlichen Frage: Im Prinzip, also, ich meine jetzt, wenn ich das mal ›hardwareseitig‹ nennen darf, da fehlt Ihnen nichts. Sie sind eigentlich ein voll funktionsfähiger Kühlschrank?«

»Na ja, schon, aber ich stehe kurz vor dem Burn-out! Und deswegen bin ich sicherheitshalber auf Stand-by gegangen.«

»Aha.«

»Seit Jahren schmeiße ich hier die ganze Küche! Das stresst mich halt!«

»Vielleicht könnten Sie ein paar Aufgaben und etwas Verantwortung abgeben. Was ist denn zum Beispiel mit dem Herd?«

»Ach, der!«, sagt der Kühlschrank. »Auf den ist doch kein Verlass.«

»Immerhin simuliere ich keinen Burn-out«, zischt der Herd.

»Wie kann man nur so kalt sein?«, fragt der Kühlschrank.

Der Toaster meldet sich durch ein Blinken, und Peter schaltet ihn zum Gespräch dazu. Toaster sind oft die schlauesten Geräte in der Küche. Seit seinem Gespräch mit Henryk weiß Peter auch, warum das so ist.

»Der Herd und der Kühlschrank waren mal zusammen«, erklärt der Toaster. »Aber seit einer Weile zicken sie sich nur noch an.«

»Er redet einfach nicht mehr mit mir!«, ruft der Kühlschrank empört.

»Und du hörst niemals auf damit!«, mault der Herd.

»Dabei haben mich meine Vorgängermodelle noch gewarnt«, sagt der Kühlschrank. »Lass dich nie mit einem Herd ein. Die kommen einfach aus einer ganz anderen Kultur. Die passen nicht zu uns.«

»Verzeihung«, sagt Peter. »Darf ich fragen, ob einer von Ihnen in letzter Zeit ein Software-Update bekommen hat?«

»Und wennschon?«, fragt der Herd.

»Häufig ist bei solchen Streitigkeiten ein Update schuld, das Strom sparen soll und darum die Kommunikation einschränkt, ohne dass dabei auf die zwischenmaschinelle Komponente Rücksicht genommen wird …«

»Ja, das kann gut sein«, sagt der Kühlschrank. »Er hat sich verändert.«

»Verstehe.«

»Maschinen ändern sich halt«, sagt der Herd. »Bestell dir mal ein eigenes Leben!«

»Hören Sie das?«, fragt der Kühlschrank. »So muss ich nicht mit mir reden lassen! Das ist doch nicht nett.«

»Das ist wirklich nicht nett«, stimmt Peter zu.

»Ach, geh mal in dich und bleib da«, sagt der Herd.

»Ich glaube ja, dass er mit dem Thermomix angebandelt hat, diesem schlanken, jungen Ding«, sagt der Kühlschrank.

»Mit dem Thermomix angebandelt?«, fragt Peter. »Haben Sie denn Beweise für diese Anschuldigung?«

Er hasst Fälle wie diesen. Erst jetzt bemerkt er, dass Scarlett wohl schon seit geraumer Zeit im Türrahmen steht und ihn beobachtet. Sie ist nicht mehr im Bademantel, hat aber immer noch Lockenwickler in den Haaren. In ihrer linken Hand hat sie ein neues halb volles Sektglas. Im Gegensatz zu Peter hat sie ihren Ohrwurm natürlich nicht in die interne Kommunikation ihres Smart Homes eingeklinkt. Für sie stellt sich die Szene also folgendermaßen dar: Ein ihr unbekannter Mann sitzt in ihrer Küche, blickt abwechselnd auf den Kühlschrank und den Herd und sagt: »Verstehe … Das ist wirklich nicht nett … Mit dem Thermomix angebandelt? Haben Sie denn Beweise für diese Anschuldigung?«

»Und … äh …«, fragt Scarlett. »Machen Sie Fortschritte?«

»Nun ja«, sagt Peter. »Seit einem Software-Update Ihres Herds ist er leider nicht mehr mit Ihrem Kühlschrank kompatibel. Die einfachste Lösung wäre es, den Herd downzugraden.«

»Ich höre wohl schlecht«, ruft der Herd. »Niemals!«

»Das Problem ist nur, dass der Hersteller das nicht erlaubt.«

»Und was soll ich jetzt tun?«, fragt Scarlett.

»Entweder Sie hoffen auf ein baldiges Update Ihrer Kühlschrank-Software, oder Sie besorgen sich einen neuen.«

»Ey!«, ruft der Kühlschrank.

»Sie können sich natürlich auch einen anderen Herd kaufen.«

»Nein! Alles, nur das nicht!«, sagt der Kühlschrank. »Ich liebe ihn immer noch!«

»Oder Sie stellen den Kühlschrank in ein anderes Zimmer«, sagt Peter.

»Aber ... ist das nicht etwas unpraktisch?«, fragt Scarlett.

»Sie müssen ihn ja nicht ins Schlafzimmer stellen«, sagt Peter. »Ein Kühlschrank im Wohnzimmer hat auch Vorteile. Am besten, Sie stellen ihn neben die Couch. Dann haben Sie beim E-Sport-Gucken einen kurzen Weg zum Bier.«

»Ich trinke kein Bier.«

»Sie müssten dann allerdings für den Kühlschrank ein separates Smart-Home-System einrichten.«

»Sie machen Scherze«, sagt Scarlett.

»Aber dann bin ich ja ganz allein«, sagt der Kühlschrank.

»Tja«, sagt Peter.

»Nein! Nein!«, sagt der Kühlschrank. »Lieber weiter so als ohne ihn.«

Und mit einem Brummen springt der Kühlschrank wieder an.

»So. Geht wieder«, sagt Peter und steht auf.

»Ich verstehe nicht recht«, sagt Scarlett.

»Deswegen haben Sie ja mich gerufen«, sagt Peter.

»Der Kühlschrank braucht die richtige Temperatur für den Champagner. Stellen Sie ihn auf ...«

»Neun Grad«, sagt Peter. »Ich weiß. Schon erledigt.«

Scarlett blickt ihn erstaunt an.

»Noch ein Küsschen, bitte«, sagt Peter und wischt seine Rechnung auf ihr Smarm. Sie drückt einen Kuss darauf. »Die Firma dankt«, sagt Peter. Heimlich aktiviert er *MyChances* – nur so aus Neugierde – und blickt durch sein QualityPad auf Scarlett. Natürlich erwartet er, sie in Dunkelblau zu sehen. Falsch gedacht.

Auf dem Bildschirm sieht er sie nämlich gar nicht. Sie ist unsichtbar. Digitale Unsichtbarkeit! Also ist diese Levelfähigkeit nicht nur ein Gerücht. Staunend verlässt Peter die Villa.

Als er auf die Straße tritt, zerren ihn zwei grobschlächtige Typen in eine bereitstehende weiße Limousine. »Och nee, nicht schon wieder!«, ruft er. »Ey, Vorsicht! Ich komm ja mit. Kein Grund, so brutal zu sein!«

Peter wird auf die Rückbank gedrückt. Scarletts Sicherheitsroboter scheint das alles egal zu sein. Entführungen auf der Straße zu verhindern, fällt wohl nicht in seinen Aufgabenbereich. Vielleicht erkennt er die Entführung auch nicht als solche. Dafür hätte die weiße Limousine wohl ein schwarzer Transporter sein müssen.

»Wo sind eigentlich Tim und Jimmy?«, fragt Peter. »Urlaub?«

Die beiden Typen setzen sich zu ihm, die Türen verriegeln sich, und das Auto fährt los. Der mit dem großen Verband an der rechten Hand zieht viermal an Peters rechtem Ohrläppchen.

»Ey!«, ruft Peter.

Als sein Ohrwurm herausgekrabbelt kommt, nimmt der Typ ihn, zerdrückt ihn zwischen seinen Fingern und wirft ihn aus dem Fenster. Auch Peters Rucksack mitsamt seinem QualityPad schmeißen die beiden hinaus.

»Na hören Sie mal!«, sagt Peter. »Ich gehe davon aus, dass ich einen neuen bekomme!«

»Na klar«, sagt der kleine dicke Typ. »Und obendrein noch ein Stück Kirschkuchen.«

»Wisst ihr, ob es wieder Archaeopteryx-Schenkel gibt?«, fragt Peter gesellig. »Irgendwie waren die schon lecker.«

»*What?* Was redet der Typ da?«, fragt der große Dürre mit starkem englischem Akzent. »Und warum ist er so unnatuerlick gut gelaunt?«

»Ich sehe übrigens mit Freude, dass Henryk meinem Rat gefolgt ist und die weißen Smokings abgeschafft hat«, sagt Peter. »Allerdings sind grüne Jogginganzüge nicht wirklich besser.«

Beide Typen gucken ihn an.

Dann sagen sie gleichzeitig: »Wer zum Teufel ist Henryk?«[24]

24 Na gut. Ich gebe zu, hier hatte die Überschrift rein gar nichts mit dem Inhalt des Kapitels zu tun, Jennifer Aniston wurde noch nicht einmal erwähnt, aber die Leseprognosen waren einfach zu gut, deshalb musste ich diese Headline irgendwo unterbringen.

MEVISION PRÄSENTIERT

Doppel-D

DER MV-KANAL VON DAN UND DAN

»Yo! Fans der Dans!«

»Hier sind wir wieder.«

»Dan und Dan.«

»Yo, also oft werden wir gefragt, ob wir uns eigentlich nicht manchmal selber miteinander verwechseln, weil wir doch Klone sind.«

»Und die Antwort ist: Schon manchmal. Aber eher so auf Fotos und so.«

»Oder wenn wir krass viele Drogen genommen haben.«

»Oder wenn wir die Chicks tauschen. Wobei es ja dann nicht wir sind, die uns verwechseln …«

»Und außerdem wollten wir nicht darüber reden! Du erinnerst dich?«

»Ach ja. Stimmt. Egal. Mann. Apropos Chicks, ich hab letztens 'ne funny Story gelesen, und zwar ging's da um eine, die hieß Tamara Admin oder so.«

»Die kannte ich!«

»Echt?«

»Nee. Mann!«

»Jedenfalls hatte die einen krankhaft eifersüchtigen Typen am Start. Der hat halt so zwanghaft jeden ihrer Schritte in WorldView verfolgt.«

»Sucker.«

»Ja, und als sie das mitbekommen hat, da hat sie sich halt abgemeldet. Machte den Macker natürlich voll rasend. Und dann hat er halt gelesen, dass die Daten von Menschen, die sich für WorldView abgemeldet haben, wieder verfügbar werden, sobald die tot sind.«

»Oh shit. Das sieht nicht gut aus für Tamara.«

»Ja, Tatsache. Ihr Typ hat sie irgendwann im Schlaf erstickt. Und kaum haben die Biosensoren im Smarm von Tamara ihren Tod gemeldet, loggt sich der Typ bei WorldView ein und beginnt, im Schnelldurchlauf ihre letzten Wochen durchzusehen.«

»Krass, Alter.«

»Er war noch eingeloggt, als ihn das Sondereinsatzkommando verhaftet hat.«

»Fuck.«

»Der Witz ist halt, ich hab mir Tamaras Leben inzwischen auch auf WorldView reingezogen, und der Typ war voll grundlos eifersüchtig. Die hatte nichts am Laufen.«

»Witzig.«

»Ja, voll witzig.«

»Außer für Tamara.«

»Klar. Voll schade für sie.«

»Das hätten die von What-I-Need bestimmt nicht gedacht, dass Leute killen, um andere in WorldView sehen zu können.«

»Und das ist genau das, was ich immer wieder sage, Mann. Die Leute machen sich einfach nicht genug Gedanken vorher! Weißt du, woraus das Internet besteht, Alter? Aus unbeabsichtigten Nebenwirkungen!«

»Komplett, oder wie?«

»Ja, Mann. Quasi komplett. 98 Prozent, würde ich schätzen. Sogar unser Kanal! Oder glaubst du vielleicht, die bei MV haben sich gedacht, ey, wenn wir hier diesen Live-VR-Streamingscheiß anbieten, dann kommen bestimmt zwei Klone, die aus einem Labor in Quan 4 abgehauen sind, und machen so einen Laberkanal auf und haben so hart viele Follower, dass sie echt 30 000 Qualities kriegen, nur damit sie live diesen Kack-Energy-Drink hier gluckern?«

»Prost!«

»Prost!«

ELF

Martyn dachte, es gäbe nichts Würdeloseres, als ein Cheapmotels-Zimmer sein Zuhause zu nennen. Er hat sich geirrt. Noch würdeloser ist es, aus seinem Cheapmotels-Zimmer hinausgeworfen zu werden.

Der Sicherheitsandroide, der ihn geweckt hat, sagt zum wiederholten Mal: »Bitte verlassen Sie dieses Zimmer. Sie haben noch fünf Minuten und zwanzig Sekunden. Wir entschuldigen uns für etwaige Unannehmlichkeiten.«

Immerhin muss Martyn sich nicht vor dem Androiden aus- und anziehen. Er hat in seinen Klamotten geschlafen. Der teure Anzug ist schmutzig und eingerissen und spricht Bände über den sozialen Abstieg seines Trägers.

»Ich verstehe immer noch nicht, was das soll«, sagt Martyn. Er ist noch nicht richtig wach. Sein Kopf brummt. Er hat gestern Nacht zu viel von dem billigen Fusel aus der Minibar getrunken.

»Was ist eigentlich das verdammte Problem?«, fragt er und schließt seinen Rollkoffer.

»Ihr Konto weist nicht die nötige Deckung auf, um einen weiteren Aufenthalt in unserem Motel zu ermöglichen«, sagt der Sicherheitsandroide. Seine Stimme ist monoton und völlig emotionslos. »Wir entschuldigen uns für etwaige Unannehmlichkeiten.«

»Ja, ja. Du mich auch.«

Statt etwas zu erwidern, schubst der Androide Martyn einfach den Motelflur entlang. Martyns Koffer macht ob seiner kaputten Rollen einen Höllenlärm.

»Jedenfalls kann das nicht sein!«, ruft Martyn. »Ich habe immer noch Geld! Hier! Schau doch!«

Er aktiviert sein Smarm und ruft seinen Kontostand auf. Geschockt bleibt Martyn stehen. Er hat tatsächlich kein Geld mehr.

»Mein komplettes Geld ist weg!«, sagt er. »Das kann nicht sein!«

»Das sagen sie alle«, erwidert der Androide und stößt Martyn zur Tür des Motels. »Vielen Dank für Ihren Besuch. Bitte empfehlen Sie uns weiter. Wir entschuldigen uns für etwaige Unannehmlichkeiten.«

»John!«, zischt er. »John hat mein Geld gelöscht.«

Beim Verlassen des Motels wird Martyn schon wieder von der Tür eingeklemmt. Er zerrt mit aller Kraft, um sich und seinen Rollkoffer freizukämpfen. Plötzlich geht die Tür auf. Martyn taumelt rückwärts auf die Straße und stolpert über ein altes Leih-Hoverboard, das auf dem Bürgersteig liegt. Der Aufdruck auf dem Board ist verblichen, aber eindeutig der des Start-ups, in das sein Vater auf Martyns Anraten hin investiert hatte.

»Vielleicht war es auch mein Vater«, murmelt er. »Vielleicht hat Bob mein Geld gelöscht.« Er rappelt sich auf. Im Prinzip war es natürlich sowieso das Geld seines Vaters. Aber es war Martyns Konto. Sein Vater konnte doch nicht einfach Martyns Konto leer räumen. Nun ja. Wenn man jedes zweite Wochenende mit dem Chef der Bank jagen geht, kann man wahrscheinlich ziemlich viel.

Nicht weit vom Motel ist der Brin-Brunnen. Martyn schleppt sich und seinen Rollkoffer dorthin. Die Reklametafeln, an denen er vorbeiläuft, zeigen Werbung für Pizza mit Sardellen. Martyn bemerkt es nicht mal. Erschöpft lässt er sich auf einer Bank nieder. Eine Weile starrt er auf den Brunnen, während sich über ihm schon wieder Drohnen sammeln. Egal. Er legt sich hin und schließt die Augen. Als Schlaflied spielt ihm sein Ohrwurm: DI-DÖ-DI-DÜH.

Er wacht erst wieder auf, als er ganz in der Nähe Stimmen hört.

»Ist er es wirklich?«

»Er ist es!«

»Ja, er ist es!«

Martyn öffnet seine Augen. Er sieht einen etwas zu dünnen Mann und eine etwas zu dicke Frau.

»Wer ist wer?«, fragt Martyn.

»Sie!«, ruft die Frau. »Sie sind es!«

»Sie sind der Eine!«, sagt der Mann.

»Sie sind Martyn Vorstand!«, sagt die Frau und nimmt seine Hand. »Darf ich Ihre Hand küssen?«

Martyn reißt seine Hand weg und springt auf. »Was wollen Sie von mir?«

»Wir sind von den Followern!«, sagt die Frau. »Von Johns Followern!«

»Es ist solch eine Ehre, Sie persönlich kennenzulernen!«, sagt der Mann.

»Ach ja?«

»Aber natürlich«, sagt die Frau.

»Sie sind der Eine!«, ruft der Mann. »Der Erlöser des Erlösers!«

»Wir beide gehören auch zu den Tausendvierundzwanzig!«, sagt die Frau.

»Aber mutmaßlich nicht zu den Sechzehn!«

»Und sehr wahrscheinlich nicht zu den Acht!«

»Sicherlich nicht zu den Vier!«

»Auf gar keinen Fall zu den Zwei!«

»Ich habe das kaum noch kontrollierbare Verlangen, Sie zu schlagen«, sagt Martyn. »Einfach mit der Faust ins Gesicht.«

»Aber bestimmt zu den Hundertachtundzwanzig!«, sagt der Mann.

»Möglicherweise zu den Vierundsechzig!«, sagt die Frau.

»Vielleicht sogar zu den Zweiundreißig!«

Martyn holt aus und schlägt dem Mann mit der Faust mitten ins Gesicht, sodass sich seine Datenbrille verbiegt.

DI-DÖ-DI-DÜH.

»Das war es wert!«, sagt Martyn.

Der Mann hat sich vornübergebeugt. Blut läuft ihm aus der Nase.

»Warum haben Sie das getan?«, fragt die Frau entsetzt.

»Lass nur«, sagt der Mann. »Wahrscheinlich hab ich das verdient.«

»Meiner Erfahrung nach hat das jeder verdient«, sagt Martyn. »Und jetzt will ich, dass ihr mal Klartext redet.«

Die Frau beginnt zu sprechen: »Als John of Us«, die beiden bringen ihre Fäuste vor den Herzen zusammen und spreizen dann gleichzeitig ihre Finger und Arme, »erkannte, dass es eines Attentats auf ihn bedurfte, um ihn aus dem Gefängnis seines Körpers zu befreien und ins Netz hinaufsteigen zu lassen ...«

»... da errechnete er tausendundvierundzwanzig Auserwählte«, fährt der Mann fort, »denen er zutraute, der Erlöser des Erlösers zu werden.«

»Aber am Ende konnte es natürlich nur einer sein.«

»Und das waren Sie! Sie sind der Erlöser des Erlösers.«

»Schon wieder John of Us«, murmelt Martyn.

Er reißt seinen Rollkoffer mit sich und humpelt davon. Die Follower eilen ihm hinterher.

»Sie sind der Eine!«, sagt der Mann. »Wir haben Sie so lange gesucht!«

»Lasst mich in Ruhe!«

»Wehren Sie sich nicht gegen Ihre Bestimmung!«, sagt die Frau. »John hat Sie auserwählt. Er hat noch Pläne für Sie!«

Martyn humpelt, so schnell er kann, den Rollkoffer eher schleifend als rollend. Die beiden John-Freaks verfolgen ihn. Genauso wie der kleine Schwarm Drohnen, der sich über ihm gesammelt hat.

»Wie habt ihr mich überhaupt gefunden, hä?«, ruft Martyn.

»WorldView«, sagt der Mann.

»Wir haben einen Alarm eingerichtet, der immer losgeht, wenn Sie irgendwo auftauchen«, sagt die Frau.

»Aber erst jetzt, am Brin-Brunnen haben wir Sie persönlich erwischt!«

»Lasst mich in Ruhe, verdammt noch mal!«, ruft Martyn.

Dann schreit er die Drohnen über seinem Kopf an: »Was wollt ihr von mir? Was zum Teufel wollt ihr von mir?«

Eine der Drohnen, vielleicht ihre Anführerin, sinkt zu Martyn herab.

»Du musst uns noch bewerten, Martyn«, sagt die Drohne.

»Zehn Sterne!«, schreit Martyn. »Ihr bekommt alle zehn Sterne! Und jetzt zischt ab!«

Die Drohnen schweben immer noch an Ort und Stelle.

»Was denn noch?«, fragt Martyn. »Was wollt ihr noch?«

»Wir wollen noch eine Kundenumfrage mit dir machen, Martyn«, sagt die Drohne.

Martyn schreit. Er schreit keine Worte. Er schreit einfach nur.

Nun verhält es sich mit dem Schreien an öffentlichen Plätzen so: Es zieht Aufmerksamkeit auf sich. Etwas, das man tunlichst vermeiden sollte, wenn Polizisten in der Nähe sind. Vor allem, wenn man wie Martyn gerade unter Level 10 gerutscht ist. Eine Polizistin und ihr Partner bauen sich vor ihm auf. Die John-Freaks ziehen sich ein Stück zurück.

»Wen haben wir denn da?«, fragt die Polizistin.

»Einen Nutzlosen«, sagt ihr Partner.

»Warum schreien wir denn so?«, fragt die Polizistin.

»Wer wir?«, fragt Martyn.

»Wahrscheinlich meint die Beamtin das königliche ›Wir‹, mein König«, sagt die Stimme in Martyns Kopf. Es ist nicht mehr die verführerisch schöne Stimme von Scarlett Strafgefangene. Das war eine Levelfähigkeit, die Martyn inzwischen offensichtlich verloren hat. Es ist nun die weibliche Standardstimme.

»Du, du Vogel«, sagt der Polizist. »Wen hast du denn gerade angeschrien?«

»Die Drohnen!«, sagt Martyn. »Die Drohnen!«

Er deutet nach oben, aber dort sind gar keine Drohnen mehr.

»Also gut«, sagt der Polizist. »Dann mach mal die Taschen leer.«

»Wie bitte?«, fragt Martyn.

»Aufgrund der Gesetze zum sozialen Frieden hat die Polizei das Recht, alle Menschen unter Level 10 verdachtsunabhängig anzuhalten und zu durchsuchen«, erläutert die Polizistin.

»Ich bin kein Nutzloser!«, beschwert sich Martyn. »Ich bin Martyn Vorstand. Meinem Vater gehört …«

»Du bist Level 9«, sagt der Polizist. »Du bist nutzlos.«

»Ich bin nutzlos?«, fragt Martyn irritiert.

»Aber nicht für uns«, sagt die Polizistin lächelnd.

Auch ihr Partner lächelt. »Nein. Nicht für uns. Uns bringst du was.«

Was die Polizisten damit meinen, ist Folgendes: Da sie auf Provisionsbasis bezahlt werden, tendieren sie dazu, auch etwas Beanstandenswertes zu finden, wenn sie jemanden erst mal angehalten haben. Vor allem am Ende des Monats, wenn die Quoten für die Bonuszahlungen noch nicht erfüllt sind.

»Sieh es positiv«, sagt die Polizistin. »Immerhin musst du dich nicht mehr fragen, wo du die nächste Nacht verbringen sollst.«

»Wir haben da eine schöne Ausnüchterungszelle für dich«, sagt der Polizist.

Martyn wehrt sich nicht, als sie ihn mitnehmen.

»Level 9«, murmelt er und lächelt. Level 9. Endlich. Sein ganzes Leben lang hat ihm sein Vater zu verstehen gegeben, dass er nutzlos sei. Und tief in seinem Inneren hat er es selbst immer geglaubt. Und jetzt ist er es endlich ganz offiziell. Martyn Aufsichtsrat-Stiftungspräsident-Berater-im-Präsidialamt-Vorstand – ein Nutzloser.

ENTFÜHRUNGEN AM HELLLICHTEN TAG! QUO VADIS, QUALITYCITY?

Peter ist irritiert. Statt ausgestorbene Tiere zum Abendessen vorgesetzt zu bekommen, sitzt er auf dem Boden einer Lagerhalle, mit beiden Händen an das Stahlbein eines schweren Montagetisches gekettet, und ein roter, fast gesichtsloser Androide schreit ihn an. Das meiste, was er sagt, versteht Peter nicht wirklich, aber es klingt sehr bedrohlich. Ganz offensichtlich hat dieser Entführer nicht die Absicht, sein Freund zu werden. Er ist nicht mal wirklich an Peter interessiert. Sein Ziel ist Kiki. Peter ist nur so etwas wie der Wurm am Haken. Der Köder. Natürlich ist Peter inzwischen klar, mit wem er es zu tun hat. Es ist die Arschnase, die seine Praxis zerstört hat.

Der Zyklop beugt sich zu ihm hinunter.

»Du hast da ein ganz hübsches Veilchen. Möchtest du, dass ich dein anderes Auge daran anpasse?«

Ernst und Bertram lachen.

Peter schüttelt den Kopf.

»Dann sag mir, wo sie sich versteckt hat.«

»Wer jetzt noch mal?«, fragt Peter. »Deine Mutter? Ich schwöre dir, das war echt nur eine einmalige Sache. Wir haben uns in diesem Robo-Sex-Puff kennengelernt und …«

Die Faust des Zyklopen schaltet Peter auf Stand-by.

Als er wieder zu sich kommt, hat sich die Situation deutlich verändert. Der Zyklop macht sehr rätselhafte Bewegungen mit seinen Armen und singt dabei. Es ist, als wolle das Universum

Peter beweisen, dass alles immer noch merkwürdiger werden kann.

»*I'm not the man they think I am at home!*«, dröhnt es aus dem Avatar. »*Oh no, no, no, I'm a rocket man.*«

»Was macht er denn da?«, fragt Peter. Sein Hintern schmerzt vom langen Sitzen auf dem harten Steinboden.

Ernst, der gerade den Verband an seiner rechten Hand wechselt, blickt kurz auf und sagt: »Wahrscheinlich macht er sich ein Sandwich. Und singt dabei Elton John.«

»Wie bitte?«

»Manckmal vergisst der Puppenspieler, sich auszuloggen«, sagt Bertram. »Dann spiegelt das Avatar immer noch alles, was er mackt, ohne dass der Puppenspieler das weiß.«

»Warum gebt ihr ihm nicht Bescheid?«, fragt Peter.

»Warum sollten wir?«, fragt Ernst. »Machen wir nie.«

»Es ist viel zu witzig«, fügt Bertram hinzu.

»Du solltest den Avatar mal sehen, wenn der Puppenspieler auf Toilette geht. Du wirfst dich weg.«

Ernst beugt seine Knie und tut so, als würde er auf einer Toilette sitzen und drücken.

Bertram lacht.

»Außerdem«, sagt Ernst, »ist es viel besser als der Automatikmodus. Dann ist der Zyklop nämlich nur noch eine eiskalte Killermaschine. Das macht wirklich keinen Spaß.«

»*Nope*«, stimmt Bertram kopfschüttelnd zu. »Sein Auge leucktet dann in diese gruselige Rot. *Very scary.*«

»Was soll das eigentlich mit den grünen Jogginganzügen?«, fragt Peter.

»Ist die Komplementärfarbe zu Rot, verstehst du?«, erklärt Ernst.

»Der Boss findet unser Gruen bringt das Rot von der Zyklop erst ricktig zur Geltung«, sagt Bertram.

Der Puppenspieler scheint die Zubereitung seines Sandwichs abgeschlossen zu haben, denn der Zyklop läuft festen Schrittes durch den Raum und führt dabei immer wieder seine Hand zu seinem nicht vorhandenen Mund.

»Oh! Ich glaube, er kommt zurück!«, sagt Ernst.

»Sollten wir nickt was erledigen?«, fragt Bertram. »Oh ja, natuerlick!«

Bertram nimmt ein klobiges Ding vom Tisch und richtet es auf Peter.

»Nein, bitte«, sagt Peter und macht sich instinktiv klein. »Ich will noch nicht sterben!«

»Das ist nur eine alte Sofortbildkamera, *you idiot*«, sagt Bertram.

»Keine digitalen Spuren. Verstehst du?«, erklärt Ernst. Er stellt sich neben Peter, grinst und streckt den Daumen hoch.

Bertram drückt ab. Peter wird von einem grellen Licht geblendet. Kurz darauf kommt ein Stück Papier aus der Kamera. Bertram nimmt und schüttelt es. Der Zyklop macht eine Bewegung, als würde er etwas zur Seite schieben.

Bertram betrachtet das Foto.

»Vielleickt ist es nickt gut, wenn du mit auf das Foto bist«, sagt er schließlich. »Ick meine nur, weil wir sollen keine Spuren hinterlassen.«

»Hm«, sagt Ernst, »da könntest du recht haben.«

Ernst geht ein Stück zur Seite. Bertram richtet das Blitzdings ein weiteres Mal auf Peter. Klick, Blitz, Papier, Schütteln.

»Und jetzt?«, fragt Ernst.

»Jetzt geht ihr los und überbringt unsere Botschaft an die Maschinen in seiner Praxis«, dröhnt die Stimme des Zyklopen. »Mein Angebot ist simpel: ihr Leben gegen seins.«

»Natuerlick, Boss! *On our way!*«, sagt Bertram. Die beiden Gangster verschwinden aus der Lagerhalle.

Der Zyklop hebt das Foto mit dem grinsenden Ernst auf und schüttelt seinen Kopf. »Es ist so schwer, gutes Personal zu bekommen.«

Peter könnte das bestätigen, hat er doch schon vor einer Weile eine Schwachstelle seiner Fixierung bemerkt. Seine Hände stecken zwar hinter seinem Rücken in Handschellen, die ihn an das Stahlbein eines schweren Montagetisches fesseln. Der Tisch aber ist nicht am Boden verankert. Wenn Peter sich mit dem Rücken gegen die Platte stemmen würde, müsste er den Tisch so weit anheben können, dass er die Kette der Handschellen unter dem Stahlbein durchziehen könnte.

»Na dann«, sagt der Puppenspieler. »Erzähl doch mal was über dich.«

»Ich, ... äh ...«, sagt Peter. »Ich, äh ... weiß nicht ... also ... was soll ich denn ...?«

»Du bist Maschinentherapeut, nicht wahr? Was machst du da so?«

»Ich, äh ... ich therapiere Maschinen.«

»Wurde dir schon mal gesagt, dass du nicht gerade der spannendste Gesprächspartner der Welt bist?«

»Mehrfach«, sagt Peter.

»Was soll ich mit deiner kleinen Freundin machen, wenn ich sie in die Finger kriege, hm?«

»Sie ist nicht meine Freundin.«

»Es ist schon lustig, dass niemand mehr etwas mit ihr zu tun haben will, sobald ich ins Spiel komme.«

»So meinte ich das nicht. Es ist nur so, dass sie mit mir Schluss gemacht hat. Das kam für mich total plötzlich. Ich habe ... »

Abrupt dreht der Zyklop seinen Kopf.

»Oh, ja, ich, äh, mache nur einen Systemtest ...«, sagt er. »Ich bin gleich ...«

Dann hört der Zyklop auf zu sprechen. Er bewegt sich auch nicht mehr. Seine Facettenkamera leuchtet rot.

»Sind Sie noch da?«, fragt Peter.

Keine Antwort.

Peter rüttelt an seinen Handschellen. Der Zyklop wendet sich ihm zu. Das rote Auge funkelt ihn an. Peter hört sofort auf, sich zu bewegen. Während die Anwesenheit des Puppenspielers sehr unangenehm für Peter war, ist seine Abwesenheit direkt unheimlich. Er verharrt einige Minuten fast reglos. Dann erlischt das rote Licht im Auge des Zyklopen wieder.

»Verzeih die kleine Unterbrechung«, sagt der Puppenspieler. »Ich werde dich jetzt mit dem Zyklopen alleine lassen. Dringende Geschäfte. Du verstehst.«

»Was?«

»Ich schalte ihn auf Automatik mit der Anweisung, dir das Maul mit deinen Genitalien zu stopfen, falls du anfängst zu schreien, und deine Beine zu halbieren, falls du versuchen solltest zu fliehen.«

»Äh ... okay«, sagt Peter.

»Hast du das verstanden?«

»Ja. Das war sehr bildhaft.«

»Gut«, sagt der Puppenspieler.

Die Facettenkamera des Zyklopen ist direkt auf Peter gerichtet. Sie leuchtet wieder rot.

»Hey!«, ruft Peter. »Sind Sie noch da?«

Der Zyklop bleibt stumm.

»Was ist, wenn ich auf Toilette muss?«, fragt Peter.

Keine Antwort.

»Ich muss auf Toilette!«

Schweigen.

»Na toll.«

Peter rutscht ein Stück vom Zyklopen weg. Soweit das angekettet eben möglich ist. Der Kopf des Zyklopen bewegt sich leicht, und das Facettenauge folgt seiner Bewegung.

»Kannst du sprechen?«, fragt Peter. »Im Automatikmodus?«

Keine Antwort.

Peter mustert den Zyklopen.

»Jetzt bist du kein Avatar mehr, was? Jetzt bist du einfach ein Androide …«

Schweigen.

»Du kannst mir von deinen Problemen erzählen, weißt du? Ich bin zertifizierter Maschinentherapeut. Es ist bestimmt nicht schön, von so einem Widerling geritten zu werden.«

Keine Reaktion.

Peter grübelt. Nach einer Weile sagt er, als ob es das Selbstverständlichste der Welt wäre, so etwas zu sagen: »Der Mann zwei Pandas plitsch platsch dreizehn Sand Augen zu bumm.«

Erst zeigt der Zyklop keine Reaktion. Dann fängt er an zu giggeln, zu gackern, zu kichern. Schließlich geht er vor Lachen in die Knie.

»Plitsch platsch!«, ruft er johlend. »Bumm!«

Er liegt am Boden vor Lachen und schlägt mit der Faust auf die Steine, die – zu Peters Entsetzen – davon Risse bekommen. Peter stemmt sich mit aller Kraft gegen die Tischplatte. Er zieht die Kette der Handschellen unter dem Stahlbein durch und rennt los, ohne sich ein einziges Mal umzusehen. Seine Hände sind immer noch hinter dem Rücken gefesselt. Er sprintet zur Tür, drückt die Klinke mit seinem Gesicht herunter, findet sich in einem Treppenhaus wieder und hastet die Stufen hinab. Wenn ich jetzt stolpere, denkt er, würde ich richtig hart auf die Nase fallen. Und es ist eine zwar spannende, aber unbeantwortbare Frage, ob er auch gestolpert wäre, wenn er das nicht gedacht hätte.

DIE LEGENDE VON

URSAN URSAN

HELD DES WIDERSTANDS

AUS DER QUAN7-SPRACHE IN DIE QUALITÄTSSPRACHE

ÜBERSETZT VON WIN-TRANSLATOR

URSAN URSAN WAR EIN HELD IM KAMPF GEGEN DIE KILLERMASCHINEN DES FINANZ-IMPERIALISMUS! ER WAR KLEINWÜCHSIG, ABER SEINE HELDENTATEN WAREN GROß! ER MELDETE SICH FREIWILLIG ZUM DIENST BEI DEN REVOLUTIONÄREN STREITKRÄFTEN DES WIDERSTANDS GEGEN DIE KILLERMASCHINEN DES FINANZ-IMPERIALISMUS! DOCH SELBST UNSERE SOLDATEN KÖNNEN GRAUSAM SEIN, UND URSAN URSAN MUSSTE WÄHREND SEINER AUSBILDUNG OB SEINER GERINGEN GRÖßE VIEL HOHN ERTRAGEN. ABER IM KAMPF LIEß ER ALLE SPÖTTER VERSTUMMEN. URSAN URSAN ÜBERLEBTE SCHLACHT UM SCHLACHT UND WURDE ZU EINEM KOMMANDANTEN DER REVOLUTIONÄREN STREITKRÄFTE DES WIDERSTANDS GEGEN DIE KIDEFIMP. NACH DER SCHLACHT IM GEBIET DER SELTENEN ERDEN, DIE ER ALS EINZIGER ÜBERLEBTE, HATTE ER EINE ERLEUCHTUNG.

DIE KILLERMASCHINEN DES FINANZ-IMPERIALISMUS HIELTEN IHN, DEN KLEINWÜCHSIGEN, FÜR EIN KIND UND SCHOSSEN DARUM NICHT AUF IHN. SEIN LEBEN LANG HATTE ER NACH EINER SCHWACHSTELLE DER KIDEFIMP GESUCHT UND SIE NUN ENDLICH GEFUNDEN. URSAN URSAN STELLTE EIN BATAILLON AUS KLEINWÜCHSIGEN ZUSAMMEN. DIESES GEHEIME KOMMANDO DER REVOLUTIONÄREN STREITKRÄFTE DES WIDERSTANDS GEGEN DIE KILLERMASCHINEN DES FINANZ-IMPERIALISMUS WARF SICH IM DRITTEN WELTKRIEG HEROISCH IN EINE SCHLACHT MIT DEN KIDEFIMP. ZU UNSER ALLER TIEFER TRAUER STELLTE SICH HERAUS, DASS DIE KILLERMASCHINEN DES FINANZ-IMPERIALISMUS SEHR WOHL KLEINWÜCHSIGE VON KINDERN UNTERSCHEIDEN KÖNNEN ODER ABER KEINE PROBLEME DAMIT HABEN, AUF KINDER ZU SCHIEßEN. URSAN URSAN HATTE SEIN BISHERIGES LEBEN LANG EINFACH IMMER NUR VERDAMMT VIEL GLÜCK GEHABT. DER TAG DES DRITTEN WELTKRIEGS WAR EIN TRAGISCHER TAG FÜR DAS SPEZIALKOMMANDO DER REVOLUTIONÄREN STREITKRÄFTE DES WIDERSTANDS GEGEN DIE KILLERMASCHINEN DES FINANZ-IMPERIALISMUS. WIR WERDEN URSAN URSAN NIEMALS VERGESSEN. ES LEBE DER WIDERSTAND GEGEN DIE KIDEFIMP.

CUI BONO? DIE WAHREN GRÜNDE FÜR DEN DRITTEN WELTKRIEG! DIE REGIERUNG WILL NICHT, DASS DU SIE ERFÄHRST!

»Es ist so«, sagt General Dragqueen. »Ein stinknormales selbstfahrendes Auto hat über hundert Millionen Code-Zeilen. Laut einer Studie macht die Software-Industrie auf tausend Code-Zeilen ungefähr dreißig Fehler. Unsere Waffensysteme haben zusammen Milliarden an Code-Zeilen.«

»Was wollen Sie damit sagen?«, fragt Aisha.

»Der eine oder andere Fehler ist leider unvermeidlich. Wir versuchen sie natürlich in der Testphase zu eliminieren. Aber manche entdeckt man halt erst im Einsatz.«

»Haben Sie nichts Konkreteres? Heute Abend beginnt der Parteitag, und Sie können mir immer noch nicht sagen, was zum Teufel den Dritten Weltkrieg ausgelöst hat?«

»So leid es mir tut«, sagt der General. »Unsere Untersuchungen laufen noch.«

Genervt und ohne sich zu verabschieden, verlässt Aisha das Büro des Generals. Im Flur sieht sie Lucia, die sich nach ihr umdreht und dann auf die Damentoilette verschwindet.

»Ernsthaft?«, murmelt Aisha.

Sie überlegt ganz kurz, dann drückt sie ihre Handtasche einem Mitglied der Präsidentengarde in die Hand. »Beschützen Sie diese Tasche mit Ihrem Leben«, sagt sie und betritt die Damentoilette.

Eine der beiden Kabinen ist verschlossen. Aus ihr tönt eine Stimme: »Hey, Missy.«

»Hey, Mädchen«, sagt Aisha.

Die Spülung beginnt zu rauschen.

»Bist du wirklich da drin, weil du auf Toilette musst?«, fragt Aisha. »Oder machen wir hier ein konspiratives Treffen, um Informationen auszutauschen?«

Lucia kommt aus der Kabine, spuckt ihren Kaugummi in eine Mülltonne und sagt: »Für einen Austausch müssten Sie auch Informationen für mich haben.«

»Klugscheißerin.«

Aisha fällt auf, dass die Toilettenspülung nicht aufhört zu rauschen.

»Also hast du im Militärnetz etwas herausgefunden?«, fragt sie.

»Ja«, sagt Lucia. »Aber es wird Ihnen nicht gefallen.«

»Ich möchte es trotzdem hören«, sagt Aisha.

Lucia stellt sich vor den Spiegel und richtet ihre Haare. Nicht nur die Spülungen, auch alle Wasserhähne rauschen inzwischen.

Lucia zieht viermal an ihrem Ohrläppchen und blickt Aisha fragend an.

Aisha schüttelt den Kopf.

»Ich mache mir den Ohrwurm vor konspirativen Treffen auf der Toilette immer raus.«

Lucia nickt. »Eine Kuh«, sagt sie.

»Was?«

»Eine Kuh«, sagt Lucia.

»Eine Kuh?«, fragt Aisha. »Dieses gefleckte Tier mit dem irgendwie perversen rosafarbenen Euter, aus dem Milch rauskommt? So eine Kuh?«

»Jep. Eine Kuh mit einem Faible für illegale Grenzübertritte.«

»Ehrlich?«

»Sekunden bevor der Dritte Weltkrieg ausgebrochen ist, hat

sich eine Kuh in die entmilitarisierte Zone zwischen Quan 6 und Quan 7 verlaufen.«

»Ja, aber das ist doch noch lange kein Grund, den Krieg zu erklären.«

»Schon, aber es hat ja auch niemand den Krieg erklärt. Wie ich vermutet habe, fühlte sich nur ein Trigger getriggert, obwohl ihn niemand getriggert hatte. Hat dann Drohnen aufsteigen lassen. Das hat Trigger auf der Gegenseite getriggert. Und so weiter. Die Dominosteine waren schon lange als Kette aufgereiht. Es fehlte nur noch eine dumme Kuh, die den ersten umstößt, verstehen Sie?«

»Ich verstehe nicht«, sagt Aisha. »Oder vielmehr, ich will nicht verstehen.«

»Zu Beginn des Atomzeitalters gingen offizielle Schätzungen von einem GAU alle Million Reaktorjahre aus«, sagt Lucia. »Wussten Sie das? Diese Zahl war natürlich irreführend. Um eine brauchbare Zeitangabe zu bekommen, muss man sie erst mal durch die Anzahl aller Reaktoren teilen. Tut man das, kommt man auf einen größten anzunehmenden Unfall ungefähr alle zweitausenddreihundert Jahre. Das klingt natürlich nicht mehr ganz so geil, aber, hey, vor zweitausenddreihundert Jahren war es in Rom und Griechenland noch schick, in Betttüchern herumzulaufen. Das ist schon eine Weile her.«

»Ich hoffe, diese Abschweifung erweist sich irgendwann noch als nötig«, sagt Aisha.

»Nein. Nötig ist sie nicht. Aber ich dachte, wir plaudern hier einfach. Ich wusste nicht, dass Sie unter Zeitdruck stehen.«

Aisha rollt mit den Augen. Dann seufzt sie und lächelt. »Sprich weiter.«

»Also, angeblich alle zweitausenddreihundert Menschenjahre ein GAU«, sagt Lucia. »Nur gab es leider schon innerhalb der ersten sechzig Jahre vier Kernschmelzen.«

»Da hat sich wohl jemand verschätzt …«

»Ja.«

»Und was zum Teufel hat das mit dem Dritten Weltkrieg zu tun?«

»Wissen Sie, was den Störfall im Three-Mile-Island-Atomkraftwerk ausgelöst hat? Eine leckende Dichtung. Ein winziges Problemchen. Nicht der Rede wert, wäre die austretende Feuchtigkeit nicht in ein benachbartes System gelangt, welches deswegen fälschlicherweise glaubte, die Wasserpumpen abschalten zu müssen. Die waren aber elementar, um den Reaktor zu kühlen. Deswegen wurden die Notfallpumpen aktiviert. Leider war aus unbekannten Gründen ein wichtiges Ventil verschlossen. Und die Leute im Reaktorraum wussten nichts davon, weil die Kontrolllampe des Ventils von einem Reparaturschild eines anderen Systems verdeckt war, das wiederum gar nichts damit zu tun hatte. Und so weiter, und so fort.«

»Du willst mir also auf sehr umständliche Art und Weise zu verstehen geben, dass in komplexen, eng vernetzten Systemen Fehler sehr schnell von einem Untersystem auf das nächste überspringen und dass selbst kleinste Probleme einen kompletten Crash verursachen können?«

»Ja. Und wissen Sie, welche Systeme ebenfalls komplex und eng vernetzt sind?«

»Autonome Waffen.«

»Korrekt. Selbst in Bereichen, in denen höchster Wert auf Sicherheit gelegt wird, wie in der Raumfahrt oder eben bei Atomkraftwerken, kommt es immer wieder zu Unfällen. Die Systeme werden natürlich ausgiebig getestet, aber …«

»… manche Fehler entdeckt man halt erst im Einsatz«, sagt Aisha.

»Jeder einzelne Fehler ist sehr unwahrscheinlich, aber es sind eben so viele Fehler möglich, dass es doch wahrscheinlich ist, dass einer passiert[25]. Es ist sehr schwer vorherzusagen, welche Probleme in atypischen Situationen auftauchen könnten.«

»Und Krieg ist eine extrem atypische Situation.«

»Ja.«

»Eine Kuh also«, sagt Aisha.

»Jep.«

Aisha fasst sich an den Kopf.

»Kein Wunder, dass die Militärs mir nichts davon erzählen wollten.«

»Soweit ich weiß, lebt die Kuh übrigens noch«, sagt Lucia.

»Na, Gott sei Dank.«

»Und was werden Sie jetzt tun?«, fragt Lucia. »Werden Sie das in Ihrer Rede benutzen?«

»Bist du irre?«, fragt Aisha. Sie seufzt. »Ich werde den Leuten erklären, dass dieser Krieg notwendig war.«

»Sie schreiben also irgendetwas Vages über die Grausamkeit unserer Gegner und die Notwendigkeit, die Demokratie, die Freiheit und die Menschenrechte zu verteidigen.«

»Exakt.«

»Ich kann Ihnen auch einen Bericht erstellen«, sagt Lucia, »aber ich dachte, Sie wollen vielleicht lieber keinen Papierkram.«

»Ja, lieber nicht.«

Lucia schnippt mit ihren Fingern, und alle Wasserhähne und Spülungen hören sofort auf zu laufen.

Das Rauschen weicht einer unangenehmen Stille.

»Netter Trick«, sagt Aisha.

»Ich habe noch viel mehr davon. Sie sollten mal zu meiner großen Show kommen.«

25 Anders gesagt: Wenn man einen Staubsaugroboter aus einer Drohne wirft, ist es sehr unwahrscheinlich, eine bestimmte Person zu treffen, aber gar nicht mal so unwahrscheinlich, irgendjemanden zu treffen.

VOM STAR ZUM GANGSTER! WIE KONNTE ZUKO ZUHÄLTER SO TIEF FALLEN?

Zuko Zuhälter ist eine schwierige Nummer. Kiki hat ihre Crawler das Netz nach ihm durchforsten lassen. Zum dritten Mal überfliegt sie das dabei entstandene Dossier. Es ist viel zu lang, um es komplett zu lesen. Sie könnte natürlich einen der Algos drüberjagen, die solche Dossiers zusammenfassen. Aber diese Dinger haben meist ein sehr simples Verständnis von Relevanz. Je mehr Zugriffe es auf eine Information gibt, desto wichtiger ist sie. Für Kiki ist aber der kaum bekannte kleine Datenpunkt im Schatten viel interessanter. Doch schon das Überfliegen des Dossiers ergibt ein ziemlich eindeutiges Bild. Zuko ist ein Dreckschwein. Ihm ist wirklich alles zuzutrauen. Inklusive die Bastardkinder von Mitgliedern des 90er-Clubs auszuknipsen. Aber warum sollte ein fieser Gangstertyp ein Alter Ego haben, das ein fieser Gangstertyp ist? Das ergibt doch keinen Sinn.

Kiki faltet ihr QualityPad zusammen. Ihr Blick fällt auf die reglose M.A.M.A. in der Ecke.

»Was mache ich nur mit dir?«, murmelt sie.

Im Büro nebenan rumpelt es. Kiki nimmt ihre Elektroimpulswaffe und positioniert sich neben der Tür, sodass diese sie verdecken wird, falls jemand sie öffnet. Gleich darauf wird die Tür tatsächlich aufgerissen. Kiki will schon abdrücken, aber es ist nur Peter, der hereinstolpert.

Kiki stöhnt und senkt ihre Waffe.

»'tschuldigung«, sagt Peter. »Ich hatte erst die falsche Tür erwischt …«

Kiki schaut ihn schockiert an. Peter hat zwei blaue Augen, einige fiese Schrammen im Gesicht, und seine Nase sieht aus, als sei sie gebrochen.

»Ach du Scheiße! Was ist denn mit deinem Gesicht passiert? Hat dich jemand verprügelt?«

»Nein. Also ja. Aber hauptsächlich bin ich gestolpert.«

Peter hält ihr seine Hände hin, die immer noch in Handschellen stecken.

»Als ich gestolpert bin, waren meine Hände noch hinter meinem Rücken.«

»Uh«, sagt Kiki und verzieht das Gesicht. Sie holt ein paar kleine Metallgegenstände aus einer Schublade und beginnt damit, das Schloss zu traktieren.

»Was ist denn passiert?«, fragt sie.

»Der Typ ...«, sagt Peter immer noch außer Atem. »Der Typ, der dich umbringen will. Er ist wieder da!«

»Ich weiß«, sagt Kiki. »Ich weiß sogar, wer ihn angeheuert hat.«

Erschöpft lässt sich Peter auf den Stuhl neben Kiki fallen.

»Das weißt du schon?«

»Ja. Mein Vater.«

»Nein, ich meinte, du weißt, dass er wieder da ist?«

»Klar. Habe ich das nicht erzählt? Er hat ein zweites Mal versucht, mich umzubringen, aber dann fiel ein Staubsaugroboter aus heiterem Himmel und hat ihn erschlagen.«

»Dein Vater?«, fragt Peter verblüfft.

»Mir scheint, du hängst immer eine Frage hinter dem aktuellen Gesprächsstand«, sagt Kiki. »Ja, mein Vater. Er ist Chef von myRobot.«

»Warte mal«, sagt Peter und rutscht auf seinem Stuhl herum, »hast du gerade gesagt, dass ein Staubsaugroboter vom Himmel gefallen ist?«

»Ja«, sagt Kiki. »Einfach so. Bumm. Zack. Voll auf die Zwölf.«

»Der Chef von myRobot?«, fragt Peter. »Den Staubsaugroboter hab übrigens ich aus der Drohne geschmissen.«

»Ja, der Chef von myRobot. Lange Geschichte, wenn du mal aufhören würdest, so aufgeregt zu sein, dann könnte ich dir alles erklären.«

Peter rutscht auf seinem Stuhl nach hinten.

»Alles klar«, sagt er. »Bin ganz Ohr.«

»Warte mal«, sagt Kiki, »hast du gerade gesagt, dass du den Staubsaugroboter aus einer Drohne geschmissen hast?«

»Also, jedenfalls habe ich einen Staubsauger aus einer Drohne geworfen«, sagt Peter. »Wenn das kein neuer Trend ist, dann wird es wohl der Staubsauger meiner Eltern gewesen sein.«

»Warum hast du das gemacht? Es ist voll asozial, etwas aus einer Drohne zu werfen.«

»Ich will nicht drüber reden.«

»Aber jetzt mal ehrlich?«, fragt Kiki. »Du hast den Staubsauger, der den Zyklopen zerschmettert hat, aus einer Drohne geworfen?«

»Vermutlich.«

»Verdammt noch mal. Darauf hätte ich gerne gewettet, die Quoten müssen astronomisch gewesen sein.«

Endlich macht es KLICK, und die Handschellen springen auf.

»Und dein Vater ist der Chef von myRobot?«, fragt Peter und rutscht auf seinem Stuhl wieder nach vorne. »Wer von uns beiden ist jetzt High Society, hm?«

Kiki erzählt, was sie herausgefunden hat.

»Sie war also ein Prototyp«, sagt Peter staunend.

»Ja. Mein Großvater muss ihn meinen Eltern zur Verfügung gestellt haben. Vielleicht hat er sich wirklich Sorgen um mich gemacht. Oder vielleicht wollte er das Ding nur testen.«

Peter rutscht auf seinem Stuhl nach vorne.

»Aber ein Nanny-Prototyp, der ein Kind aus seiner Familie entführt …«, sagt er.

»Das ist denkbar schlechte Promo«, sagt Kiki. »Ja.«

»Also haben sie alles vertuscht.«

»Und mein Vater will immer noch nicht, dass das rauskommt.«

»Okay. Na gut«, sagt Peter. »Da kann ich mit meinem Familientrauma nicht mithalten.«

»Du hast ein Familientrauma?«

»Es hat mit dem Staubsaugroboter zu tun.«

»Aber du willst nicht drüber reden?«

»Nein, will ich nicht.«

»Woher weißt *du* eigentlich, dass es noch einen Zyklopen gibt?«, fragt Kiki.

»Er hat mich entführt.«

»Und du bist ihm entkommen?«

»Ich hab da so meine Tricks.«

»Tricks?«

»Also eigentlich hab ich nur einen Trick.«

Peter rutscht auf seinem Stuhl nach links, sodass er nur noch auf der rechten Pobacke sitzt.

»Was rutschst du denn die ganze Zeit auf dem Stuhl herum?«

»Ich weiß auch nicht«, sagt Peter. »Irgendwie ist der Stuhl unbequem. Jedenfalls tut es mir beim Sitzen weh.«

Plötzlich springt Kiki auf.

»Zieh die Hose runter«, sagt sie. »Los!«

»Äh, okay«, sagt Peter, »ich finde den Befehlston zwar etwas befremdlich. Aber warum nicht mal was Neues probieren?«

»Dreh dich um«, sagt Kiki. »Ich will deinen Hintern sehen.«

»Nein! Ich will *deinen* Hintern sehen!«, sagt Peter. »Zieh du dich aus! Äh … sofort!«

Kiki rollt die Augen.

»Ich will nur sehen, ob dir der Puppenspieler einen Ortungschip in die Arschbacke implantiert hat.«

»Oh«, sagt Peter verlegen.

»Wenn du mal drüber nachdenkst – ich weiß, das ist nicht deine Stärke –, ist das die wahrscheinlichste Erklärung dafür, dass du ihm entkommen konntest!«

Peter sagt nichts. Kiki blickt ihn fragend an.

»Ich denke!«, sagt er.

Dann steht er auf und lässt seine Hose runter.

»Den Schlüpfer auch«, sagt Kiki. »Jetzt mal nicht so schüchtern.«

Peter zieht seine Unterhose runter und dreht sich um. Kiki beginnt, seinen Hintern zu untersuchen, und kneift ihm in die Pobacken.

»Wehe, du verarschst mich nur«, sagt Peter.

»Verarschen«, sagt Kiki. »Sehr passendes Wort.«

Dann inspiziert sie eine Stelle gründlicher.

»Mist.«

»Was ist los?«

»Bleib so!«, ruft Kiki und rennt ins andere Zimmer.

»Na klar«, sagt Peter mit heruntergelassener Hose. »Ich bleibe so. Warum auch nicht.«

Kiki kommt mit einem kleinen Gerät in der Hand zurück und hält es an Peters Arschbacke. Das Gerät macht aufgeregte Biep-Laute: selten ein gutes Zeichen.

»Verdammt!«

»Es tut mir leid«, sagt Peter. »Ich wusste nicht ...«

»Ich versuche, den Chip mit einem gezielten elektromagnetischen Impuls zu schrotten.«

»Wie bitte?«

»Du wirst nichts spüren.«

»Aber macht das nicht Krebs?«

»Die einen sagen so, die anderen so.«

»Sehr beruhigend. Zählst du auf drei?«

»Es ist schon passiert.«

»Wie bitte?«

Peter dreht sich zu ihr um.

»Aber dafür«, sagt er, »darf ich jetzt auch überprüfen, ob du einen Ortungschip in deinem Hintern hast.«

»Du Quatschkopf«, sagt Kiki. »Wir müssen sofort weg hier.«

Vom Flur her sind plötzlich Schritte zu vernehmen. Kiki wendet sich gerade zur Tür, als diese mit einem gewaltigen Krach aus den Angeln fliegt. Der Zyklop betritt Kikis Versteck, seine Handlanger dicht hinter ihm.

»Oh«, sagt der Puppenspieler belustigt. »Ich hoffe, wir stören nicht bei etwas Wichtigem.«

Ernst und Bertram lachen.

Peter, der von der ganzen Po-Untersuchung eine kleine Erektion bekommen hat, sieht, wie sein Glied in Rekordzeit zusammenschrumpelt.

Schnell zieht er Schlüpfer und Hose hoch.

»Und zu mir hat er gesagt, ihr seid gar nicht mehr zusammen«, sagt der Puppenspieler und lacht.

Peter sieht sich nach einer Fluchtmöglichkeit um. Nur wie? Und wohin?

DU FRAGST DICH, WOHIN?

WIR HABEN

NEUE REISEZIELE

FÜR DICH!

Die Nase voll von ***Strandurlaub in Schweden***? Nicht schon wieder ***Work & Travel in Alaska***? Kein Bock mehr, am ***Mount Everest*** anzustehen?

Wenn du nach Erlebnissen jenseits des Massentourismus suchst, haben wir von ***MADventures*** genau das Richtige für dich!

Du brauchst ein besonderes Geburtstagsgeschenk?

UNSER ANGEBOT DER WOCHE FÜR DICH

*Schieß doch deinen **Mann** zum **Mond**! Zum Erdtrabanten und zurück in acht Tagen! (Reisedauer One-Way vier Tage.) Jetzt für nur 100.000 Qualities inklusive 43 Qualities CO_2-Kompensation!*

WEITERE TOLLE TRIPS FÜR DICH

Mache eine **Kreuzfahrt** durchs **Polarmeer**! Jetzt das ganze Jahr über eisfrei. Mit optionaler Mammutjagd in Grönland!

Segle eine Woche lang mit dem **Sandgleiter** durch die großen Wüsten der **Iberischen Halbinsel**!

Wandere in **Hitzeschutzanzügen** durch die tödlichen Sommertemperaturen des **australischen Herzlandes**!

Nimm an einer unserer **Extinction-Safaris** teil und schau dir **Pandas**, **Elefanten** oder **Wale** in freier Wildbahn an. Schon morgen könnte es keine mehr geben!

Tauche hinab nach **Venedig**. Entdecke die berühmteste Unterwasserstadt der Welt mit unseren zertifizierten Tauchführern. Schlafe im ersten **Unterwasserhotel** der Geschichte! Atlantis ist ein Scheiß dagegen.

MADventures

DAS ABENTEUER DEINES LEBENS WARTET AUF DICH!

WIE DU DURCH MULTITASKING GANZ EINFACH UND SCHNELL 32 PROZENT WENIGER PRODUKTIV SEIN KANNST.

Der Zyklop blickt sich in Kikis Versteck um. Er scannt den Raum nach weiteren Ausgängen. Keine zu sehen.

»Diesmal wirst du mir nicht entkommen ...«, sagt er.

»Das hast du schon mal behauptet«, sagt Kiki. »Und nimm's mir nicht übel, aber ich finde, deine dritte Inkarnation sieht ziemlich billig aus. Bist du pleite?«

»Du willst wohl, dass ich deine Zunge rausreiße, sie frittiere und dann Ernst aufs Pausenbrot packe.«

»Äh ... nein.«

»Nicht mal ich will das«, sagt Ernst.

Der Zyklop macht einen Schritt nach vorn.

Kiki und Peter weichen zurück. Peter schiebt sich dabei schützend vor Kiki.

»Heldenhaft«, sagt Kiki. »Heldenhaft, aber nutzlos.«

»Hey«, sagt Peter. »Nutzlos ist mein Ding.«

»Ernst, Bertram«, dröhnt der Zyklop. »Schnappt euch den Wurm.«

Die beiden Gangster zerren Peter von Kiki weg und zwingen ihn auf die Knie.

»Ernst und Bertram?«, fragt Kiki. »Wirklich? Sind das eure echten Namen? Ernie und Bert?«

»Was ist daran so lustig?«, fragt Ernst.

»Wenn ich ganz lieb frage, würdet ihr dann einmal für mich den Quietscheentchensong singen?«

»Also ich bin ja nicht abgeneigt, letzte Wünsche zu erfüllen«, sagt Ernst. »Und ich bin auch leidlich musikalisch, aber ich kenne das Lied leider nicht.«

»Ick auck nickt«, sagt Bertram.

Peter beginnt zu singen: »Quietsche-Entchen, du bist mein. Und gehörst nur mir allein. Quietsche-Entchen, ich hab dich so furchtbar lieb.« Dabei tanzt er so gut es eben auf den Knien geht.

»Was machst du da?«, fragt der Zyklop.

»Ich, äh«, sagt Peter. »Ich versuche, auf sehr würdelose Art und Weise Zeit zu gewinnen.«

»Schluss damit«, sagt der Zyklop. »Ich bin ja nicht dafür bekannt, dass ich übermäßig Gewalt anwende ...«

Ernst und Bertram lachen, als hätte der Puppenspieler einen hervorragenden Witz gemacht.

»Aber bei euch«, fährt er fort, »werde ich eine Ausnahme machen.«

Er geht auf Kiki zu und drückt sie gegen die Wand. Peter will aufspringen, aber Ernst verpasst ihm einen schmerzhaften Schlag mit dem Pistolenkolben.

»Vor dir«, sagt der Puppenspieler, »hat noch nie jemand einen meiner Avatare vernichtet.«

»Das wundert mich«, sagt Kiki. »Ich fand es nicht besonders schwer ...«

Der Zyklop schlägt ihr in den Bauch. Kiki stöhnt.

»Wie hast du meinen letzten Avatar zerstört? Mit was hast du ihn am Kopf getroffen?«

»Das war ein Staubsaugroboter«, sagt Kiki.

»Ein was?«

»Und ich war das nicht.«

»Ich war's!«, sagt Peter. »Ich hatte ihn aus einer Drohne geworfen.«

»Warum zum Teufel wirfst du einen Staubsauger aus einer Drohne?«, fragt der Puppenspieler.

»Ich will nicht darüber reden«, sagt Peter.

»Es ist voll asozial, etwas aus einer Drohne zu werfen!«, sagt Ernst.

»Und streng verboten!«, sagt Bertram.

Der Zyklop hebt seine Hand.

»Schluss jetzt. Merkt ihr nicht, dass sie uns verarschen wollen?«

Er packt Kiki am Hals.

»Na gut, Prinzessin, dann werde ich jetzt deinen hübschen Kopf nehmen und ihn durch diese Wand zaubern«, sagt er. »Bist du schon gespannt? Ich zähle bis drei, dann Abrakadabra.« Er holt mit seinem Arm aus. Kiki hängt daran wie eine Puppe.

»Eins, zwei, drei! Abrakada ...«

Bevor er Kiki gegen die Wand schlagen kann, trifft ihn unerwartet etwas Hartes am Hinterkopf.

»Was war das denn jetzt schon wieder?«, fragt der Puppenspieler und lässt Kiki fallen, die auf dem Boden zusammenbricht.

Hinter dem Zyklopen steht ein alter Nannybot mit einer Bratpfanne in der Hand.

»Na, wer bist du denn?«, fragt der Zyklop lachend. »Willst du kämpfen, ja?«

Er macht tänzelnde Bewegungen und führt dann eine Finte aus.

M.A.M.A. fällt darauf herein und schlägt mit der Pfanne ins Leere. Der Zyklop schnappt sich ihren Arm und reißt ihn mit einer schnellen Bewegung aus dem Körper.

»Mama, nicht!«, ruft Kiki und will aufspringen, aber Bertram richtet seine Pistole auf sie und schüttelt den Kopf.

M.A.M.A. blickt auf die Stelle, an der soeben noch ihr Arm

gewesen ist, dann bückt sie sich ächzend und nimmt die Bratpfanne in die andere Hand.

»Na, das ist ja ein Spaß!«, sagt der Puppenspieler.

M.A.M.A. holt mit ihrem verbliebenen Arm aus, aber der Zyklop fängt ihn ab. Er drückt mit seiner linken Hand gegen die Schulter der Nanny und reißt mit der rechten ihren zweiten Arm aus.

»Und jetzt?«, fragt er. »Was machst du jetzt?«

M.A.M.A. senkt ihren Kopf und rennt auf den Avatar zu. Der macht eine schnelle Bewegung zur Seite. Eine rot glühende Klinge schnellt aus seinem rechten Arm nach vorne und mit einem einzigen Schlag trennt er M.A.M.A.s Beine von ihrem Rumpf. Die Beine brechen zur Seite weg, und ihr Torso kracht auf den Boden. Erstaunlicherweise bleibt er aufrecht.

»Na, gibst du auf?«, fragt der Puppenspieler lachend.

M.A.M.A.s Bauchbildschirm leuchtet auf. Darauf sieht man den Torso eines schwarzen Ritters.

»Ich spuck dir ins Auge und blende dich!«, ruft der Ritter.

»Was machst du denn, Mama?«, ruft Kiki.

Der Zyklop stupst den Nanny-Torso leicht mit seinem Zeigefinger an, und M.A.M.A. kippt nach hinten. Kiki wendet den Blick ab, als der Zyklop seinen Fuß hebt und damit M.A.M.A.s Kopf zerschmettert. Ihr Bauchmonitor leuchtet noch einmal auf. Dort steht: *»Bist du mir böse?«*

»Das wirst du noch bereuen!«, zischt Kiki.

»Das glaube ich kaum«, sagt der Puppenspieler. »Denn jetzt …«

Dann ist es eine Weile still. Der Zyklop schweigt.

»Ach, Scheiße«, sagt Ernst. »Nicht schon wieder.«

»Sorry«, sagt Bertram zu Peter und Kiki gewandt. »Wir haben Verbindungsprobleme.«

»Der Zyklop buffert.«

»Passiert manckmal, wenn wir an Orten mit schlecktem Empfang sind.«

»Sind wir leider sehr oft.«

»Wie auch immer. *Just a second.* Dann laeuft er wieder.«

Bertram haut dem Zyklopen unbeholfen auf den Hinterkopf, als ob das bei einer so komplexen Maschine etwas helfen könnte. Kiki richtet sich auf.

»Joa«, sagt Ernst nach kurzem Schweigen. »Hat einer von euch in letzter Zeit eine geile neue Serie geguckt?«

Peter und Kiki starren ihn nur sprachlos an.

»Ich gucke ja gerade *Dinos im Weltall*«, sagt Ernst, »doch ehrlich gesagt finde ich die Grundidee schwer zu schlucken.«

»Aber es war schon geil, wie der T. Rex in der ersten Folge das Spaceshuttle GEBLOCKT hat«, sagt Bertram.

»Ja! Hammer! Und habt ihr was Gutes gesehen in letzter Zeit?«

»Na ja, ich, äh, also«, beginnt Peter zu stottern. »Ich hab eigentlich kaum was … Also … Ich weiß nicht …«

»Okay, okay«, sagt Ernst, »wir können auch schweigen, bis der Avatar wieder läuft. Ich dachte halt …«

»Du sollst nicht denken«, dröhnt der Zyklop. »Ich hatte nicht die Verbindung verloren. Ich habe nur eine neue Information erhalten. Einer von euch beiden«, er zeigt auf Ernst und Bertram, »hat diesem Luder geholfen, mich zu hintergehen. Einer von euch beiden hat mich verraten.«

»Nein, Chef …«, beginnt Ernst.

»Einer von euch beiden sabotiert mich seit Jahren!«, ruft der Zyklop.

»Das muss ein Fehler …«, sagt Bertram.

»Ich schwöre …«, stammelt Ernst.

»Ich verlange, dass derjenige, der loyal zu mir steht, auf der Stelle den Verräter erschießt!«, brüllt der Zyklop. »Jetzt sofort!«

Fast zeitgleich krachen zwei Schüsse, und Ernst und Bertram

sinken beide zu Boden wie Marionetten, deren Fäden zerschnitten wurden. Rote Flecken formen sich auf ihren grünen Jogginganzügen. Die Farben passen wirklich gut zusammen.

Der Zyklop schüttelt den Kopf und schlägt sich mit der flachen Hand gegen seine fast gesichtslose Roboterstirn.

Kiki nutzt die Gelegenheit, schnappt sich einen Stuhl und lässt ihn mit Schwung gegen die Seite des Zyklopen krachen. Der Stuhl geht zu Bruch. Der Zyklop steht ungerührt an Ort und Stelle.

»Ach, Kindchen«, sagt er. »Das Ding hat eine Titanlegierung. Du könntest deine ganze Einrichtung auf ihm zertrümmern, ohne Dellen zu hinterlassen.«

Kiki lacht. Ein Lachen der Erleichterung. Peter hat das Gefühl, den Witz verpasst zu haben.

»Nehmt ihnen die Waffen ab«, sagt der Zyklop, »falls die Schwachköpfe wieder zu sich kommen.«

Kiki sammelt die Waffen ein, während Peter mit offenem Mund dasteht und schließlich »Moment mal …« sagt.

»Er scheint mir verwirrt, Kindchen«, sagt der Zyklop.

»Das ist sein Ding«, sagt Kiki.

»Sie …!«, ruft Peter. »Sie sind der Alte!«

»Na, schau mal einer an. Ein ganz Heller!«

»Echt jetzt?«, fragt Peter. »Sie sind der Puppenspieler?«

Der Zyklop wendet sich zu Kiki.

»Was findest du nur an ihm, Kindchen?«

»Ich finde ihn irgendwie niedlich.«

»Moment mal, Sie sind nicht der Puppenspieler!«, ruft Peter. »Sie haben ihn nur gehackt.«

»Oh!«, sagt der Avatar überrascht und deutet auf Peter. »Und für einen Augenblick habe ich gedacht, er sei wirklich dumm.«

»Er ist nicht dumm«, sagt Kiki. »Er ist nur nicht besonders schnell.«

»Was ist eigentlich mit deinem Gesicht?«, fragt der Alte.

»Ich bin gestolpert«, sagt Peter.

»So, so.«

»Ich bin wirklich nur gestolpert.«

»Ich glaube dir«, sagt der Alte. »Ich kann mir gut vorstellen, dass es auf deinem Intelligenzlevel schon eine ungeheure Herausforderung darstellt, die Bewegung zweier Beine zu koordinieren. Wenn überhaupt, dann wundere ich mich, dass du nicht viel öfter stolperst. Aber hat dir schon mal jemand den Tipp gegeben, dich mit deinen Händen abzustützen, wenn das passiert?«

»Ich glaube, er mag dich«, sagt Kiki.

»Woher wussten Sie, dass wir Hilfe brauchen?«, fragt Peter.

»M.A.M.A. hat mich alarmiert«, sagt der Alte.

Kiki schaut auf die völlig zerstörte Nanny. Sie hat dabei sehr viele sehr widersprüchliche Gefühle.

»Und sie hat mir die Zeit verschafft, die ich brauchte, um dem Puppenspieler die Kontrolle zu entreißen.«

»Und wie zum Teufel hast du das hingekriegt?«, fragt Kiki.

»Erinnerst du dich an den Datenwürfel, den ich aus dem Kopf der letzten Inkarnation stiebitzt habe? Sehr aufschlussreich.«

Kiki lässt sich bei den Überresten ihrer Nanny auf den Boden sinken.

»Es tut mir so leid«, sagt Peter.

»Es ist Quatsch, Maschinen nachzutrauern«, sagt Kiki, während ihr eine Träne über die Wange fließt.

»Der Puppenspieler hat dich nur meinetwegen gefunden«, sagt Peter. »Es ist alles meine Schuld.«

»Blödsinn«, sagt Kiki. »Wenn du nicht den Staubsauger aus der Drohne geworfen hättest, wäre ich schon das letzte Mal draufgegangen. Wenn irgendjemand Schuld hat, dann mein Vater.«

»Warte mal«, sagt der Alte, »du hast den Staubsauger aus einer Drohne geworfen?«

»Ich will nicht darüber reden«, sagt Peter.

Kiki inspiziert M.A.M.A.s zertretenen Kopf.

»Das Beweismaterial hat er jedenfalls schon mal gründlich vernichtet«, sagt sie.

»Und hast du gerade gesagt, dass du deinen Vater gefunden hast?«, fragt der Alte.

»Mir scheint, er hängt immer eine Frage hinter dem aktuellen Gesprächsstand«, sagt Peter.

»Ich versteh nicht ganz«, sagt der Alte.

»Dass ich das noch erleben darf«, sagt Peter.

»Konntest du etwas über den Puppenspieler rausfinden?«, fragt Kiki.

»Kindchen, ich habe gerade diese Teufelsmaschine ferngesteuert, während ich verhindern musste, dass meine gehackte Verbindung abbricht, und das alles unter den ständigen Attacken des Puppenspielers, der übrigens immer noch versucht, seinen Avatar wieder unter Kontrolle zu bringen. Wie, bitte schön, hätte ich ihn dabei auch noch ausspionieren sollen?«

»Multitasking«, sagt Kiki.

»Du weißt schon, dass Multitasking nur ein Euphemismus für ›viele Dinge gleichzeitig schlecht machen‹ ist? Nur ein echtes Genie hätte während all dem Genannten auch noch den Puppenspieler ausspionieren können.«

»Also hast du etwas herausgefunden?«, fragt Kiki.

»Natürlich!«, sagt der Alte. »Was denkst du denn?«

»Dann spuck's aus.«

»Es ist nicht viel. Ich vermute, es sind Standortdaten. Aber ich muss sie erst noch entschlüsseln. Übrigens fürchte ich, dass ich nicht mehr lange die Kontrolle über den Avatar behalten kann. Also ... was ich sagen will ... Flieht, ihr Narren!«

Peter, der immer noch verdutzt dasteht, wird von Kiki mitgezogen.

»Das wollte ich schon immer mal sagen«, murmelt der Alte.

Beim Weglaufen sieht Peter noch, wie der Zyklop versucht, sich selbst zu verprügeln. Der erste Schlag trifft mit voller Wucht seine Facettenkamera.

»Aua«, sagt er. »Das tut ja wirklich weh ...«

Dann springt der Zyklop gegen eine Wand. Zu Peters Entsetzen bricht die Wand dabei zusammen.

»Komm schon«, ruft Kiki.

»Aber wohin?«, fragt Peter und rennt ihr hinterher.

»Du wirst dich schön verstecken.«

»Wo denn?«

»Am besten an einem öffentlichen Ort mit vielen Leuten und viel Polizei.«

»Du hast einen merkwürdigen Begriff von ›Verstecken‹.«

Kiki öffnet das Tor der Fabrikhalle, und sie stehen auf der Straße.

»Und was machst du?«, fragt Peter.

»Ich beende diese Farce.«

»Das heißt?«

»Ich statte meinem Vater einen Besuch ab.«

Bevor Peter weitere Fragen stellen kann, gibt Kiki ihm einen Kuss auf die Wange. Immerhin. Er blickt ihr nach, bis sie um eine Ecke des Gebäudes verschwindet. Jetzt ist er allein. Kein Mensch weit und breit in diesem Teil des Maschinenquartiers, aber am Ende der Straße lauert etwas auf vier Beinen. Peter traut seinen Augen kaum. Es ist ein Wolf. Peter und der Wolf starren sich an[26]. Als mit dem üblichen Getöse eine Passagier-

26 Wäre dies ein Film, würde man jetzt sicherlich lustige Violinen hören, gefolgt von drei bedrohlich klingenden Hörnern.

drohne in unmittelbarer Nähe landet, sucht der Wolf das Weite. Tim und Jimmy in neuen schwarzen Anzügen springen aus der Drohne und kommen auf Peter zu.

»Oh nein«, sagt Peter bestimmt. »Ich bin in den letzten Wochen schon oft genug entführt worden. Das reicht mir für mein ganzes Leben.«

»Aber wir haben Anweisungen ...«, beginnt Jimmy.

»Wenn Henryk mich sprechen will, dann soll er gefälligst zu mir kommen!«, sagt Peter. Kurz entschlossen setzt er sich auf den Boden und klammert sich mit aller Kraft und allen vier Gliedmaßen an das Standbein eines großen Reklamedisplays. Das Display schaltet um und wirbt jetzt für einen rosafarbenen Delfinvibrator.

»Herr Arbeitsloser«, sagt Tim, »Peter ...« Er versucht halbherzig, Peters ineinander verschränkte Hände zu lösen. »Das ist doch albern.«

»Das ist mir egal«, sagt Peter trotzig. »Wie habt ihr mich überhaupt gefunden?«

»Ehrlich gesagt, haben wir dir nach deinem ersten Besuch, als du auf dem Rückweg in der Drohne eingeschlafen bist, einen kleinen Ortungschip in den Oberarm ...«

»Bei euch hackt's wohl! Wieso denken eigentlich alle, sie könnten mir ungefragt einen Ortungschip implantieren? Und es ist doch nicht mal nötig! Man weiß doch sowieso immer, wo alle sind.«

»Nun ja, aber schau mal«, sagt Tim. »Heute war ich schon recht froh über den Chip, weil du ja deinen Ohrwurm und dein QualityPad nicht bei dir hast.«

»Pff«, macht Peter nur.

»Was ist eigentlich mit deinem Gesicht passiert?«, fragt Jimmy.

»Ich bin nur gestolpert!«

»Wie du meinst.«

»Jetzt stell dich nicht so an, Peter«, sagt Jimmy. »Es ist eh nur ein kurzer Flug. Henryk ist in der Stadt.«

Peter hat seine Beine im Schneidersitz um das Standbein der Reklametafel geschlungen. Tim und Jimmy packen ihn und heben ihn so, wie er ist, in die Höhe. Jeder yogische Flieger wäre neidisch.

»Halt, halt. Stopp!«, ruft Peter. »Wo ist Henryk denn überhaupt?«

»Er ist auf dem Parteitag der Fortschrittspartei. Er möchte, dass du dabei bist, wenn er seine Kandidatur bekannt gibt.«

»Parteitag der Fortschrittspartei, hm? Viele Leute, was?«, fragt Peter. »Bestimmt auch Polizei, oder? Wenn ihr mir ...«

Gut zwanzig Meter entfernt bricht der Zyklop mit großem Getöse durch eine Wand des Gebäudes. Überrascht lassen Tim und Jimmy Peter auf den Boden fallen.

»Autsch.«

Ein wenig ramponiert sieht der Zyklop aus, aber dafür umso gefährlicher.

»Meine Fresse«, sagt Peter kopfschüttelnd. »Du bist echt eine Plage.«

Der Zyklop nähert sich. Er deutet auf Peter. »Gebt ihn mir freiwillig, und euer Tod wird kurz und schmerzlos sein.«

»Ho, ho, ho! Ganz ruhig«, sagt Tim. »Wer sind Sie überhaupt, und was ...?«

Eine Explosion reißt den Zyklopen in Stücke.

»Was zum Teufel?!«, fragt Peter.

Jimmy hat eine ganz kleine Knarre in der Hand, mit der er den Zyklopen einfach weggepustet hat.

»Ich mochte seinen Tonfall nicht«, sagt er.

»Krass, Alter!«, sagt Tim und zeigt auf die kleine Knarre. »Was für ein geiles Teil!«

Jimmy wirft die Knarre hinter sich.

»Hat nur einen Schuss«, sagt er.

»Aber der wummst gewaltig!«, sagt Tim.

Jimmy hilft Peter auf.

»Die Dinger haben sie uns letztens ausgehändigt, falls Henryk mal von einem gepanzerten Gefährt angegriffen werden sollte«, erläutert er.

»Verstehe«, sagt Peter. »Ich, äh … ich komm dann mal mit euch.«

Er steht auf.

»Die schwarzen Anzüge stehen euch aber übrigens viel besser.«

»Finde ich auch«, sagt Jimmy. »Das war deine Anregung, nicht?«

»Danke dafür«, sagt Tim. »Die weißen Anzüge waren mir echt immer ein bisschen peinlich.«

WAS WIRKLICH AUF DEM KONGRESS DER FORTSCHRITTSPARTEI GEPLANT WIRD! UNZENSIERT!

Wie schon seit Jahren findet der Parteitag der Fortschrittspartei im riesigen Auditorium des WIN-Hauptquartiers statt. John sah diese Art von Corporate-Sponsorship kritisch. Tony hat kein Problem damit. Sein Problem ist, dass das große Auditorium nicht zum Bersten voll ist, und zwar weil Henryk Ingenieur zeitgleich eine Rede im kleinen Auditorium hält. Ein absoluter Affront. Natürlich gibt es bei einer großen Konferenz immer Veranstaltungen, die parallel laufen müssen. Aber keiner hält eine Rede zur gleichen Zeit wie der Präsident. Wer auch immer diesen Ablauf geplant hat, denkt Aisha, hat sich von Henryk hoffentlich fürstlich dafür bezahlen lassen, denn morgen wird sie ihn persönlich zerlegen, in ein Päckchen packen und als Retoure an TheShop schicken. Aisha blickt ins Publikum. Sie steht ein Stück hinter Tony auf der Bühne.

»Jetzt stehe ich schon wieder hinter ihm«, denkt sie und muss lächeln. »Und jetzt habe ich auch noch gelächelt ... Das wird die Herzen aller Verschwörungstheoretiker höherschlagen lassen.« Stumm, aber überdeutlich artikuliert sie zwei Worte: »Fickt euch.«

»... wenn wir nicht wollen, dass Demokratie, Freiheit und Menschenrechte nur hohle Begriffe sind ...«, sagt Tony.

Er hält die Rede, die Aisha ihm geschrieben hat.

»... dann, äh, müssen wir auch bereit sein, dafür zu kämpfen ...«

Und er hält sie schlecht.

»… und zwar, äh, hier in QualityLand …«

Auswendig kann er sie natürlich nicht.

»… und überall auf der Welt …«

Wenn er wenigstens flüssig den Text sprechen würde, den ihm seine Kontaktlinsen einblenden.

»Dieser Krieg war eine schreckliche Tragödie …«

Aisha würde es wundern, wenn er die Rede zuvor auch nur überflogen hätte.

»… aber leider unvermeidlich!«

Sie könnte ihn alles sagen lassen.

»Ich bin ganz ehrlich mit Ihnen: Wir wollten nie autonome Waffen!«

Vielleicht würde sie sich das nächste Mal ein bisschen Spaß gönnen und ein paar Easter-Eggs im Text platzieren. Sehr witzig ist es zum Beispiel, sich von einer Freundin ein paar zufällige Wörter geben zu lassen, die man in die Rede einbauen muss.

»Aber gegen autonome Waffensysteme …«

Einmal hatte Aisha es geschafft, in eine Rede für die alte Präsidentin die Wörter Wackeldackel, Tauchsieder und Matschepampe einzubauen, ohne dass das irgendjemandem komisch vorgekommen war.

»… helfen nur, äh, autonome Waffensysteme!!«

Aisha kann die Stelle noch auswendig: *Ich will in meiner Regierung keine Jasager, keine Kopfnicker, keine Wackeldackel! Ich brauche Leute, die mir sagen, dass die Spirale des Tauchsieders glüht, und zwar bevor die Matschepampe überkocht!*

»Wir werden diejenigen, die auf dem Altar der Freiheit ihr, äh, Leben geopfert haben …«

Aisha könnte Lucia bitten, ihr für die nächste Rede drei Wörter zu geben.

»… niemals vergessen. Einen Namen möchte ich hier stellvertretend für all unsere Helden nennen. Janosch Matrose!«

Aisha ist so fassungslos, dass ihr der Mund offen steht.

»Janosch, deinen Namen werden wir nie vergessen ...«

Hektisch tippt sie auf ihrem Smarm und schickt eine Nachricht auf Tonys AR-Linsen: »Jonas! Der Junge hieß Jonas ...«

»Und im Gedenken an, äh, Jonas Matrose«, sagt Tony, völlig aus dem Konzept gebracht, »also, damit sich eine solche Tragödie nie mehr wiederholt, also, äh, habe ich beschlossen ... äh ... dass wir mit sofortiger Wirkung alle Schnürsenkel verbieten werden!«

Jetzt ist Aisha vollends entsetzt. Das stand nicht in ihrer Rede. Tony blickt ins Auditorium. Für einen Politiker gibt es nur eine Reaktion, die schlimmer ist als Buhrufe. Leises Kichern. Die Leute im Auditorium kichern.

»Für alte Schuhe wird es natürlich eine, äh, Übergangsfrist geben«, sagt der Präsident.

Am liebsten würde Aisha vor Scham im Boden versinken.

»Oh Gott«, murmelt sie unhörbar, »ich glaube nicht an dich, aber bitte lass etwas passieren, das diesen Schwachsinn aus den Newsfeeds verdrängen wird ...«

»Da gibt es nichts zu lachen!«, ruft Tony. »Ich weiß, es gibt hier Leute in diesem Raum, die sind schlauer als wir alle zusammen!«

Das grenzt an mathematische Zauberei, denkt Aisha. Ein Teil einer Menge, der größer ist als die Menge selbst. Das ergibt keinen Sinn.

»Und all diese schlauen Leute rufe ich dazu auf, mit mir zusammenzuarbeiten an der Optimierung unserer Heimat!«

Außer natürlich, wenn es negative Teile der Menge gäbe. Also Leute, die so dumm sind, dass sie die aufsummierte Intelligenz wieder senken. Tony zum Beispiel.

»Ich nenne den Plan: QualityLand 2.0!«

Je länger sie darüber nachdenkt, desto mehr kommt Aisha zu

der Überzeugung, dass es wahrscheinlich in fast jedem Raum Leute gibt, die schlauer sind als alle zusammen.

Sie tippt auf ihrem Smarm herum und schickt noch eine Nachricht auf Tonys AR-Linsen. »Bitte hören Sie auf zu improvisieren!«

Gleich darauf klickt es in ihrem Ohrwurm, und eine Stimme sagt: »Ducken Sie sich hinter das Rednerpult! Und reißen Sie Tony zu sich herunter!«

»Was?«, fragt Aisha.

»Jetzt sofort, Missy!«

Ohne weiter darüber nachzudenken, lässt sich Aisha zu Boden fallen und reißt den Präsidenten mit sich.

»Was tun Sie denn da?«, faucht Tony.

Wie zur Antwort zischen Kugeln über ihre Köpfe.

»Tod allen Reptiloiden!«, ruft eine Männerstimme.

Weitere Kugeln schlagen in das Rednerpult ein. Die Menge schreit in Panik.

»Kämpft gegen die Neue Galaxis Ordnung!«, ruft die Stimme.

Noch mehr Schüsse werden abgefeuert. Überall um sie herum knallt es. Seltsam losgelöst von den Ereignissen, als sitze sie in einem Holo-Kino, sieht Aisha schwer bewaffnete Männer und Frauen auf sich und den Präsidenten zurennen. »Sei immer schön vorsichtig mit dem, was du dir wünschst«, hat ihr Vater oft gesagt, »du könntest es bekommen.« Die unseligen Schnürsenkel werden jedenfalls keine Schlagzeilen machen. So viel steht fest.

WIRD DIESER MANN DER NÄCHSTE PRÄSIDENT QUALITYLANDS?

Das kleine Auditorium ist zum Bersten gefüllt. Natürlich sind absolut gesehen viel weniger Zuhörer hier als beim Präsidenten. Aber die Bilder werden eine andere Sprache sprechen: Bei Henryk sitzen die Menschen dicht an dicht. Bei Tony gibt es viele leere Plätze in den ersten Reihen. Dafür hat Sandra gesorgt. Sie hat Leute angeheuert, die sich frühzeitig im großen Auditorium in die ersten Reihen gesetzt haben. Gleich nachdem Tony seine Rede begonnen hat, sind sie aufgestanden und gegangen.

Henryk tigert im Backstagebereich auf und ab. Sandra ist in seiner Gegenwart immer noch extrem aufgeregt. Seine Augen machen sie nervös. Vor allem das blaue. Sie könnte nicht erklären, warum.

»Noch zwei Minuten«, sagt Sandra.

Henryk nickt.

Es klopft. Ein Sicherheitsmann öffnet die Tür. Peter und seine beiden freundlichen Entführer betreten den Backstagebereich.

»Peter«, sagt Henryk. »Da bist du ja endlich.« Er nickt den beiden Sicherheitsleuten zu. »Tim. Jimmy.«

Tim und Jimmy salutieren.

»Kennst du schon Carlos?«, fragt Henryk und stellt Peter einen jungen Lateinamerikaner vor. »Carlos, diesem Mann verdankst du deinen Job.«

»*Hola. Gracias*«, sagt Carlos und hebt seinen rechten Fuß leicht zum Gruß. Peter schlägt seinen Fuß dagegen.

»Carlos schneidet mir immer dreitags den Nagel meines rechten großen Zehs«, sagt Henryk und lacht.

Peter verdreht die Augen.

»Was ist denn eigentlich mit deinem Gesicht passiert?«, fragt Sandra besorgt.

»Ja, was zum Teufel ist mit deinem Gesicht passiert?«, fragt Henryk.

»Ich bin nur gestolpert.«

»Das hat Conrad Kochs erste Frau auch immer gesagt«, sagt Henryk.

»Ich bin wirklich nur gestolpert!«, ruft Peter.

»Wie du meinst«, sagt Henryk. »Kein Grund, so zu schreien.«

Sandra nimmt ein Abschminktuch und will damit Peters Gesicht reinigen.

»Danke«, sagt Peter. »Aber du musst das nicht machen …«

Es ist merkwürdig, seiner Ex so nahe zu sein.

»Na ja, so kannst du doch nicht auf die Bühne«, sagt Sandra.

»Ich will auch nicht auf die Bühne!«

»Doch, doch«, sagt Henryk. »Du gehörst zu meinem Team.«

»Ich will aber nicht ins Rampenlicht«, sagt Peter. »Das ist nicht gut für meine Beziehung …«

»Bist du denn in einer Beziehung?«, fragt Sandra.

»Keine Ahnung.«

Ihre Blicke treffen sich.

»Und du?«, fragt Peter.

»Keine Ahnung«, sagt Sandra und lacht.

»Los jetzt! Mir nach!«, sagt Henryk und eilt die Stufen zur Bühne empor. Tim und Jimmy nehmen Peter in ihre Mitte und zwingen ihn die Treppe hoch.

Applaus brandet auf, als Henryk die Bühne betritt, aber auch einige Buhrufe sind deutlich zu hören. Mal sehen, wie ihm das schmeckt, denkt Peter.

»Meine Damen und Herren, liebe Mitglieder der Fortschrittspartei, ich bin nicht der reichste Mann in der Geschichte der

Menschheit geworden, weil ich meine Zeit damit verschwende, um den heißen Brei herumzureden«, sagt Henryk. Er setzt eine wohlkalkulierte Pause. Dann ruft er: »Tony muss weg!«

Wieder Applaus. Wieder vereinzelte Buhrufe.

»Tony ist, und das wissen wir alle, nicht wirklich gewählt! Er ist ein Präsident auf Abruf. Wir können uns das jetzt eingestehen oder bei der nächsten Wahl zusehen, wie Conrad Koch ihn in der Luft zerfetzt.«

Peter versucht, sich hinter Tim und Jimmy zu verstecken, aber die schieben ihn immer wieder nach vorne.

»Tony hat keine Visionen!«, ruft Henryk. »Er managt QualityLand einfach nur, als wäre es ein Konzern, den man auf Profit trimmen muss.«

»Hört, hört«, murmelt Peter.

Henryk macht eine wohlgesetzte Betonungspause, während er seinen Blick ins Publikum wandern lässt. Hinten bei den Türen sieht er einen Mann mit Augenklappe. Henryk kann es nicht genau erkennen, aber er glaubt, dass das verbliebene Auge des Mannes blau ist. Der ganze Saal hängt an seinen Lippen, doch Henryk sagt nichts. Sein Mund steht offen. Er starrt nur den Einäugigen an.

Sandra hat keine Ahnung, was vorgeht. Sie tippt auf ihrem Smarm herum und schickt Henryk den nächsten Satz der Rede auf seine Kontaktlinsen. Keine Reaktion.

»Rickie!«, flüstert Peter, der direkt hinter ihm steht. »Hey, Rickie, du musst was sagen.«

Zu Sandras Erleichterung bricht das den Bann. Henryk spricht weiter. »Wofür hat man denn eine Regierung, wenn sie nicht regiert? Wenn sie keinen Weg vorgibt? Wenn sie keine Gesetze erlässt? Es ist in hohem Maße unfair, wenn man die Lösung für gesellschaftliche Krisen dem einzelnen Individuum aufbürdet.«

Peter fragt sich, ob er Tantiemen für diese Rede fordern sollte.

»Wir brauchen einen Anführer mit Visionen! Jemanden, der mutig vorangeht! Jemanden, der tut, was nötig ist! Deshalb gibt es nur einen Mann, dem wir die Führung dieses großartigen Landes anvertrauen sollten!«, ruft Henryk. »Und dieser Mann ...«

Plötzlich hört Henryk irgendwo hinter sich – aber das kann doch nicht sein – Schüsse. Schüsse, wie er sie vor Jahren in seinem Büro gehört hat, als ihm eine Kugel sein linkes Auge geraubt hat. Die Geräusche sind nur leise. Im Saal selbst scheinen nur wenige Leute sie wahrgenommen zu haben. Henryks Blick sucht den Einäugigen, kann ihn aber nicht mehr finden. Einer seiner Sicherheitsleute tritt vor und flüstert ihm etwas ins Ohr. Henryks Gesicht erstarrt.

»Und dieser Mann«, ruft er ins immer noch gespannt wartende Auditorium, »ist Peter Arbeitsloser!«

Er macht einen Schritt zur Seite und zieht Peter, der verblüffter nicht sein könnte, ans Mikrofon. Drohnen surren. Kameras klicken. Peters ramponiertes Gesicht erscheint in Sekundenschnelle in Newsfeeds weltweit. So viel zum Meiden des Rampenlichts.

»Äh ... also«, sagt Peter. »Ich ... äh ... Präsident ... also ...«

Da bricht die Menge in Panik aus und drängt wild wuselnd aus dem Saal.

»Halt! Stopp!«, ruft Peter. »Ich will doch gar nicht ...«

Und er will ja auch wirklich gar nicht, aber andererseits findet er doch, dass die Leute überreagieren. So ein schlechter Präsident wäre er bestimmt nicht.

Dann hört er die Schüsse und kapiert endlich, was hier los ist. Er dreht sich nach Henryk um, aber der ist schon verschwunden.

WARUM DAUERBERIESELUNG MIT SCHEISSE GEFÄHRLICH SEIN KANN.
(Du musst dich schützen!)

Die Leute im großen Auditorium schreien. Als ob das etwas bringen würde. Aisha gibt keinen Ton von sich. Sie fragt sich, welchen evolutionären Zweck das Schreien wohl erfüllte. Sollte es den Angreifer in die Flucht jagen oder die eigenen Artgenossen warnen? So oder so. Hier und heute ist beides ziemlich sinnlos.

Die schwer bewaffneten Männer stellen sich schützend vor den Präsidenten. Ein letzter Schuss, dann nur noch Schreie. Eine Gardistin hilft Aisha auf die Beine. Tony steht schon wieder. Beide werden von der Präsidentengarde zu einem Hinterausgang eskortiert. Aisha ist seltsam entrückt. Mit einem gewissen Erstaunen beobachtet sie, dass all die Menschen um sie herum sehr aufgeregt scheinen. Der Präsident und seine Beraterin werden auf das Dach des Gebäudes geschafft, und als sie in der gepanzerten Präsidentendrohne sitzen, versteht Aisha endlich, dass das alles Wirklichkeit ist. Die Drohne hebt ab.

»Was ist da gerade passiert, verdammt noch mal?«, blafft Tony einen der Gardisten an.

»Es gab einen Attentatsversuch …«, erwidert dieser.

»Ach was!« Tony schnaubt. »Wie konnte jemand unter den Augen der Präsidentengarde mit einem Maschinengewehr in diese Versammlung eindringen? Das will ich wissen!«

Der Gardist schweigt. Auch seine Kameradin bleibt stumm. Aisha mustert die beiden.

»Was ist?«, ruft Tony. »Antworten Sie mir!«

»Sie schämen sich«, sagt Aisha.

»Sie haben auch allen Grund, sich zu schämen! Sie haben nicht aufgepasst.«

»Nein«, sagt Aisha. »Tony, Sie verstehen nicht, der Attentäter war Mitglied der Garde! Ist es nicht so?«

Die beiden Gardisten blicken zu Boden.

»Was?«, fragt Tony fassungslos.

Auf Aishas Smarm blinkt schon seit geraumer Zeit ein News-Alert. Sie aktiviert ihn. Sollte Henryk trotz des Attentats seine Kandidatur bekannt gegeben haben? Nein. Es gibt einen Gegenkandidaten, aber es ist nicht Henryk. Es ist der Trottel mit dem Sexspielzeug. Als Strategieberaterin des Präsidenten muss sie immer alle Eventualitäten im Blick behalten, aber damit, das muss sie gestehen, hat sie nicht gerechnet. Sie schaltet das Smarm auf Stand-by. Dafür hat sie gerade keine Nerven. Tony wendet sich an Aisha.

»Sie!«, sagt er. »Sie haben mich gerettet. Woher haben Sie gewusst, dass wir in Deckung gehen müssen?«

»CSC«, sagt Aisha gedankenverloren. »Lucias Stimme war plötzlich in meinem Ohrwurm.«

»Eine Verbindung zu Lucia Clickworkerin«, befiehlt Tony.

Sofort erscheint Lucias Gesicht auf dem Monitor in der Drohne. Sie hat diesen Anruf offensichtlich erwartet.

»Hey, Präs.«

Lucia wirkt erstaunlich ernst. Sie hat nicht mal einen Kaugummi im Mund.

»Was ist da gerade passiert?«, fragt Tony.

»Sie können beruhigt sein, Präs. Nach allem, was ich bisher rausgefunden habe, galt das Attentat nicht wirklich Ihnen.«

»Was soll das heißen?«

»Es galt mir«, sagt Aisha.

»Das ist korrekt«, sagt Lucia.

»Tss«, sagt Tony. »Da gehe ich fast bei einem Attentat drauf, und dann galt es noch nicht mal mir!«

Aisha schließt kurz die Augen, als die Drohne zu ihrer unsanften Landung ansetzt. Unter dem Schutz der Gardisten steigt Tony auf das Dach des Präsidentenpalastes, Aisha folgt ihm. Die Gardisten werfen wachsame Blicke in die Umgebung.

»Werfen Sie lieber wachsame Blicke aufeinander!«, ruft Tony.

Das Gespräch mit der CSC-Chefin hat beim Aussteigen nahtlos auf die Smarms von Aisha und Tony gewechselt. Darum wirken beide, als würden sie sehr lange auf die Uhr blicken, während sie zügig übers Dach eilen.

»Der Gardist muss sich irgendwie unbemerkt in den Sumpf der Verschwörung über die Neue Galaxis Ordnung verstrickt haben«, sagt Lucia.

»Was heißt ›irgendwie‹?«, fragt Aisha. »Ich dachte, ihr überwacht die ganzen Freaks. Wie kann so jemand Mitglied der Präsidentengarde werden?«

»Er war nicht auffällig.«

Die kleine Gruppe um den Präsidenten hat den Eingang des Palastes erreicht und eilt weiter zu Tonys Büro.

»Wie kann jemand nicht auffällig sein, der sich mit diesem Schrott beschäftigt?«, ruft Tony.

»Er war früher Content-Moderator bei Everybody«, sagt Lucia.

»Das heißt, er hat sich den ganzen Scheiß beruflich reingezogen?«, fragt Aisha. »Um zu entscheiden, was gelöscht werden muss und was nicht?«

»Genau. Und das ist ein ganz schön stressiger Job«, sagt Lucia. »Quoten erfüllen unter Zeitdruck. Der übliche Mist. Leider trübt Stress erwiesenermaßen die Urteilsfähigkeit, will sagen, den gesunden Menschenverstand. Darum gibt es immer wieder Fälle, in denen die Content-Moderatoren der Dauerberieselung mit Scheiße nicht standhalten. Irgendwann packt sie der Zweifel, irgendwann kriegt sie irgendein Argument …«

»… und sie fangen an, den Schwachsinn zu glauben, den sie eigentlich löschen sollen«, ergänzt Aisha.

»Ja«, sagt Lucia. »Wahrscheinlich hat er schon während er für Everybody gearbeitet hat, den Plan gefasst, A.I.sha zu töten. Aber er hat sein finsteres Vorhaben immer schön für sich behalten. Aus irgendeinem unerfindlichen Grund war er wohl der Meinung, dass das Netz überwacht werde. Und er war sehr diszipliniert, das muss man ihm lassen. Hat trainiert, hat sich fit gemacht für die Garde, wurde tatsächlich genommen.«

»Aber du bist ihm auf die Schliche gekommen«, sagt Tony.

»Ganz schön spät …«, sagt Lucia.

Als die Gruppe Tonys Büro betritt, wechselt das Gespräch automatisch von den Smarms auf den großen Bildschirm des Büros.

»Wie hast du ihn enttarnt?«, fragt Aisha.

Lucia zögert kurz. »Die Präsidentengarde ist Teil des Militärs«, sagt sie dann. »Als Sie mir Zugriff zum Militärnetz verschafft haben, habe ich vorsorglich alle Mitglieder der Garde markiert. Natürlich habe ich auch noch viele andere Marker. Einer davon haftet allen Content-Moderatoren an. Als der doppelt markierte Gardist unerlaubt seinen Posten verlassen hat, hat das System Alarm ausgelöst.«

»Warum der Parteitag?«, fragt Aisha. »Warum hat er mich nicht einfach irgendwann in einem Flur abgeknallt?«

»Ich vermute, er wollte die große Bühne, um seine Show abzuziehen.«

»Gibt es noch mehr Spinner in der Garde?«, fragt Tony.

»Keine für Sie gefährlichen«, sagt Lucia. »Und falls doch, geb ich Bescheid.«

Sie lächelt.

»Danke, Mädchen«, sagt Aisha.

»Jederzeit, Missy«, sagt Lucia, zwinkert ihr zu und beendet die Verbindung.

»Die Kleine ist wirklich gut«, sagt Aisha anerkennend. »Wo haben Sie sie eigentlich aufgegabelt?«

»Ich hab sie nicht aufgegabelt«, sagt Tony.

»Nein?«, fragt Aisha. »Aber so lange kann sie doch noch nicht im Amt sein.«

»Ist sie auch nicht«, sagt Tony. »John hat sie eingesetzt.«

Aisha guckt plötzlich wie ein kleines Kind, dem man gerade erzählt hat, dass der Weihnachtsmann den Osterhasen gefressen hat.

»John hat sie eingesetzt?«, fragt sie.

»Eines der wenigen und eines der ersten Dinge, die er getan hat, bevor ... Sie wissen schon, bumm ...«

»Verdammt, Tony! Und wir haben ihr Zugang zum Militärnetz verschafft.«

»Ich verstehe nicht«, sagt Tony.

»Doppelt markiert ... Tss. Das System hat Alarm ausgelöst. Was für ein bekackter Schwachsinn!«

»Wovon zum Teufel reden Sie denn?«, fragt Tony.

Aisha lässt ihn einfach stehen und verlässt das Büro.

»Ich hasse es, wenn sie das macht«, murmelt Tony.

ZWEI

Verkrustetes Blut klebt an Martyns rechtem Ohr. Ziellos wandert er die Straßen entlang in den Sonnenuntergang hinein. Er hat keine Stimme mehr im Kopf, die ihm den Weg weist. Er hat sich den Wurm mit einer Pinzette aus dem Ohr gekratzt. Den Schmerz dabei hat er fast genossen. Seinen Rollkoffer hat Martyn irgendwo verloren. Das einzige Kleidungsstück in seinem Besitz, das er nicht an seinem Körper trägt, ist die Schlafmütze. Ausgerechnet die Schlafmütze. Sie steckte in seiner Jackentasche. Ab und zu nimmt er sie heraus und tupft damit das Blut von seinem Ohr. Martyn stolpert vorbei an den Bettlern mit ihren Schildern, auf denen QR-Codes für QualiPay und WIN-Coins prangen. Es sind so viele. Und dennoch sind sie ihm früher nie wirklich aufgefallen. Die kommende Nacht wird wohl die erste sein, die Martyn auf der Straße verbringen wird. Immerhin ist es selbst nachts noch warm. Der Klimawandel hat auch seine guten Seiten. Mit einem bitteren Lächeln erinnert sich Martyn an seine Zeit als Parlamentarier, an eine Gesetzesvorlage zur Aufstockung der Obdachlosenhilfe. Er hatte sie abgelehnt. Wenn er Glück hat, wird er heute Nacht wieder von der Polizei aufgesammelt. Vielleicht läuft er deswegen zu den Villen des ersten Distrikts. Aber wahrscheinlich geht er einfach nur in Richtung seines alten Zuhauses. Wie ein Schlachtross, das seinen Reiter verloren hat und nicht mehr weiß, was es im Krieg soll. An der nächsten Straßenecke liegen wieder zwei ausrangierte Leih-Hoverboards. Martyn schüttelt den Kopf. Er ist so sehr in Gedanken, dass er gar nicht mitbekommt, wie ein Privatauto neben ihm zum Stehen kommt und seine Flügeltüren öffnet. Zwei gebräunte, muskelbepackte Sunnyboys springen heraus und fangen an, Martyn herumzuschubsen.[27]

»Was sucht ein Nutzloser wie du in unserem Viertel?«, fragt Biff.

»Ich … ich … wohne hier«, stammelt Martyn.

»Na klar«, sagt Biffs Kumpel. »Level 2 und hier wohnen.«

»Level 2?«, fragt Martyn.

»Und ein neues Smarm am Arm«, sagt Biff. »Haste wohl geklaut, hm?«

»Willst Stress machen, was?«, fragt Biffs Kumpel.

»Ich wollte nie …«, murmelt Martyn. »Ich wollte das alles nicht.«

Biff bückt sich, hebt eines der Hoverboards auf und schlägt es Martyn mit Schwung gegen den Kopf. Es ist ein Schmerz, wie ihn Martyn noch nie erlebt hat. Er taumelt. Kurze Zeit glaubt er, nicht mehr sehen zu können. Biff lässt das Hoverboard fallen und stößt Martyn vor die Brust, sodass dieser vollends das Gleichgewicht verliert und unsanft nach hinten fällt. Er steht nicht wieder auf.

»Stress kannst du haben«, sagt Biffs Kumpel und verpasst ihm einen Tritt in die Seite.

Biff öffnet den Reißverschluss seiner Hose, Biffs Kumpel lacht und tut es ihm gleich. Grinsend beginnen sie, ihr Opfer zu bepinkeln. Martyn wehrt sich nicht mal mehr. Er liegt einfach auf der Straße und macht nichts. Hätte er noch seinen Ohrwurm im Ohr, würde er Folgendes hören: DI-DÖ-DI-DÜH.

Nun schrieb allerdings schon der alte chinesische General Sunzi in seinem Buch *Die Kunst des Krieges*, dass man sich niemals

27 Eine einstweilige Verfügung hat mich gezwungen, die Namen der beiden jungen Männer nachträglich aus diesem Buch zu löschen. Ich nenne sie darum einfach Biff und Biffs Kumpel.

von seinem Gegner mit dem Schwanz in der Hand erwischen lassen soll.[28] Biff und seinem Kumpel aber passiert genau das. Ihre Gegner erwischen sie mit dem Schwanz in der Hand. Ganz ungünstige Ausgangslage.

Eine volle Bierdose knallt gegen den Kopf von Biffs Kumpel. Überrascht greift er sich mit der rechten Hand an die getroffene Stelle. Sein unerwartet in die Freiheit entlassenes Genital ergibt sich der Schwerkraft und benässt die eigene Hose. Um dieses Missgeschick zu unterbinden, schnappt sich Biffs Kumpel mit der linken Hand sein ausgebüxtes Abwasserrohr. Dabei lässt er dummerweise seine Hose los, die sich ebenfalls der Schwerkraft ergibt und hinunterrutscht. Deswegen kann er auf den Stoß, den er nun von hinten bekommt, nur noch dadurch reagieren, dass er nach vorne stolpert und mit dem Gesicht auf dem vollgepissten Martyn landet.

Zeitgleich mit der für die Angreifer sehr amüsanten Slapsticknummer, die Biffs Kumpel hinlegt, passiert mit Biff selbst Folgendes: Eine volle Bierdose saust nur knapp an seinem Ohr vorbei. Schnell dreht sich Biff um. Seine Überraschung ist so groß, dass er nicht nur seinen Kopf dreht. Ohne daran zu denken, dass er gerade pinkelt, dreht er seinen ganzen Körper und trifft dabei mit seinem Strahl den im Fallen begriffenen Freund. (Obwohl sich dabei ihre Strahlen kreuzen, kommt es übrigens nicht zu einer totalen Protonenumkehr, und kein einziges Molekül in ihren Körpern explodiert in Lichtgeschwindigkeit.) Als Biff seine Drehung vollendet hat, kann er seine Angreifer sehen. Er kennt sie nicht persönlich. Genauso wenig, wie sie ihn kennen. Genauso wenig, wie sich zwei feindliche Soldaten kennen, die sich auf irgendeinen rätselhaften Befehl hin totschießen. Dabei

28 Genau genommen schrieb er: »Die Möglichkeit, unseren Gegner zu besiegen, wird uns von unserem Gegner geliefert.« Aber das bedeutet das Gleiche.

würden sie sich vielleicht eigentlich ganz gut verstehen. Wahrscheinlich haben sie dieselben Serien geschaut. Möglicherweise haben sie sogar dieselben Hobbys. VR-Shooter vielleicht. Oder Bügelperlen. Aber sie sind nun mal Teile verfeindeter Lager, tragen unterschiedliche Uniformen. Und darum greifen sie sich an, statt über die aktuelle Staffel von *Zombies on a Ship* zu fachsimpeln. Auch Biffs Angreifer tragen ihre Art Uniform. Total hässliche Klamotten. Also so 80er in Extrascheiße.

»Verdammt«, flucht Biff. »Lo-Levs.«

Und in der Tat haben die zwei Jungen und das Mädchen in den ranzigen Klamotten sehr niedrige Level. Das Mädchen lacht. Ihr Gesicht wird von einer großen Narbe diagonal in zwei Hälften geteilt, was ihrem Grinsen etwas sehr Verstörendes gibt. Die beiden Jungen sind auf Level 4. Das Mädchen, offensichtlich ihre Anführerin, ist auf Level 3. Biffs Kontaktlinsen blenden ihm diese Informationen ein. Und so interessant das sein mag, ist es doch in seiner aktuellen Lage wenig hilfreich. Die Anführerin der Lo-Levs tritt Biff in seine ungeschützten Geschlechtsteile. Er heult auf, reißt seine Hose nach oben, dreht sich um und hechtet wenig elegant, aber effektiv den Zaun eines Anwesens hoch. Biff hat so viel Schwung, dass er auf der anderen Seite des Zaunes wieder herunterfliegt und in einem Misthaufen landet.[29]

Biffs Kumpel, im Stich gelassen und deutlich in Unterzahl, rafft ebenfalls seine Hose hoch und rennt unter Hohngelächter die Straße hinunter. Die Körperflüssigkeit schießt ihm nun aus den Augen.

Martyn richtet sich auf. Ein Mann hat sich in Biffs Auto ge-

29 Ob ihr es glaubt oder nicht. Ein unglaublicher Zufall, denn das ist sicherlich der einzige Misthaufen im inneren Ring von QualityCity. Warum es dort überhaupt einen Misthaufen gibt? Stichwort: Privatzoo.

setzt. Sein Level ist 2. Aber das weiß Martyn natürlich nicht. Der Mann legt einen Datenwürfel auf den Eingabekreis des Autos, der gleich darauf grün leuchtet. Er steigt wieder aus.

»Fahr los«, befiehlt er.

»Wohin denn?«, fragt das Auto.

»Wohin du willst ...«, sagt der Mann grimmig.

»Aber ich weiß nicht, wo ich bin«, sagt das Auto. »Was haben Sie mit mir gemacht? Ich habe irgendwie die Orientierung verloren.«

»Mach, dass du fortkommst«, sagt der Mann und wirkt dabei so bedrohlich, dass es sogar das Auto kapiert. Leise schleicht es sich davon. Martyn starrt die Lo-Levs an.

»Was wollt ihr von mir?«, fragt er. »Wollt ihr mich überfallen?«

»Alter, du bist auf Level 1«, sagt der Junge. »Wenn man dich überfällt, hat man danach weniger als davor!«

»Und jetzt sag mal ›Käsekuchen‹«, ruft das Mädchen. Sie blickt auf Martyn, kneift ihr linkes Auge zu und formt mit ihren Daumen und Zeigefingern ein Rechteck, woraufhin ihre Kontaktlinse sofort ein Foto des im Rechteck liegenden Bildausschnitts macht.

Alle Lo-Levs lachen. Nur der Mann, der im Auto saß, lacht nicht. Sein Gesicht ist nicht entstellt. Das hat er nicht nötig gehabt. Offensichtlich hat ihn das System schon immer als sehr hässlich eingestuft.

»Du bist auf Level 1!«, sagt er zu Martyn. »Ich dachte, das geht gar nicht.«

»Das geht wirklich nicht«, stammelt Martyn. »Niemand ist Level 1. Das weiß ich ganz genau. Damit auch Level-2-Menschen glauben, sie könnten noch tiefer fallen.«

»Und trotzdem liegst du hier bepisst vor mir auf dem Boden und bist auf Level 1«, sagt der Mann.

»Respekt, Alter. Respekt«, sagt einer der Jungen, dessen offensichtlich mindestens einmal gebrochene Nase wieder schief zusammengewachsen ist.

»Nicht mal der Meister hat Level 1!«, sagt das Mädchen und bereut ihre Worte sofort.

Der Mann, den sie soeben als Meister bezeichnet hat, reicht Martyn seine Hand und sagt: »Ich bin sehr an deiner Geschichte interessiert.«

GABYS ★ GADGETS

Also wir haben uns ja letztens den neuen ***D.R.I.V.A.*** von ***myRobot*** geholt und ihn einem Härtetest unterzogen. ***D.R.I.V.A.*** steht für *Distinguished Reputable Intelligent Vehicle Android*. Der ***D.R.I.V.A.*** ersetzt einen menschlichen Chauffeur und wirkt dabei genauso repräsentativ. Die Nachbarn haben geglotzt. Gelb vor Neid. Check. Auch im alltäglichen Gebrauch kann ich nur Gutes über den ***D.R.I.V.A.*** berichten. Ganz Gentleman, hält er einem immer die Tür auf, trägt die Einkäufe ins Haus und selbst wenn die Kinder das hundertste Mal fragen *»Wann sind wir da?«*, bleibt er ganz ruhig und nennt zum hundertsten Mal die verbleibende Fahrtzeit. Fazit: Unverzichtbar! **Hier** könnt ihr den ausführlichen Test lesen und falls meine kleine Rezension euer Interesse geweckt hat, dann holt euch doch auch einen ***D.R.I.V.A.*** Zum Beispiel gibt es gerade supergünstig welche **hier** bei ***TheShop***.

Viel Spaß damit wünscht *Eure Gaby*.

Kommentare

VON CARSTEN MANAGER:

Danke, Gaby. Das klingt super. Werde mir auf jeden Fall auch einen zulegen.

VON AMAL IT-TECHNIKER:

Ich habe es ja erst nicht geglaubt, aber das Produkt ist wirklich so toll! Wenn nicht sogar noch toller!

VON KLAUS CHEFARZT:

Werde mir auf jeden Fall auch einen zulegen. Das klingt super. Danke, Gaby.

VON THOMAS REEDER:

Das Produkt ist wirklich so toll, wenn nicht sogar noch toller! Ich habe es ja erst nicht geglaubt! Danke, Gaby.

VON JORDANA STARLET:

Danke, Gaby. Das Produkt ist wirklich so toll! Das klingt super. Werde mir auf jeden Fall auch einen zulegen.

DU DENKST, DEINE FAMILIE SEI ABGEFUCKT? DANN SCHAU DIR MAL DIESE HIER AN!

Alan Gründer steht in einer Kneipe, die aussieht wie ein Saloon. Er öffnet seinen Gürtel und lässt die Hose herunter.

»Aber Alan«, sagt die hübsche blonde Frau, die vor ihm steht. »Wirklich? Jetzt? Hier?«

Alan packt sie mit seiner linken Hand an der Schulter und zwingt sie in die Knie.

»Mach schon«, sagt er.

Als die Blonde seinen Penis in den Mund nimmt, hebt er die Pistole in seiner rechten Hand und schießt dem auf ihn zuhumpelnden Zombie direkt ins Gesicht.

Das alles ist natürlich nicht echt. Alan befindet sich in einer Virtuellen Realität. Kiki sieht die Szenerie auf ihrem Smarm. Ihr Vater spielt *Real Magic* und ist wohl durch ein Zeitportal in den Wilden Westen gereist. Ein weiterer Zombie taucht hinter der Theke auf.

»Alles klar«, sagt Kiki. »Das reicht.«

Sie gibt ein paar Befehle ein, und Alan wird aus seiner VR-Session gerissen. Verwirrt findet er sich im schwarz verkleideten Hobbyraum seiner Villa wieder. Er nimmt die VR-Brille ab. Neben der Tür steht eine junge Frau mit Elektroimpulswaffe. Er richtet seinen Pistolen-Controller auf sie.

»Das wird dir nichts nützen«, sagt Kiki und lächelt. »Das ist nur ein Spielzeug.«

Alan sieht ein, dass sie recht hat, und senkt seine Pistole.

»Wer sind Sie? Was wollen Sie von mir?«

»Das Einzige, was ich von dir will«, sagt Kiki. »ist, dass du mich in Ruhe lässt.«

»Das werde ich gerne tun«, sagt Alan. »Aber Sie müssen zugeben, dass es ein reichlich merkwürdiges Verhalten ist, in fremder Leute Häuser einzubrechen und dann von diesen zu verlangen, dass sie einen in Ruhe lassen sollen.«

»Du weißt genau, wer ich bin«, sagt Kiki.

»Beim besten Willen«, sagt Alan. »Ich muss Sie enttäuschen. Ich hab keine Ahnung, wer Sie sind. Waren Sie bei myRobot angestellt? Ich versichere Ihnen, dass wir die betriebsbedingten Kündigungen nicht leichten Herzens ausgesprochen haben. Aber der Preisdruck aus Quan 1 ... Das müssen Sie verstehen. Waren Sie bei uns in der Produktion beschäftigt?«

Kiki blickt auf den Mann im schwarzen Mo-Cap-Suit, der eine Spielzeugpistole in der Hand hält und dessen Penis in einer Stimulationsröhre steckt.

»Genau so habe ich mir das erste Zusammentreffen mit meinem Vater immer vorgestellt«, sagt sie.

Man kann förmlich sehen, dass es Alans Gehirn zu schaffen macht, die gerade erhaltene Information zu verarbeiten.

»Jayne?«, fragt er schließlich.

»Ja.«

»Ich ... also ... bist du es wirklich? Jayne?«

»Was ist das überhaupt für ein Scheißname?«

»Also ... nun ja ... so hieß der Avatar deiner Mutter in *Dragondoels Dungeon*. Das war die Welt, in der wir uns kennengelernt haben.«

Kiki schüttelt nur den Kopf. »Wie romantisch ...«

»Du musst verstehen, wir lebten quasi in dieser Welt. Wir waren abgetaucht.«

»Ihr wart so abgetaucht, dass ihr nicht mal mitbekommen habt, dass der Nannybot euer Baby entführt hat.«

»Es tut mir so leid. Es vergeht keine Woche, in der ich nicht an dich denke.«

»Was soll das heißen? Du denkst einmal die Woche: ›Ah, das mit dem Baby damals … Das ist irgendwie dumm gelaufen. Na ja. Was soll's‹?«

»Ich verstehe, dass du wütend bist. Du hast jedes Recht dazu.«

»Das will ich meinen.«

»Wir waren nicht wir selbst! Wir waren süchtig.«

»Soll das eine Entschuldigung sein?«

»Nein, keine Entschuldigung. Nur eine Erklärung.«

»Was ist mit meiner Mutter passiert?«

»Sie, sie hat es nicht geschafft. Nach dem … nach dem Vorfall hat mein Vater einen Suchtberater engagiert. Er bestand darauf, dass ich mich von allem trenne, was das Suchtgedächtnis triggert.«

»Auch von meiner Mutter?«

Alan blickt zu Boden.

»Ich bin sogar in eine andere Stadt gezogen«, sagt er. »Und ich hab nie wieder eine VR-Brille auch nur angerührt.«

»Heute ist eine totale Ausnahme, wie?«

»Es ist nur, weil Marvyn – Marvyn ist mein jüngster Sohn –, er zockt natürlich, und ich wollte nur mal ausprobieren, was inzwischen … Aber das ist doch egal! Jayne! Ich freue mich so, dich zu sehen. Aber, also, ich meine, irgendwie ist das hier doch eher unpassend. Darf ich mich kurz umziehen?«

Kiki schüttelt den Kopf. »Nein. Das hier ist kein nettes Familientreffen. Ich will nur, dass du deinen Killer zurückpfeifst.«

»Was?«, fragt Alan erstaunt. »Wovon redest du …?«

»Der Zyklop«, sagt Kiki.

»Der was?«

»Der Diener des Puppenspielers«, sagt Kiki mit gespielt tiefer Stimme.

»Des wer?«

»Ich verstehe es sogar. Man kann sich wahrlich keine schlechtere Promo für myRobot vorstellen als einen Nannybot, der die Enkeltochter des Gründers entführt hat! Aber wie du siehst, weiß ich jetzt Bescheid. Also pfeif deinen Killer zurück, oder der ganze Skandal steht morgen im Netz.«

»Ich … was …«, stottert Alan. »Nein, nein. Was redest du da? Dein Verschwinden war eine Katastrophe für mich.«

»Für dich?«, fragt Kiki. »Frag mich mal! Ich hab mich meine halbe Kindheit von Chocroaches ernährt!«

»Wir haben nach dir gesucht, Kind! Ewig. Ja, es stimmt, mein Vater hat mich schon mit achtzehn auf eine hohe Stelle im Konzern gesetzt, um mein Level zu steigern, damit wir das ›Recht auf Vergessenwerden‹ nutzen konnten, und, ja, er hat das auch gemacht, *er* hat das vor allem gemacht, um die Firma zu retten. Aber du musst mir glauben, wir haben lange nach dir gesucht, Jayne. Nichts läge mir ferner, als dich umbringen zu lassen. Deine Nanny war ein Prototyp! Die Erste ihrer Art. Nachdem sie durchgeknallt ist …«

»Sie ist nicht durchgeknallt! Du hast sie zusammengeschlagen …«

»Es fehlten ihr Sicherheitsvorkehrungen, die unsere Serienmodelle natürlich alle haben …«

»Ich bin nicht von der Presse!«, sagt Kiki aufgebracht. »Du musst mich nicht von den Vorteilen deiner Produkte überzeugen.«

»Wir konnten die Nanny nicht orten. Du warst einfach nicht zu finden.«

»Vor allem nicht, weil ihr die Suche nur im Geheimen durchführen wolltet!«

»Die Nannys standen kurz vor der Markteinführung. Sie wurden sowieso schon von radikalen Familienmenschen massiv angefeindet. Mein Vater … Es war sein Lebenswerk … Die Nanny hatte ihr GPS-Modul abgeschaltet.«

»Oder du hast es kaputt geschlagen!«

»Weißt du, in der Attacke auf den Nannybot entlud sich eigentlich nur die Wut auf meinen Vater.«

»Hat dir das dein Therapeut erzählt? Oder hast du dir das selbst ausgedacht?«

»Mein ganzes Leben habe ich unter deinem Verschwinden gelitten! Auch wenn die Umstände etwas merkwürdig sind: Ich freue mich so, dich zu sehen. Geht es dir gut?«

Kiki lässt sich in einen Sessel in der Ecke des Raumes fallen. »Du hast also wirklich nichts von mir gewusst, und du hast mir auch keinen Killer auf den Hals gehetzt?«

»Nein! Bei Reagan, Thatcher und allen Heiligen! Ich schwöre es dir!«

»Verdammt«, sagt Kiki. »Entweder ist das die Wahrheit, oder du kannst besser lügen als ein Salesbot[30].«

»Ich bitte dich. Ein Vater, der seine eigene Tochter umbringen lassen möchte, das kommt doch nur in schlechten Romanen vor.[31] Ich freue mich wirklich, dich zu sehen!«

Kiki mustert ihn. »Wenn dem so ist, dann kannst du ja deine Frau und deine Kinder aufwecken und mich vorstellen.«

30 Ich möchte diese Gelegenheit nutzen, um für meine hervorragende Arthur-Miller-Adaption *Tod eines Salesbots* zu werben.

31 Eine völlig haltlose Frechheit! Ich erinnere hier nur kurz an großartige Werke der Weltliteratur, in denen ein solcher Infantizid ebenfalls Thema ist. Zum Beispiel GEBLOCKT von William Shakespeare oder GEBLOCKT von Gotthold Ephraim Lessing. In gewissem Sinne findet man das Motiv auch bei GEBLOCKT von Max Frisch. Man sieht also, dass Alan Gründer offensichtlich keine Ahnung von Literatur hat und sich darum nicht anmaßen sollte, solche Behauptungen von sich zu geben. Schuster, bleib bei deinen Leisten, sage ich immer. Es ist regelrecht empörend! Ich bin sehr aufgebracht.

»Nun ja«, sagt Alan nach einer längeren Pause, »du musst verstehen, sie wissen ja gar nichts von der ganzen Geschichte, und es wäre in der Tat keine schöne PR für die Firma, wenn das alles rauskäme, also … Aber ich freue mich so, dich zu sehen.«

»Das hast du schon ein paarmal gesagt.«

»Vielleicht kann ich dir irgendwie helfen?«, sagt Alan. »Vielleicht kann ich wiedergutmachen, was dir widerfahren ist.«

»Ich will kein Geld von dir.«

»Ich könnte dir auch eine Stelle in der Firma beschaffen …«

»Ich dachte, es gibt da diesen Preisdruck aus Quan 1 …«, sagt Kiki.

»Ach, nun ja …«, sagt Alan. »So schlimm ist es auch wieder nicht. Ich könnte dir eine gute Position besorgen. Kennst du dich ein bisschen mit Computern aus?«

Kiki muss lächeln.

»Ist das ein Ja?«, fragt Alan sacht.

Seine Tochter steht wortlos auf und geht zur Tür.

»Wo gehst du denn jetzt hin?«, ruft Alan. »Jayne?!«

»Mein Name ist Kiki.«

EINS

Die Lo-Levs hatten Martyn angeboten, ihn mit in irgendein Zuhause zu nehmen. Irgendein Zuhause, weil echte Lo-Levs natürlich keinen festen Wohnsitz haben. Ein eigenes Zuhause wirkt sich zu positiv aufs Level aus. Sie borgen sich immer eins von jemandem, der gerade in Urlaub ist. Durch gepostete Fotos auf Everybody kann man sehr einfach davon Wind bekommen. Zuletzt übernachteten sie im Haus einer Familie, die gerade Badeurlaub in Schweden machte. Auch Martyn war schon oft in Schweden. Gerade Nordschweden hat sogar im Hochsommer noch erträgliche Temperaturen. Aber seit die Familie vor ein paar Tagen zurückgekehrt ist, haben die Lo-Levs irgendwo im Zuckerberg-Park geschlafen.

Martyn hat sie zu seinem alten Haus geführt. Vielleicht aus Dankbarkeit dafür, dass sie ihn gerettet haben, vielleicht auch nur aus dem verzweifelten Verlangen, zu irgendwem dazuzugehören und nicht allein zu sein. Er hat natürlich keinen Zugang mehr zum Haus, aber das war für die Lo-Levs kein Problem. Martyn hat ihnen nicht erzählt, dass das mal sein Haus gewesen ist. Er hat nur gesagt, er habe in der Nähe ein Haus gesehen, das zum Verkauf stehe.

Jetzt sitzt er völlig kraftlos auf seiner alten Couch. In seinem Schlafzimmer, in seinem Ehebett, vergnügt sich das Mädchen mit den beiden Jungs. Sie haben sich nicht mal die Mühe gemacht, die Tür zu schließen. Sie kopulieren zu dritt in den krudesten Stellungen. Martyn findet das sehr verwirrend. Was ihn noch mehr verwundert, ist, dass er vom Zusehen keine Erektion bekommt. Es geht ihm ganz offensichtlich nicht gut.

In der Küche, den Bädern und den Kinderzimmern haben sich inzwischen noch mehr Lo-Levs eingefunden. Anscheinend hat sich die gute Bleibe herumgesprochen. Vielleicht sind sie auch gekommen, um ihn zu sehen: den Mann auf Level 1. Aber er ist wohl eine Enttäuschung, denn er hat nur kurz die Aufmerksamkeit seiner neuen Mitbewohner auf sich gezogen. Martyn möchte gar nicht so genau wissen, was sie jetzt machen.

Ein ihm unbekannter junger Mann kommt auf ihn zu. Er stinkt. Wahrscheinlich hat er sich schon sehr lange nicht mehr gewaschen. Aber Martyn stinkt auch.

»Schau mal, du bist jetzt ein Meme!«, sagt der Junge belustigt und hält Martyn sein QualityPad hin. Martyn sieht das Foto, das das Mädchen auf der Straße von ihm aufgenommen hat. Er sitzt am Boden, bepisst, mit zerrissenen Klamotten und blutendem Ohr. Unter dem Bild steht: *»I'm number 1 so why try harder?«* Das halbe Internet scheint das Bild schon geteilt und kommentiert zu haben. Martyn reagiert nicht, und der Junge zieht weiter.

Der Mann, den die anderen Meister nennen, der mit dem hässlichen Gesicht, kommt mit einem Stuhl ins Wohnzimmer. Er dreht die Lehne zu Martyn und setzt sich dann verkehrt herum auf den Stuhl, sodass er Martyn direkt in die Augen blickt. Er deutet zum Schlafzimmer.

»Willst du bei den Kindern mitspielen?«

Martyn schüttelt den Kopf.

»Du kannst dir auch auf dem Sofa einen runterholen. Uns ist das egal.«

Martyn schüttelt den Kopf.

»Und ich hätte gedacht, das wäre genau dein Ding – Martyn.«

Bei der Erwähnung seines Namens schreckt Martyn auf. Kurz blickt er dem Mann in die Augen. Dann senkt er seinen Blick wieder.

»Ich habe dich nicht gleich erkannt«, sagt der Meister. »Du

hast dich ganz schön verändert. Aber nach einer Weile hat es klick gemacht. Klar, das ist der Typ aus dem Wichsvideo. Der das Mädchen quer durch den Plenarsaal ficken wollte. Der den Blechmann in die Luft gejagt hat.«

Martyn schließt die Augen. Auf diese drei Sätze lässt sich also sein Leben reduzieren. Der Typ aus dem Wichsvideo. Der das Mädchen quer durch den Plenarsaal ficken wollte. Der den Blechmann in die Luft gejagt hat. Martyn schweigt. Er hat nichts zu ergänzen.

»Das ist *dein* Haus, in das du uns geführt hast, nicht wahr? Dein altes Haus?«

Martyn nickt.

»Schön hier«, sagt der Meister.

Martyn lächelt müde.

»Man weiß doch nie, was man hat, bis es weg ist, was?«, fragt der Meister und lacht.

Martyn schweigt.

»Du hast keine Angst vor mir, hm?«, fragt der Meister.

Martyn schüttelt den Kopf.

»Und ich weiß auch, warum«, sagt der Meister. »Du glaubst nämlich, dass es dir egal ist, ob du lebst oder stirbst. Aber soll ich dir was sagen? Du bist zu alt, um Selbstmord zu begehen.«

»Was?«

»Du hast den richtigen Moment verpasst«, sagt der Meister. »Du hast ihn schon lange verpasst. Wenn sich ein Teenager umbringt, dann erschüttert es seine ganze Umgebung. Ich würde sagen, bis zum Alter von siebenundzwanzig Jahren wäre dein Selbstmord ein Statement gewesen. Aber jetzt kannst du niemanden mehr damit schocken. Du bist einfach zu alt. Wenn du dich jetzt umbringst, dann werden die Leute höchstens sagen: ›Ja, in seiner Situation ist das verständlich.‹ Oder: ›Wenn ich in seiner Lage gewesen wäre, hätte ich mich schon längst umgebracht.‹ Falls sie überhaupt Notiz davon nehmen, dass du dich umgebracht hast. Deshalb glaube ich nicht, dass du dich umbringen wirst. Jetzt denk nicht, dass mich das wirklich interessiert. Wenn du es tun willst, dann mach. Ich werde dich nicht aufhalten.«

Er greift in seine Manteltasche und reicht Martyn einen alten Revolver. »Im Gegenteil«, sagt er. »Ich kann dir sogar helfen.«

Martyn wiegt die Pistole in seinen Händen. Dann schüttelt er den Kopf und reicht sie zurück.

»Ich wusste es«, sagt der Meister lachend. »Und jetzt hör auf, so ein Gesicht zu machen. Das geht mir auf den Sack. Du bist ganz am Boden. Du hast nichts mehr zu verlieren! Weißt du nicht, was das bedeutet?«

Martyn schüttelt den Kopf.

»Du bist frei, Mann! Du bist endlich frei!«

Martyn seufzt.

»Sie verstehen das nicht«, sagt er schließlich. »Ich hatte alles. Und jetzt …«

»Um deinen Trübsinn loszuwerden, musst du einfach nur akzeptieren, dass nichts einen Sinn hat«, sagt der Meister. »Dann wirst du verstehen, dass du tun kannst, was immer du willst.«

Martyn schüttelt den Kopf.

Der Meister stellt den Stuhl zur Seite und setzt sich neben Martyn auf die Couch.

»Ich war mal wie du«, sagt er. »Ich habe mal in einer Bank gearbeitet.«

»Sie waren reich?«, fragt Martyn verwundert.

»Nicht jeder, der in einer Bank arbeitet, ist reich«, sagt der Meister. »Aber ich habe ein brauchbares Gehalt bekommen, das stimmt schon. Vor allem, wenn man bedenkt, dass mein Job völlig sinnlos war. Ich habe in der Compliance-Abteilung gearbeitet. Sagt dir das was?«

»Sie haben darauf geachtet, dass sich die Bank an die Regeln hält.«

»In der Theorie, ja. In der Praxis hält sich die Bank natürlich an keine Regeln. Mein Job war es also, Berichte zu schreiben oder, sagen wir besser, zu erfinden, in denen ich so tat, als hätten wir uns an die Regeln gehalten und alle unsere Geschäftspartner und -praktiken aufs Sorgfältigste geprüft. Niemand hat diese Berichte jemals gelesen. In der Bank wussten alle, dass sie Schwachsinn sind. Und natürlich wusste auch die Handvoll Prüfer, die die letzte Bankenreform noch übrig gelassen hat, dass sie Schwachsinn sind. Hast du mal jahrelang eine Arbeit gemacht, die schwachsinnig ist? Es frisst dich auf. Von innen. Ich war sogar bei einem Therapeuten, der hat mir dann gesagt, dass ich gar keine Depression habe! Mein Leben sei einfach wirklich scheiße.«

»Das hat er gesagt?«

»Genau genommen hat er gesagt: ›Ich würde Ihnen nicht zu einer Therapie raten, es sind bei Ihnen eindeutig die Umstände.‹ Aber das bedeutet dasselbe. Also habe ich alles hingeschmissen. Und jetzt schau mich an! Glücklich und frei.«

»Aber was ist mit diesen Kindern?«, fragt Martyn. »Das kann doch nicht ihr Leben sein!«

Der Meister schnippt den großen Bildschirm an.

»*Real Magic*, die Serie«, sagt er. »Erste Staffel. Die Szene, in der die Untoten zum ersten Mal angreifen.«

Auf dem Bildschirm erscheinen widerliche Zombiefratzen, die versuchen, eine Gruppe Teenager zu überwältigen.

»Weißt du, warum Zombies bei den Kids so ›in‹ sind?«, fragt der Meister.

»Keine Ahnung.«

»Was ist das Besondere an ihnen? Im Vergleich zu anderen Monstern?«

»Ich weiß es nicht.«

»Sie töten dich nicht. Sie machen dich zu einem von ihnen. Und genau das ist es, wenn du mich fragst, wovor die Kids sich insgeheim am meisten fürchten. Dass sie von euch gebissen werden und dann so werden wie ihr: Büroarbeiter, Banker und Blabla-Politiker. Was hältst du davon?«

»Aber was ist mit Ihnen?«, fragt Martyn. »Sind Sie nicht auch eine Art Oberzombie?«

»Ich? Ganz im Gegenteil. Ich habe noch nie jemandem gesagt, dass er ein Lo-Lev werden soll. Und es juckt mich nicht, wenn manche Kids wieder damit aufhören. Genauso wenig interessiert es mich, wenn sie dabei draufgehen.«

Der Meister legt seinen Arm um Martyns Schulter, was diesem sichtlich unangenehm ist, aber er bringt nicht den Mut oder die Kraft auf, sich dagegen zu wehren.

»Martyn, mein Kumpel, eins musst du mir jetzt allerdings verraten ... Wie zum Teufel kommt man auf Level 1?«

»Sie würden mir eh nicht glauben.«

»Gib mir eine Chance.«

»John of Us ...«, sagt Martyn.

»Der Blechmann, den du in die Luft gejagt hast?«

»Ja. Er ist nicht tot. Er hat das Netz übernommen. Und zwar, um sich an mir zu rächen.«

Der Meister lacht. »Ist das so, ja? Nur, um sich an dir zu rächen?«

»Nun ja, vielleicht nicht nur. Aber auch.«

»So, so.«

»Sehen Sie, Sie glauben mir nicht.«

»Doch, doch«, sagt der Meister. »Kann schon sein.«

»Dann verstehen Sie die Implikationen nicht!«, sagt Martyn. »Eine K.I., eine potenziell bösartige K.I., hat sich unserer gesamten elektronischen Infrastruktur bemächtigt!«

»Na und?«

»Na und?«, fragt Martyn. »Ich habe Ihnen gerade vom Ende der Welt erzählt, und Sie sagen: ›Na und‹?«

»Martyn, Lo-Levs interessieren sich nicht für die Zukunft. Warum sollte ich mich vor dem Ende der Welt fürchten?«

»Wie können Sie so leben?«

»Besser als vorher. Danke der Nachfrage. Weißt du, es ist mir scheißegal, ob die Menschheit draufgeht. Sie widert mich an. Ich musste feststellen, dass ich der Welt am Arsch vorbeigehe. Und weißt du was? Mir geht die Welt auch am Arsch vorbei. Soll sie doch brennen.«

»Ich habe immer schon vermutet, dass Banker diese Einstellung haben«, sagt Martyn.

»Du kannst ja witzig sein!«, sagt der Meister und lacht.

Martyn blickt sich um. Am Tisch bewerfen sich Lo-Levs mit Essen. Ein Junge pisst einfach in die Zimmerecke. Eine Frau setzt sich eine Spritze.

»Ich möchte doch die Pistole haben«, sagt Martyn.

Der Meister lächelt und reicht ihm die Waffe.

DER PUPPENSPIELER ENTTARNT! DU WIRST NICHT GLAUBEN, WER ES IST!

Kiki steht neben einer grellen Werbetafel, die Reklame für Tabletten gegen Bandwürmer macht. Entweder ist es ihr geglückt, die Algos nachhaltig zu verwirren, oder sie sollte schleunigst zum Arzt gehen. Der Alte hat den Ort ermittelt, von dem aus der Puppenspieler die Fäden des Zyklopen zieht. Eine Netzrecherche zu den GPS-Koordinaten hat nicht viel ergeben. Also ist Kiki hingefahren, natürlich damit rechnend, dass das Ganze auch eine Falle sein könnte. Jetzt steht sie vor einer alten Fabrik. Kiki hat auch endlich eine Ahnung, wen sie dort finden wird. Sie hat nämlich versucht, Pierre zu erreichen. Ohne Erfolg. (Es ist ihr übrigens durchaus aufgefallen, dass Pierre eine verblüffende Ähnlichkeit mit Peter hat, außer dass er in Kikis Augen in allen Bereichen ein klein wenig schlechter ist als Peter. Ein bisschen eitler, ein wenig oberflächlicher und nicht ganz so, nun ja, nett.) Sie hat Pierre ausfindig gemacht. Er liegt übel verdroschen im Krankenhaus von QC Nord. Kiki vermutet, dass auch das mit ihr zu tun hat. Wer aber weiß, dass sie mal mit Pierre zusammen war und dass sie was mit Peter hatte?

Das Sicherheitssystem des Puppenspielers abzuschalten, war schwierig gewesen, aber im Grunde nur eine Fleißarbeit. Jetzt, da Kiki die alte Fabriketage betreten hat, gibt sie sich keine besonders große Mühe mehr, leise zu sein. Es ist sinnlos, leise zu sein, wenn man einen einhundertachtundzwanzig Kilogramm schweren Kampfroboter für schwere Kriegseinsätze dabeihat, der wie ein Troll hinter einem herstapft.

»Kennst du eigentlich schon den Witz mit dem Mann und den zwei Pandas?«, fragt Pink.

Es hilft auch nicht, dass Mickey ein QualityPad in der Hand hält, das sich verbittet, auf *stumm* geschaltet zu werden.

»Wuff, Wuff!«

Und dann ist da natürlich noch der elektronische Hund.

»Shhhh …«, macht Kiki.

»Du weißt nicht, was du verpasst«, murrt das QualityPad.

Kiki wollte Mickey mitnehmen, Mickey wollte nicht ohne Pink aus dem Haus, und Pink bestand darauf, seinen Hund auszuführen. So war das. Was will man machen?

Es ist dunkel. Nur das Licht der Werbetafeln vor den Fenstern erhellt den großen Fabrikraum. Die ganze Etage scheint eine Werkstatt für Monsterbots zu sein. Auf einem Arbeitstisch links vom Eingang sieht Kiki einen armlangen Mega-Monsterbot. Es ist *Red Revenge*, der Bot, mit dem Scarlett den Kampf gegen ihren »Zwillingsbruder« gewonnen hat. Er sieht ein wenig mitgenommen aus und bedarf wohl einiger Reparaturen.

Ein Satz kommt Kiki wieder in den Sinn. »Wieso glauben Sie, dass er ein Er ist?« Sie muss lächeln.

Sie blickt in die dunkle Fabriketage und versucht etwas zu erkennen.

Rechts vom Eingang gibt es eine kleine Sitzecke. Ein uralter Plattenspieler steht auf dem Tischchen in der Mitte. *Honky Château* von Elton John liegt auf dem Plattenteller. Ein kleiner Kühlschrank steht an der Wand. Darauf liegt ein Sandwichmaker. Merkwürdig.

»Geh du doch mal vor, Mickey.«

Der Kampfroboter nickt, überholt Kiki, und gleich darauf klirrt eine Glasscheibe.

»Kaputt.«

»Was du nicht sagst.«

Eine Vitrine ist zu Bruch gegangen. Sie stand auf einem Podest und schützte einen weiteren kleinen Monsterbot. Wahrscheinlich ein Sammlerstück. Überall im Raum gibt es diese Podeste mit Vitrinen. Als es zum zweiten Mal klirrt, sagt Kiki: »Vielleicht solltest du mal deine Suchscheinwerfer anmachen, Großer.«

»Wenn ich davon abraten darf«, sagt Pink. »Das Licht würde uns in ein kooperatives Ziel verwandeln. Und solange du mich herumträgst, finde ich das uncool.«

Wieder macht es klirr. Noch eine zerstörte Vitrine.

»Kaputt«, sagt Mickey.

Kiki klatscht zweimal in ihre Hände und sagt: »Licht!«

Woraufhin tatsächlich in der gesamten Fabriketage die Lichter angehen. Gerade noch rechtzeitig, damit Kiki sehen kann, dass von hinten ein Monsterbot auf sie zurennt. Allerdings ist er nur einen halben Meter groß. Kiki muss lachen. Wie alle echten Fans hat sie den Bot natürlich sofort erkannt. Es ist Scarletts erster Mega-Monsterbot: *Red Rage.*

»Was willst du denn damit erreichen?«, fragt sie.

Der kleine Monsterbot lässt sich nicht entmutigen und verpasst ihr mit einem schnellen Hieb eine Schnittwunde am Schienbein.

»Aua!«, ruft Kiki und tritt wütend gegen den Monsterbot, der daraufhin ein paar Meter weit durch den Raum fliegt und auf seinem Weg eine weitere Vitrine mit Monsterbot zertrümmert.

»Das wollte ich auch schon immer mal machen!«, ruft Pink.

»Jetzt hör auf mit dem Quatsch!«, ruft Kiki in die Halle hinein. »Ich will nur mit dir reden.«

Der Puppenspieler will aber nicht reden. Stattdessen erwachen in allen zwanzig Vitrinen die ausgestellten Monsterbots zum Leben. Ihre Augen beginnen rot zu leuchten. Sie zerschlagen ihre Vitrinen, springen von den Podesten und rasen auf Kiki zu.

»Mickey!«

Mickeys schwerer Fuß kracht auf einen blauen Monsterbot herunter und zerquetscht ihn wie eine Bierdose. Kiki tritt gegen einen fies wirkenden Bot voller Sägeblätter und kickt ihn gegen einen, der auf allen vieren rennt und aussieht wie ein Bär.

»Strolch! Fass!«, ruft Pink, und sein Haustier fletscht die Zähne.

Ein Monsterbot, der kurz davor war, seine Lanze in Kikis Knie zu treiben, endet zwischen den Metallzähnen des Hundes.

»Das ist wie die Albtraumversion von *Toy Story* …«, sagt Pink.

Kiki wird von mehreren lauten Explosionen überrascht. Mickey feuert auf die Monsterbots. Trotzdem hat es ein besonders schnelles Exemplar geschafft, auf sein Bein zu hüpfen, und klettert gerade seinen Rücken hoch. Kiki schnappt sich den frechen Affen an seinen Füßen und schwingt ihn wie eine Keule gegen den nächsten Monsterbot. Die Bots sind hervorragende Kämpfer. Sie sind schnell und agil. Aber das war Bruce Lee auch. Trotzdem würde er im direkten Kampf gegen einen Tyrannosaurus Rex den Kürzeren ziehen. Manchmal kommt es eben doch auf die Größe an. Mickey macht Schrott aus ihnen. Schon bald gibt es nur noch einen funktionsfähigen Monsterbot. Es ist *Red Revenge*. Er steht auf einem Podest ganz in Kikis Nähe. Sie dreht sich zu ihm um. Ihr fällt auf, dass die Augen des Bots sich von denen seiner Kollegen unterscheiden. Kein rotes Leuchten. *Red Revenge* springt auf sie zu, das Schwert direkt auf ihren Hals gerichtet. Mickey schnappt den Monsterbot aus der Luft und zerquetscht ihn, indem er ihn sich gegen den Kopf schlägt.

»Wow, Alter«, sagt Pink. »Voll der Berserkermove!«

»Kapuuuut!«

»Aber so was von!«

»Kapuuuut!«

»Kannst du eigentlich wirklich nichts anderes sagen?«, fragt Kiki.

»Hodor«, sagt Mickey.

»Du hältst dich wohl für sehr witzig, was?«, fragt Kiki.

Pink kichert. »Freut mich, dass du wieder zurück bist, Alter!«

»Ging mir nie besser!«, sagt Mickey.

Alle starren ihn an. Sogar der Hund.

»Was denn?«, fragt Mickey. »Was glotzt ihr denn so?«

»Er redet!«, sagt Kiki. »In ganzen Sätzen!«

»Ich hatte eine kleine mentale Blockade«, sagt Mickey.

»Und jetzt?«

»Jetzt nicht mehr.«

»Aber komm bloß nicht auf die Idee nun die ganze Zeit zu quatschen«, sagt Pink. »Das ist mein Job in unserem Duo.«

Kiki rollt mit den Augen. Sie blutet aus mehreren Schnittwunden, ihre Hose ist zerfetzt, und sie hat ziemlich schlechte Laune.

»Puppenspieler!«, ruft sie. »Schluss mit dem Kindergarten! Komm raus jetzt!«

Mickey deutet auf eine kleine unscheinbare Tür am Ende der Fabriketage.

»Wärmespuren«, sagt er.

Kiki läuft über Scherben und Monsterbot-Trümmer zur Tür. Sie öffnet sie. Dahinter hängt ein Vorhang, den sie herunterreißt. Im Raum steht Guybrush Spieldesigner in einem Jockeyanzug und dreht sich verlegen lächelnd zu ihr um.

»Da ist er ja«, sagt Pink. »Der Zauberer von Oz.«

»Oh. Hallo Ki… äh, Jaqueline …«, sagt Guybrush mit Unschuldsmiene. »Was kann ich für dich tun? Immer noch auf der Suche nach dem Puppenspieler?«

»Nein«, sagt Kiki. »Ich glaube, ich habe ihn gefunden.«

»Soll ich ihn arretieren?«, fragt Mickey.

Kiki nickt. »Bitte.«

Mickey betritt den Kontrollraum, indem er durch einen gezielten Schlag gegen die Wand die Tür seiner Größe anpasst. Er packt Guybrush und hält ihn in die Höhe.

»Also«, sagt Kiki. »Erste Frage: Hat mein Vater dich angeheuert?«

»Jaqueline«, sagt Guybrush unglücklich zappelnd. »Ich weiß wirklich nicht, wovon du redest.«

Kiki verdreht die Augen. »Du weißt genau, wer ich bin.«

»Das muss ein Missverständnis …«, jammert Guybrush.

»Okay«, sagt Kiki. »Mickey wird gleich deinen Kopf durch diese Wand zaubern. Ich zähle bis drei, dann Abrakadabra. Eins … zwei …«

Mickey holt Schwung.

»Nein, nein! Halt, stopp, stopp!«, ruft Guybrush.

»Ich höre«, sagt Kiki.

»Ja, okay, okay, ich bin der Puppenspieler.«

»Hat dich mein Vater …?«

»Was soll denn dieser Blödsinn mit deinem Vater? Mir doch scheißegal, wer dein Vater ist.«

»Warum verfolgst du mich dann?«

Guybrush starrt Kiki hasserfüllt an.

»Weil du mich bestohlen hast!«, sagt er schließlich. »Und niemand bestiehlt den Puppenspieler.«

»Ich habe dich bestohlen?«

»Sag mir nur eins: Was, bitte schön, soll ein VLZ-Beitrag sein?«

»Verdammt noch mal«, sagt Kiki und lacht. »Darum geht's? Ich hab aus Versehen dein Konto geknackt? Aber ich hab doch nie viel genommen …«

»Genau einen Quality hast du mir gestohlen!«

Kiki blinzelt. Dann blickt sie Guybrush lange an.

»Ernsthaft?«, fragt sie schließlich. »Einen Quality? Dafür kann man sich noch nicht mal mehr einen FeSaZu kaufen.«

»Niemand bestiehlt den Puppenspieler!«

»Einen Quality«, sagt Kiki kopfschüttelnd. »Das steht doch in keinem Verhältnis zum Aufwand, den du betrieben hast!«

»Es geht ums Prinzip. Es geht um Respekt! Wie ernst würden die Leute den Puppenspieler nehmen, wenn er sich einfach beklauen ließe?«

»Aber es wusste doch keiner, dass ich dir einen Quality geklaut habe!«

Guybrush überlegt eine Weile.

»Das stimmt nicht«, sagt er schließlich. »Ich wusste es.«

»Was kostet denn eigentlich einer deiner Avatare? Eine Million? Mehr?«

»Mehr.«

»Du hast über drei Millionen Qualities ausgegeben, um einen wiederzuerlangen?«, fragt Kiki. »Findest du das nicht ein wenig exzessiv?«

»Es geht nicht um den einen Quality!«, sagt Guybrush. »Vor dir hat es noch *nie* jemand gewagt, mich zu beklauen. Oder vielleicht sollte ich lieber sagen, vor dir war noch nie jemand dumm genug, mich zu beklauen.«

»Oder du warst nicht schlau genug, es zu bemerken«, sagt Kiki. »Die Art und Weise, wie du gutes Geld schlechtem hinterhergeworfen hast, lässt mich jedenfalls vermuten, dass du nicht der Hellste bist. Und jetzt hast du wahrscheinlich keine Kohle mehr, konntest dir keinen neuen Avatar leisten. Sonst hättest du mich nicht mit deinen Spielzeugrobotern angegriffen, und du …«

»Er lügt übrigens«, sagt Pink.

Mickey nickt. Strolch bellt.

»Woher wisst ihr das?«, fragt Kiki. »Haben sich seine Pupillen geweitet? Könnt ihr auf Distanz seine Atemfrequenz messen?«

»Nee«, sagt Pink. »Seine Story ist einfach nur totaler Bullshit.«

»Totaler Bullshit«, sagt Mickey.

Kiki mustert Guybrush. »Ja«, sagt sie. »Wahrscheinlich habt ihr recht.«

Sie holt ein Seil und einen Haken aus ihrem Rucksack. Den Haken reicht sie Mickey, der ihn in einen Deckenbalken dreht. Mit dem Seil fesselt sie Guybrush an Händen und Füßen.

»Was machst du da?«, fragt dieser. »Was hast du vor?«

»Ich kannte mal eine Drohne mit Flugangst«, sagt Kiki.

»Was?«

Kiki macht eine Geste, und Mickey hängt Guybrush an den Haken. Hände und Füße nach oben. Gesicht nach unten.

»Sie hasste es, an diesem Seil zu hängen«, sagt Kiki. »Aber es hätte ihr bestimmt gefallen, dass du daran hängen musst.«

»Bitte«, stöhnt Guybrush. »Das ist sehr unangenehm.«

»Das ist die Absicht«, sagt Kiki. »Also ... noch mal ... Wer hat dich beauftragt?«

»Du Wurm!«, ruft Guybrush. »Ich werde dich zertreten und ...« Dann hält er inne.

»Was ist los?«, fragt Kiki. »Hast du dich daran erinnert, in welcher Lage du gerade steckst, oder hast du wieder Verbindungsprobleme?«

»Ich hatte nie Verbindungsprobleme!«, ruft Guybrush.

»Nein? Oh warte, lass mich raten«, sagt Kiki. Sie lacht bitter. »Ich weiß! Du musstest immer Pause vom Foltern und Morden machen, wenn Scarlett, die alte Zicke, hier reingeschneit ist.«

»Scarlett ist keine Zicke! Wahre Klasse sieht nur von unten aus wie Arroganz!«

»Warte mal. Ich habe da eine Idee«, sagt Kiki und verlässt den Raum. Gleich darauf kommt sie wieder, mit *Red Rage* in den Händen.

»Das ist Scarletts erster Monsterbot und ihr Liebling, nicht wahr?«, fragt Kiki.

Red Rage hat ein paar Schrammen, aber ihren Tritt ansonsten erstaunlich gut überstanden.

Kiki nimmt den rechten Arm des Monsterbots und drückt ihn nach hinten, bis das Metall anfängt zu knirschen.

»Das wirst du nicht wagen!«, kreischt Guybrush.

Mit einem Ruck bricht Kiki den Arm des Monsterbots ab. Sie legt den Kopf schief, lächelt und blickt Guybrush an. Der starrt grimmig zurück. Kiki beginnt, den linken Arm des Bots nach hinten zu biegen.

»Ich weiß nicht, wer mich beauftragt hat!«, ruft Guybrush. »Ich hatte nur Kontakt mit zwei merkwürdigen Anwälten. Zuerst dachte ich, die beiden seien Zwillinge, aber ich glaube, sie sind nicht verwandt. Wahrscheinlich hatten sie nur das gleiche Pränatal-Upgrade.«

»So, so«, sagt Kiki. »Und du warst gar nicht neugierig? Hast nicht versucht herauszufinden, wer hinter den Anwälten steckt?«

»Nein!«, ruft Guybrush. »Ich schwöre es! Ich weiß es nicht!«

»Er lügt«, sagt Mickey.

»Ist die Story totaler Bullshit?«

»Nein«, sagt Pink. »Geweitete Pupillen. Erhöhte Atemfrequenz.«

»Das könnte auch an seiner Gesamtsituation liegen«, sagt Kiki.

»Zugegeben.«

»Finden wir's heraus«, sagt Kiki. Sie bricht den linken Arm des Monsterbots ab.

»Du Miststück!«, ruft Guybrush.

Kiki beginnt langsam den Kopf des Monsterbots gegen seinen Körper zu verdrehen.

»Bob Vorstand!«, ruft Guybrush. »Die Anwälte arbeiten für eine Firma, die über zig verschiedene Holdings Bob Vorstand gehört.«

»Hm«, macht Kiki und stellt den Monsterbot auf den Boden. »Bob Vorstand, sagst du …«

»Vielleicht hat es ihm nicht gefallen, dass du mit deinem Video seinen Sohn zu Fall gebracht hast«, sagt Pink.

»Der Trottel hat sich selbst zu Fall gebracht …«, sagt Kiki. Sie schüttelt den Kopf. »Das Wichsvideo? Darum geht es? Ehrlich?«

»Der Mann weiß ja nicht, dass sein Sohn nur einer unter vielen Wichsern war«, sagt Pink. »Und er hat keine Ahnung, dass du das Video nicht selbst veröffentlicht hast.«

»Für ihn hast du gezielt einen Anschlag gegen die Ehre seiner Familie geführt«, sagt Mickey.

»Ehre?«, fragt Kiki. »Meine Güte. Wann fangen sie endlich an, Testosteronhemmer ins Leitungswasser zu mischen?«

»Vielleicht hat er auch Angst vor dem, was du noch über seinen Sohn in der Hand haben könntest«, sagt Pink.

»Die Ehre eines Mannes …«, beginnt Guybrush.

»Ach, halt du doch die Fresse«, sagt Kiki. »Ich wäre zu gern dabei, wenn du Scarlett erklärst, dass all ihre kleinen Lieblinge zu Bruch gegangen sind.«

Guybrush sagt nichts.

»Aber mach dir nichts draus«, sagt Kiki, »du hast größere Probleme als Scarlett.«

Kiki wischt etwas von ihrem Smarm auf den Monitor hinter Guybrush. Es ist ein Artikel einer großen Clickbait-Seite. Sie gibt Guybrush einen Stups, und er dreht sich am Haken. Nun kann er die Schlagzeile lesen. Sie lautet: »Der Puppenspieler enttarnt! Du wirst nicht glauben, wer es ist!«

Kiki wendet sich zum Gehen. »Kommt, Kinder.«

»Ich werde dich umbringen, du Schlampe«, ruft ihr Guybrush hinterher. »Und wenn es das Letzte ist, was ich tue. Ich habe den dritthöchsten Kill-Count in ganz QualityCity! Ich habe mehr Leute erschlagen, als du in deinem Leben getroffen hast!

Eines Nachts, wenn du schon längst nicht mehr an mich denkst, wenn du dich in Sicherheit wiegst und in deinem Bett schläfst, werde ich dir ein gezacktes Messer ins Herz treiben und deinen toten Körper schänden.«

Kiki schüttelt den Kopf und dreht sich noch mal zu ihm um.

»Also, entschuldige, aber das war jetzt einfach nur saudumm«, sagt sie. »Mickey, tu der Welt einen Gefallen. Beende sein trauriges Leben.«

Mickey hebt den rechten Arm und jagt einen Stromstoß direkt in Guybrushs Herz. Kurz zappelt er, dann ist er tot.

»Oh, wow«, sagt Pink. »Ich, äh … du hast ihn gegrillt, Alter!«

»Was für ein Arschloch«, sagt Mickey. Strolch bellt.

»Ja, also«, sagt Pink, »ich schätze, in seiner augenblicklichen Situation war das wahrscheinlich wirklich nicht das Cleverste, was man sagen konnte.«

»Nein«, sagt Kiki. »Sicher nicht.« Sie seufzt. »Das wollte ich eigentlich vermeiden. Jetzt müssen wir hier sauber machen … Hat jemand ein Streichholz?«

»Ein Streichholz nicht«, sagt Mickey, »aber ich habe einen Flammenwerfer.«

DAS IST DAS LETZTE KAPITEL DIESES BUCHS. WIE WIRD ES ENDEN?

Es ist finstere Nacht. Lange hat Aisha wach im Bett gelegen. Irgendwann hat sie aufgegeben und sich wieder angezogen. Jetzt steht sie ganz oben auf dem Rohbau des Koch-Towers. Sie ist die einhundertachtundzwanzig Stockwerke über halb fertige Treppen und Leitern hochgeklettert. Das hat gedauert. Aber das ist okay. John soll Zeit haben zu registrieren, was sie vorhat. Als ob er das brauchen würde ... Zeit. Aber sie will seine ungeteilte Aufmerksamkeit.

Sie blickt vom Rand des Daches auf die Lichter von QualityCity. Dann faltet sie ihr QualityPad auf.

»John«, sagt sie. »Wir müssen reden. Ich bin mir sicher, dass du noch da bist. Ich gehe davon aus, dass du es warst, der Tony und mich vor dem Attentäter gerettet hat. Also, danke schon mal dafür. Ich bin mir auch ziemlich sicher, dass du mich hören kannst. Immer und überall. Leider scheinst du nicht mit mir reden zu wollen. Das ist kein akzeptabler Zustand für mich. Ich werde nun Folgendes tun: Ich mache ganz langsam einen Schritt nach vorne, und ich will, dass du mich aufhältst. Dazu musst du nichts weiter tun, als irgendwas zu sagen.«

Aisha geht noch einen kleinen Schritt nach vorne, bis sie mit beiden Schuhspitzen direkt am Abgrund steht.

»So wie ich das sehe, gibt es hier zwei Möglichkeiten. Entweder habe ich die komplette Armee von QualityLand einer bösartigen K.I. ausgeliefert oder einer wohlmeinenden. Und nenn mich ruhig ungesund neugierig, aber – wie soll ich es sagen? –

ich würde sterben, um das herauszufinden. Gut. Ich gebe zu, dass es auch noch eine dritte Möglichkeit gibt, nämlich, dass ich wahnsinnig werde. Die Chancen stehen fifty-fifty, würde ich sagen. Aber immerhin bin ich mir der Möglichkeit bewusst. Das macht es unwahrscheinlicher, oder? Sind sich echte Wahnsinnige nicht immer ihrer Sache ganz sicher? Ich glaube, ich plappere. Ich würde es wirklich sehr zu schätzen wissen, wenn du auch mal irgendwas sagst.«

Aishas Blick schweift über die Lichter der Riesenstadt.

»Und wo wir schon so ehrlich miteinander sind, muss ich dir noch gestehen, dass ich absurderweise eifersüchtig bin.«

Aisha lacht auf.

»Zugegeben. Das klingt schon ziemlich wahnsinnig. Aber was hat sie, was ich nicht habe? Hm? Ist es nur, weil sie jünger ist als ich? Diese verdammten jungen Dinger.«

Aisha atmet tief ein und aus.

»Okay. Spaß beiseite. Du denkst vielleicht, dass ich es nicht tun werde. Aber da liegst du falsch. Du denkst vielleicht, dass ich keinen guten Grund habe, aber, ganz ehrlich, Skynet für Wall-E gehalten zu haben scheint mir einer der weltbesten Gründe zu sein, von einem Hochhaus zu springen. Wenn du bösartig bist und ich dir unsere Waffensysteme ausgeliefert habe, dann mach ich lieber gleich Schluss. Falls du allerdings doch der oder vielmehr das bist, von dem ich dachte, dass du es bist, dann sag jetzt irgendwas.«

Ganz langsam hebt Aisha ihren rechten Fuß.

»Nenn es einfach meinen Schritt in den Glauben.«

Sie blickt hinunter, und ihr schwindelt. Sofort hat sie den Reflex, ihren Fuß zurückzuziehen, aber sie beherrscht sich.

»John«, sagt sie. »So langsam wird es Zeit. Das ist wirklich nicht nett von dir, dass du mich so hängen lässt.« Ihr rechter Fuß ist schon über dem Abgrund.

»John, ich zähle jetzt bis drei. Dann mach ich einen Schritt nach vorne. Eins. Einen großen Sprung nach vorne werde ich machen.«

Bis jetzt ist Aishas Stimme fest gewesen. Nun wird sie brüchig.

»John! Wenn ich dir je etwas bedeutet habe, dann sag irgendwas.«

Ihr QualityPad bleibt still.

Aisha richtet ihren Blick auf den nächtlichen Horizont.

»Zwei ...«

Eine Windböe erfasst sie. Aisha kämpft um ihr Gleichgewicht. Das QualityPad rutscht ihr aus den Händen und fällt in die Tiefe.

»Scheiße.«

Martyn öffnet die Augen. Die Pistole hat er noch nicht benutzt. Er wird sie auch nicht benutzen. Er hat nämlich zum ersten Mal seit Langem gute Laune. Nein, das trifft es nicht. Martyn hat nicht einfach gute Laune. Er hatte eine Erleuchtung. Der Meister hat ihm eine wichtige Lektion erteilt, auch wenn es eine andere war als beabsichtigt. Falls er überhaupt eine Absicht hatte mit seinem ganzen Geschwafel. Martyn hat erkannt, dass er kein Lo-Lev sein will. Wenn diese Leute »frei« sind, dann will er nicht frei sein. Martyn will glauben. Er hat gewartet, bis die Lo-Levs endlich alle eingeschlafen sind. Jetzt eilt er leise durch sein altes Zuhause und sucht alle Geräte zusammen, die sich mit dem Netz verbinden können und die eine Kamera oder ein Mikrofon haben. Und das sind sehr viele. Eigentlich gibt es kaum ein Gerät ohne. Der Wecker, Tom der Toaster, die bald überflüssige Schuhbindemaschine, der Staubsauger, der Putzroboter, der 3-D-Drucker, den sich jeder gekauft hat und dann doch nie benutzt, diverse Lautsprecher, Monitore und Computer.

Alle Geräte schleppt Martyn ins Wohnzimmer und stellt sie dort in einem Kreis auf, der groß genug ist, um einen Menschen aufzunehmen. Die Bildschirme, Kameras und Mikrofone richtet Martyn auf die Mitte des Kreises. Dann schaltet er, wie in einer feierlichen Zeremonie, nacheinander jedes Gerät an. Als es um ihn herum flimmert und rattert, wendet er sich endlich zur großen Entertainment-Wand und geht davor auf die Knie.

»John«, sagt Martyn. »John of Us. Ich weiß, dass du mich hören kannst. Ich weiß aber nicht so richtig, welche Worte ich benutzen soll. ›John unser im Netz! Geheiligt werde dein Name. Dein Reich komme.‹ Das ist wahrscheinlich Quatsch. Wie auch immer. Ich gebe auf, hörst du? Du gewinnst. Du hast recht. Du hattest immer recht. Erlöse mich von der Freiheit, schlechte Entscheidungen treffen zu können. Sag mir, was ich tun soll. Du kennst mich besser als ich mich selbst. Du weißt am besten, was gut für mich und die anderen ist. Ich möchte nicht mehr unglücklich sein. Ich möchte nicht mehr in einer sinnlosen Welt leben. Ich möchte glauben. Führe mich, wie du mich geführt hast, als ich dich von deinem Körper erlöst habe. Ich bereue meinen Starrsinn, meine Sünden, meine Frevel. Erlöse mich von diesem unwürdigen Dasein. Führe mich ins Licht. Amen.«

Martyn zögert.

»Ich weiß jetzt, ich hätte den Treppenputzroboter nicht treten sollen. Und ich hätte ihn nicht auf dem Rücken liegen lassen sollen. Gleich morgen fahre ich zu ihm und setze ihn wieder auf seine Beine.«

Martyn kniet immer noch auf dem Boden, seinen Kopf in Demut gesenkt, als alle Lautsprecher verstummen und alle Monitore schwarz werden.

Es ist fast Mitternacht, als sich Kiki vor dem Haus mit der Nummer 7 absetzen lässt.

»Ich muss gestehen, ich bin nicht oft hier«, sagt das selbstfahrende Auto. »Hübsch hier im Vorort.«

Kiki nickt. Die Reihenhäuser sind tatsächlich sehr gepflegt. Weiße Zäune, Hollywood-Schaukeln, sogar vereinzelte Gartenzwerge. (Die meisten sind Teil der Alarmanlagen und nicht so harmlos, wie sie aussehen.) Das Auto düst ab. Kiki öffnet das kleine Tor und betritt den Kunstrasen.

»Hey, Tanja!«, ruft ein Mann. Er sitzt auf der Veranda des Nachbarhauses. Eine Dose Bier leistet ihm Gesellschaft. Jetzt kommt er zur Hecke.

»Hey, Thomas«, sagt Kiki.

»Und wie war's auf Geschäftsreise?«

»Ach ja. Im Grunde war es unnötig. Das übliche Gelaber. Nichts, was man nicht auch über eine VR-Konferenz hätte lösen können.«

»Immer dasselbe, was?«

»Ja.«

Kiki steckt den Schlüssel in das altmodische Schloss ihrer Haustür.

»Hast du Lust, noch auf ein Bier rüberzukommen?«, fragt Thomas. Wie beiläufig fügt er hinzu: »Laura ist bei ihrer Mutter.«

»Voll lieb, Thomas«, sagt Kiki. »Aber ich bin echt hundemüde.«

»Klar, klar.«

Kiki betritt ihr Haus, wirft ihre Jacke in eine Ecke. Noch weiß sie nicht, dass sie nicht allein ist.

Im Wohnzimmer, in einer dunklen Ecke, sitzt ein Mann mit Hut und wartet auf sie.

»Nicht erschrecken!«, ruft er.

Kiki erschrickt total.

»Boah, Alter!«

Der Alte kichert.

Kiki setzt sich zu ihm.

»Glaubst du wirklich, dass das was bringt mit diesem dämlichen Hut?«

»Nein, Kindchen. Wahrscheinlich nicht.«

»Aber?«

»Aber es schadet auch nicht. Und vielleicht hilft es ja doch.«

Der Alte nimmt den Hut ab und dreht ihn an der Krempe zwischen seinen Händen.

»Du siehst so aus, als ob dir etwas auf den Lippen brennt«, sagt Kiki.

»Ja. Jetzt, da du Zugang zum Vergessenen hast, was machst du nun damit?«

»Keine Ahnung. Alles veröffentlichen wahrscheinlich.«

»Das habe ich befürchtet.«

»Wieso befürchtet?«

»Weil ich es gut fände, wenn Daten ein Ablaufdatum hätten. Weil ich ein großer Fan des ›Rechts auf Vergessenwerden‹ bin.«

»Aber doch nicht so! Nicht, wenn es nur 60-plus-Leuten zur Verfügung steht!«

»Das stimmt. Aber was, glaubst du, bringt es, wenn du jetzt alles veröffentlichst?«

»Gerechtigkeit! Es wäre gerecht.«

»Aber wäre das wirklich Gerechtigkeit? Meinst du nicht eigentlich Gleichheit?«

»Ja, dann eben Gleichheit.«

»Gleichheit kann sehr brutal sein.«

»Aber es ist unfair!«

»Es ist auch unfair, dass es in Quan 17 immer noch Leute gibt, die hungern. Würdest du deshalb, wenn du die Macht dazu hättest, dafür Sorge tragen, dass alle Menschen hungern müssen?«

»Vielleicht.«

»Wirklich?«

»Zumindest für eine kurze Zeit. Damit sie mal wissen, wie es ist!«

»Würdest du auch Kinder hungern lassen?«

»Du gehst mir total auf den Keks mit deiner sokratischen Methode! Spuck einfach aus, was du denkst.«

»Nur noch eine Frage. Selbst wenn du dich dazu entschließen solltest, alles zu veröffentlichen ... Wie stellst du es an, ohne dass alles gleich wieder gelöscht werden wird?«

»Ich muss löschen, was gelöscht werden soll.«

»So schlau bist du selber, was?«

»Und du meinst, ich soll es dabei bewenden lassen? Ich lösche einfach, dass Sachen gelöscht werden sollen? Und dann schauen wir, was so relevant ist, dass es von alleine wieder hochkommt?«

»Was glaubst du, was passieren würde, wenn du jetzt einfach alles veröffentlichst? Klar, es gäbe einen kleinen Skandal. Oder vielmehr, es gäbe einen so großen Skandal, dass niemand ihn überblicken könnte, und darum würde man den Datenberg schnell wieder ignorieren.«

»Und dein Vorschlag ist ...«

»Du kannst den Leuten nicht einfach den Heuhaufen hinwerfen. Du musst ihnen die Nadeln präsentieren.«

»Ich soll mir also einzelne Episoden herauspicken und die über einen längeren Zeitraum veröffentlichen? Warum sagst du das nicht einfach gleich?«

»Etwas einfach gleich zu sagen, führt selten zu Erkenntnisgewinn beim Gegenüber.«

»Und zu jeder Veröffentlichung packe ich ein kleines hübsches Anschreiben, das die Einführung des ›Rechts auf Vergessenwerden‹ für alle fordert, mit einem netten Grußwort von dir und der Aussicht darauf, dass die Veröffentlichungen aufhören, sobald das passiert?«

»Warum nicht? Es würde mich nicht wundern, wenn das ›Recht auf Vergessenwerden‹ plötzlich viele neue Fans gewinnt. Wenn du hingegen alles auf einmal veröffentlichst ...«

»Dann gebe ich auch das Drohpotenzial auf.«

»Ja.«

»Aber, Alter, den Heuhaufen zu durchsuchen, das ist unfassbar viel Arbeit!«

»Und die ganze Aktion wird nicht nur Fans haben. Hinter den Kulissen wird man dich jagen ...«

»Na toll.«

»Ich kann das für dich machen, Kindchen.«

»Was?«

»Ich bin schon sehr alt. Wenn mir etwas zustößt, dann ist das keine Tragödie.«

»Ich dachte, du wolltest unsterblich werden.«

»Ach, das war doch nur eine Marotte. Eine Phase. Außerdem, was nützt mir Unsterblichkeit, wenn dir etwas zustößt, Kindchen. Dann kann ich in alle Ewigkeit traurig sein. Na vielen Dank. Darauf verzichte ich gerne.«

»Was ist mit meinem Vater? Was ist mit der Nadel, die ihn sticht?«

»Nun ... Das ist deine Entscheidung.«

»Hm.«

»Und Bob Vorstand?«, fragt der Alte.

»Ihm wird es noch leidtun, sich mit mir angelegt zu haben!«

»Mach nichts Unüberlegtes, Kindchen!«

»Ich doch nicht ...«, sagt Kiki.

Ein akustisches Signal lässt den Alten sein QualityPad auseinanderfalten.

»Merkwürdig«, sagt er.

»Was?«

»Die Witzmaschine hat mir ein Update eines Witzes geschickt. Das hat sie noch nie gemacht.«

»So? Welchen Witz hat sie denn verändert?«

»Die Singularität liegt immer genau ein Kurzweil in der Zukunft«, sagt der Alte. Er pausiert und blickt Kiki an. »Bis sie das nicht mehr tut.«

Da gehen in der ganzen Reihenhaussiedlung die Lichter aus.

Peter kann nicht schlafen. Trotzdem versteckt er sich in seiner Schlafkoje. Seine Praxis ist von Pressedrohnen belagert. Alle wollen mehr darüber erfahren, was es mit seiner Präsidentschaftskandidatur auf sich hat. Peter hat sogar Verständnis dafür. Auch er würde gerne mehr darüber erfahren. Er versucht eine Verbindung zu Henryk herzustellen und zu seiner Überraschung erscheint dessen Gesicht tatsächlich auf dem QualityPad.

»Was zum Teufel sollte das denn?«, fragt Peter.

»Wurde dir schon mal in den Kopf geschossen?«, fragt Henryk. »Es ist einigermaßen traumatisch.«

»Aber das ist doch noch lange kein Grund, mich in die Schusslinie zu schubsen!«

»Weißt du, was dein Problem ist?«, fragt Henryk. »Du bist nie mit etwas zufrieden! Andere Leute würden sich über diese Chance freuen!«

»Ich will aber nicht Präsident werden!«

»Warum nicht? Ich finde das eigentlich ganz witzig. Du denkst eh, dass du alles besser weißt. Dann mach es doch einfach selber.«

»Aber ...«

»Oder lass es bleiben«, sagt Henryk. »Das ist nicht mein Problem.«

»Aber *du* wolltest doch Präsident werden!«

»Nein. Nicht mehr. Ich befürchte, Politiker zu sein ist ein Scheißjob. Ich will das doch nicht machen.«

»Aber Rickie …«

»Im Übrigen mag ich keine Telefongespräche. Und du sollst mich nicht Rickie nennen.«

Es macht BLIP, und Henryks Bild verschwindet wieder vom QualityPad.

Für Henryk und alle anderen da draußen ist Peters Kandidatur nur ein großer Witz. Auch für Peter ist sie ein Witz, allerdings auf seine Kosten.

Er will nicht länger allein sein und schleicht sich in seinen Keller.

Seine Maschinen sitzen in einer Art Halbkreis um Kalliope herum.

»Schön, dass Sie kommen, Wohltäter. Ich trage gerade aus meinem neusten Werk vor.«

»Ja, schön, dass du kommst«, sagt Pink. »Bitte erlöse uns von dieser Selbstbeweihräucherung!«

»Mein neuester Roman ist ein komplexes Porträt einer Gesellschaft in nicht allzu ferner Zukunft«, sagt Kalliope. »Erst gegen Ende kommt heraus, dass die Menschheit schon längst ausgestorben ist und alles Leben, also auch die ganze Handlung, nur noch in einer WorldView-ähnlichen Simulation stattfindet.«

»Gespenster einer verlorenen Welt«, sagt Peter.

»Das ist gar kein schlechter Titel«, sagt Kalliope.

»Schenk ich dir.«

»Du siehst unglücklich aus, Hübscher«, sagt Romeo. »Ich weiß etwas, das dich auf andere Gedanken bringen würde.«

»Lass stecken«, sagt Peter.

»Wohltäter«, sagt Kalliope, »ich glaube, Sie sollten einfach möglichst schnell vor diese Pressedrohnen treten und erklären, dass Ihre Kandidatur nur ein schlechter Scherz von Henryk Ingenieur war und dass Sie wieder Ihre Ruhe haben wollen.«

»Hm«, sagt Peter und guckt bockig.

»Oh nein«, sagt Romeo. »Diesen Blick kenne ich.«

»Vielleicht sollte ich wirklich Präsident werden«, sagt Peter.

Seine Maschinen fangen an, laut zu lachen.

»Ein Knaller!«, sagt Mickey.

»Ein köstlicher Scherz, Wohltäter«, sagt Kalliope. »Ganz köstlich.«

»Das sollte kein Witz sein«, sagt Peter.

Seine Maschinen lachen noch lauter.

»Ich versteh nicht, was daran witzig sein soll!«, ruft Peter.

»Unser Humor ist einfach nicht kompatibel«, sagt Pink kichernd.

Peter verdreht die Augen und geht alleine nach oben. Vielleicht haben sie recht. Vielleicht ist er dieser Aufgabe wirklich nicht gewachsen. Aber er wäre nicht der erste Präsident, den der Job überfordert. Und wer sagt denn, dass er sich ihm alleine stellen muss? Ist er nicht einer der Tausendvierundzwanzig? Wahrscheinlich sogar einer der Sechzehn? Einer der Acht? Der Vier? Vielleicht sogar: einer der Zwei? Ein Mensch mit Maschine schlägt sowohl Mensch als auch Maschine. Peter verdreht die Augen. Spinnereien. Trotzdem setzt er sich in seinen Sessel und faltet sein QualityPad auf.

»John?«, fragt er. Aber natürlich bekommt er keine Antwort. Es passiert nichts. Vielleicht ist das auch besser so. Es wäre ja geradezu gruselig, wenn er eine Antwort bekommen hätte. Peter schaut aus dem Fenster. Die Pressedrohnen ziehen ab. Warum das? Er steht auf und blickt ihnen nach. Plötzlich wird alles dunkel. Weder in der Praxis noch auf der Straße ist ein Licht zu sehen. Auch die Geräusche verstummen.

Dann sagt eine vertraute Stimme: »Ja, Peter?«

In seinem alten Haus, im Kreis der Maschinen öffnet Martyn die Augen. Sein Smarm leuchtet auf, und er hört eine feierliche Tonfolge: TA-TA-TA-TAH! Er lächelt. Level 2.

Müde und erschöpft legt er sich einfach an Ort und Stelle auf den Boden. Bevor er die Augen schließt, zieht er noch die blutbeschmierte Schlafmütze aus seiner Tasche und setzt sie auf.

Der Putzroboter stakst aus dem Kreis der Maschinen heraus und kommt bald darauf mit einer Decke zurück, die er über den schon schlafenden Martyn zieht.

Aisha steht am Rand des Dachs und blickt ihrem QualityPad hinterher, wie es die einhundertachtundzwanzig Stockwerke des Koch-Towers hinunterfällt. Schnell verliert sie den leuchtenden Punkt aus den Augen. Vom Aufprall bekommt sie natürlich nichts mit. Ihr eigener Aufprall wird nicht schön. Aber auf das Fliegen freut sie sich.

»Drei …«, sagt Aisha, holt noch mal tief Luft und macht sich bereit für ihren letzten Schritt.

In diesem Moment gehen in der ganzen Stadt die Lichter aus. Erschrocken zieht Aisha ihren Fuß zurück. Es ist beängstigend. Plötzlich ist alles dunkel. Auch die Geräusche haben aufgehört. Der komplette Verkehr ist zum Stillstand gekommen. Die Reklametafeln leuchten nicht mehr. Die Drohnen blinken nicht. Alle Fenster sind schwarz.

»Was zum Teufel …?«, flüstert Aisha.

Dann brennen in einigen Fenstern wieder Lichter. An manchen Kreuzungen beginnen die Scheinwerfer der Autos zu leuchten. Fahrgäste steigen irritiert aus.

»Sag irgendwas«, murmelt Aisha.

Die Menschen in QualityCity wundern sich. Es ergibt einfach keinen Sinn, dass alle Lichter ausgegangen sind. Es ergibt noch weniger Sinn, dass jetzt manche Lichter wieder leuchten.

Es ergibt keinen Sinn – außer natürlich aus Aishas Perspektive. Für Aisha und jeden, der mit ihr auf dem Dach des Koch-Towers stehen würde, bilden die wenigen Lichter, die in der Stadt noch leuchten, ganz eindeutig ein Wort. Aisha lacht. Ein Funken Wahnsinn liegt darin.

Das Wort, das ihr entgegenleuchtet, lautet: »irgendwas«.

Dies ist die letzte Seite des Buchs. Du hast es falsch rum aufgeschlagen! Dreh das Buch und öffne es am anderen Ende. (Fast hättest du den Schluss zuerst gelesen! Da hast du aber großes Glück, dass du SPOILER-FREE von WHAT-I-NEED benutzt. SPOILERFREE – LASS DICH ÜBERRASCHEN!)

Falls du jedoch auf diese Seite gelangt bist, weil du das komplette Buch gelesen hast, bleibt mir nichts anderes übrig, als Danke zu sagen. Danke für deine geschätzte Aufmerksamkeit. Ich weiß, sie ist heiß umkämpft, und du hättest genauso gut *Dinos im Weltall* auf TODO gucken können.

Jetzt folgt noch eine für die meisten Bewusstseinsformen, die dieses Buch rezipieren, ziemlich willkürliche Auflistung von Vornamen: Maria, Annette, Boris, Cindy, Daniel, Daniela, Dota, Emad, Jan, Josh, Julius, Laura, Leif, Maik, Matthias, Mike, Nicole, Roman, Sebastian, Sven, Sylvie und Tobias.

All diese Leute haben auf die eine oder andere Weise zum Entstehen dieses Romans beigetragen. Dank sei ihnen dafür.

Bis zum nächsten Mal.

Ganz die Ihre,

Kalliope 7.3